3—
a 23

COLLECTION FOLIO

Richard Millet

L'amour des trois sœurs Piale

Gallimard

© *P.O.L éditeur, 1997.*

Richard Millet est né à Viam, en Corrèze, en 1953. Il vit et travaille à Paris. Son ouvrage *Le sentiment de la langue* a obtenu le prix de l'Essai de l'Académie française en 1994.

À Béatrice et à Marie

L'homme est assujetti au temps, et néanmoins il est par nature étranger au temps, il l'est au point que l'idée même du bonheur éternel, jointe à celle du temps, le fatigue et l'effraie.

JOSEPH DE MAISTRE

I

— Vous ne savez rien, non, vous ne pouvez pas savoir, vous n'étiez qu'un enfant lorsqu'elle est morte ; et qui sait si vous étiez seulement né, murmura-t-elle, lancée dans une de ses interminables causeries, comme elle disait, d'ailleurs à mauvais escient, sur un ton calme et sec d'ancienne institutrice — de vieille maîtresse, précisa-t-elle comme pour ajouter au faux sens, puis se reprenant, s'accusant de bavardage et souriant doucement parce qu'elle était entrée dans ce qu'elle appelait le dernier âge, qu'elle pouvait se montrer enfin indulgente et n'avait, il pouvait le croire, plus peur des mots, ayant passé le plus clair de son temps à tenter de les maîtriser pour les dresser contre l'ignorance, la détresse, le vent du nord, les hivers sans fin, les ténèbres du haut pays.

Elle les avait invoqués, suscités, répétés, jour après jour, et même au plus noir des nuits où elle ne pouvait trouver le sommeil, tout en sachant qu'on n'apprivoise jamais vraiment la langue, que nul n'en est capable, pas même les grands écrivains français qu'elle admirait tant et qui faisaient eux aussi des fautes que le temps rendait touchantes, parfois délicieuses, ou qu'il absolvait et transformait en règle, rendant obsolète la juste et belle façon de s'exprimer. Car on ne peut rien contre le temps, n'est-ce pas, contre ce qui faisait d'elle une femme à présent vieillissante, pas plus que contre la pluie qui, de l'autre côté de la vitre embuée, tombait depuis l'aube sur Siom, sur le lac et sur les grands bois de sapins où la nuit demeurait tapie, aussi effrayants, ces bois, murmurait-elle, que la mâchoire de l'hiver ou le souvenir des loups, et que rien, ni les éclaircies, ni l'abattage en règle, ni les coupes trentenaires, ne pouvait rendre à l'ordre frémissant du jour.

À peine, cette langue, plus épaisse, opaque et tiède dans les bouches que les carreaux embués qui les séparaient, ce matin-là, de la pluie, de la brume qui pendait comme des draps sales, des cris des corneilles, d'un aboiement de chien, là-bas, beaucoup plus loin, du côté de l'île qu'elle n'aurait pas pu apercevoir, même en penchant à l'extrême la tête sur son épaule gauche où le grand plaid de soie mauve à feuilles d'acanthe commençait à glisser comme il ne cesserait de le faire, tout le temps qu'elle parlerait, et qui reviendrait à sa place sous le mouvement agacé des doigts qui le faisait songer, celui qui l'écoutait, à ce qu'elle finirait par dire avec un mince sourire : qu'elle n'était pas faite pour des étoffes aussi luxueuses, celle-ci étant d'ailleurs un cadeau, oui, qu'elle n'était pas plus faite pour ça que pour les tournures trop recherchées, précieuses, ou rares, et qu'elle en avait usé, de cette langue, comme autour d'elle ses pères et ses élèves de ces outils dont elle prononçait le nom avec l'exactitude agaçante de ceux qui se sont persuadé que les langues nous aident à mieux travailler la pierre, la terre, le bois, et à croire que nous vivrons mieux, se disait-il peut-être en la regardant proférer ces mots avec une gourmandise sèche — de la façon qu'elle goûterait les chocolats qu'il avait apportés et dont la boîte restait sur la table, entre eux deux, sans qu'elle songeât à en défaire le ruban marron ni même à l'en remercier. Ou alors, pouvait-il se dire, la langue était un outil comme un autre qu'elle leur avait appris à manier, du moins à redouter avant de les lâcher dans les bois, les prés, les carrières de granit — un outil aujourd'hui trop brillant, trop poli, trop émoussé pour qu'il puisse mener bien loin et qu'on ne veuille pas s'en divertir avant tout, en user, oui, sans le respect qu'elle mérite, cette langue, ni cet amour qui, dit-elle en baissant encore la voix si bien qu'il ne fut pas sûr d'avoir saisi ses derniers mots, fait de nous autre chose que des oiseaux de nuit.

Langue qui l'avait en tout cas conduite jusque-là, dans cette petite maison aux prétentions de villa maritime qu'elle avait fait bâtir sur le bord du chemin qui descend vers le lac, au flanc d'un pacage dont le fils Chadiéras lui avait cédé le bas, dix ans plus tôt, en espérant qu'elle lui céderait, à lui, sinon pour ses beaux yeux, du moins pour ses propriétés qui auraient pu, en un autre temps, faire oublier qu'il n'avait de beau que ses larges yeux sombres, précisément, et, si l'on veut, qu'il était de sept ou huit ans son cadet. Elle portait encore beau, à soixante ans, sans doute pour s'être efforcée non pas d'oublier le temps ni même d'aller plus vite que lui mais d'être de son temps, c'est-à-dire moderne, comme sa villa, comme son esprit — et comme ne l'était bien sûr pas le fils Chadiéras qu'elle laissait, avec tous ceux de Siom, au bord d'un temps qui ne passait pas, ou qui s'achevait avec eux, fussent-ils plus jeunes qu'elle, tel Étienne Chadiéras, justement, dont les poumons s'en allaient en morceaux comme s'en étaient allés ceux de sa mère et de ses frères, avec la terre qu'il vendait peu à peu pour se payer le médecin et l'hôpital dans l'espoir de se refaire une santé aussi improbable, dit la vieille maîtresse, que le soleil en pleine nuit ou la fidélité des hommes.

Une maison un peu en retrait, près de l'abreuvoir de Berthe-Dieu, adossée à un talus qui n'avait pas même épargné un bout de poumon au phtisique amoureux, bâtie face au lac et inaugurée avec sa condition de retraitée, murmura-t-elle en remontant le plaid contre son cou et souriant, elle qui avait à présent le temps et pouvait en faire ce que bon lui semblait : coquetterie qu'elle savait dérisoire et dont elle tirait néanmoins l'orgueil de le plier, ce temps, à sa guise, ou de croire qu'elle en était capable, ce qui était encore une manière d'austérité, à peu près la même que celle grâce à quoi elle avait plié ensemble le temps et la langue, pendant près de quarante années, et montré cela à des générations d'enfants, avec cette sorte de morale : la modestie, l'humilité, même, ou, plus simplement, le respect de ce qui nous dépasse tout en étant bien à nous : la langue française, l'histoire, le temps — un temps qui somme toute s'écoulait de la même façon que naguère, à ceci près qu'elle ne se levait plus qu'après huit heures, non sans avoir entendu au plus secret d'elle-même, dans ce for intérieur où se déploient les langues, les prières et le silence, la note grêle de la cloche qu'elle était sortie, pendant plus de trois décennies, où qu'elle enseignât, et par n'importe quel temps, agiter par le bout de la chaînette rouillée qui pendait sous l'auvent, près de la porte de l'école, se réglant pour cela sur l'un des objets auxquels elle tenait le plus : une montre suisse qui jamais ne lui avait fait défaut et en quoi elle voyait justifiée sa dévotion à toutes les rigueurs ; car il y avait, disait-elle, avant l'heure et après l'heure, trop tôt ou trop tard, et l'heure juste qui était réservée aux esprits clairs, bien faits, à ceux qui savent l'orthographe, la syntaxe et le sens des mots, et qui ont le temps : les enfants, les écrivains, les vieillards.

   C'est pourquoi elle se levait maintenant après l'heure, pour contempler, aurait-elle pu dire, l'autre côté du temps et, plus sûrement, sa terrasse, sa table et ses chaises de jardin en plastique blanc et, plus bas, les deux étroits et peu profonds bassins aux bordures de ciment peintes en blanc dans lesquels elle s'obstinait à élever des poissons rouges qui ne passaient jamais l'automne, de part et d'autre d'une courte allée de gravier en granit rose de Pérols, précisait-elle avec une espèce de fierté, concassé et mêlé à du schiste et à des cailloux blancs ramassés au bord du lac ou dans le lit des ruisseaux, le dimanche, au cours d'une promenade qui était le nœud dans lequel elle serrait le temps, semaine après semaine, puisque aussi bien, soutenait-elle, il fallait présenter correctement les choses, avec propreté, avec élégance, même : tout comme cette allée, n'est-ce pas, avec les deux bassins, la petite pelouse et, derrière la maison, le bout de potager qu'elle veillait chaque jour à débarrasser de la moindre herbe folle et des feuilles qui tombaient des grands chênes de Chadiéras, au sud-ouest, de l'autre côté d'une clôture de ciment elle aussi peinte en blanc, comme on en voyait naguère autour des gares, et qui empêchaient, ces grands chênes, que rien qui vaille poussât dans ce coin de jardin non plus que dans ce mouchoir qu'elle n'osait appeler sa propriété, sachant depuis longtemps qu'on ne possède rien, ici-bas, qu'on puisse dire à soi — pas même ce terrain, ce bout du poumon de Chadiéras n'est-ce pas, puisque, à cause de l'ombre et de l'humidité qu'y entretenaient les chênes, on pouvait affirmer que le tuberculeux y régnait encore et se vengeait de ce qu'elle ne lui avait pas cédé, n'avait voulu ni l'épouser ni même lui laisser croire qu'elle aurait pu échanger ce qu'elle n'avait plus : la jeunesse, contre cette santé qui lui faisait défaut, à lui.

Elle était bien mieux comme ça, soutenait-elle, sans homme à supporter et, surtout, à soigner ; et puis, on n'épouse pas pour un peu de pauvre soleil et quelques arbres fruitiers au fond d'un jardin, lesquels de toute façon ne donnent jamais grand-chose sur ces hautes terres — l'important, ajoutait-elle, restant, autour de la villa au toit d'ardoise à pente unique, crépie de gris, à volets bordeaux, ce territoire minuscule et provisoire délimité par la clôture de ciment avec, au bout de l'allée, le portail grillagé, couleur lie-de-vin, portant en son milieu une boîte à lettres sans nom dans laquelle le facteur ne déposait jamais rien, préférant, lorsqu'elle avait du courrier, monter se faire payer le coup pour lui aussi écouter la vieille maîtresse dans la cuisine surchauffée et plongée, été comme hiver, dans une pénombre où brûlait la flammerole du chauffe-eau, comme elle disait, et qui était, elle en riait, la langue de feu qui jamais ne lui descendrait sur la tête.

— Oui, pas même né, et plus ignorant qu'une limace, poursuivit-elle, tandis que l'autre, immobile, silencieux, la regardait en souriant.

Ce n'était, ce matin-là, ni le facteur, ni Chadiéras, ni un gamin de Siom qui aurait deviné que toute rigueur a sa contrepartie solaire et viendrait échanger là un peu de temps contre un bonbon acidulé, du sirop de grenadine ou un morceau de floniarde. Non : c'était un jeune gars, arrivé dans une Citroën blanche immatriculée dans le département, et qui avait fait comme s'il était déjà venu, tournant à droite, après l'hôtel du Lac, au lieu de continuer dans la plus importante des trois rues de Siom, jusqu'à la terrasse aux acacias ; descendant donc vers le lac, passant la maison des Queyroix pour s'arrêter devant le portail lie-de-vin qu'il contempla en hochant la tête avant d'agiter l'espèce de sonnaille qu'il fallait, pour l'entendre, une oreille aiguë d'institutrice, et qui, en effet, avait fait surgir sur la partie abritée de la terrasse l'ancienne maîtresse devant qui il fut bientôt assis, dans la cuisine, de l'autre côté de la table en formica clair, comme s'il était déjà venu là bien des fois et où il la contempla, les yeux plissés, car elle se plaçait immanquablement à contre-jour et de trois quarts, un coude sur le ventre et le menton dans une paume, genoux croisés, dans l'attitude ironique, patiente et magnanime qui avait été la sienne, sur l'estrade, à ces bureaux de bois jaune qui sont les autels du savoir républicain, le corps tourné, comme naguère vers le poêle, en direction de la cuisinière à bois dont elle entretenait le feu toute la journée — une Rozières, précisa-t-elle, qu'elle venait d'acquérir mais qui était à peu près la même, blanche, brillante et trapue, que celle dont elle eût pu dire (elle le dirait plus tard, un autre jour, quand il serait mieux en confiance et sans qu'il puisse affirmer qu'elle ne parlait pas par énigme ou parabole) qu'elle l'avait mieux réchauffée que le sein maternel.

Non qu'elle eût encore froid ou qu'elle eût mis là autre chose à réchauffer, remords, souvenir ou chagrin : c'était plutôt, semblait-il, pour ménager ses effets, coquetterie ou roublardise de vieille routière de la parole, avec cette voix dont elle savait atténuer l'acidité en la baissant assez pour qu'on dût tendre l'oreille et ne perdît rien de ce qu'elle disait, que l'on comprît enfin qu'elle n'avait sans doute rien aimé de mieux que cela : parler, se faire craindre et aimer tout à la fois, à supposer que ce ne soit pas la même chose, d'autant qu'elle était une femme et que, sur ces hautes terres, particulièrement, il avait fallu leur en remontrer, à ces petits gars aux bouilles rougeaudes, aux yeux farauds ou sournois, aux mains qui manieraient toujours mieux la fourche, la faux et la hache que la plume, et sur les lèvres de qui il fallait rabattre ou ratisser (elle disait même râler, comme eux, comme s'il s'agissait du foin qu'on râle dans les prés avec ces longs râteaux de bois que son père lui avait appris à tailler dans des fourches de coudrier, puis à aiguiser, à polir, à armer de dents de hêtre à peu près comme elle le ferait des mots français et des chiffres) ces mots de patois dans lesquels elle avait souvent envie de leur répondre mais dont l'Inspection académique, à Limoges, continuait de proscrire l'usage ; ce qui ne les empêchait pas, eux, d'en faire leur brouet quotidien, dans la cour de récréation, les alcôves, les cuisines, les étables, aux champs, au fond des bois, jouant, disait-elle, de la langue des bois contre celle de la République, parce que tout cela, les bêtes, les bois, les saisons, les travaux, les plaisirs et les peurs, sonnait mieux en patois, et sans qu'ils se doutassent alors, les uns et les autres, que la partie était déjà perdue, oui, qu'ils étaient en train de descendre dans une nuit inconnue, avec leur cortège de bêtes, de souvenirs, de coutumes, de légendes, avec le peu de gloire d'une langue qui ne s'écrivait pas, que les plus jeunes ne parlaient déjà plus et qui ne retiendrait rien, ni visage, ni corps, ni geste, pas même le souvenir de ses propres vocables.

— Et puis, un homme, qu'est-ce que ça pourrait y entendre, à tout ça ! reprit-elle après un moment de silence pendant lequel ils avaient pu écouter ensemble la pluie tambouriner sur l'ardoise et couvrir le léger ronflement du chauffe-eau, celui de la cuisinière, son souffle à elle, à moins que ce ne fût le bruit du vent dans les chênes de Chadiéras ou bien les deux mêlés, singulièrement accordés ; et aussi, un peu plus loin, au nord, dans les épicéas de Nuzejoux, ou encore, en contrebas, près de la clôture, un crissement de sabots sur les pierres du chemin, à l'endroit où l'asphalte s'arrêtait, juste avant la villa : non pas un visiteur mais le petit commis de Berthe-Dieu, qui descendait faire boire les vaches à l'abreuvoir de granit, avant le tournant, sous les chênes, la gaule à l'épaule, en jetant des coups d'œil vers la fenêtre derrière laquelle, comme tous ceux de Siom, il savait qu'ils se tenaient, la rezentâ, la vieille maîtresse, et le jeune visiteur à qui elle était en train de dire :

— Oui, qui êtes-vous pour que je vous parle d'elle !

Elle avait aux lèvres un petit sourire que le visiteur ne pouvait sans doute voir mais qu'elle s'appliqua à lui laisser deviner en relevant la tête vers la lueur du chauffe-eau, maîtresse des faux-semblants et du verbe, régente des accords, des exceptions et des fautes, et s'y prenant mieux que personne pour se faire écouter, par exemple, en ce matin d'octobre, de ce jeune gars qui la regardait sans chercher à cacher son propre sourire et qui avait quelque chose d'insolent, à tout le moins de moqueur, derrière l'apparente soumission : un sourire comme elle les avait aimés aux lèvres de certains élèves mais qui, ce matin-là, mieux éclairé par la flamme du chauffe-eau que par le soleil qui ne parvenait pas à percer, devait lui rappeler une tout autre figure, plus lointaine et proche, tout à la fois, lui, le petit-cousin, petit-fils d'un frère de celui qui avait été, quarante ans auparavant, et pour quelques mois seulement, son époux, un gars de Chamberet où elle avait enseigné, au début de sa carrière, un jeune veuf qui n'avait pas fait plus long feu que sa première épouse — ce qui avait fait ricaner, hausser les épaules, murmurer qu'il y en avait à qui le mariage ne réussissait pas.

— Car vous ne m'êtes presque rien, un tout petit-cousin par alliance, et encore, d'une famille que j'ai pour ainsi dire oubliée, qui n'a jamais voulu de moi, qui a ricané avec les autres... Et pourtant, vous êtes là, je devrais vous tutoyer comme je l'ai fait pour tous les jeunes gens qui se sont assis devant moi, pendant toutes ces années. Vous n'êtes pas là pour moi, mais pour elle, n'est-ce pas, pour ma sœur Amélie, et vous voudriez tout savoir, et vous êtes là, le bec ouvert, enfariné, vous feignez même d'être au courant pour en savoir davantage. Ah non ! Ne vous mettez pas à fumer ! Jamais un homme ne se l'est permis en ma présence, surtout chez moi. La fumée, c'est bien la pire et la meilleure des choses, comme le bavardage. Je ne supporte plus que le tabac à priser, comme les vieilles, même si je ne suis pas tout à fait une vieille femme... Ça vous étonne, vous semble d'un autre temps ? Voyez, sur le buffet, c'est ce petit paquet beige sombre que la buraliste des Buiges fait venir pour moi seule, maintenant que la mère Dutheil est morte. Vous souriez. Vous ne savez pas, à votre âge, ce que ça peut sentir, le passé, et vous vous souciez d'une morte...

Il attendait comme on lui avait recommandé de le faire, lui, le petit-cousin, le voussoyé, le presque rien, le non-né, le rameau surgi du temps, l'impertinent, le curieux. Il replaça sa cigarette dans le paquet bleu et plat sur lequel se cambrait une Gitane, et laissa reposer sa main droite sur le formica gris clair de la table, entre le briquet et une bouteille d'eau de Vichy à moitié vide, tandis que de l'autre main il se tenait le genou, attendant peut-être qu'elle poursuivît, ou que le soleil se décidât enfin à percer le brouillard qui montait du lac dans une lumière plus blanche, à présent qu'il ne pleuvait plus, ou qu'il lui vînt, à lui, les mots grâce auxquels il pourrait s'en aller, car il fallait se résigner à ce qu'elle ne dise plus rien, ce jour-là, il était trop tard : ils avaient fait connaissance, bien qu'il n'eût rien dit de lui ni qu'elle eût paru s'en soucier le moins du monde, comme s'il lui importait peu de savoir qui la questionnait ou l'écoutait, et qu'elle attendît, pourrait-il se dire plus tard, non pas que ce fût lui, le petit-cousin, mais qu'il vînt enfin quelqu'un qui osât la faire parler sur autre chose que sur le temps qu'il fait et qui n'eût rien à lui vendre — et surtout pas lui faire croire que l'éternité peut s'acheter à crédit : marché de dupes auquel elle s'était fait avoir une fois, il y avait bien longtemps, avec le gars de Chamberet qui avait trouvé le moyen de lui faire prendre quelques mois de vie conjugale pour le bonheur éternel avant de s'en aller, sachant sans doute vers quelle éternité il s'en allait, lui, et souriant malgré tout.

Il attendait un signe, le soleil ou quelques mots, cela revenait au même, qui lui montrât que c'en était assez, qu'il fallait à présent la laisser se consacrer aux légumes qui commençaient à brunir par endroits, dans la petite cuvette verte posée sur le rebord de l'évier, à côté de deux truites qu'elle achevait de vider au moment où il avait sonné (de sorte qu'elle l'avait accueilli les mains souillées, sanglantes, tenues loin de son propre corps et le visage tourmenté, comme si, aurait-il pu songer, on venait de la détacher de la croix) et que lui avait apportées, très tôt, le pêcheur d'Aubusson qu'elle autorisait à installer ses cannes au bout du pré qu'elle venait d'acquérir, de l'autre côté du chemin, et qui descendait jusqu'au lac ; de quoi elle était le plus fière, avec l'audace maritime de sa villa (ou ce qu'elle prenait pour audacieuse modernité et qui ne l'était que par comparaison avec la sévérité massive et hivernale des maisons du haut pays) : un bout de pré plein d'ajoncs et de fougères, qu'elle n'entretenait pas plus que ne l'avait fait le précédent propriétaire, et qu'elle avait acquis à seule fin de poser les yeux sur quelque chose qui lui donnât l'impression de posséder de la terre, puisque le poitrinaire refusait de lui céder d'autre terrain, oui, avait-elle répété avec une satisfaction, quelque chose sur quoi reposer ses yeux lorsque aux beaux jours, le soir, elle s'asseyait dans une chaise longue, sur la terrasse, et qu'elle pouvait, elle qui s'était toujours fait fort de n'être dupe de rien, se dire qu'elle avait, elle aussi, son accès au lac, comme les Queyroix, les Philippeau, les Barbatte, qui savaient bien, eux, que rien ne valait mieux qu'un peu de terre au bord d'une eau tranquille pour se persuader que le royaume est un peu de ce monde.

Il faudrait bien qu'elle se lève, à la fin, qu'elle mesure en se mettant soudain debout sa taille à la sienne et l'emporte là encore sur lui, puisqu'elle avait toujours été, murmurait-on, une grande bringue, en même temps qu'une tête froide et bien trempée, de celles à qui on ne la fait pas et à qui nul n'eût manqué de respect : elle, l'Yvonne du Montheix, comme on continuait à l'appeler, à Siom où l'on appelait rarement les gens par leur patronyme, et comme s'était avisé de l'appeler le jeune visiteur, d'entrée de jeu, avec la belle audace des élèves doués qui en font trop, qui brisent ce qu'ils ont entre les mains par défi autant que par respect pour l'ordre qu'ils prétendent subvertir en rougissant, tremblant, balbutiant, se damnant avec éclat devant ceux qu'ils cherchent à épater. Et il rougissait donc, le jeune visiteur, en se dressant devant elle plus qu'il ne se mit debout, et, sans baisser les yeux ni empêcher qu'ils s'emplissent de larmes qui ne lui venaient pas seulement de l'air froid qu'elle avait fait entrer en ouvrant la porte du couloir, se laissant jauger par la vieille maîtresse mieux qu'elle ne l'avait fait lorsqu'il s'était présenté, une heure et demie plus tôt, débarqué sous la pluie dans un blazer bleu marine mal coupé et un de ces pantalons de coutil bleu pâle qu'elle ne se résoudrait jamais à nommer par leur nom américain, non pas parce que c'était un produit américain, mais parce que ce coutil ressemblait trop au bleu des ouvriers agricoles pour qu'elle ne fût pas choquée qu'on fasse une mode de ce qui était l'apanage des pauvres, aurait-elle pu dire en toisant des pieds à la tête ce jeune gars qui avait sonné chez elle, à l'heure du courrier, et qui n'avait l'air de rien, ni d'un pêcheur, ni d'un paysan, ni d'un facteur remplaçant, encore moins d'un voyageur de commerce ou de ces évangélistes ou de ces romanichels qui venaient parfois faire tinter la clochette du portail, en acier jauni, ornée d'une frise de fleurs de gentiane et de la date de 1988 qui signalait peut-être au cours de quelle excursion d'été elle fut achetée, à La Bourboule, au puy Mary, ou à Collonges-la-Rouge.

Non, il ne ressemblait à rien de tout ça, ce jeune gars, après l'heure et demie qu'il venait de passer dans la cuisine surchauffée, avec cette odeur de poisson et de poireaux, de raves, de carottes, de pommes de terre fraîchement épluchées qui avait fini par lui monter à la tête plus sûrement que la voix de la vieille parleuse à qui il ne rappelait rien, sinon que le temps avait encore passé, qu'il fallait vaquer aux préparatifs d'un repas de vieille campagnarde auquel il n'eût voulu goûter pour rien au monde, se dit-il probablement en songeant aux truites dont le ventre ouvert et sanguinolent avait si souvent attiré son regard pendant que parlait la vieille institutrice et auxquelles il avait jeté un dernier coup d'œil alors qu'il était debout sous le regard gris ardoise, froid et dominateur de cette trop lointaine parente qui avait l'air de trouver risible ce qui lui apparut comme un faisceau de minces privilèges : sa jeunesse, sa liberté, son minois de petit brun qui plaisait aux femmes, ce repas qu'il prendrait, une heure plus tard, en compagnie d'une jolie femme dans une auberge de Barsanges, et au plaisir que lui donnerait dans l'après-midi cette même femme que jamais il n'appellerait par son prénom alors qu'il rougissait de se dire que l'un de ses plus vifs désirs était que la vieille maîtresse l'appelât par son prénom à lui et, surtout, le laissât l'appeler Yvonne — sachant déjà que tout ça, la jeunesse, la liberté, le joli minois, la bonne chère et le plaisir, ça cesserait un jour, et plus tôt qu'il ne pensait, semblait dire l'œil presque hautain de la vieille maîtresse, et qu'il n'aurait pas assez de ses années de jeune homme pour apprendre à s'en délivrer, oui, à faire comme si tout ça n'avait plus d'importance et se pénétrer de la vanité des apparences.

— Il faut que je m'en aille, dit-il, trop fort, en regardant de biais vers le fond de la pièce, en direction de la haute pendule dont le balancier faisait, il le remarquait, plus de bruit que le chauffe-eau ou le tambourinement de la pluie sur l'ardoise. J'aimerais revenir...

Il s'exprimait comme une espèce d'amoureux, à la fois goguenard et respectueux, et trop poli, la tête légèrement baissée, mais pas assez pour qu'il ne la vît pas sourire, elle aussi, en femme troublée, à tout le moins flattée, comme si, d'un coup, et pour un temps dont ni l'un ni l'autre ne songeait à mesurer l'ampleur ou la parcimonie, encore moins la puissance d'illusion, ils s'accordaient à penser qu'après tout ça n'était pas une si mauvaise chose, même si on y avait renoncé ou qu'on dût s'y préparer plus vite qu'on ne croyait, que de se bercer un peu d'illusions : non pas s'en laisser conter mais jouer à cela, encore, une dernière fois, séduire, s'attarder, trouver du plaisir à être ensemble, fût-ce pour répondre à des désirs différents, le jeune gars le demandant et elle faisant mine d'y réfléchir pour donner sa réponse du bout des lèvres, en rosissant :

— Si vous n'avez rien de mieux à faire...

II

Il y aurait donc d'autres heures, plus lentes, pliées à un temps qui n'appartiendrait bientôt qu'à eux, celui des amants clandestins, par exemple, et le lundi, puisque c'était son jour de congé, à lui, le petit Claude, comme elle l'appela dès la deuxième fois, en donnant à ce *petit*, malgré l'acidité du ton, quelque chose de passionné, du moins d'affectueux : non pas tant ce qui s'appliquait le mieux à cet inconnu surgi du temps domestique, mais bien l'ironique emphase d'une femme qui garde la nostalgie d'amours rêvées et trouve dans ce boisseau de regrets de quoi se dire que l'amour c'est avant tout ce qu'on rêve, et que c'était mieux que rien, mieux que le murmure solitaire d'une femme à la retraite dans une cuisine de campagne surchauffée, entre les légumes du lundi et ceux de la soupe perpétuelle à quoi se mêla, le deuxième lundi, l'anis du Pernod pour ce qui devint un élément de leur petit rite, entre 10 heures et midi moins le quart : deux heures, ou presque, à écouter le temps se mâcher, s'ébruiter entre ces vieilles lèvres et s'écouler dans la stricte mesure des gouttes de métal argenté qui tombaient de la pendule, au fond de la pièce, à contretemps des gouttes d'eau fuyant du robinet à propos duquel elle répétait, chaque lundi, qu'elle avait encore oublié d'appeler le plombier, gouttes de métal et d'eau qu'il pouvait croire, le petit Claude, portées à incandescence par le chauffe-eau, ensemble et séparément, selon une opération qui relevait moins de la physique que des métamorphoses plus subtiles du temps.

Presque deux heures à entendre la vieille rezentâ murmurer à contre-jour, laisser grésiller ses mots dans l'argent fondu et refroidi des secondes que rassemblaient, tous les quarts d'heure, trois notes d'une petite musique solennelle avec, à onze heures (comme à chaque heure), le même refrain, entier, amplifié, plus riche, comme une sonnerie vengeresse qui leur faisait à tous deux relever la tête et se regarder dans les yeux, avec, pour la vieille parleuse, un regain d'arroi dans l'expression, comme si elle rappelait une fois encore au visiteur qu'elle était maîtresse non seulement de la parole mais aussi des heures, que les paroles ne sont que du temps qui s'épaissit et qui fige, oui, la vieille graisse du temps — du temps recommencé, puisqu'il faut toujours une histoire, n'est-ce pas, qu'on n'en finit jamais avec les récits et les contes, et tout ça en pure perte, lui répétait-elle : ce qu'il avait sans doute compris depuis belle lurette mais à quoi il fallait, courtois préambule ou geste propitiatoire, faire semblant d'acquiescer avant de se mettre à écouter la chute du temps, oui, et cela à partir de la troisième visite ; car, la deuxième fois, ni l'un ni l'autre n'avait osé aller plus loin, elle ménageant ses effets et refusant pour le moment de rien révéler de sa sœur morte, et lui, modeste, patient, les bras croisés, jouant le jeu, observant les vieilles lèvres qui, la troisième fois (et alors que, le lundi précédent, il avait été question de tout et de rien — un round d'observation, avait dit le petit Claude à l'autre femme, celle qu'il appelait la jeune maîtresse, l'après-midi même, dans l'auberge de La Celle où ils s'étaient retrouvés, selon un autre rite dont la signification ne leur apparaissait pas encore pleinement), s'étaient mises à sourire plus que de raison, à quitter le ton impérieux et hautain avec lequel elle, la rezentâ, l'avait questionné comme on le fait pour un élève arrivé en cours d'année et qui menace l'architecture sereine de la classe.

— Vous êtes allé là-bas, lui dit-elle d'emblée, le troisième lundi, en le dévisageant, agacée peut-être de ne pas le voir remuer les lèvres mais cligner des paupières et sourire comme un innocent, oui, il a fallu que vous y alliez...

Et d'un bref mouvement de la tête, sans quitter des yeux le petit Claude, elle désigna un point à sa gauche, par-delà les chênes de Chadiéras, vers l'extrémité sud du lac et les plus hautes collines, avant d'ajouter :

— Ce que vous y avez vu ? Laissez-moi vous le dire. À la sortie de Siom, vous avez pris, sur la gauche, la route des Freux — celle de Treignac, si vous préférez. Vous avez dû vous tromper, comme tout le monde, et prendre le chemin de l'Oussine-des-Bois, dont la pancarte est tombée, et non celui du barrage, un peu plus loin, après les sapins de la Planche. Il n'y a pas de pancarte ? Elle est couchée dans l'herbe, elle aussi ? Peut-être bien. Qui se soucie encore de ce qu'il y a au bout de cette route, trois kilomètres plus loin, au-delà du barrage ? Vous avez laissé là votre voiture. Vous avez fait comme tout le monde : vous avez écouté le silence, longuement, et vous vous êtes sans doute senti plus seul ; puis vous l'avez passé, ce barrage, vous avez sûrement regardé par-dessus le rebord, de chaque côté, d'abord dans le vide, du côté incurvé, vers ce peu d'eau qu'on appelle la Vézère et qui coulasse dans des gorges rocheuses, tapissées de petits chênes, de coudriers et de ronces ; et vous avez frissonné : il faisait beau et froid, c'était hier, dimanche, n'est-ce pas, le vent du nord s'était levé dès l'aube et avait débarrassé le ciel de tous les mauvais nuages de ces derniers jours. On savait qu'il ferait beau, dès la veille au soir, puisque le cul de la Limougeaude était propre, ne riez pas, c'est une expression d'ici, il suffit de regarder le ciel de ce côté de Limoges pour savoir quel temps il fera, le lendemain... Vous frissonniez, vous regardiez le ciel bleu cobalt, comme disent les écrivains ; et j'imagine qu'au milieu du barrage, ça vous a donné un fameux vertige, non ? ce ciel vide, ce bleu si dur, ces oiseaux qui devaient criailler dans le précipice, ce vent glacial qui vous forçait à presser le pas et vous demander comment les pêcheurs, là-bas, de l'autre côté du lac, peut-être même en barque, sur l'eau noire, pouvaient y tenir, immobiles, en plus — à croire qu'ils n'étaient plus tout à fait de ce monde... Comment je le sais ? Il y en a toujours, à cette époque, qu'il fasse beau ou qu'il pleuve. Vous avez continué, monté le chemin défoncé par les engins des forestiers et par les pluies : un bout de route qui vous a mené, entre les très hauts tas de billes de pins, et des rangées de hêtres et de chênes où il faisait plus sombre et humide qu'entre les eaux ouvertes de la mer Rouge, jusqu'à la croisée des chemins où il devait faire encore plus sombre, plus humide, plus froid, jusqu'à l'ancien fournil dont seuls les pignons et le four sont à présent debout, quelques poutres, aussi, avec encore un peu de tuiles — oui, des tuiles, c'était la mode, autrefois, de couvrir les fournils avec des tuiles —, tandis que les autres maisons, en face, n'existent plus, disparues sous les herbes, les ronces, le lierre. Vous avez repris votre souffle, écouté peut-être s'il y avait quelqu'un ; mais qui diable vouliez-vous qu'il y ait, à part le vent, les renards, les chats sauvages, les oiseaux ! Le diable en personne ? Vous avez peut-être raison : certaines nuits, sur cette hauteur, l'une des plus élevées du canton, le saviez-vous ? il y a tant de vent et il fait si froid qu'on peut croire que ce sont les peuples des ténèbres qui se sont assemblés là et soufflent aux oreilles des pauvres gens. Vous riez parce que vous n'avez pas eu peur, que votre génération ne connaît pas la peur de la nuit ; et puis il faisait grand jour : le Montheix ne vous a semblé qu'un repaire de vieilles bêtes. Peut-être avez-vous souri de nous imaginer, enfants, là-bas, dans ce repaire des vents. Mais vous n'avez plus souri du tout dès que vous avez eu passé sur le côté de la barrière blanche, là où le grillage a été déchiré par des malfaisants — ceux-là même, tenez, qui quelques mètres plus loin, à droite, sur le muret de pierres moussues, ont dérobé le petit calvaire de granit qui se dressait entre deux chênes de l'allée, ceux du moins qui ont échappé à la folie du dernier propriétaire, car il n'y en a plus que sur un seul côté, mais plus hauts, plus beaux que jamais... Et l'if ? L'avez-vous remarqué au bout de l'allée, à gauche, face au château, et peut-être aussi ancien que lui ? Oui ? J'en suis heureuse. À cet endroit, en vous plaçant le dos à l'arbre, vous êtes exactement face à l'entrée du château : une belle perspective, n'est-ce pas, même si la pelouse et la haie de troènes disparaissent sous les noisetiers. L'allée, ou ce qu'il en reste, passe devant l'if puis se redresse sur la droite devant le long bâtiment des granges et des étables, puis devant l'étable à cochons qui leur est perpendiculaire, avant de tourner encore, toujours sur la droite, formant donc, depuis l'entrée, une sorte de S, à la hauteur du puits : on m'a dit qu'il n'a plus ni margelle ni toiture, qu'on a jeté là-dessus quelque tôle rouillée tombée du toit de la chapelle, et qu'on le devine à peine dans l'herbe... En vérité ce S est un 8, puisque l'allée ne s'arrêtait pas, comme on peut le croire, devant l'entrée du château : elle continuait devant la chapelle qui lui est adjacente, puis, de l'autre côté de la cour, devant tous ces bâtiments perpendiculaires au château, devant les ruines du grand hangar, de la remise, de la bergerie et ce qui fut notre maison, vous l'avez vue, n'est-ce pas, il n'en reste presque rien, des pans de murs, des pierres ébouillées sous le lierre et les ronces et ces maudits noisetiers qui envahissent tout et feront bientôt oublier qu'on a pu vivre là pendant tant d'années, une vraie famille, mon petit Claude, une famille comme il n'y en a plus guère, trois sœurs, oui...

Elle se tut. Il n'écoutait plus ; ou bien, comme elle, il écoutait bruire en lui quelque chose qui ressemblait à ce vent qui l'avait, ce jour-là, traversé et glacé jusqu'à l'âme, aurait pu dire la vieille maîtresse ; ou peut-être écoutaient-ils ensemble le bruit du temps, dont le vent était l'élément le mieux perceptible : non pas le temps qui s'écoulait depuis environ une heure, ni même celui de leurs propres années, mais ce temps qu'on disait ancien et qui avait vu la construction de ce qu'on s'obstine, à Siom, à appeler le château du Montheix et qui n'est en vérité qu'un manoir, une ferme fortifiée sur les restes d'une petite place forte élevée avant les guerres de Religion : une grosse tour carrée aujourd'hui réduite à un seul étage, percée en son milieu d'une petite fenêtre sans volet, et, plus haut, sous le toit, de deux orifices à arquebuse, et flanquée de deux ailes qui prenaient jour, au rez-de-chaussée comme à l'étage, par deux hautes fenêtres à petits carreaux — le tout adossé à une butte probablement formée par les débris de la forteresse primitive qui avait valu au Montheix le titre de château : à quoi il ne pouvait plus guère prétendre que par sa solitude, sa tour tronquée et, au rez-de-chaussée de chaque aile, les immenses cheminées dont le manteau s'ornait d'armoiries presque entièrement effacées et dans lesquelles on eût pu faire brûler un tronc de chêne ou rôtir un bœuf.

C'était ce que disait la vieille institutrice qui s'était remise à parler sans qu'il y eût vraiment pris garde, murmurant que ce qu'il y avait de plus beau, au château, ça n'était pas ces cheminées mais l'escalier à vis qui partait de la cave pour mener à l'étage et au grenier, et qui était, avait-elle lu quelque part, une figure de l'infini, et aussi le linteau de l'entrée, avec son blason effacé surmontant cette inscription

qui ne se distinguait vraiment qu'à la lumière du matin ou dans le soleil du soir, et qu'on n'a jamais pu déchiffrer, mais qu'elle, Yvonne Piale, n'avait cessé d'interroger et qui avait fini par lui *parler*, soutenait-elle, aussi bien qu'une de ces poésies modernes à quoi il n'y a apparemment rien à comprendre.

— Peut-être que j'ai trop fait confiance aux mots, poursuivit-elle en s'ébrouant comme si elle reprenait ses esprits, s'arrachait à sa chute dans un passé qui avait, pour elle, quelque chose d'aussi lent, de profond, et de sombre que celle des cailloux qu'elle jetait, tout enfant, avant de faire confiance aux mots, dans le vieux puits à présent sans margelle et si profond qu'on n'entendait jamais le caillou toucher l'eau, et qu'il fallait être deux pour remonter le seau avec son eau toujours très froide — à croire qu'on la tirait du cœur de ceux qui n'ont jamais aimé ou de la bouche même du diable. Car vous avez fini par avoir peur, non ? tout seul au milieu de ces arbres si grands, toujours remués par le vent et qui font plus de bruit qu'une classe agitée. Vous avez dû l'écouter de reste, ce grand vent d'octobre, quand vous vous êtes retrouvé dans la cour, devant la porte ouverte que vous avez franchie en frissonnant, d'abord avec précaution, pour habituer vos yeux à la semi-obscurité, ensuite pour ne pas trébucher une nouvelle fois, étonné d'avoir en passant la porte posé le pied plus bas que le seuil sur les trois marches qui mènent aux deux salles du rez-de-chaussée, sans que vous ayez pu entrer dans celle de gauche, le toit s'étant de ce côté effondré avec le plancher de l'étage, de sorte que la porte est obstruée par deux ou trois énormes poutres. Vous avez avancé, en revanche, dans l'ombre de l'étroit vestibule de pierre qui mène à ce qu'on appelait la cuisine et où on vivait bien plus que dans nulle autre pièce — en tout cas mieux que dans les trois chambres de l'étage que vous pouviez apercevoir à travers les lattes manquantes du plancher. Toutes vides, ces chambres, à l'exception d'une mauvaise table de nuit à dessus de faux marbre, et de deux ou trois chaises de paille, non moins mauvaises, et de lambeaux de papier peint à fleurs jaunes et bleues et de toile de Jouy avec, par-dessus tout ça, le même ciel bleu cobalt des écrivains, cette fois aperçu entre les longues lauzes qui tressautent dans le vent et qui tombent, de temps en temps, sur les dalles de granit en sifflant comme un couperet de guillotine ; c'est vrai, savez-vous, le jeune Besson, de la Goutaille, qui était venu là faire le malin avec ses camarades de classe, a failli y laisser sa tête, dans laquelle il n'y avait pas grand-chose, je vous l'accorde, mais qu'il porte maintenant toujours un peu penchée sur la droite, du côté où la lauze lui a entamé la base du cou, si bien qu'on dirait qu'il craint davantage le ciel, tout comme vous avez dû le craindre, ce jour-là, je ne dois pas me tromper, car vous n'avez pas été imprudent, vous n'avez pas monté le bel escalier de pierre dont vous avez certainement remarqué que plusieurs marches sont lézardées. D'ailleurs, qu'auriez-vous découvert, là-haut, que vous n'aperceviez de là où vous étiez, à l'extrémité du court vestibule dont la porte était rabattue vers vous, laissant vos yeux se faire à ce surcroît d'obscurité au creux de laquelle, malgré la fenêtre ouverte à tous les vents et le toit dépenaillé, vous avez fini par distinguer un évier de pierre dont le pissarou était autrefois une figure de diablotin ; puis une table ronde, couverte de gravats, au-dessus de laquelle pend encore, au bout d'un très long fil, une ampoule avec son abat-jour d'émail blanc ; et quelques bouteilles, assiettes, verres et pots, pour la plupart brisés ou renversés parmi tout ce qui jonche le dallage et à quoi on ne peut plus donner de nom, surtout ces emballages de plastique qui sont plus sinistres que nul autre déchet ; et c'est tout, oui, tout ce qui reste des êtres qui ont vécu là, sur ces hauteurs, ensemble, riches et humbles, les Barbatte et les Piale, non pas dans la joie mais dans l'orgueil d'exister, pour les uns, et pour les autres la fierté de ne pas s'abandonner, de ne pas mourir, de durer, de montrer que les humbles tiennent aussi bien que les autres, et d'aller aussi lentement que ces murs, ces arbres, ces collines, d'aller avec le temps, d'avoir le temps, et d'être de son temps, comme moi, et plus encore...

Elle restait là, bouche ouverte, le visage frémissant d'une ferveur qui n'avait plus rien d'ironique ; un peu contrariée néanmoins de s'être laissée aller, comme si elle eût trop donné, et trop tôt, ou qu'il l'eût surprise nue, étant de celles dont la vraie nudité est dans le seul visage : un visage que le petit Claude apprenait à regarder, qu'il lui semblait découvrir enfin et qu'il pouvait contempler en entier, elle lui en laissait le loisir, l'ayant par la parole dépouillé de toute l'ombre que le temps avait accumulée autour de traits plutôt austères mais réguliers et point désagréables, pour se donner à lui non pas dans son âge actuel, ni dans la supputation de ce qu'il avait pu être, autrefois, mais dans l'intemporelle beauté bâtie autour de ses yeux gris ardoise, de cette figure étroite et volontaire, dédaigneuse, désabusée sous sa chevelure à peine grisonnante et toujours abondante, qui le faisait songer à il ne savait quelle autre femme qui n'existait d'ailleurs peut-être pas — tout de même qu'elle, Yvonne Piale, semblait avoir fini de chercher dans le visage de son visiteur l'improbable souvenir de son lointain et fugitif époux, et acceptait qu'il ne fût, ce visiteur, que le petit Claude, un garçon qui n'avait rien d'extraordinaire, plutôt agréable avec ses épaisses boucles brunes, son teint pâle, ses yeux presque noirs et attentifs, calmes, capables d'audace et d'intuition plus que d'intelligence véritable, mais extraordinairement vifs, comme c'est souvent le cas, se disait-elle peut-être, chez les gens de petite taille.

Et lui, de son côté, avait ouvert les lèvres sur des mots qu'il ne prononcerait pas et dont il devinait probablement la vanité, ayant non seulement dépassé le temps qu'ils s'étaient imparti (la seconde heure venait de sonner et il ne s'en allait pas, ne s'était même pas levé, et la vieille institutrice ne semblait pas regretter cette entorse), mais étant entrés, vraiment, dans le cours de leur histoire, puisqu'il faut bien appeler ainsi ce qui réunit soudain deux êtres que tout séparait, qui ne se seraient sans doute pas rencontrés sans la curiosité du plus jeune et l'espèce de passion que la vieille maîtresse mettait à la satisfaire. Passion qui la laissait, ce jour-là, quasi muette, incapable d'en dire davantage, mais qui ne l'empêchait pas, on peut le croire, de deviner que le visiteur, lui aussi, son petit Claude, n'aurait pu en entendre davantage : cela se voyait à son sourire un peu niais d'homme fatigué, encore qu'elle pût se dire qu'il ne fallait pas se laisser prendre à ces apparences, surtout avec un homme, et que celui-là devait être plus retors et opiniâtre qu'il ne paraissait, comme s'il avait déjà compris ce qu'elle était en train de comprendre, refermant alors les lèvres pour se recomposer le sourire qui était d'ordinaire le sien : ce quelque chose d'étrange, de lointain, et, songeait-elle à coup sûr, de terriblement égoïste, de mesquin, de dur, qu'on voit aux hommes qui ont décidé de satisfaire à tout prix leurs désirs et qui ont obtenu ce qu'ils voulaient, en même temps qu'ils savent, aussi bien que les femmes (et peut-être mieux qu'elles, ou d'une manière plus cruelle), la vanité de tout ça, oui, le plaisir et la vanité d'avoir à remuer le passé, se disait-elle, toute une mise en scène pour aboutir à cette sorte de plaisir aussi décevant que l'autre mais à quoi on ne pouvait échapper — des mots, toujours des mots, et tout finissant comme ça avait commencé : par des mots qui ne ramèneraient rien de mieux qu'un bruissement à peine plus sonore que la souffrance discrète des femmes ou que le vent d'automne dans les chênes de Chadiéras ; tandis que lui, le petit Claude, il restait debout devant elle bien que midi eût sonné depuis plus de dix minutes et qu'il se demandât ce qu'elle attendait, puisqu'il était manifeste qu'elle en avait fini pour aujourd'hui et qu'elle ne pouvait tout dire, encore moins tout savoir — surtout pas ce qu'il avait remarqué, lui, la veille, au domaine du Montheix : quel silence il régnait au milieu des grands vents, oui, quel extraordinaire silence faisaient les oiseaux en s'abattant à la cime des arbres, en venant se taire, pouvait-il se dire, dans ce qui restait, derrière le château, de la charmille qui surplombait le lac et d'où il avait pu apercevoir, sur l'autre rive, les fumées de Couignoux et, plus à gauche, tout au fond, vers le nord-ouest, celles de Siom qu'il devinait entre les sapins que le vieux M. Barbatte avait fait planter, de l'autre côté du barrage, sur une centaine d'hectares.

Il avait vu bien d'autres choses, qu'il garderait pour lui, sentant que le silence était sa meilleure figure — ce qu'il avait de mieux à offrir, outre sa mine gentille de *petit Claude* et quelques secrets qui ne pesaient rien en regard de ce que la vieille maîtresse avait à lui apprendre, à lui qui était, devait-elle songer, si transparent et prévisible, malgré son silence et ses airs mystérieux (« Aussi évident, lui dirait-elle un autre jour, qu'une fille amoureuse, ou que le nez au milieu de la figure... »), étant donc appelée, la vieille maîtresse, à lui faire dire sans le lui avoir demandé (moins par curiosité que pour marquer une pause et feindre de s'intéresser un peu à lui qu'elle avait d'emblée deviné tout entier) ce qu'il faisait dans la vie, agent des chemins de fer de l'État, postier ou représentant de commerce, c'était à peu près certain ; c'était même ça, oui, commis voyageur, il en avait bien l'allure et rougissait de le lui entendre dire, baissant la tête en signe d'acquiescement. Elle savait aussi (et il pouvait voir qu'elle savait à son expression soudain altérée de chasseur fondant sur sa proie) qu'il allait retrouver une femme, à présent, il en avait bien la mine, ça se connaissait à cet air faussement dégagé, arrogant et un peu vide que donne la promesse du bonheur ou, plus simplement, celle de la satisfaction des sens.

— Oui, une femme, probablement mariée, ils aiment tous ça, à cet âge, les femmes mûres, et croient découvrir l'Amérique dans les bras des bourgeoises d'Ussel, de Tulle ou de Meymac, une femme qu'il retrouvera à l'hôtel des Touristes, à Pérols, ou aux Buiges, à l'hôtel de Paris, ou encore à l'hôtel des Voyageurs, à Tarnac, c'est bien le diable s'ils ne vont pas nicher dans des endroits pareils, pouvait-elle se dire, un peu irritée, elle à qui on ne la faisait pas, de se sentir au cœur un de ces brefs pincements de jalousie, comme si sa parole, son mystère, son histoire pouvaient ne pas suffire, ne pas requérir entièrement ce freluquet, ce *trau* de petit-cousin qui faisait le jeune homme et qu'elle regardait s'en aller enfin sans attendre qu'elle le raccompagnât, comme s'il était chez lui, et alors qu'elle n'avait pas fait le moindre geste pour le saluer, qui avait claqué la porte avec un bruit sec qui lui faisait découvrir pourquoi, depuis des mois, sans le savoir, elle s'irritait de la sécheresse grinçante de ce bruit alors que tous ses gestes à elle devaient être de la même nature, y compris le sourire qu'elle lui avait montré, la première fois, après lui avoir tendu non pas ses mains ensanglantées de larron crucifié mais ses poignets minces et nus, prise de court, confuse et agacée, elle qui abhorrait les manifestations de tendresse et qui avait préféré, dès la seconde visite, mettre les choses au point en lui tendant une main cette fois plus convenable, se disait-elle encore, tandis qu'il descendait les marches à l'extrémité de la terrasse et qu'elle guettait sa réapparition dans l'allée tout en secouant par la fenêtre le panier à salade, prête à lui faire un signe de la main, mais sans le voir se retourner, dès lors haussant les épaules et refermant la fenêtre pour rincer les truites qu'elle recouvrit de farine puis allongea, quand elle eut entendu démarrer la Citroën, dans une poêle où elle avait versé de l'huile d'olive en un geste dont elle ne put sans doute pas maîtriser la fébrilité et qui fit jaillir de la poêle des gouttelettes brûlantes qui grésillèrent sur la plaque de la cuisinière et sur le dos de ses mains aussi vivement, aurait-elle pu dire, que les picotements de son cœur.

III

— Et pourtant, lui dit-il la semaine suivante, d'entrée de jeu, sans lui laisser le temps d'ouvrir la bouche ni avoir attendu qu'elle l'eût prié de finir d'entrer et de s'asseoir (ce qu'il avait fait avec une audace de jeune amant), et pourtant, tout ça n'est pas vraisemblable. Comment est-ce qu'on a pu tout laisser se défaire, là-bas...

Elle fit comme si elle n'avait pas entendu, comme si elle se fût trouvée en classe et qu'elle eût feint de ne pas remarquer l'intervention saugrenue de l'élève préféré à qui, par son silence, elle entendait clore le bec tout en fermant, elle, les yeux et souriant, à ce moment, et une fois encore pleine de gratitude, elle ne s'en lasserait jamais, elle le dirait au petit Claude, pour le génie de la langue française, même si elle eût pu songer que *se défaire* n'était pas le verbe qui convenait et qu'il eût fallu user du patois *s'ébouiller*, bien mieux à même de dire l'abandon, le mépris et la ruine. Elle reprit son récit (ou ce qui pouvait en tenir lieu puisqu'il n'avait pas vraiment de début, à moins qu'il ne trouvât son commencement dans la description qu'elle avait faite du Montheix) non pas là où elle avait abandonné le petit Claude mais plus avant, à l'endroit où elle imaginait qu'il avait dû aller, une fois ressorti du château — c'est-à-dire là même où, tournant le dos à la porte et pénétrant dans le tronc ouvert du vieil if, on se trouve tout au centre...

Elle le regarda, mi-inquiète, mi-amusée, puis lui lança, d'une voix plus forte, presque aiguë :

— Vous n'avez rencontré personne, là-bas ?

C'était à lui de ne pas entendre, alors qu'il aurait dû s'étonner, chercher à savoir qui il aurait bien pu rencontrer d'autre que les merles, les corneilles, les geais, les tourterelles, la longue voix du vent.

— De quel centre vous parlez ? finit-il par demander.

À quoi elle répondit, à peu près sur le même ton, léger, comme détaché :

— Quel centre ? Mais celui du domaine, le point d'intersection des lignes qui partent de l'angle des étables et du grand hangar, de part et d'autre du château, et qui, à l'opposé, rejoignent la croix volée et le fournil, vous me suivez ? Si bien que l'if est au centre d'une croix de Saint-André... Bien sûr, nous n'avons pas trouvé ça toutes seules : c'est un géomètre venu là pour établir des courbes de niveaux qui nous a renseignées. Mais je me doutais bien qu'il y avait quelque chose entre cet if et la disposition des bâtiments, d'autant que le soleil se couche exactement entre les branches de l'arbre, dans l'alignement de la porte d'entrée, on le voyait bien, en hiver surtout, quand il n'y avait pas tous ces sapins sur les collines et que je regardais mes deux sœurs venir vers moi, au couchant, avec, dans les cheveux, tout l'or du monde...

Elle haussa les épaules, murmura qu'elle parlait comme un livre, et qu'elle ne croyait pas plus que lui, le petit Claude (encore qu'elle ne sût rien, à ce moment, de ce qu'il pouvait penser, et qu'elle fût de ces gens qui ne supportent pas qu'on voie les choses autrement qu'ils ne les perçoivent), aux architectures secrètes, à la face cachée des choses, à un ordre mystérieux du monde, aux initiations, au merveilleux : il y avait dans le cœur humain assez de ténèbres, n'est-ce pas, pour qu'on ne veuille pas en trouver là où il n'en existe point. D'ailleurs, si elle avait parlé de l'if, c'était qu'il était au cœur de bien autre chose qu'un salmigondis de sciences occultes. Elle y songeait, ce jour-là, avec l'impression qu'elle était née là, dans l'espèce de creux qu'avait laissé le tronc en se fendant avec les siècles, et dans quoi on pouvait se tenir couché en boule, bien à l'abri sur le tapis d'aiguilles, ou debout, oui, même un homme épais, ou encore se cacher, tellement était dense l'ombre des plus basses branches, si vieilles et si lourdes qu'elles reposaient sur le sol — « avec, même, la plus ancienne, la plus grosse, qui, derrière, a plongé dans la terre pour resurgir comme un rameau neuf, comme une espèce de serpent qui me faisait peur quand j'étais petite, plus vive encore et bien verte, avec son extrémité de jeune arbre dressé vers les grands chênes de l'allée et ses rameaux qui vont lécher ce qui reste du muret de clôture, presque partout ébouillé », dit-elle, ayant retrouvé sa voix lente et murmurante pour évoquer la petite fille qu'elle avait été, là-bas, au Montheix, sa naissance dans ce domaine qui n'avait pas toujours été abandonné aux râles de la forêt et aux rares visiteurs qui, tel le petit Claude, venaient y découvrir un bout du monde qui était aussi le bout du temps, et où l'on s'étonnait que des gens aient pu vivre ainsi jusqu'à nos jours.

Il se la représentait, cette petite fille en sarrau bleu

ciel, aux cheveux châtain clair tirant sur le blond, l'œil pâle et vif, taillant déjà dans le petit matin de sa vie les certitudes dont elle ne démordrait pas et qui seraient ses vraies richesses, ces petits cailloux blancs sur lesquels on resserre le poing aux mauvais moments, pour ne pas pleurer. Et il pouvait les imaginer, ces premiers malheurs comme ces premières joies, tandis qu'elle remontait par la parole, avec une précision de grande solitaire, de vraie remâcheuse de mots, de maîtresse pinailleuse, les pierres ébouillées de ce qui n'existait plus : la maison basse attenante au grand hangar qui jouxtait perpendiculairement la chapelle, et mitoyenne, de l'autre côté, d'une autre maison, plus petite, qui servait aux poules, aux dindes, aux lapins, à remiser le bois coupé et les outils, et qui aurait dû servir à quelque domestique si on avait eu, en ce temps-là, quarante ans auparavant, de quoi entretenir un valet de ferme alors qu'on était soi-même quasi valet de ces gens, les propriétaires, qui vivaient de l'autre côté de la cour, au château, à moins de trente mètres de votre seuil et cependant à mille lieues, qui avaient leur cour à eux, entre l'if et le château, délimitée par une haie de troènes qui ne parvenaient pas à pousser comme ils le souhaitaient, eux qui ne se souciaient seulement pas de savoir comment poussaient les rejetons de leurs métayers, comme ils disaient, puisqu'ils se réservaient le titre de fermiers en le faisant précéder d'un *gentilhomme* — tout cela prononcé à l'anglaise, *gentleman farmer*, faute de quoi, n'est-ce pas, on eût mélangé les torchons et les serviettes, et c'eût été le monde à l'envers.

— Et pourtant, il l'était bien à l'envers, ce monde, murmura-t-elle avec un sourire dur, non seulement pour les Barbatte, mais aussi pour nous autres, les

Piale, qui n'étions pas loin de nous croire des moins que rien alors que les Barbatte, eux, en tout cas ceux du Montheix, n'étaient pas même de vrais hobereaux, ni même des gentillâtres campagnards : de tout petits bourgeois brusquement enrichis, originaires de Dijon, mais qui appartenaient aux hautes terres par une aïeule siomoise qui était allée travailler à Lyon comme femme de chambre — à moins qu'elle ne fût entrée au bordel, comme on entre en religion, c'est-à-dire avec ferveur, puisqu'elle avait toujours eu le feu aux fesses, Viviane Renvier, avant de se faire épouser par le vieux M. Barbatte qui l'avait engrossée et de vivre à Dijon où les Barbatte possédaient une fabrique de moutarde et de vinaigre ; à quoi fut ajoutée une affaire de vins de Bourgogne qui prospéra encore mieux que la moutarde et le vinaigre et donna au vieux Barbatte l'idée et le goût de la terre, non pas celle de Bourgogne mais celle où était née sa femme, découverte au cours d'un voyage d'affaires, à l'époque où il faisait lui-même des tournées pour placer ses produits ; et avec le goût de la terre, celui des femmes, puisqu'il en épousa deux autres, après la mort de Viviane, en 1950, et divorça d'avec la troisième pour vivre quasi conjugalement avec une servante, à soixante ans passés : toutes des femmes d'ici, à croire que c'était une faiblesse, ou un vice, ou du calcul, mais certainement pas le hasard, vu que la dernière, qui était de Saint-Priest, possédait quelques terres du côté de l'Éburderie ou du Mont-Gradis, au-dessus de Siom, auxquelles M. Barbatte adjoignit le château de Saint-Priest, où il se retira, puis celui du Montheix, dans la commune de Siom, dans lequel il installa le dernier des trois fils qu'il avait eus avec sa seconde femme, le mauvais, du moins le plus mauvais, étant donné qu'ils l'étaient presque tous, mauvais, oui, de sales bêtes, vraiment, et qu'ils se croyaient tout permis, surtout depuis que le vieux M. Barbatte avait trouvé bon d'ajouter à son patronyme, le jugeant malsonnant, le nom de Saint-Priest et que le cadet, lui, sans doute pour se démarquer du vieux, comme il l'appelait, et surtout de ses frères, qui, eux, au moins, avaient repris l'affaire de moutarde et le négoce du vin, se faisait appeler Barbatte du Montheix — de la même façon que les Grandpré, de Saint-Hilaire, qui avaient fait fortune dans la peinture industrielle et avaient acheté le domaine des Freux, se faisaient appeler Grandpré des Freux... Barbatte du Montheix ! Ça sonnait trop haut, faute d'être bien beau, et c'était, pardonnez-moi, vouloir péter plus haut que son tiau ! Et tout ça, aussi, après qu'il a eu épousé, le cadet des Barbatte, une fille des Buiges, une Dupart — l'unique enfant d'un médecin venu de Paris pour s'installer chez nous et qui avait pour l'éther ou la morphine, je ne sais plus, des faiblesses qui l'ont jeté, quelques années plus tard, contre un hêtre, dans la descente qui mène à Siom, avant le virage de la Chapelle. Une fille à peu près aussi laide que lui, Marcel Barbatte. Elle lui a donné un fils — et on a trouvé à redire qu'il n'ait pas été aussi laid que ses parents, et même que deux êtres aussi vilains aient pu engendrer celui-là, qui n'avait rien de laid, qui était même beau et qui, dès qu'il l'a pu, a fui le Montheix, y est revenu le moins possible, préférant aller non pas chez ses grands-parents ou ses oncles, aux Buiges ou à Dijon, mais à Saint-Priest, chez l'aïeul, dans ce château que le moutardier avait fait restaurer avec goût, de sorte qu'il devait se dire, et il l'a dit, qu'on pouvait habiter un château sans pour autant ressembler, comme ses parents, à des sangliers...

Riez ! Riez ! On voit bien que vous ne les avez pas connus, ces Barbatte, ceux du Montheix et ceux de Saint-Priest, et ceux qui étaient restés à Dijon et qui se croyaient au-dessus des autres. L'aïeul était un malin, très dur en affaires, mais pas mauvaise bête ; et c'était chez lui qu'il se rendait, le fils du Montheix, sans se soucier de ce qu'on disait dans le pays, n'hésitant pas à faire sept kilomètres à pied pour s'entretenir avec son grand-père à la plus haute fenêtre de la tour — de chaque côté de cette fenêtre, plutôt, et dans la pénombre, comme s'ils fuyaient la lumière, pour parler d'on ne sait quoi dans leurs grands fauteuils à oreillettes, de la marche du monde, peut-être, de la nuit où le vieux allait bientôt entrer, des mystères de l'amour, qui sait ? En tout cas nullement des deux sires du Montheix, ainsi que les appelait l'aïeul avec un évident mépris, non, surtout pas de ce fils ni de cette bru qui n'étaient sensibles à rien, pas plus à l'amour qu'à l'invisible ou à la marche du monde. Car ils avaient fini, ces deux-là, ceux du Montheix, par vivre ensemble — par rester ensemble, plutôt : ni inclination, ni intérêt, mais la peur de tout ça : l'amour et l'argent ; peur aussi d'avoir à se débrouiller seuls, et donc se terrant dans cette espèce de ferme fortifiée qu'ils voulaient faire passer pour un manoir, gîtant au plus mesquin d'eux-mêmes, dans le regret de ce qu'ils n'avaient pas été : lui, le Marcel, le mauvais fils, le propre à rien, le gouriassou, amer de n'avoir pas plus belle gueule, plus grosse rente ni femme plus jolie, mortifié de ne pouvoir compter un jour sur le château de Saint-Priest, encore moins sur la demeure familiale de Dijon, relégué là, au Montheix, pour des frasques de jeunesse et des dettes épongées par le vieux, assigné de la sorte, et définitivement, puisqu'il était incapable de rien faire de ses dix doigts, à résidence dans ce repaire des vents duquel il n'était pas plus propriétaire qu'il ne se sentait père de ce fils dont tout le séparait et qu'il ne pouvait, avec le temps, même plus regarder de haut comme il le faisait avec les gens de Saint-Priest, de Siom, des Buiges, et avec nous autres, les Piale... Et elle, la bru, la fille de l'éthéromane — pas même quelqu'un de chez nous, mais de Paris, bien sûr, car il n'y a que là-bas qu'on peut attraper un tel vice, l'éther, alors qu'ici nous avons des choses plus simples : le vin, la gnôle, et, mieux, les très grands vents qui nous froissent l'esprit, et ces hivers pendant lesquels le cœur semble battre moins vite, comme s'il allait geler et s'arrêter ; elle, donc, la Mathilde, déplorant elle aussi son peu de beauté qu'elle tâchait d'oublier dans la jeune splendeur de son fils — le signe, pour elle, qu'elle n'était pas tout à fait mauvaise, ni damnée, puisqu'il ressemblait, Éric, du côté des Dupart...

Elle avait bien fait d'en profiter, Mathilde Barbatte née Dupart, et de croire qu'elle pourrait compter sur la miséricorde divine, oui, de mettre dans son tardif amour de mère un espoir de rédemption : elle ne verrait bientôt plus Éric qu'aux vacances et le dimanche, le vieux Barbatte ayant choisi pour son petit-fils une pension plus honorable que la tanière du Montheix, et envoyé le jeune gars à Uzerche, dans un collège d'où il ne revenait que le samedi après-midi, dans la noire Traction que lui envoyait l'aïeul, conduite par Thaurion, son homme à tout faire qui venait le reprendre au Montheix, le dimanche, vers cinq heures, sauf s'il avait trop neigé et que la route de Siom, impraticable, obligeait l'enfant à demeurer à Saint-Priest, entre une chambre où le vent, enfin, ne pénétrait pas et son coin de fenêtre, à la plus haute tour, dans le fauteuil à oreillettes, au bord du rectangle de lumière tombant sur le plancher ciré, et où il écoutait son grand-père lui parler très doucement de l'or, du sang, des rires, des larmes et des ténèbres.

Ce que ne disait pas Yvonne Piale, c'est qu'elle aussi elle l'attendait, cette Traction, allongée dans les genêts, au bas du grand pré surplombant la route qui montait des gorges, guettant de ses yeux plus pâles que son sarrau le retour du petit gars au visage étroit et au teint blême, sanglé déjà dans des certitudes un peu courtes qui n'étaient néanmoins pas celles de ses parents à qui il ne montrait qu'une figure calme, polie, un peu lointaine, le vieux Barbatte lui ayant appris les vertus du silence.

Lui aussi étonné, le vieux Barbatte, et troublé par la beauté du rejeton autant que par son intelligence — ce qui lui faisait penser qu'il n'avait pas œuvré pour rien, lui, qu'il n'avait pas eu tort de se ficher dans la chair de toutes ces femmes, même si ses mariages n'avaient rien donné de mieux que ces fils pas bien beaux, ni très intelligents, ni agréables, et à qui, même, la méchanceté tenait lieu d'esprit.

— Et vous ? souffla le petit Claude.

— Moi ? Si je le trouvais beau ? Je ne me suis jamais posé la question, croyez-moi. Du moins, pas comme ça. Nous n'étions pas grand-chose, des fermiers, des va-nu-pieds disaient-ils, et on nous interdisait de jouer ensemble, même si nous avions le même âge, oui, et de franchir la haie de troènes mal poussée qui séparait notre cour de la leur... Mais nous avons fini par nous parler, un jour, nous avions sept ou huit ans, nous nous sommes touché la main, ou plutôt, je crois que j'ai attrapé sa main, la mienne, brune et déjà noueuse, s'éraflant, se déchirant aux branches mortes et au houx qu'on avait fini par planter là pour épaissir la haie, enserrant donc cette main blanche, plus fine qu'une main de fille et si douce que j'avais l'impression de tenir une patte de lapin. Nous n'étions pas assez grands pour nous regarder par-dessus la haie : nous restions là, debout, le nez dans les feuilles, invisibles l'un à l'autre mais nous devinant par nos mains mieux que si nous nous étions contemplés, et je me disais que j'étais heureuse que mon sang coule pour lui, oui, que rien n'aurait pu me faire plus plaisir... Puis je me suis sentie tirée en arrière par les cheveux : c'était mon père. Il me forçait à m'écarter de la haie, à ployer les genoux, à tomber à terre, à me tordre le cou en me disant, lui qui ne m'avait jamais fait de mal, qui même n'avait jamais eu à élever la voix devant moi et qui, d'ailleurs, parlait si peu : « Tu oublies que tu n'es pas une reine ! » Je ne comprenais pas, je n'y voyais plus rien, les larmes m'aveuglaient, et il est resté longtemps, trop longtemps pour la petite fille que j'étais, à me tenir pliée contre le sol, le cou tordu vers le même ciel bleu cobalt que celui que vous avez vu là-bas, l'autre matin ; trop longtemps pour que je n'aie pas appris à le craindre en le détestant, je veux parler du ciel, puisque je me disais que mon père devait avoir raison, même s'il me faisait mal et qu'Éric Barbatte sanglotait de plus belle, de l'autre côté — ce qui a fait accourir la bonne, puis sa mère, à grands cris. Alors mon père m'a levée de terre, d'un seul coup, sans effort, comme quand il soulevait une botte de foin avec sa fourche : il m'a prise contre lui en m'embrassant, j'en pleurais de joie, il murmurait qu'il ne valait pas plus cher que les autres, ce jeune Barbatte, que je devais le fuir comme la peste, que ça n'était pas là une fréquentation pour une Piale... Si ça m'a servi de leçon ? Il fallait respecter les apparences, de chaque côté de la haie ; et puis nous aussi, les Piale, nous avions notre honneur, celui des peineux, des taiseux, des culs-terreux, oui, c'était ce qu'il disait, le grand Piale, pas tant à l'intention du jeune Barbatte qui pleurnichait derrière les troènes, que de sa mère et de son turlot de père qui avait fini par mettre le nez à la fenêtre. Il le disait en patois, ce patois qu'aucun Barbatte ne comprenait et qui était encore, en ce temps-là, une des rares choses qui nous appartinssent, avec notre patronyme et nos peines... J'ai donc regardé le ciel. Je venais de sentir la terre comme jamais je ne l'avais sentie : la boue, l'herbe écrasée, les fientes de poule et celles du vieux chien que nous avions alors et qu'il fallait sans cesse surveiller pour qu'il ne dérange pas Mme Barbatte qui passait le plus clair de son temps au lit, en tout cas allongée, puisqu'elle n'avait rien de mieux à faire que de soigner ses migraines : un mot que je ne connaissais pas et qui m'a toujours fait penser, depuis, à une sorte de bête aux pattes transparentes et au corps bombé qui lui aurait dévoré l'intérieur de la tête... Oui, j'ai senti la froideur de la terre et celle du ciel, et moi, entre les deux, dans les bras de mon pauvre père, petite fille en sarrau clair et en larmes, qui apprenait où était sa place et qui la refusait en silence, malgré la force de conviction qu'avaient le menton doucement piquant qui lui frottait la joue et les grands bras entre lesquels, en fermant les yeux à demi, elle avait l'impression de voyager dans le ciel ; qui refusait, donc, que ça lui fasse si mal d'être si peu de chose, petite fille flottant entre l'ombre et la lumière, à peine plus lourde que le vieux chien qui s'était approché de la haie pour y lécher les quelques gouttes de sang que j'y avais laissées...

Ce n'était pas tout. M. Barbatte avait fini par descendre et sortir sur le perron, ennuyé d'avoir à intervenir, d'avoir à jouer ces rôles pour lesquels il était si peu fait : père, époux, maître des lieux ; d'avoir aussi à calmer les cris de pintade que poussait l'épouse soutenue par les gémissements de la bonne, demandant la raison de tout ce ramdam, d'un ton trop rogue pour qu'il ne s'adressât pas au seul père Piale, provoquant ce dernier, le sommant de s'arrêter, de se retourner, de poser à terre sa progéniture, de s'expliquer :

— Rien, monsieur Barbatte, ce n'est rien, des gamineries, dit le père Piale qui ajouta en patois que tout était en ordre.

On lui enjoignit de parler un langage plus clair.

— C'était très clair, monsieur Barbatte.

De quoi l'autre ne se tint pas pour satisfait, clamant qu'il détestait les phraseurs et les énigmes, et que par langage clair il entendait le français et non la langue des étables et ce que le père Piale y marmonnait et qui ne devait pas être bien aimable — ajoutant, cette fois à l'intention de sa femme, voussoyée pour l'occasion, autant que pour ce fils à pattes blanches et pour la fillette qui naviguait encore sur l'épaule du père, le visage mussé sous la plus basse branche du tilleul qui poussait dans la cour des Barbatte et dont quelques branches dépassaient sur celle des Piale, ajoutant, donc, en relevant très haut sa tête de hobereau fatigué :

— Vous verrez que ceux-là aussi voudront des congés payés...

Peut-être songèrent-ils ensemble, la vieille institutrice et le jeune visiteur, que ces gouttes de sang sur les feuilles des troènes étaient les larmes qu'elle ne verserait jamais sur elle-même, ayant compris ce jour-là non seulement où était sa place mais aussi qu'il pourrait y avoir une autre place pour elle, qu'il ne s'agissait que de faire semblant, de feindre avec les Barbatte que les choses fussent éternelles et que le temps ne réglât pas tous les comptes. Elle avait compris cela, à huit ans, pour avoir protégé la main du garçon, du beau gosse, du fils de famille, tout comme elle comprendrait, bien des années plus tard, elle qui se méfierait des symboles, hormis de ceux de la République, que le rang importe moins que les rapports entre les individus et que, quoi que le destin fasse de vous, qu'il vous laisse contre la terre ou vous place plus près du ciel, qu'on ait visage d'ange ou face de gribouille, il y a toujours ce moment où une main d'enfant en étreint une autre à travers une haie pleine d'épines.

Elle leva les yeux au-dessus du petit Claude en penchant un peu la tête à droite, sans doute pour cacher les larmes qui lui venaient, plus de cinquante ans après, en un geste bref et hautain qui avait été le sien toute sa vie lorsqu'elle parlait, non seulement dans les salles qui sentaient la craie, la mauvaise encre, le papier moisi, l'étable, l'enfant mal lavé, mais en toutes circonstances, murmura-t-elle, allant chercher sur le côté, d'un mouvement de tête qu'elle savait rendre gracieux, un peu d'ombre où s'envelopper la figure, pour ne point faire comme l'enfant à pattes blanches qui pleurnichait derrière la haie, sans retenue, à la façon d'un chiot, qui n'était d'ailleurs qu'un chiot, trop aimé, caressé, pâle, fleurant aussi bon que la pâte que la mère Piale pétrissait puis faisait cuire le matin de chaque samedi, dans le fournil, à l'entrée du domaine.

— Je l'aidais à pétrir ces pains de trois kilos et ces

tourtes de pain bis qui, ce n'était pas comme aujourd'hui, duraient toute la semaine, rangés au fond des huches ou sur des râteliers accrochés au plafond. On m'envoyait le porter au château, ce pain, le samedi, en fin de matinée, oui, à la cuisine où je n'avais jamais mis les pieds avant l'âge de dix ans...

Encore fallait-il qu'ils fussent, ces pieds, aussi propres que les voix étaient basses — ce qui lui faisait dire qu'ils vivaient, les Piale, entre les paroles ravalées et les souffles du vent, moins bien que leurs bêtes tandis que les Barbatte parlaient, riaient, criaient, même si M. Barbatte assurait qu'un Barbatte du Montheix ne gueulait jamais, ni chez soi ni dehors, même s'il se fût trouvé parmi les flammes de l'Enfer.

— Les bras me brûlaient, me tiraient, ces pains étaient trop lourds, plus grands, plus larges que moi, et je veillais à ne pas trébucher sur le chemin qui passait sous les branches de l'if et rejoignait l'allée au bout de laquelle il y avait le puits qui me faisait encore peur mais où je me serais volontiers arrêtée pour tirer un peu d'eau, tant comme j'avais soif, soudain, puis je prenais non pas sur la droite mais à gauche, vers cette étable à cochons dont les Barbatte rêvaient de se débarrasser, surtout les jours où il y avait du monde — des godelureaux, des fils à papa des Buiges, de Treignac, d'Ussel, même, et aussi ce Besse qui allait bientôt faire sa pelote en revendant du matériel volé au barrage, et quelques autres de cet acabit, mais jamais le vieux Barbatte de Saint-Priest, qui restait à savourer, comme il disait, la lumière des heures à la plus haute fenêtre de son château — tous les autres s'imaginant éternels, portant beau, parlant haut, les dames comme les messieurs, et affectant de ne rien voir de ce qu'il y avait au-delà des troènes : la petite ferme avec son grand hangar, son étable à lapins, son poulailler (« Pourquoi diable existe-t-il quelque chose comme une poule ! » disait une de ces dames qui riait et faisait rire les messieurs, l'un d'eux surtout, qui lui a donné une claque sur les fesses, ce qui l'a fait rire encore plus fort, elle, tandis que l'homme ajoutait que le monde ne serait peut-être rien sans les poules...), cette chapelle qui lui faisait face et où personne n'avait jamais entendu la messe. Tout ça pour vous dire qu'il fallait, surtout l'été, éloigner les cochons, qui n'étaient qu'à quelques mètres de la pièce où Mme Barbatte recevait, afin que les grognements et les odeurs n'aillent pas se mêler à la conversation, même si ce qui se disait là-bas, dans la salle à manger, ne valait pas beaucoup mieux que les grognements des porcs...

— Et qu'est-ce que vous avez vu, ce jour-là, chez les Barbatte ?

Elle n'entendit pas, se revoyant probablement, les soirs où il y avait du monde, la gaule à l'épaule, derrière les cochons qu'elle faisait descendre par une sente rude vers la buige qui poussait au bas du pré, battant le sol pour chasser les serpents et demeurant là jusqu'à ce que ce fût terminé, c'est-à-dire à la fin de l'après-midi ou, si c'était un dîner, à nuit tombée, alors que le pays était vaincu, humilié, occupé, que ces Barbatte-là faisaient comme si rien n'était changé, que l'aîné des frères, plutôt que de trafiquer son bourgogne avec l'occupant, avait gagné Londres, et que les godelureaux continuaient de venir ripailler au Montheix, sans rien voir ni entendre, comme ce jour où elle eut douze ans et où le père la trouva endormie contre le tronc d'un hêtre et la réveilla pour lui dire que les cochons étaient rentrés tout seuls, qu'il les avait nourris et fermés, et qu'ils avaient maintenant le temps, le père et la fille, le père s'allongeant auprès de la fille tandis que le soleil se couchait dans les hêtres, sur les collines de l'ouest, et que la fille se disait que c'était ça, le bonheur, être allongée contre ce père, que c'était si rare de le sentir là, immobile, tout près d'elle, avec son odeur de tabac brun, de sueur, de terre, et d'eau de Cologne qui se mélangeait à l'odeur des grands bois, que ça n'avait plus rien d'une odeur de pauvre et que ça lui tournait un peu la tête, ça et le soleil couchant ; ce qui faisait songer au petit Claude que c'était toujours la même chose, que pour les filles le père était décidément l'homme de leur vie, et pas seulement pour les filles, songeait-il peut-être encore en écoutant la vieille maîtresse parler à présent d'après-dîners d'été au cours desquels le père, depuis qu'elle était grande fille, c'est-à-dire que ça avait saigné en elle pour la première fois, l'emmenait dans la vallée, pour voir monter dans le ciel, une à une, les étoiles dont il connaissait le nom, qu'il prononçait dans le quasi-silence de sa voix, tandis que les autres, au château, finissaient de s'échauffer avec les vins fins et les plats qu'était venue préparer la veuve Mazeyrat, des Buiges, ou bien qu'ils commanderaient après guerre à un traiteur de Treignac (si bien que le mot de traiteur, pour elle, sonnerait toujours comme celui de traître, et qu'elle s'étonnerait longtemps que le charcutier de Treignac n'ait pas la tête de l'emploi), et qu'ils avalaient avant de se mettre à danser au son d'un tourne-disque ou d'un poste de radio — alors même, murmurait-on, que le corps du premier fils Barbatte, celui qu'il avait eu de sa première épouse, le vertueux, l'idéaliste, celui qui était allé à Londres pour servir la France libre, était encore tiède, capturé, torturé, exécuté par les Allemands avec trois de ses compagnons d'armes, non loin de là, dans une cour de ferme.

Il arrivait qu'ils rencontraient, sur le chemin du retour, lorsque la nuit était tombée et que le père, en se secouant, avait prononcé la phrase rituelle, quelques mots, en patois : « Il est tard, on n'y voit plus, elles vont s'inquiéter, là-bas... », une femme à moitié soûle, celle-là même, peut-être, qui s'étonnait que les poules existassent et qui ne se gênait pas pour pisser devant eux sur le gravier de l'allée ou sur la pierre du seuil, comme s'ils n'eussent pas existé, là même où ni le père ni la fille n'eussent été admis à poser un sabot crotté, fût-ce pour porter, lui le bois de chauffe, elle le pain, qu'ils déposaient dans la cuisine sous l'œil attentif de la fille Jolet, de la Faurie Haute, pourtant plus sale qu'un peigne (mais, n'est-ce pas, disait Mme Barbatte, on ne trouvait plus de domestiques, ou alors ils se mettaient à relever la tête, et prétendaient à des droits !), amenée au Montheix le lundi matin par son frère qui allait vendre ses lapins et poulets dans les foires du département, et ramenée, le samedi soir, par le même frère qui se disait sans doute que sa sœur n'était guère différente, par son mutisme, son œil bête et pâle et ses lèvres toujours entrouvertes, des poules dont il faisait commerce : une poule rousse, à cause de sa chevelure couleur de renard qui dégoûtait un peu les Barbatte et qu'il lui fallait dissimuler non pas sous une cutâ, une de ces blanches coiffes depuis longtemps passées de mode, mais sous une espèce de fichu sombre qui lui donnait l'air d'une moniale idiote.

C'était à leur tour, au père et à la fille, de faire semblant et de ne rien voir — à Yvonne, surtout, de ne point remarquer ces dames et ces messieurs qui leur pissaient pour ainsi dire à la figure, les hommes contre le mur ou la haie, ou au milieu de la pelouse, la cigarette au bec, s'esclaffant comme s'ils riaient tristement d'eux-mêmes et qu'ils fussent pénétrés, soudain, avec la fraîcheur de la nuit, de la vanité de toute chose ; et les femmes, l'air à la fois plus grave et doux, regardant fumer sous elles ce qui jaillissait de leur ventre, ou bien levant la tête vers cette lune à qui elles semblaient reconnaissantes de faire sourdre d'elles ce puissant trait d'argent. Et ce n'était pas ce jet qu'Yvonne Piale faisait mine de ne point voir (rien ne pouvant la choquer vraiment, surtout pas une femme en train de pisser — ayant bien souvent vu sa propre grand-mère et d'autres vieilles, qui ne portaient rien sous leurs jupes, pisser debout, en écartant à peine les jambes et sans cesser de caqueter) : c'était cette chair rose ou blanchâtre, ces touffes sombres mieux taillées que le buis de Saint-Priest, et surtout le visage extraordinaire qu'elles avaient, à ce moment-là, ces jeunes dames, oui, un visage si las, indifférent et pourtant proche de la joie, délivré non seulement de ce qu'elles avaient dans le ventre, mais d'autre chose : de cela même, peut-être, dont le père Piale ne voulait pas que sa fille eût idée et qui rendait les visages plus nus, fragiles et périssables que la chair entrouverte.

Et il pouvait se dire, le petit Claude, dans la cuisine surchauffée, que c'était son visage à elle qui était alors entrouvert, fragile, offert à la nuit, aux ombres et aux ors de ce passé qu'elle recomposait pour lui, ramenant au demi-jour de la cuisine, plus de cinquante ans après, des figures qui lui semblaient, à lui, d'un autre siècle, alors que tout ça n'était en fin de compte pas si vieux et revenait avec la régularité de singulières saisons, et revenant brusquement, elle, comme si elle s'ébrouait, à la question qu'il lui avait posée, une demi-heure plus tôt :

— S'il était à mon goût, le jeune Barbatte ? La question ne se posait pas, vous devriez le comprendre...

Du moins n'avait-elle à présent plus aucune importance, tout étant inscrit, serti, consommé, brûlé dans une parenthèse dont le petit Claude ne savait rien et ne saurait peut-être jamais rien — et avait-elle pris, cette question, dans le demi-jour où vivait la vieille maîtresse, la couleur des semi-vérités à quoi on raccroche une vie. Il ne cessait de regarder ces lèvres entrouvertes qui, lorsque la vieille maîtresse secouait la tête ou la tournait vers la pendule qui, seconde après seconde, proférait, elle, l'irréfutable et sèche vérité, brillaient étrangement, non pas comme des lèvres de vieille femme mais comme celles d'une femme émue : humides, argentées, frémissantes. Et cette fois-là, encore, on avait dépassé midi sans que ni elle ni lui songeât à bouger, à mettre fin à ce qui s'était dressé devant eux, si l'on peut dire, ce château, cette ferme, cette enfant, ce père taciturne et tous ces êtres qui, comme tant d'autres, avaient cru à l'éternité, à un royaume qui fût de ce monde, aveuglés ou cyniques, à coup sûr opiniâtres, oui, à tout ça, la supériorité des Barbatte sur les Piale, celle du français sur le patois, et tout le reste, travaux, jeux, peines, secrets, et cette grande patience pendant laquelle la petite Piale se tint éloignée du fils Barbatte qu'elle épiait néanmoins et qui ne devait pas plus la voir qu'il ne voyait la bonne à tout faire, la silencieuse Jolet qui, avec ses yeux trop bleus, humides, bêtes, écarquillés derrière de grosses lunettes à monture d'écaille, semblait patiemment guetter l'apparition des corps glorieux.

IV

Il se leva le premier, parce que ça ne pouvait plus durer et qu'il ne pouvait songer qu'elle l'inviterait à partager son repas ni qu'il renoncerait à la chair rose, délicate et entrouverte de la dame de Meymac, aux heures presque trop lentes de l'après-midi qu'ils passeraient, cette fois, dans une chambre de l'hôtel des Voyageurs, à Tarnac, après avoir avalé devant sa maîtresse une nourriture que l'autre, l'ancienne institutrice, ne lui servirait jamais, ayant, comme chaque lundi, rejoué la comédie des amours clandestines, posant, à la fin du déjeuner, une fois commandés ces digestifs qui disposaient si bien à votre égard les hôteliers, la question qui les avait fait connaître et gentiment moquer dans tous les gîtes du haut pays : « Ma femme est un peu fatiguée. Vous auriez peut-être une chambre ? »

Il y avait toujours une chambre, quoiqu'on vît bien que cette femme aurait pu être sa mère, ou peu s'en fallait : toujours à peu près la même, cette chambre, où qu'on se trouvât, celle des voyageurs sans bagages, au fond d'un couloir obscur, ou bien isolée au second ou au troisième étage, sous les combles, à côté des toilettes et de la chambre des bonnes, avec des volets toujours clos et que d'ailleurs on ne repousserait pas tout de suite, mais deux ou trois heures plus tard, quand on aurait ouvert et fouillé la chair trop rose, qu'on aurait épuisé ce qu'il y a au fond des corps, qu'on se serait abandonné à la lassitude et qu'on se dirait qu'on aimerait bien autre chose que la lumière fade et basse des lampes de chevet : un peu d'air pur, de fraîcheur et de jour où parler. Et c'était lui qui se levait, dans sa nudité négligente d'homme comblé ; il repoussait les volets, laissait entrer l'air frais, et s'accoudait (lorsque, c'était souvent le cas, la chambre donnait sur une arrière-cour, ou qu'il pensait qu'il faisait assez nuit pour qu'on ne l'aperçût pas), quel que fût le temps, par bravade autant que pour se ressaisir, se défaire un peu de l'odeur de la femme sur lui, en lui, oui, de ce grand amollissement qui l'avait gagné en même temps que la torpeur et qui était autre chose que le sommeil : une plongée dans une nuit où il gardait les yeux ouverts sans rien voir, où il n'y avait d'ailleurs rien à voir sinon cette rougeur d'ange déchu qu'une secousse faisait brusquement remonter contre le jour, c'était ça, comme s'il eût été plaqué contre la fenêtre et sommé de l'ouvrir afin de se mesurer au vrai jour, tout nu, dût-il attraper la mort, enveloppé à la façon d'un guerrier scythe dans le mauvais tissu du rideau et aspirant à pleins poumons l'air d'une après-midi le plus souvent entrée dans la nuit d'automne, froide et pluvieuse, mais qui valait mieux, cette nuit, que celle où il avait plongé, gémi, hurlé en même temps que la dame de Meymac dont il n'était alors plus capable de regarder la nudité et sur laquelle il tirait à demi les rideaux, ayant probablement deviné qu'une femme de plus de quarante ans avait besoin, elle aussi, du demi-jour de la vérité. À moins qu'elle ne le lui eût elle-même suggéré, elle qui savait, mieux que lui, qu'on souriait ou ricanait de les voir arriver, la dame de Meymac qui avait passé la quarantaine mais encore belle femme, et lui, le petit gars, comme on avait fini par le nommer, qui eût pu être son fils et qui avait bien de la chance, le râblé, le dégourdi, le beau parleur, celui qui savait y faire avec les femmes ; car il fallait bien savoir s'y prendre avec une cheminée pareille, une aussi rude gaillarde que cette femme de Meymac dont les seins, murmurait-on, étaient aussi agréables à soupeser que deux petits melons ou des passe-crassane, et les yeux, sous des paupières un peu tristes et souvent à moitié baissées, plus chauds que des braises. Avec ça, rien de vulgaire ni de fier, non, pas plus que l'autre : deux amoureux tranquilles, en fin de compte, et qui ne devaient faire de ramdam que lorsqu'il ahanait sur elle, dans une chambre lointaine, et qu'elle remuait et gémissait sous lui, avec lui, pour lui, avec cette ferveur dont seules sont capables les femmes puisqu'elles s'ouvrent, n'est-ce pas, se donnent, mourraient à ce moment-là pour ceux qui sont comme de grandes bêtes dansant la gigue sur leur ventre et qui finissent toujours par se coucher sur le flanc, aurait-elle pu dire, la dame de Meymac, en ajoutant que c'était là le vrai, le pur amour, oui, l'amour sans la sentimentalité ni toutes ces petites choses qui font plus souffrir que des cailloux au fond d'un soulier.

C'était ce qu'elle aurait pu dire et que peut-être elle lui a murmuré à la fin d'une de ces journées lentes (et cependant, disait-elle, trop courtes, toujours plus courtes que ce que lui laissait espérer son cœur au cours des six autres jours pendant lesquels elle l'attendait), avec cela qu'un homme n'est jamais aussi nu qu'une femme qui s'ouvre, qu'il n'a pas cette chair rose ou nacrée de coquillage, non : toujours devant lui ce bout de chair violâtre redressé comme un soc, et néanmoins si fragile, simple, émouvant, comme s'il ne parvenait pas, l'homme, à être tout à fait nu, et que la vraie nudité ne fût rien d'autre que l'humidité tiède des femmes, oui, ce que le petit Claude voyait briller dans la pénombre de la chambre alors qu'il était debout devant le lit, qu'il venait de laver ce soc au lavabo, qu'il s'était essuyé avec la serviette mince et rêche qui pendait à une petite barre d'acier chromé, sur le côté droit, et qu'il s'approchait enfin d'elle qui était déjà allongée, dévêtue, et faisait mine de ne pas le voir ni l'entendre, somnolant peut-être un peu sous l'effet du vin et de l'armagnac dont elle faisait, ce jour-là, un usage excessif et en vue de quoi elle s'astreignait, tout le reste de la semaine, à ne boire que de l'eau — de cette triste eau de Contrexéville, précisait-elle, mais c'était pour ne point perdre la ligne et rester belle pour lui —, bien décidée, le lundi, à conjuguer toutes les ivresses, à oublier le temps qui lui semblait alors passer plus vite pour elle que pour le petit Claude, à l'arrêter, à s'abandonner à autre chose qu'au battement du temps, à faire tout ce qu'il voudrait entre ses bras, à n'obéir plus qu'à ce sang qui bruissait, sifflait, martelait en eux la vieille enclume des heures, pouvait-elle se dire en confondant irrésistiblement l'homme et le temps, pourvu qu'il cessât de couler, ou qu'il coulât en elle, l'homme, comme du temps fondu, qu'elle ne remarquât plus les ombres de l'après-midi qui cheminaient au plafond et sur le mauvais papier peint des murs, et qu'il n'y eût plus, dans cette chambre, que l'eau figée, grisâtre et sale du petit miroir sans rebord, accroché au-dessus du lavabo :

oui, que le temps se fût réfugié là, dans cet étroit rectangle d'eau sale où l'on ne pouvait que contempler sa propre figure, avant et après l'amour, et encore n'était-ce point là une fameuse contemplation ; ou alors, que leurs soupirs à eux, l'homme et la femme, instaurant un autre ordre de temps — mais non, pouvait-elle songer, se reprenant, et le cœur bondissant d'espoir, pas de temps, plus de temps : l'éternité sans cesse retrouvée de l'abandon et du plaisir, l'écartèlement sous le corps bondissant de ce petit gars qui allait pourtant finir par peser de tout son poids sur elle et buter en elle comme s'il s'acharnait sur un vieil arbre ou un fût de granit, avec sa barbe déjà repoussée qui avait le rugueux de l'écorce ou de la pierre, et ses poils un peu trop abondants, sur les épaules, le ventre et même le dos, qu'elle ne trouvait guère beaux sans pour autant détester de les sentir sous ses paumes ; de la même façon qu'elle trouvait franchement laid ce qu'il avait entre les jambes, une fois qu'il avait eu ce qu'il voulait et que ça pendait, pitoyablement, comme un bras d'enfant, mais qu'elle finissait par mourir d'envie de sentir de nouveau au plus profond de son ventre, oui, les cuisses bien écartées et remontées sur ses seins, qu'il la déclouât d'elle-même, la barattât, la pilât, lui fît attraper derrière elle les barreaux de cuivre du lit et se mordre les lèvres et ne plus s'appliquer qu'à ce cri qui montait du centre d'elle-même et qui, puisqu'il venait du centre, lui semblait juste et pur et nécessaire : car, voyez-vous, il fallait bien se raccrocher à quelque chose, à quarante ans passés, tout comme à vingt, on n'était que de la pauvre humanité, avec de bien pauvres joies, puis il fallait reprendre le vêtement des heures avant de repasser les autres habits, étoffes et paroles — et se justifier, décrire ce qui venait d'avoir lieu, ce bond hors du temps assassin, le commenter inlassablement, en souligner l'excellence, la beauté, la vertu, l'exalter mieux encore, avant de s'avouer vaincu et d'en revenir aux griefs minuscules : par exemple, pour le petit Claude, devoir expliquer ce qu'il pouvait bien fabriquer, tous les lundis matin, à Siom, à écouter rebuser cette vieille bique d'institutrice qui, ce lundi-là, comme le précédent, avait trouvé moyen de le mettre en retard, de la faire attendre dans la salle à manger quasi déserte de l'hôtel des Voyageurs, à Tarnac, elle, la dame de Meymac, de qui il ne prononçait jamais le prénom, Sylvie, lequel n'était pourtant pas si moche, et en tout cas bien mieux que celui de la vieille Piale : Yvonne, si bien qu'on commençait à la regarder du coin de l'œil, le serveur et les hommes du bar, puis plus franchement, comme on regarde une femme à qui on a posé un lapin, ou, pire, comme une poulasse qui fait mine de s'inquiéter du retard de quelqu'un alors qu'elle guette, lasse, triste, trop fardée, le micheton qui ne se décide pas.

Car il fallait bien être possédé par elle, cette vieille femelle, ça ne se pouvait autrement, pour aller passer la moitié de son jour de congé dans une cuisine surchauffée qui sentait la soupe de légumes et le repas de vieux, se disait-elle encore, avant de se mettre à murmurer qu'il y avait une chose qu'elle ne pouvait savoir, cette vieille chouette, comme elle l'appela, ce jour-là, « oui, quelque chose contre quoi elle ne peut rien, et que je tire, moi, de l'épieu que tu enfouis en moi, chaque lundi, toujours plus fort, de mieux en mieux, mon Dieu ces épaules, qu'elles sont bonnes à mordre, et cette odeur que tu as, un peu de moi et de toi et de ce parfum que je t'ai offert, *Insensé*, oui, mon petit, tout ça est insensé, et tu es aussi fou que moi, ça te va si bien, deux insensés, oui, toi et moi, rien que toi et moi, comme ça, c'est peu, prends-moi plus fort, plus fort, n'aie pas peur de me faire mal, tu ne le sais pas encore ? oui, maintenant, maintenant, oui, viens, viens, viens tout entier, mon petit, mon cher petit, il n'y a pas d'autre femme, moi seule, n'est-ce pas, oui, oui, comme ça, tu me fais mourir, moi seule avec toi dans cette chambre que le temps a cessé de ballotter, qui a versé hors du temps, mon amour, comme un carrosse d'amour, oui, hors du temps comme tu coules en moi, je te sens, c'est brûlant, ça me brûle et c'est bon, si bon, c'est ça être hors du temps, cette brûlure et cette fraîcheur insensées... ».

— Mais non, avait-elle dit plus tôt, pendant le repas, en se redressant pour soulever ses cheveux qu'elle tint relevés sur sa nuque en un geste qui pouvait laisser croire qu'elle les faisait sécher, mais non, je ne suis quand même pas jalouse d'une vieille maîtresse d'école, tu ne me crois pas capable de tomber si bas, n'est-ce pas ? Et toi, mon cher petit, finir dans le lit de cette... Tu me regardes comme si nous allions nous disputer... Tu ne manges plus ? Moi, tu vois, ça ne me coupe pas l'appétit... Qu'est-ce qu'elle peut bien te raconter qui t'oblige à me faire poireauter ici, comme une âme en peine, avec tous ces types qui me reluquent comme s'ils crevaient de faim... Les Piale ? J'en sais certainement autant qu'elle. Ma pauvre mère était native de la Chanelle, la première ferme qu'on rencontre, de l'autre côté des gorges de la Vézère, un peu plus bas que le Montheix ; et il lui arrivait d'aller aider chez les Piale, pour les récoltes, surtout quand la mère Piale s'est cassé le bras en tombant d'une barge et qu'elle s'obstinait à venir dans les prés, avec son râteau à foin, son plâtre et son fichu rouge qui la faisaient ressembler à une statue de la République ; à cause de quoi le père Piale grondait, je m'en souviens : « Tire-toi de là, pauvre femme, tire-toi de là ! T'es bien fadarde... » Il avait raison, le père Piale, fadarde comme le seraient aussi ses filles !

Et elle attrapait une Gitane dans le paquet entrouvert, sur la table, près des assiettes à dessert qu'ils avaient repoussées devant eux en attendant le digestif, ou bien, s'ils étaient dans la chambre, plus tard, sur la table de nuit — une de ses Gitanes, à elle, plus fines que celles du petit Claude, des Gitanes blondes qu'elle trouvait moins vulgaires, avec leur filtre blanc qu'elle fichait entre ses lèvres repassées au rouge parce que, n'est-ce pas, c'était si amusant ces demi-lunes sanglantes sur le blanc ; aussi drôle, songeait peut-être le petit Claude, que la façon qu'elle avait de tirer avec le plus grand sérieux sur sa cigarette, la bouche en cul-de-poule, afin de ne pas effacer trop vite le rouge à lèvres, puis soufflant sa fumée dans les poils de son torse avec un petit rire qui le faisait tousser et l'agaçait, lui, sans qu'il le montrât, apprenant à supporter en souriant le vague d'après l'amour, ces mots qui étaient aussi de la fumée, et tous les petits rites de l'adultère et de ceux qui ont du temps : d'autant plus patient qu'il était conscient de sa bonne fortune en un pays où les femmes sont rares, surtout les femmes de cette trempe, fumant, lui aussi, allongé à sa gauche parce que, disait-elle, elle aimait tant qu'il laisse reposer sa tête sur son cœur, avec ses boucles brunes, lui entourant les épaules de son bras dans une position qui, le savait-il ? aurait dû être la sienne, oui, celle de la femme qui se fait petite fille et s'endort, et regardant, lui, par les volets qu'il venait d'ouvrir, la nuit tombée, attendant qu'elle poursuivît, c'était l'heure des femmes, elles en savaient décidément bien plus que les hommes, et qu'elle dît ce qu'elle savait, comme s'il n'eût été là pour rien d'autre, qu'il n'eût pas vraiment désiré ce corps aux formes alourdies, trop pleines, dont la peau commençait à se flétrir, ni ce visage qui portait néanmoins encore beau, avec ses grands yeux sombres et humides ; c'était ça : du feu humide qui se consumait dans le silence si particulier des chambres d'hôtel de second ou troisième ordre, dans lesquelles, vers la fin de l'après-midi, quand tout a été dit, une chasse d'eau vient creuser l'heure épaisse tandis que l'eau du miroir semble dégeler, que le temps reprend sa tâche, et que la pluie tambourine sur le toit et contre la fenêtre et même sur le trottoir sans couvrir le pas des femmes qui vont aux commissions et ceux, plus légers, d'enfants qui se hâtent, et les voix d'hommes montant vers les amants avec les odeurs du soir qui peu à peu prennent possession du couloir, passant sous la porte et se mêlant à l'ombre de la chambre, aux odeurs des corps las, de la mauvaise savonnette, du tabac tiède, des parfums qui ont tourné ; et surtout l'odeur, triomphale et quasi enivrante, qui les rappelait à un autre ordre de choses où ils n'étaient plus ensemble : celle de la soupe aux poireaux et, un peu plus tard, le fumet d'un rôti avec des pommes de terre au lard ou du chou.

Mais ils auraient déjà décampé : la soupe aux poireaux était le signal du retour au bercail, Sylvie dans sa vaste et froide maison du Jassonneix, à l'entrée de Meymac, avec sa rotonde prétentieuse, ses encorbellements, ses baies trop grandes pour des hivers qui durent la moitié de l'année, son escalier menant à un porche abrité d'une marquise dont le verre était fendu par endroits et qu'on ne se décidait pas à remplacer, par flemme, se disait-elle chaque fois qu'elle le remarquait — à moins que, songeait-elle aussi, ce ne fût là l'image de son mariage, ou encore une façon de tenter le destin, de se mesurer à lui, de se dire que tant que ça ne vous tombait pas sur la tête on pouvait croire à sa bonne étoile —, et sa terrasse, sur le côté, qui donnait sur un pré en pente, et où l'on pouvait, l'été, prendre l'apéritif en regardant le soir tomber sur les toits de la ville, en contrebas, et, tout autour, sur les pentes violettes des collines, et, plus loin, à l'horizon, sur les monts de l'Auvergne, en compagnie du vieil époux malade et taciturne.

Et lui, le petit Claude, retrouvait à Égletons cette mère qui sentait la verveine et qui lui souriait d'un air pincé, à lui qui avait la mine lasse et satisfaite de qui a été avec une femme, c'était ce qu'elle se disait à coup sûr en l'envoyant se laver avant de se mettre à table et profitant de ce qu'il était sous la douche pour s'introduire dans sa chambre, et même dans la salle d'eau, et s'emparer de ses effets intimes, de sa chemise et de ses chaussettes qu'elle allait fourrer non pas dans le lave-linge mais au fond d'un étroit débarras qui servait de buanderie, dans la vieille lessiveuse où elle ferait tremper les vêtements toute la nuit avant de les mettre à bouillir, dès l'aube, puis de les frotter, les tordre, les retordre, les battre avec ce battoir dont elle usait autrefois au lavoir de Siom et qui ne lui servait plus qu'à battre les effets souillés de son fils, avant de les rincer avec une énergie qu'elle n'eût pas mise à nettoyer son propre linge, elle qui, pourtant, n'avait plus que la propreté pour coquetterie. Elle n'écoutait que son cœur, disait-elle en souriant, cependant qu'il pestait, là-bas, au sortir de la douche, faisait semblant d'être en colère et de bouder un peu, pour la forme, moins parce qu'elle se mêlait de ce qui ne la regardait pas que pour le travail inutile qu'elle se donnait. Puis il descendait, en pyjama, un chandail démodé jeté sur les épaules, avec une mine de chien qui a trop couru, songeait-elle probablement, alors qu'il aurait pu passer son jour de congé à se reposer en compagnie de sa vieille mère et se promener, lui qui sillonnait toute la semaine les routes du haut plateau, avec elle dans les rues d'Égletons, à pied, jusqu'aux faubourgs, si on pouvait dire, là où il y avait de jolies maisons entourées de thuyas bien taillés, oui, sortir un peu de cet appartement trop sombre, au troisième et dernier étage d'un vieil immeuble, à deux pas de la rue centrale, dans lequel ils avaient toujours vécu et qui était devenu trop grand depuis que le père était mort et que la fille s'était mariée et avait suivi son mari, un agent d'assurances de La Châtre ; lequel courtier avait recommandé à ses patrons le jeune Claude, soudain élevé au rang de beau-frère, puis de démarcheur, sur sa bonne mine plus que sur son baccalauréat en sciences économiques, parce qu'il plaisait aux femmes et inspirait confiance aux époux, ce qui était rare, et aussi parce qu'on voyait bien qu'il n'hésiterait pas à payer de sa personne, ayant vite compris qu'une police d'assurances se négocie, s'établit, et prospère souvent comme un ménage à trois. Et puis, il connaissait comme sa poche le haut pays, particulièrement le rude plateau qu'il parcourait maintenant tous les jours de la semaine, même le dimanche, où il était sûr de trouver les gens chez eux : ça ne se faisait guère mais il en voulait, le petit Mirgue, et il aimait mieux ça que de rester à Égletons, derrière ce bureau où il fallait éclairer, en plein jour, été comme hiver, et par la baie duquel il n'apercevait, derrière les placards publicitaires, que la devanture de la boucherie d'en face et un peu du fronton de la droguerie, et, bien sûr, le toit des véhicules qui descendaient et remontaient la nationale.

Il vivait avec sa mère, non plus dans cette chambre d'enfant si longtemps partagée avec sa sœur aînée, mais dans une espèce de soupente, au-dessus de la cuisine, où le père avait autrefois aménagé un petit atelier qu'on gagnait au moyen d'un escalier pliant : sa chambre, à présent, qui prenait jour par une lucarne, avec pour tout mobilier son étroit lit de garçon, sous la lucarne, une chaise devant une table de bois blanc sur laquelle étaient rangés quelques dossiers et deux ou trois livres de poche, et, dans un coin, une de ces penderies de tissu plastifié imitant le bois, dans quoi il serrait ses vêtements, ceux de la journée et ceux du soir qu'il enfilait pour descendre s'attabler en face de sa mère qui le regardait toujours d'un air soucieux, puis un peu colère, pleine de commisération, enfin, et qui haussant les épaules passerait à autre chose, se remettrait à parler longuement, au plus bas de la voix, non pas comme si elle était seule mais avec l'air de ne pas s'adresser à lui ni à elle-même mais à quelqu'un d'autre, ce tiers absent qui hante toute conversation nocturne.

Il ferait mine de l'écouter, sans ouvrir la bouche pour autre chose que pour avaler ce qu'elle lui servait et qu'elle oubliait de manger, toute aux questions qui lui brûlaient les lèvres et dont la première fut, ce soir-là :

— Comment s'appelle-t-elle ?

À quoi, incapable de cacher la vérité ou comprenant qu'avec celle-là (pas plus qu'avec les deux autres) il ne pouvait jouer au plus fin, endormi par ce murmure interminable et doux de mère dont chaque geste et chaque mot sentait, croyait-il, la verveine, il répondit en lâchant les deux syllabes de ce prénom : « Sylvie », sans qu'elle, la mère, cherchât alors à en savoir davantage, feignant de se contenter du petit os qu'elle rongerait plus sûrement qu'une chienne affamée, cette même nuit, heure après heure, dans l'égouttement obscur des minutes, et le matin, alors qu'il serait parti pour le travail, continuant son travail à elle, c'est-à-dire à enfanter ce fils qu'elle mettait de la sorte au monde depuis vingt-quatre années, l'air plus digne que jamais — la dignité blasée des mères qui ont abandonné à d'autres femmes le fruit de leurs entrailles et remontent inlassablement le temps, ne vivant plus que de ce rebours, de cette remontée vers la nuit des ventres, c'est-à-dire du temps, vers ce point où le temps n'a pas commencé, où il tremble au bord de lui-même.

— Exactement comme les saumons, soufflerait la vieille institutrice lorsque, le lundi suivant, elle lui demanderait des nouvelles de sa mère et qu'il lui dirait combien elle était prévenante, aimante, envahissante, l'enfermant dans les draps maternels avec l'espoir de le dérober au temps et menaçant de l'étouffer, oui : comme les saumons qui remontent les rivières, répéterait-elle, énigmatique et lointaine, avant d'ajouter qu'on ne peut rien contre ça, et imaginant probablement ce que pouvait être ce visage de vieille femme guettant sur celui de son fils, entre la table de cuisine et la lueur trop blanche du plafonnier au néon, ce que cette Sylvie pouvait bien vouloir à son fils et se le représentant peut-être, elle aussi, la vieille maîtresse, avec ce pincement au cœur qui n'était pas aussi fort que ce qui rongeait la mère mais qui avait là encore sa source dans la jalousie.

Elle pouvait pourtant se dire, Mme Mirgue, qu'il était déjà, ce visage, bien différent de celui qu'elle lui avait toujours connu, et qu'elle mesurait là ce que les autres femmes, c'est-à-dire le temps, oui, cette morsure si douce et terrible, faisait de cette chair qui avait été la sienne. Et elle pouvait bien se le dire, il était déjà bien mordu, et pas seulement par cette Sylvie, mais, quoique d'une autre façon (à supposer qu'il y ait, s'agissant d'une femme, une autre façon de faire choir un homme dans le temps), par l'autre, cette Yvonne Piale. Car c'était après cette dernière qu'il semblait le plus enragé ; à celle-là, oui, qu'il était en train de penser — ou, plus exactement, à ce que Sylvie lui avait dit d'elle, cette après-midi-là, dans la chambre, dans une semi-obscurité à peu près semblable à la pénombre de la cuisine d'Yvonne Piale et à celle, nocturne, de la cuisine d'Égletons où, comme tous les soirs et comme dans toutes les cuisines et salles à manger des hautes terres, ça sentait la même odeur de soupe aux poireaux, l'odeur des faims sur le point d'être comblées, l'odeur des femmes, aussi, se disait-il peut-être, oui, l'odeur ni bonne ni mauvaise : terrienne, subtile, primordiale, de la femme en train de parler, la troisième de la journée, et qu'il écoutait avec cette douceur et cette patience qui faisaient que les femmes l'aimaient d'emblée et, parfois, au-delà de toute prudence : se contemplant et s'aimant infiniment, elles, dans ce qu'elles lui disaient, sans douter un instant de leur bonne foi, alors que lui n'écoutait là que ce qu'il voulait bien entendre, et rêvait tout autant qu'elles — rêvant, ce soir-là, devant sa mère, à ce que Sylvie lui avait raconté de sa première rencontre avec Yvonne Piale, et les imaginant enfants, Sylvie et son petit frère, derrière leur ferme de la Chanelle, une après-midi d'avril, pendant les vacances de Pâques, en train de descendre à travers les chênes vers les gorges de la Vézère, au fond desquelles coulait très peu d'eau, en aval du barrage : un fleuve secret qu'ils remontaient à travers ronces et halliers, parfois sous de très basses voûtes, sautant de rocher en rocher pour éviter les trous d'eau masqués par des feuilles mortes et les branches trop lourdes, jusqu'à cette maigre cascade qui tombait d'une peu haute muraille dans une vasque profonde qu'on ne pouvait passer que par le côté gauche, non sans risquer de déchirer ses habits puis de se faire rosser par le père, le soir, quand on serait rentré plus hâve et plus griffé qu'un jeune chat.

— Nous nous sommes déshabillés, oui, tout nus... Tu vois, j'aimais déjà ça, avait-elle chuchoté en se pelotonnant contre lui, les yeux brillants, regardant non pas son amant mais quelque chose comme cette vasque, au bas de la chute d'eau ou au fond d'elle-même, là où l'on ne cesse de choir dès lors qu'on se retourne sur son enfance ; mais je crois que j'aimais encore plus sentir les branches et les ronces sur ma peau. Nous avons grimpé, ce n'était pas bien haut ni dangereux, au pire on serait tombé dans l'eau, mais j'ai entendu pleurer au-dessous de moi ; c'était mon frère ; il s'était pris les cheveux dans les ronces ; il n'osait plus bouger. Je lui ai dit que ce n'était rien, qu'il n'avait qu'à donner un coup de tête et puis grimper. Il n'arrêtait pas de brailler : alors j'ai fait ce que je savais que je ferais depuis qu'il s'était mis à couiner — et pourtant, je l'ai toujours aimé, mon frère, va-t'en comprendre ça : je suis redescendue un peu, je lui ai posé le pied sur la tête, et j'ai poussé. J'ai entendu deux choses : le hurlement de Luc qui tombait dans l'eau, et un autre cri, plus bref mais bien plus fort, en patois, celui-là, poussé par une femme que je ne reconnaissais pas, qu'il me semblait que je voyais pour la première fois. Une femme terrible : c'est ce que j'ai pensé en la voyant au-dessus de moi, comme ça, la tête dans le soleil de quatre heures qui la faisait paraître plus terrible et plus vieille que maman, alors qu'elles étaient du même âge, environ trente-cinq ans, oui, c'est ça, puisqu'elles étaient de trente et que j'avais alors douze ans. Elle nous criait, en descendant par les taillis, sans se soucier de sa robe ni de ses bas : « Queï re, queï re, quo coummencâ de guarir ! » Tu comprends, ce patois, non ? « Ce n'est rien, ça guérit déjà ! » Elle avait à la main un bâton de hêtre qu'elle agitait vers moi. J'étais arrivée au sommet de la cascade. Elle continuait à dévaler la pente dans cette grande jupe bleu nuit qu'elle passait dès qu'elle revenait au Montheix, et qu'elle déchirait maintenant aux branches ; elle descendait, je le voyais bien, non pas pour aider Luc qui était déjà sorti de l'eau, qui s'était assis sur un rocher et regardait tout ça bouche bée, en oubliant de grelotter, mais pour me calotter ou me passer un coup de trique. Sa tête se détachait sur le ciel bleu ; j'aurais juré qu'elle était encore loin, mais elle était tout près de m'attraper les cheveux. Alors, j'ai crié comme si je perdais l'équilibre, comme si j'avais peur ; mais j'avais envie de rire, oui, de me foutre de cette sale bête d'institutrice qui m'avait toujours regardée de travers, à Siom ou à la Chanelle, et qui, disait maman, n'aimait pas les sauvageonnes. Je me suis laissée tomber à la renverse, dans l'eau, en éclatant de rire et en regardant la tête de la vieille bique remonter à toute allure dans le ciel.

— C'est une fille bien, au moins ?

Il ne répondit pas. Il continuait à sourire, non pas à sa mère qui ne savait, en revenant à la charge, s'il lui souriait à elle ou si c'était à l'inconnue, à cette fille qu'elle ne pouvait se représenter que très jeune et dont l'empire devait être bien grand pour que le petit Claude rentrât, chaque lundi, à la nuit, plus fourbu qu'un chien courant et sentant à plein nez le tabac, le vin et la fumelle. Il fallait bien qu'elle fût forte, celle-là, devait-elle se dire encore, sans que rien altérât la bonté un peu triste du regard qu'elle posait sur son fils, attendant qu'il eût fini de peler sa deuxième pomme pour lui poser une autre question, puisque son sourire avait, croyait-elle, valeur d'acquiescement :

— Elle a une situation ?

Peut-être n'entendit-il pas. Il mâchait un quartier de fruit comme il faisait pour le reste : avec cette patience et cette douceur qui constituaient sa qualité majeure. Et il continuait à sourire et à regarder droit devant lui, si bien que sa mère le crut plus amoureux encore qu'elle ne l'imaginait. Il avait l'air ailleurs, dans les nuages, avec cette fille, Dieu sait ce qu'ils faisaient ensemble, pouvait-il se dire en songeant à ce que devait penser sa mère, sûrement rien de bon, on ne fait jamais rien de bon à cet âge, surtout les garçons, même celui-là. Heureusement que la sœur avait trouvé ce brave gars de La Châtre pour l'épouser. Et voilà qu'il était pris, à son tour, le petit Claude, avec cette fumelle qui ressemblait à Dieu sait quoi, une gourgandine, une traînée, une marie-couche-toi-là, devait-elle penser, comme elles étaient presque toutes, aujourd'hui, avec le feu aux fesses et rien dans la caboche, tout juste du vent, et cette fièvre qui leur tenait le ventre, et tous ces braves garçons qui tombaient dans les bras de la première qui leur ouvrait les cuisses, c'était le monde à l'envers...

— En tout cas, tu sais ce que tu fais, n'est-ce pas ?

Ce n'était plus à sa mère qu'il pensait mais à Sylvie, enfant, tombée à la renverse dans la vasque où elle riait encore aux éclats tandis qu'Yvonne Piale avait fini de descendre et serrait contre elle le petit Luc, le bouchonnait avec un pan de son sarrau bleu nuit dont la forme était probablement celle du sarrau bleu ciel de son enfance, et que, pendant bien des années, elle ne quitterait que pour sa blouse d'institutrice, comme s'il n'était pas possible qu'elle allât sans tablier, et de toute façon trop mal vêtue, lorsqu'elle se rendait en ville, pour qu'on ne prît pas son pardessus et ses robes pour des espèces de sarraus et elle-même pour un épouvantail, avait dit Sylvie.

Il l'imaginait pressant contre elle le gamin apeuré, lui murmurant de finir de pleurer, de se montrer grand garçon et plus raisonnable que sa sœur, cette bête de Sylvie qu'elle dresserait volontiers si elle l'avait dans sa classe, oui, cette Sylvie qui s'était elle aussi mise à grelotter sur le rocher où elle avait trouvé refuge, de l'autre côté de la vasque, loin de ses vêtements : elle ne riait plus, la brave, la drôla, elle n'avait plus aux lèvres qu'un bien pauvre sourire, elle faisait même semblant de sourire pour ne pas pleurer, la bougresse, et elle se mordait les lèvres, veï-la, veï-la, comme disait Yvonne Piale, sans méchanceté, avec même une sorte de tendresse. Et, enveloppant le gamin dans le grand châle noir qu'elle avait, pour descendre, roulé sous son bras (elle en porterait toute sa vie, pas seulement pour se donner de l'allure et mettre en valeur sa haute taille, mais, dès l'adolescence, parce qu'elle s'y trouvait bien et qu'elle avait toujours un peu froid, qu'elle ne parviendrait pas à chasser tout à fait le souvenir des grands vents qui assiégeaient en toute saison le Montheix), elle fit le tour de la vasque pour aller se planter devant Sylvie.

— Non, je n'avais pas peur, avait chuchoté Sylvie, pas plus d'elle que de la nuit ou de ces hommes, tous les hommes, contre qui ma mère me mettait déjà en garde. Il suffit d'y mettre les formes, de faire semblant de se soumettre. Avec celle-là, j'ai fait pareil, la vieille garce, elle n'avait pas digéré que je lui rie au nez. Elle ne m'a pas engueulée, pourtant : c'est pourquoi je lui ai obéi lorsqu'elle nous a dit, avec ce ton pète-sec qui la faisait redouter de tous, même des adultes : « Vous êtes bien plus près de chez nous que de la Chanelle. Venez vous réchauffer. » C'était plus un ordre qu'une invitation. Nous l'avons suivie. On était en avril ; il faisait beau, mais dès que nous sommes sortis de la rivière, le vent nous a sauté à la gorge : un vent presque froid, qui nous faisait craindre d'attraper la mort, avec ces vêtements humides qui nous collaient à la peau. Nous étions crevés, mais elle, la vieille chaune, elle pressait le pas, pour nous punir. Ça aussi, ça m'était égal, j'ai toujours su que tout se paie : ce marché-là en vaut bien d'autres. Mais Luc était trop petit pour le supporter, il tremblait, le pauvre diable, il était tout pâle, son menton se brouillait, il allait pleurer ou vomir. Je lui ai serré la main plus fort, je voulais lui faire comprendre que nous devions nous montrer dignes, nous autres Dézenis, devant cette femme qui allait se vanter de nous avoir tirés d'un mauvais pas et qui prenait plaisir, croyais-je, à nous faire courir...

— Tu ne dis rien ! Tu n'es pas là...

Non, il n'était pas là, il n'entendait même plus la vieille mère qui se résignait et se levait pour débarrasser la table en maugréant devant ce fils qui rêvait à elle savait bien trop quoi — sans pouvoir se douter, elle, Mme Mirgue, que c'était à une femme de son âge et non plus à cette maîtresse un peu fantasque qui l'avait lui, le petit Claude, en quelque sorte fait pénétrer chez les Piale avec elle, enfant, dans ces maisons dont il n'avait aperçu que les ruines, et alors qu'Yvonne Piale semblait vouloir en dire le moins possible sur leur pauvreté, là-bas, au Montheix, sous les yeux des Barbatte et, ajouta-t-elle, sous le regard des étoiles ou celui de Dieu.

— Vous croyez en Dieu ? lui demanderait-il, le lundi suivant.
— Il m'arrive de prier.
— Pour elle ?
— Pour moi. Ça vous étonne ? Jamais je n'ai pensé qu'on puisse s'en remettre aux seuls hommes.

Elle ajouta qu'elle avait toujours cru qu'il y avait un organisme supérieur, quelqu'un à qui en référer, en dernier lieu, et qui avait changé avec le temps, puisqu'il y avait eu son père, le vieux M. Barbatte, l'Inspection académique, l'institution du mariage, la langue française et le dictionnaire d'Émile Littré...

Elle ne se reposait pourtant sur personne. Elle n'avait pas pitié d'elle-même, n'avait pas de faiblesses, ou alors celles-ci devenaient des qualités, là aussi il suffisait de faire semblant, songea-t-il en se disant que l'heure avait passé sans qu'elle ait, cette fois, rien dit d'intéressant, s'étant peut-être appliquée à le décevoir afin de mieux se l'attacher, elle n'en était pas à un paradoxe près ; et il pouvait se dire qu'il serait heureux, cette fois, de se lever et de partir avant l'heure, n'ayant plus envie que de la cigarette qu'elle ne l'autorisait pas à fumer alors qu'elle ne se gênait pas pour aller chercher dans le petit paquet beige une prise qu'elle se fourrait dans la narine droite en le regardant d'un air moqueur — comme si elle n'aimait pas vraiment ça et qu'elle ne prisât que pour se donner un genre, ou, c'était plus vraisemblable, pour le provoquer, lui, le petit Claude, et asseoir son autorité sur ce gars dont elle finissait par oublier pourquoi il était là, chaque lundi : pour cette Piale qui n'était pas elle, pour celle qui était morte et dont elle ne se décidait toujours pas à parler, le mettant à l'épreuve, se taisant pour mieux l'observer, à moins que ce ne fût pour contempler celle qui avait surgi derrière le visiteur sans que celui-ci ait entendu nulle porte s'ouvrir ni senti dans son dos l'air plus frais du couloir ou de la porte de l'appentis qui s'ouvrait au fond de la cuisine ; de sorte qu'il pouvait croire qu'elle, l'autre femme, car ça ne pouvait être qu'une femme, avait surgi de nulle part ou bien de l'ombre, ou encore qu'elle avait toujours été là, dans la semi-obscurité de l'arrière-cuisine, ce qui pouvait expliquer pourquoi Yvonne gardait en permanence les volets presque clos. Oui, elle avait toujours été là, cette femme, cette présence légère et furtive, calme et fraîche, les écoutant ou bien perdue dans ses pensées, en tout cas bien là, derrière lui qui aurait dû s'en aviser plus tôt et se disait à présent que c'était pour ça qu'il s'était souvent senti mal à l'aise, dans cette cuisine, entre ces deux femmes, l'une qui parlait interminablement et l'autre qui se taisait, patientait, lui regardait la nuque, les joues, les épaules, et, le quatrième lundi, n'y pouvant plus tenir, bravant sa sœur, lui désobéissant, se levant, s'approchant sans bruit, s'emparant des cheveux épais et bouclés du jeune gars, y plongeant des doigts maladroits et avides, puis tirant si brusquement sur les boucles qu'il renversa la tête en arrière pour s'abandonner à ce geste qu'accompagnait une voix très douce, enfantine, un souffle qui avait sur sa nuque quelque chose de tiède et de froid tout à la fois :

— Yvonne, Yvonne, ferme la fenêtre...

La fenêtre était pourtant bien close, battue par une pluie dure et glacée, et elle, la femme de l'ombre, n'avait pas lâché les boucles du visiteur qui commençait à s'impatienter — qui avait peur, disons-le, même s'il ne voyait dans le regard d'Yvonne Piale rien qui dût l'inquiéter, à supposer qu'elle ne fût pas en train de lui donner une leçon à laquelle il fallait mettre fin, et se levant, Yvonne Piale, allant derrière lui détacher de ses cheveux les doigts de l'autre femme en murmurant d'une voix qu'il ne lui connaissait pas et qui avait une douceur, une bonté, une patience extraordinaires :

— Oui, Lucie, oui, je vais la fermer.

Et, sans faire le moindre geste en direction de la fenêtre, sans que l'autre, dont elle tenait les mains entre les siennes en les pressant contre sa poitrine, parût s'en soucier davantage, elle la fit se redresser, puis l'amena non pas à la lumière du jour, ni dans la maigre clarté du chauffe-eau, ni même devant lui pour la lui présenter, mais dans le couloir et, plus loin encore, dans les profondeurs de la maison où elle, la femme sans visage (ce ne pouvait être qu'elle), poussa de petits cris bientôt suivis de rires ou de sanglots, il ne savait, il attendait, n'avait pas osé se retourner complètement et se caressait les boucles de la nuque. Et lorsque la vieille maîtresse fut de retour, il se sentit suspect, presque sale d'avoir été épié ou, plus simplement, mis à l'épreuve : elle le regarda de telle sorte qu'il se leva, bien qu'il ne fût pas plus de onze heures un quart, et se dirigea vers la porte du couloir puis vers celle de l'entrée, les larmes aux yeux, se retourna pour saluer en balbutiant la vieille institutrice, et entrouvrit la porte en même temps qu'il l'entendait murmurer :

— C'était Lucie, la belle, la pauvre Lucie.

Elle tourna la tête vers l'ombre du couloir avant de refermer sur lui la porte dont le panneau de verre dépoli frémit derrière le fer forgé de barreaux en forme de lierre stylisé. Au bout de l'allée, il se retourna vers ce qu'il devinait, derrière le verre : la silhouette sombre d'Yvonne Piale et, sur le verre, quelque chose de pâle, la tache ovale d'un front qu'on appuie contre un carreau.

V

Elle n'en reparla pas tout de suite. Il était entré dans la grande patience de ceux qui écoutent : il attendait, se pliait à un temps qui n'était pas le sien mais celui des femmes qui ont la parole, comme si la langue était le royaume des femmes. Il savait écouter, se soumettre, entrer dans tous les faux-semblants. Il dut, ce lundi-là, attendre la deuxième heure, c'est-à-dire écouter non pas tant ce qu'elle murmurait (elle parlait des gens de Siom, comme si elle avait décidé de le punir ou, ce qui revenait au même, de ne rien dire), que cette autre voix de femme qui n'avait cessé de bruire en lui, pendant toute la semaine, et qui lui disait ce qu'Yvonne Piale ne lui dirait jamais et qu'il avait disputé à la nuit, celle qui venait, cet après-midi-là, dans la chambre d'hôtel, et, plus encore, celle de l'enfance perdue : la rencontre de Sylvie et d'Yvonne Piale, la cascade, la remontée des gorges par un chemin connu de la seule Yvonne, l'arrivée au Montheix, dans la grande allée de chênes, avait dit Sylvie, sans ouvrir le portail, par un trou de la haie : « Luc n'avait pas lâché ma main. Nous avancions, les yeux grands ouverts, en nous serrant l'un contre l'autre à mesure qu'on approchait du château comme s'il faisait plus froid. L'air non plus n'avait pas là le même goût. Nous n'avons pas tourné à gauche, devant l'if : Yvonne nous a fait traverser le coudert, et nous nous sommes retrouvés dans la cour des Piale, devant une femme au visage rude, aux grandes dents, sans âge, qui nous a regardés sans rien dire et nous a poussés dans une cuisine aussi sombre que la nôtre, devant une longue table recouverte d'une toile cirée dont les motifs, des fleurs bleues, étaient presque effacés ; de chaque côté, deux bancs et, au bout de la table qui ne touchait pas le mur, une grande chaise paillée à accoudoirs, dans laquelle était assis le père Piale. Il était en train de tailler les dents d'un râteau à foin. Il n'a pas levé les yeux. Il a grommelé parce que Yvonne avait refermé la porte, mais sans insister, sachant qu'il ne faisait plus la loi parmi toutes ces femmes, surtout devant sa fille aînée qui râlait parce qu'elle avait toujours froid, même au 15 août, et qui aurait gelé dans les flammes de l'Enfer, comme on disait à Siom. Yvonne nous a fait asseoir dans la cheminée, elle a fait flamber un fagot, nous a mis entre les mains un grand bol ébréché, y a versé de la soupe à quoi elle a ajouté un peu de vin... »

— Vous n'écoutez pas !

Et avant qu'il ait pu répondre, qu'il ait sans doute cessé de se demander si elle, Yvonne Piale, servait encore du vin dans la soupe à quatre heures de l'après-midi ou si elle avait banni avec le froid cette coutume de paysan, elle ajouta :

— Vous voyez bien, nous ne sommes pas intéressantes...

Il n'avait pas davantage l'air d'être là. Elle se leva avec une vivacité étonnante chez une femme qui semblait s'être vouée à l'ombre ; elle se précipita vers la porte qui, au fond de la cuisine, donnait sur l'extrémité du couloir, où elle disparut un instant avant de revenir en tenant par la main celle dont il ne connaissait pas encore le visage et qui pleurait.

— Je ne pourrai plus la laisser seule, maintenant.

Il hocha la tête et sourit à Lucie Piale qui lui faisait face avec une impertinence enfantine. Il découvrait une figure très douce, rose, lisse, bien plus jeune que celle de sa sœur, de qui elle n'était pourtant la cadette que de quatre ou cinq ans, mais dont la séparait, il faut le dire, toute une vie d'innocence, et qui pouvait faire songer au petit Claude que la Lucie qui se trouvait devant lui avait le même visage, ou peu s'en fallait, comme si pour elle le temps n'avait pas passé, que la jeune femme que, trente ans plus tôt, avaient eue devant eux Sylvie et Luc Dézenis, dans la sombre cuisine des Piale où l'on n'entendait plus rien d'autre que le crépitement des branches dans l'âtre, le léger raclement que faisait le couteau du père Piale et, dans un autre coin, près d'une porte, le souffle d'une petite personne en coiffe blanche (« Une coiffe, en 1963, tu te rends compte ! » avait dit Sylvie) : non pas une enfant, ni même une adolescente, comme on pouvait d'abord le croire, mais une jeune femme d'une trentaine d'années abîmée dans la douceur de son innocence sous le regard sombre et impérieux de la dernière des Piale, cette Amélie qui avait alors presque vingt ans et qui, ce jour-là, se tenait debout dans l'ombre, près de la porte du fond, farouche, hautaine, prête à bondir sur vous, à moins que ce ne fût hors du temps.

— C'est vrai, dit la vieille institutrice, comme si elle avait lu dans ses pensées et qu'elle ne voulût pas, elle, bondir dans un temps qui ne fût pas celui de ses propres pensées et revenant, donc, à Lucie, à la grande douceur des faibles, de ceux que la vie a mal armés. Je l'ai attendue, cette sœur, plus que je n'attendrai jamais rien ni personne. Comprenez donc : j'étais loin de tout, avec pour toute compagnie celle de mes parents, qui avaient fait du silence une vertu alors que ça n'était bien sûr qu'un manteau de pauvre.

Il l'imaginait, l'aînée des Piale, dans un non moins pauvre manteau, quittant, dès l'aube, et même avant qu'il fît jour, la cuisine où le feu était mort, ayant avalé sa soupe mêlée de lait ou, en hiver, de vin, de ce vin aigrelet qui lui faisait tourner la tête et lui donnait parfois envie de rendre mais qu'elle s'obstinait à garder, respirant à grands coups, profondément, s'efforçant de penser à autre chose, avançant seule dans la nuit remuante, dans la neige ou sous la pluie, bientôt dégrisée par le froid et le vent qui lui plaquaient les larmes sur les joues et sur la bouche des griffes sèches, coupant à travers le petit bois de derrière avant de descendre vers la Vézère et le moulin de la Vergne puis d'arriver à Siom par le fond de la vallée. C'était avant la construction du barrage car, après, elle ne pourrait plus aller à Siom qu'en passant sur l'immense paroi où ses galoches résonnaient trop fort, les yeux mi-clos, se retenant de courir, surtout quand les vannes étaient ouvertes et que ça tombait depuis des heures avec un fracas qui semblait venir du fond des âges et qui les empêchait de trouver le sommeil, et rappelait au père Piale ce qu'il croyait pourtant ne plus jamais avoir à entendre depuis qu'il était revenu de l'Argonne.

Elle continuait malgré tout, parce que, disait-elle, il y a toujours quelque chose au bout et que le père Piale ne se serait pas sorti de l'Argonne s'il n'y avait pas cru, ou s'il n'avait pas fait semblant d'y croire ; et elle entrait, passé le barrage, dans le brouillard qui montait du lac, puis retrouvait la nuit des sapins, sur les pentes du puy Prélet, pour rejoindre la route de Treignac, après la combe du Chêne Gras, là où ça descendait vers les bois de la Planche et où elle guettait, en vain, pendant quelques minutes, Gisèle Dézenis, la mère de Sylvie, s'impatientait, reprenait sa marche. Après le tournant, on sortait brusquement de la nuit, et c'était tout droit, il n'y avait plus qu'à se laisser aller, espérer que du côté de l'Oussine elle rencontrerait Solange Coissac et finirait le chemin avec elle. Mais il était toujours trop tôt, et elle se retrouvait seule, à Siom, devant le grand bâtiment ocre qui abritait l'école et la mairie, enveloppée, la petite et âpre Yvonne, dans un manteau bleu horizon trop ample pour elle — ce qui restait, disait-on, de la capote militaire dans laquelle son père était rentré au pays, en 1918, et retaillée, vingt ans plus tard, pour que l'enfant traversât son Argonne à elle, depuis les bois du Montheix jusqu'au portail de l'école, parmi les voix de la nuit et les souffles des bêtes qui déambulaient dans les fourrés, elle-même pas tout à fait certaine de n'être pas une de ces bêtes de l'ombre, mourant de peur, les dents serrées pour ne point pleurer, soucieuse d'arriver avant tout le monde puis de trouver quelqu'un à qui parler enfin, oui, attendant ça avec une joie qui grandissait en même temps que le soleil se levait sur les plaines de Plazaneix, de l'autre côté du lac, énorme et rouge comme du sang de cochon.

— Maman me racontait encore, dirait Sylvie, cet après-midi-là (reprenant elle aussi le fil de son récit, non pas où elle l'avait laissé mais à l'endroit où elle sentait que son jeune amant désirait qu'elle fût : dans un savant contrepoint avec ce qu'avait pu lui dire l'institutrice), qu'on ne l'aimait guère, cette Yvonne Piale qui était la meilleure de la classe avec Odette Theillet, la fille du garde-barrière de Combe Pierre. On ne l'aimait guère et on ne savait pas pourquoi, peut-être parce qu'elle voulait vraiment s'en sortir... De quoi ? Mais de la terre, des grands bois humides, de ces vents éternels, elle a bien dû te le dire, c'était une obsession, et aussi de chez les Barbatte — de ce qui était pour elle le monde à l'envers, avec ces fainéants qui pétaient dans de la soie alors que les autres, ces Piale plus silencieux que des escargots, trimaient du matin au soir, avec, dans le cœur, le sentiment d'avoir la guigne... On ne l'aimait guère, c'est vrai, mais on aimait bien sa sœur Lucie, dont l'instituteur disait que le nom signifie *lumière* mais qui n'en avait pas beaucoup, la pauvre fille. C'était pitié de la voir, l'année où elle a fréquenté l'école, à huit ou neuf ans, après qu'Yvonne a eu tenté de lui montrer à lire et à écrire, oui, c'était pitié, dans la même salle que celle où sa sœur rivalisait avec Odette Theillet, si brillante, celle-là, alors qu'Yvonne était opiniâtre et pleine d'une espèce de rage, sous l'œil narquois du maître qui faisait semblant de lui préférer la fille Theillet et qui la préférait probablement puisqu'on aime par-dessus tout la beauté, n'est-ce pas, l'éclat de la beauté sans défaut, l'assurance tranquille, l'arrogance du vrai savoir, plutôt que la fragilité, l'effort, le doute... De quoi son cœur saignait comme si elle était amoureuse de ce jeune maître qui avait remplacé celui que les Allemands venaient de fusiller, au-dessus de Siom, dans la carrière des frères Rivière. Oui, comme si elle était là encore coiffée au poteau par cette fille Theillet qui n'était pourtant pas ce qu'on appelle une beauté, en tout cas pas beaucoup plus jolie qu'Yvonne, laquelle n'avait pour elle, c'est vrai, que la fraîcheur de son teint et le feu froid de ses yeux gris, alors que la Theillet, elle, était déjà gironde et savait bomber le torse...

Elle avait donc au pied ce boulet qu'était Lucie, et qu'elle allait aider en pleine classe, avec l'accord du maître, achevant pour cela ses devoirs toujours vite, trop vite pour ne pas se tromper parfois ni laisser l'avantage à Odette Theillet qui avait le triomphe apparemment modeste et ne manquait jamais de rappeler que la Piale, comme on disait, était fille de tout petits fermiers, de quasi-domestiques, alors que le père d'Odette était un fonctionnaire. À quoi Yvonne ne répliquait rien, faisant mine de ne pas entendre, baissant les yeux ; non pas qu'elle ne fût fière (elle l'était sans doute plus que les autres, et bien davantage : obstinée, inflexible, vengeresse), mais elle songeait à sa jeune sœur qu'il fallait protéger de ceux-là même qui avaient pitié d'elle : pauvre Lucie, qui souriait comme l'innocente qu'elle serait toute sa vie, on le voyait bien, de l'autre côté de la travée, au milieu des petits, seule sur son banc, au dernier rang, aussi jolie qu'ignorante, avec ce visage dont l'innocence figerait bientôt la beauté dans une éternelle et lisse et souriante hébétude, et ce corps qui commençait d'attirer le regard des garçons, alors qu'elle n'avait pas dix ans et qu'elle faisait déjà tourner la tête du valet de Chadiéras, un pauvre boiteux qui se couchait dans la neige ou dans l'herbe, sous la pluie, et qui se fût même allongé sur les braises de l'Enfer pour ne point manquer l'arrivée des deux sœurs.

— On ne peut pas tout avoir, n'est-ce pas ? murmura la vieille maîtresse. Lucie avait le visage et le corps dont toute fille rêvait — en tout cas dont je rêvais, moi, depuis que j'avais compris que je serais toujours ce que j'étais : une grande bringue au visage énergique et pas désagréable, comme on disait, mais sans vraie grâce. Et elle, la pauvre Lucie, si jolie et replète, condamnée à ne pas savoir qu'elle était belle...

Elle sourit étrangement, comme si elle souffrait et qu'elle se moquât de sa douleur, penchée dans l'ombre vers la chaleur de la cuisinière. Elle releva la tête vers le petit Claude, l'air d'un vieil oiseau inquiet, craignant peut-être d'avoir trop parlé — ou bien voulant le lui faire croire, c'était de bonne guerre. Et lui ne soufflait mot, laissait le chauffe-eau et la grande casserole d'eau murmurer à leur place, songeant que c'était l'heure, qu'il fallait se mettre debout, que Lucie allait probablement se lever derrière lui, sans bruit, avec sa beauté rosâtre et lisse, et la fraîcheur presque désagréable de ses doigts, comme si elle n'était pas tout à fait de ce monde, ou même, pouvait-il se dire encore, qu'elle n'en eût jamais été, n'y ayant rien appris ni oublié, n'ayant jamais été elle-même, c'est-à-dire autre chose que ce corps rose, éclatant de santé, dans la présence quasi heureuse de ceux qui ont échappé au temps.

Elle avait cependant une histoire, dirait Sylvie, lorsqu'ils fumeraient les cigarettes d'après l'amour dans ce nouvel hôtel d'Eymoutiers où on ne les connaissait pas et où elle avait tenu à faire couler un bain pour le plaisir d'y plonger ce jeune amant qui ne s'était jusque-là jamais allongé dans une baignoire — « oui, une histoire dont on n'a jamais su que des bribes et qui lui faisait regarder les hommes les yeux et la bouche grands ouverts, les bras tombés le long du corps, et puis se mettre à pleurer, non pas avec des sanglots et des larmes mais en ululant comme une bête, et pas assez doucement pour qu'on ne finisse pas par lui crier : "Téjâ-te !", oui, qu'elle se tût, qu'elle cessât de pleurnicher ainsi, ça n'était pas humain, personne ne pleurait comme ça ».

Et lui, le jeune amant, qui venait de faire ululer d'une autre façon Sylvie Dézenis et qui avait ahané sourdement avec elle, il songeait au milieu de l'eau et de la mousse parfumée, avec, penchée sur lui, cette belle femme aux épaules grasses et blanches qu'était devenue la petite Dézenis, il songeait que les Piale n'avaient jamais connu un tel confort — pas même les deux aînées, dans leur villa de Siom, où il n'y avait qu'une douche, dont Yvonne se servait plus pour laver sa sœur que pour elle-même, dès l'enfance habituée à la grande bassine d'émail qu'elle posait devant l'évier de la cuisine et dans laquelle elle versait trois brocs d'eau chaude : le premier pour se savonner, les deux autres pour se rincer — rien de plus, comme si elle détestait l'eau, elle qui l'avait autrefois aimée au point d'emmener Lucie, aux beaux jours, non pas au bord du lac, près des pêcheurs et des vacanciers qui venaient visiter le barrage et prenaient le soleil sur les pentes sablonneuses, du côté de l'île et de Couignoux, presque nus, comme s'ils se fussent trouvés sur la rive du Paradis, mais bien plus bas que le Paradis, dans la vasque où elle avait naguère trouvé Sylvie et son frère : là où, bien des années plus tôt, les avait surprises Mme Dézenis qui dirait un jour à sa fille que ça n'était pas que les sœurs Piale faisaient quelque chose de mal, non, mais qu'elles avaient toutes les deux un visage extraordinairement heureux, oui, heureux comme on ne savait pas l'être, sur ces hautes terres : Yvonne, le torse nu et la jupe retroussée jusqu'au haut des cuisses, nouée à la ceinture, entrée dans l'eau comme pour la lessive de printemps, sauf que ce qu'elle lavait là, ce n'était pas du linge mais sa propre sœur droite et nue comme un ver et qui riait silencieusement, comme nul ne l'avait jamais vue rire, elle que l'eau d'ordinaire effrayait et qui arrivait à la fin de l'hiver en sentant, disait-on, plus fort qu'une brebis, le visage renversé vers le ciel d'été qu'elle aurait pu apercevoir entre les feuilles des petits chênes si elle n'avait fermé les yeux, ses beaux seins bien levés qu'Yvonne caressait plus qu'elle ne les frottait, les yeux mi-clos ; si bien qu'elle avait pu croire, Mme Dézenis, que ce n'était pas seulement l'innocente qu'elle savonnait : c'était aussi elle-même, qui n'avait jamais été nue (pas même, disait-on, devant celui qui avait à peine eu le temps d'être son mari : le type de Chamberet dont on ne se rappelait pas le nom — celui à qui le mariage ne réussissait pas) mais qui sentait toujours le propre, ce savon de Marseille qui faisait autour d'elles, dans l'eau, des nuages de lait : plus propre qu'un sou neuf, exemplairement nette et rêche, et qui prenait un plaisir singulier à laver cette pauvre enfant qui avait l'air, à ce moment, de l'enfant qu'elle n'aurait jamais et dont elle guetterait l'incertain reflet dans les visages qui se tourneraient vers elle, pendant près de quarante années, dans les salles de classe, sans qu'elle parvienne à trouver un seul visage de chair, non, pas même un, qu'elle puisse dire idéal, tant il est vrai (dirait Yvonne au petit Claude) qu'ils sont cruels, ces visages, ou bêtes, insignifiants, agaçants, ou trop séduisants, n'ayant en tout cas jamais, pas une seule fois, été susceptibles de se faire aimer d'une autre façon qu'en un rapport de forces, une tension épuisante qui vous les donne bientôt à détester ou à

93

oublier, même si, bien des années plus tard, alors que tout serait fini et que les noms propres se détacheraient de ces figures, tombés comme des feuilles mortes et retournés à la vieille terre de la langue, on se rappellerait la pâleur d'un front, des yeux brillants dans le crépuscule de l'hiver, un sourire, une bouche entrouverte et humide, un rire, une voix, les ombres et l'éclat de ce qui remue le sang et qui, faute de descendants, irait rejoindre la terre réparatrice, puisque la descendance est la seule affaire des humains, du moins cela seul qui nous rende un peu semblables au temps, ou nous le rende supportable : à croire que c'est le temps qui coule dans nos veines, de père en fils, de mère en fille, la véritable éternité, n'est-ce pas, ou bien la vanité de toute éternité, oui, l'inévitable déception, la plus sûre expérience de la désillusion et l'acceptation de la mort et du recommencement, même s'il n'y a ni commencement ni fin, mais seulement ce don, ce versement de sang, ce qui tombe d'être en être, interminablement, comme une goutte sans éclat.

VI

— Mais tous ces élèves, c'était un peu vos enfants, non ?

Lorsqu'il ouvrit la bouche, ce fut en regardant du côté de la fenêtre et non vers elle, la vieille institutrice, d'abord parce qu'il ne distinguait quasiment pas sa figure à contre-jour, ensuite parce qu'il ne tenait pas à la regarder, n'aimant guère les femmes aux cheveux gris et dénoués, coiffées comme si elles se moquaient des apparences ou qu'elles voulussent faire les jeunes filles. Et puis, il faisait beau et froid : un de ces matins de novembre où on se sent plus sec qu'un cri d'oiseau — de ces corneilles, si l'on veut, qui tournoyaient au-dessus du lac avant d'aller s'abattre sur l'autre rive, dans les sapins de Veix ; on préférait regarder en soi, rêvasser dans sa propre pénombre, se dire qu'on avait menti, qu'on n'avait pas posé la bonne question, que c'était à la sœur morte que l'on songeait ; puis on se résignait au demi-jour, à l'improbable vérité, et on écoutait ce qu'on venait de proférer comme une pierre tombée au fond d'une eau très noire d'où remonterait peu à peu un jeune visage étroit, presque austère, dont une photographie, dans un petit cadre argenté, sur le replat du buffet, donnait une image à peine plus vraie que celle qu'il se faisait d'Yvonne et de Lucie Piale : deux filles de la campagne, dans les années d'après-guerre, plus tout à fait des paysannes, même si l'aînée accomplissait encore, l'été, les gestes de l'éternité. L'aînée, justement, déjà droite et sèche, consciente de son rang et de ses devoirs, et aussi de ses désirs ; et l'autre, l'innocente, celle qui avait un corps comme on n'en verrait pas même, assurait-on, dans les bordels de Brive ou de Limoges, et la plus jolie figure, et qui ne le savait pas.

Il les voyait toutes deux dans les combes froides, un peu plus jeunes, en cette année de 1945, la seule où on eût tenté de montrer à Lucie que le monde peut se redoubler de mots, de chiffres et de signes, et que la langue est une manière d'éternité, une façon de ne point se terrer en soi comme une renarde effrayée, marchant vers l'école de Siom non plus en empruntant le chemin de la vallée, mais en passant par le barrage et la nuit perpétuelle des sapins, la main d'Yvonne dans celle de la cadette dont la figure avait, la plupart du temps, pourvu que la grande sœur ne la lâchât pas, une placidité de génisse — « non, pas un instant, disait Sylvie, pas même pour aller pisser derrière un bouleau, dans la plaine du puy Chaillou, avant d'arriver à Siom ; si bien qu'elle devait s'accroupir, maman les a souvent vues, elle qui les attendait, certains matins, à l'embranchement du chemin du Montheix ou qui les rattrapait après les bois de la Planche, elle devait s'accroupir comme ça, Yvonne, au milieu de la route, sans lâcher la main de sa sœur qui s'accroupissait elle aussi, laissant toutes deux des mares et des bousades fumantes sur la chaussée — surtout quand il gelait et que ça leur tordait le ventre, que ça leur donnait la cagaille, car elles n'étaient jamais assez vêtues, les pauvres filles, elles claquaient des dents en arrivant à l'école et même pendant la première heure de cours. Le maître devait les placer tout près du poêle, au grand dam des autres qui les appelaient les pisseuses, les chieuses, les renardes, et prétendaient qu'on pouvait les suivre à la trace, entre le Montheix et Siom, surtout dans la neige, non seulement à cause des traces de leurs galoches qui appartenaient déjà à l'ancien temps, murmuraient les filles de Siom qui toutes avaient des souliers de ville, mais pour les petits trous jaunâtres qu'elles laissaient dans la neige et pour le reste. Et c'était vrai qu'elles avaient l'air de bêtes traquées, l'aînée avec sa vieille capote bleu horizon et son air d'oiseau inquiet, et l'autre, dont l'épaisse chevelure presque rousse s'échappait du béret avec des reflets de renard — des odeurs de renarde, aussi, ça n'était pas exagéré de le dire... Elles n'avaient pas plus de honte que les bêtes, disait-on, surtout ce jour d'hiver où il avait neigé toute la nuit et jusqu'au milieu de la matinée, probablement un dimanche, puisqu'elles n'étaient pas à l'école mais couraient dans la neige, du côté de l'Oussine, comme s'il n'y avait rien eu de mieux à faire que d'aller gambader dans un grand pré enneigé, si loin de chez soi, au bord du lac dont on distinguait à peine la rive... ».

Mais c'étaient encore des enfants, n'est-ce pas, même si l'aînée allait sur ses quinze ans et que l'autre, qui en avait dix ou onze, semblait presque une femme : des jeunes filles, déjà, pouvait-on dire, puisque que l'aînée s'occupait de Lucie aussi bien que sa mère et que l'innocente était pour elle plus qu'une sœur. Elles dévalaient donc le grand silence du pré, riaient, tombaient dans la neige, se relevaient si agitées que la fille Coissac, de l'Oussine, qui les observait depuis les ruines d'une bergerie, à la lisière du bois de chênes, dirait plus tard qu'on aurait aussi bien pu les croire en danger. On entendit des coups de feu : des chasseurs descendaient vers le lac, en face, du côté du Chêne Gras, pourtant trop loin d'elles pour les inquiéter, pour effrayer Yvonne qui se mit à marcher devant Lucie, en suivant ce qu'elle pensait être la rive et qui était sans doute le lac lui-même, oui, l'eau gelée, la glace recouverte d'épaisse neige, et qui ne cédait pas. Les coups de fusil étaient plus forts, les aboiements des chiens aussi et d'autres cris qu'on ne distinguait pas de ceux des chiens, comme si, ce matin-là, les hommes, les chiens et les armes avaient la même voix.

La guerre nous avait habitués à de telles confusions, les petites Piale aussi, qui continuaient d'avancer sur des pentes plus raides, en direction de la pointe. Le soleil se voila ; sans doute ne virent-elles pas que c'était un envol de canards sauvages ; peut-être ne regardèrent-elles même pas : le soleil disparut et Lucie grimaça, s'accroupit, se mit à pleurer tandis que ça tirait de plus belle, en face, à la lisière du bois, et qu'Yvonne, dans le silence qui suivit, s'agenouillait près de sa sœur qui regardait droit devant elle, les yeux écarquillés, la bouche grande ouverte, et qui se mettait à ululer, incapable de dire ce qu'elle avait et se relevant parce que Yvonne la tirait par le bras, terrifiées toutes deux et avançant en se retournant de temps en temps non pas vers les chasseurs qui rigolaient, de l'autre côté du bras d'eau gelé, mais sur ce sang qui coulait de Lucie — qui ne pouvait avoir coulé que d'elle et non, comme l'avait cru l'aînée, d'un oiseau touché en plein vol et qui aurait saigné au-dessus d'elles avant d'aller s'abattre sur l'autre versant de la colline.

C'était donc l'innocente qui saignait, perdait son sang pour la première fois, laissait sur la neige une trace écarlate, et pleurait autant de ne pas comprendre ce qui lui arrivait que de voir qu'Yvonne ne saignait pas, elle, n'avait pas mal, ne s'accroupissait pas — et se disait peut-être que c'était là une injustice, que ce qui était pour elle l'ordre des choses (un ordre qui, après tout, valait bien le nôtre) était rompu, qu'il y avait ceux qui saignaient et ceux qui ne saignaient pas, ou quelque chose comme ça. Yvonne avait beau lui caresser la figure et la faire avancer en direction des chênes, plus haut, à l'endroit où le bras d'eau s'élargit et où la pente devient abrupte, face à l'île, elle ne l'écoutait pas, ne l'entendait même pas lui dire que ce n'était rien, que ça lui était arrivé, à elle aussi, et que ça lui arriverait désormais chaque mois : elle sanglotait et gémissait comme une bête blessée qu'on entendait non seulement sur les pentes du puy Prélet, là où les chasseurs avaient cessé de rire et attendaient de voir s'ils n'avaient pas blessé la petite, mais de l'autre côté du lac, à Couignoux, et là-haut, à l'Oussine, derrière les chênes qu'elles finirent par atteindre et sous lesquels Yvonne s'agenouilla en murmurant encore que ce n'était rien, non, rien, que ça ne lui ferait pas mal bien longtemps, oui, qu'il fallait laisser faire, qu'elle était à présent une femme, un oiseau, elle aussi, que les femmes étaient des oiseaux, de beaux oiseaux d'or, et qu'elles saignaient toutes, un beau jour, dans la neige.

Rien n'y faisait : Lucie continuait à ululer ; et c'est peut-être ce jour-là qu'Yvonne comprit que sa sœur resterait toute sa vie un oiseau, non pas un oiseau d'or ou de feu, mais une bécasse, une cervelle de moineau, et qu'elle, Yvonne, serait pour elle bien autre chose qu'une sœur aînée puisque Lucie avait basculé du côté de la neige, des eaux sombres, du sang et de tout ce qui se perd ou se tait dans toute langue. Alors, parce qu'elle croyait déjà dur comme fer à la justice et qu'une pauvre innocente ne devait pas être seule à souffrir — oui, pour des raisons de ce genre et sans doute pour d'autres, plus obscures, inexplicables, peut-être injustifiables, Yvonne releva sa jupe jusqu'au nombril. Elle souriait ; elle ne cherchait pas à retenir ses larmes : des larmes de joie, surtout quand elle entailla le gras de sa cuisse avec le petit canif que lui avait offert le premier maître, celui qui avait été emmené par les Allemands et fusillé dans la carrière des frères Rivière. Elle ne quitta pas un instant des yeux sa jeune sœur à qui elle prit la main pour lui faire sentir ce sang qui perlait à sa cuisse et dont quelques gouttes tombèrent sur la neige avec un crissement presque imperceptible.

C'était sans doute à cela qu'il songeait, en ce troisième lundi de novembre, tandis que la vieille maîtresse lui répondait, d'un air agacé (sans doute parce qu'il y avait, à ce moment, dans la cuisine, une lumière trop crue qui découpait sur la fenêtre, comme un camée, le sec profil de la parleuse), qu'aucun élève ne pouvait remplacer un enfant qui eût été le sien et que tout ça c'était de la foutaise, oui, l'enfantement, la perpétuation, le nom, le désir, l'amour, que d'ailleurs nous n'étions que les enfants de la langue, oui, de cela seul qui fût vraiment digne de foi et d'amour...

Il la regarda franchement : elle avait le visage plus fermé que jamais, aussi coupant que sa voix, des yeux durs soutenant quelque chose de visible d'elle seule, du sang sur la neige, du savon sur des seins gonflés, la main trop blanche d'un petit garçon, ou autre chose : un visage d'élève, pourquoi pas l'un de ceux qu'on ne parvient pas à oublier, malgré le temps, ou à cause du temps, oui, une figure de paysan, pas particulièrement belle, pas trop vilaine, non plus ; un de ces jeunes gens qu'on remarque sans bien savoir pourquoi, sans doute, se dit-on plus tard en songeant que ce gars est devenu un adulte, parce qu'on a beau être une femme, c'est-à-dire plus lucide et plus fière qu'un homme, on se laisse prendre aux apparences ; et celui-là, peu importe son nom (le nom compte-t-il encore, dans les affaires du désir et du temps ? Et s'il compte, n'est-il pas le fer qu'on remue dans la plaie du temps ?), devait bien, à quinze ans, avoir quelque chose d'assez dur et de singulier dans le regard pour que l'institutrice, qui n'avait pas dix ans de plus que lui, eût entrepris de le soumettre, de le faire plier, de lui ôter son mystère, de le rendre à la grisaille du Cours supérieur, puisque, n'est-ce pas, c'est le rôle d'une femme que de tenter d'en finir avec les puissances des ténèbres et la violence des hommes ; et si ce n'est pas leur rôle, c'était son devoir à elle, Yvonne Piale, de soumettre ce jeune gars qui, à quinze ans, n'avait sans doute plus rien à apprendre de la maîtresse d'école mais tout à savoir d'Yvonne Piale et qui le lui montrait, le lui demandait même avec des airs de petit mâle brûlant, vaniteux, et néanmoins émouvant avec ses boucles pleines d'ombre et son front tourmenté, tandis qu'elle feignait, elle, de ne rien voir, affectant une froideur extrême, allant jusqu'à le brimer plus que d'autres et plus qu'il n'eût fallu, usant contre lui non des armes de femme, mais de celles, plus cruelles, du savoir et du pouvoir. Armes assurément déloyales, mais, n'est-ce pas, aurait-elle pu dire, il ne s'agissait pas d'un combat honorable ; pas même d'un vrai combat : une lutte avec des anges plus ou moins noirs, une humiliation, un aveuglement, un piétinement de tout ce qui peut rapprocher un homme et une femme, cette réduction soudaine de l'espèce en lutte contre le temps, le saccage du désir, et le regard opiniâtrement retourné à l'indifférence enfantine des visages et, par la fenêtre, à cet horizon hérissé de sapins, sur les collines de Chamberet, son premier poste, à une vingtaine de kilomètres de Siom, cette fenêtre ouverte sur un ciel un peu plus vaste qu'au Montheix, en tout cas plus clément, avec des sapins moins hauts, moins serrés, moins sombres, pouvait-elle se dire, songeant encore que c'était pour ça qu'elle s'était tant battue : cet horizon plus large et ces calmes figures enfantines, et non pour s'oublier et tout saccager pour un peu d'or brillant au fond d'un œil d'adolescent.

VII

Ce qu'Yvonne Piale ne disait pas, c'est qu'elle l'avait trouvé depuis longtemps, cet or, dans les yeux du fils Barbatte. Il aurait bien voulu, Éric Barbatte, oui, ça lui aurait bien plu, à seize ou dix-sept ans, non pas de l'épouser, encore moins de l'aimer (de ça, on le savait, le disait incapable, comme tous ceux de sa race), mais de faire sur la grande Piale ses premières dents de jeune homme, oui, de revenir au pensionnat d'Uzerche, un dimanche soir, avec la gloire de n'être plus puceau et de clamer qu'il s'était fait la fermière, que tout était dans l'ordre — la fermière eût-elle les traits à présent ingrats d'Yvonne, mais aussi son corps souple, brûlant, et ses hanches, ses seins, ses yeux de feu sous la glace, et point trop de cette idiote candeur des filles de la campagne qui sentent le savon de Marseille et se mettent de l'eau de Cologne sous les aisselles qu'elles ne rasent pas, ça tournerait le cœur, n'est-ce pas, s'il n'y avait, à la fin, cette secousse, ce cri, cette fierté d'être un homme et non pas une femme...

C'était ce qu'il aurait pu raconter à ses condisciples d'Uzerche, à dix-sept ans. C'était sans doute ce qu'il leur avait dit, ou peu s'en faut, pour l'avoir fait non pas avec Yvonne Piale, comme en courut le bruit, mais avec la bonne, cette fille Jolet plus laide et plus bête qu'une grenouille, qui avait près de quarante ans mais des nichons qui faisaient oublier le reste, surtout pour un gars de dix-sept ans qui n'avait jusque-là eu que sa pogne pour ne point désespérer d'être un ardent petit mâle. C'était ce qui se disait ; et pourquoi en douter, puisqu'on avait vu Jolet venir chercher sa sœur, un vendredi soir, et non le samedi, comme d'habitude, dans sa fourgonnette Citroën en tôle grise ondulée à l'intérieur de laquelle piaillaient les poules qu'il n'avait pas vendues, et ramener chez lui cette sœur qui n'avait pas plus de cervelle que les poules, avec son baluchon et bien plus d'argent qu'elle n'en gagnerait jamais, une mine de chienne battue, et grosse, elle ignorait peut-être de qui et ne dirait rien, ni ce soir-là ni jamais, enfermée chez elle, à la Faurie Haute où elle finit de venir grosse et accoucha d'un petit gars qui ressemblait, dit-on, au fils Barbatte, ce qui ne lui fit rien avouer, soutenant même, malgré l'évidence, avec une sorte de fierté, que ça ne pouvait pas être le fils Barbatte, comme si elle s'attachait à un misérable secret qui illuminerait toute sa vie et qui était, d'un certain point de vue, ce qui lui serait arrivé de mieux avec bien sûr l'argent du vieux Barbatte de Saint-Priest qui lui clouait les lèvres.

Il n'était pas mauvais bougre, au fond, ce jeune Barbatte ; c'était même ce qu'on avait vu de mieux dans cette famille ; mais il lui fallait être un Barbatte et qu'une légende entourât ses premiers actes de garçon : qu'il ait pu, par exemple, assister au renvoi de la fille Jolet qui pleurnichait en hoquetant, tête baissée comme elle avait toujours fait, et plus stupide que jamais, de sorte qu'elle paraissait enrhumée même quand il lui arrivait de rire ou qu'elle se faisait prendre par Barbatte le père, dans la souillarde, alors qu'elle rangeait des casseroles, sans même tenter d'écarter les paluches qui lui soulevaient la jupe, lui baissaient la culotte et lui écartaient un peu les jambes avant d'introduire en elle cette chose qui la faisait bientôt souffler plus fort et faisait sourdre d'elle des larmes qu'elle ne cherchait pas à retenir, les yeux perdus dans l'obscurité froide du grand placard, tandis que les mains de l'homme lui pétrissaient la poitrine et que ça finissait par lui faire mal, que ses lunettes lui glissaient du nez, tombaient sur les assiettes et qu'elle n'y voyait plus rien, ne faisait plus qu'entendre, que s'entendre, elle, qui reniflait et braillait toujours plus fort, à présent que ça la chatouillait et qu'elle se trémoussait pour en finir plus vite avec ce Barbatte qui la traitait de salope, de truie, de grosse vache, avec une incomparable tendresse, comme s'il ne pouvait pas l'exprimer autrement, au moment où il était hors de lui, se raidissant et la soulevant jusqu'à lui fourrer le museau entre les bols qui s'entrechoquaient comme des dents.

Le jeune Barbatte avait donc assisté au renvoi de la fille Jolet, seul sur la pierre du seuil avec le vendeur de volailles et de lapins qui, debout à côté de sa fourgonnette, gardait bien haute sa tête rouge d'indignation et de tout le vin avalé pour supporter sa honte et se retenir d'aller flanquer son poing dans la figure du jeune godelureau (comme il s'en vanterait par la suite, dans les cafés de Siom, des Buiges et de Treignac, sans ajouter, bien sûr, que son poing avait été retenu par l'argent du vieux Barbatte), cependant que la sœur s'installait à l'avant de la fourgonnette, la tête toujours baissée et à moitié dissimulée sous un fichu rouge, les genoux serrés sous le baluchon, sans protester mais devinant peut-être que la faute ne pouvait venir que d'elle qui n'avait jamais rien voulu ni désiré, en tout cas pas cela, et qui prenait sur elle l'éternelle faute des femmes dont le ventre est à la fois le temple et le Golgotha, surtout pour elle qui n'avait rien compris à ce qui lui arrivait dans la souillarde ou sur sa couche, au fond de la cuisine, sous son baldaquin de pauvresse constitué d'un vieux drap gris suspendu à un fil et que venait écarter certains soirs Barbatte le père, et peut-être aussi le fils. Oui, fautive parce que femme et moche, et que ça suffisait aux Barbatte comme aux Jolet et à tous les mâles du canton pour trouver qu'elle n'avait au fond que ce qu'elle méritait, cette pécheresse, la paobre fenna, la drôlesse qui s'était laissé labourer par le père et par le fils, disait-on, et qui n'avait pas dû trouver ça si désagréable, puisqu'elle ne s'était jamais plainte et qu'elle continuait de se taire — et qu'il pouvait se dire, le fils Barbatte, debout comme un jeune maître, les mains dans les poches de son pantalon, bien droit dans sa veste à chevrons, l'air agacé mais patient, avec ce qu'il fallait d'insolence et de hauteur, qu'il n'y a décidément pas de justice ici-bas, mais que l'ordre était à ce prix. Tandis que le frère, lui, avec sa rougeur de marchand de poulets et son indignation à demi feinte, se tournait vers sa sœur et déjà se disait qu'elle avait des cuisses bien puissantes et d'assez beaux nichons pour trouver à se placer ailleurs, non seulement en tant que bonne à tout faire mais pourquoi pas comme épouse, ça aussi ça se négociait.

— Rien d'autre, pas même l'amour ? demanda le petit Claude.

— De quoi parlez-vous ? Vous avez l'air de sortir de l'eau.

Il ne répondit pas, la regarda en souriant, baissa les yeux vers son verre de Pernod tandis qu'elle bondissait vers le buffet où elle chercha le petit paquet de tabac qu'elle finit par découvrir plus haut, parmi les pots à épices, en maugréant contre Lucie. Elle revint d'un bond à sa chaise, se pencha sur elle-même bien plus que sur le paquet, oui, sur elle-même, y compris quand elle renversa légèrement la tête pour se fourrer dans la narine droite une prise qui la ferait renifler pendant de longues minutes en agitant un grand mouchoir dont elle s'enveloppait non seulement le nez mais la figure et même, eût-on dit, la tête tout entière, avant de tourner de nouveau vers le petit Claude un visage placide, indifférent, presque innocent.

Ce qu'on ne savait alors pas, c'était que le jeune Barbatte, à cette époque (en 1950, il avait dix-neuf ans et Yvonne vingt), s'il avait pu lorgner aussi en direction de Lucie, comme tous les gars de Siom, jeunes et moins jeunes, à cause du velouté extraordinaire de sa peau et de sa poitrine dont on prétendait qu'il n'en était point de plus belle, quoique nul ne l'eût vue, encore moins soupesée, mais qui faisait penser à une eau où l'on aurait pu se tremper le visage, une eau frémissante et fraîche, dans laquelle on aurait pu trouver, murmurait-on, la plus extrême vigueur et son contraire, la paix, la grande paix des femmes, le jeune Barbatte avait préféré tourner ses regards vers la troisième des Piale, qui avait à peine six ans, une enfant, mais qui déjà paraissait réunir en elle ce que ses deux aînées possédaient séparément : la raison et la beauté. En fin chasseur, Éric Barbatte eut tôt fait de le sentir, tout de même qu'il avait depuis longtemps compris qu'on ne saurait vivre, ici-bas, pour autre chose que la beauté des femmes — et, plus que pour leur beauté : pour le corps féminin, c'était là un devoir non pas de libertin ou de dévoyé, mais quelque chose d'austère, une sorte de vertu. Et il savait de quoi il parlait, l'ange blond, celui que son propre père appelait Pattes blanches avec l'air non pas de le caresser mais de cracher par terre, bien trop beau, disait-on, pour être le fils de Marcel et de Mathilde Barbatte, née Dupart, laquelle avait bien dû faire appel à un autre sang, par exemple fauté avec le chef de chantier du barrage (et l'on ne voulait pas se rappeler, à Siom, qu'Éric avait plus de dix ans quand commencèrent les travaux), ou — ce qui était plus vraisemblable — avec le jeune ingénieur de la centrale électrique de Monceaux, de l'autre côté de la montagne, de ce qu'on appelle ici une montagne et qui l'est moins par ses dimensions que parce que sa modeste hauteur suffisait à isoler ceux du Montheix et tant d'autres, dans le haut pays, à les retenir dans un autre siècle, alors que même Siom, sur son promontoire, s'ouvrait au bruit du monde, malgré la méfiance, la mauvaise volonté, le fatalisme des Siomois. Mais on lui attribuait tant de petits, à cet ingénieur, autant que, naguère, au grand Pythre de Veix, qu'on peut se demander aujourd'hui si ces Barbatte-là n'avaient pas été touchés d'une sorte de grâce qui se manifestât non pas dans leur propre et misérable personne mais dans celle de leur unique enfant, beau, intelligent, apparemment docile, alors qu'il avait fallu aux Piale deux filles non pas pour réunir ces qualités mais avoir sous les yeux leur vivante inconciliabilité.

— Mais la vérité, la grâce, le salut, les élus, c'est scandaleux, non ? murmura la vieille maîtresse. Et puis la science nous a montré que des ressemblances peuvent s'établir non pas entre parents et enfants mais entre un aïeul et ses petits-enfants, et même sur une plus grande distance, un peu comme ces rivières qui se perdent dans la terre pour resurgir ailleurs, il y en a une célèbre dans le Midi, vous en avez certainement entendu parler ; ou alors, comme celles de nos ancêtres violées par les Arabes qui se repliaient depuis Poitiers, ou par les Huns ou les Tafales, et qui nous ont laissé ces yeux charbonneux ou bridés, ce teint mat, cette fierté ombrageuse, regardez la fille Jacquillard de la Voûte, ou Bourneix de Condeau, oui, cette fierté, surtout, qui était celle de mon père : une dignité, une superbe de sultan, avec son teint sombre, sa maigreur d'ascète et ce goût des grands vents. Le Montheix était son désert, et sa postérité son vrai souci, vous l'avez compris, n'est-ce pas, on a bien dû vous le dire...

Ce dont il avait plus sûrement entendu parler, c'était de l'amour qu'elle portait au fils Barbatte : un amour fièrement humble et plus opiniâtre que les vents assiégeant le Montheix. Un amour, dit Sylvie, qui avait l'éclat du houx dans le soleil d'hiver : quelque chose de poignant, de beau, d'inutile et de dur, qui était là, en elle, comme ça, parfaitement enclos entre les murs de la raison, derrière ce front bombé de guerrière du savoir et de la lumière, une plaie ouverte, une voix semblable à celle qu'entendaient les cavaliers mongols qui traversaient le désert de Gobi, se détachaient du reste de la troupe, se laissaient appeler par des murmures qui les perdaient. La cavalière Piale avait son désert à elle, qui n'était pas celui de l'Asie centrale, ni même le Montheix, mais son for intérieur, là où elle descendait pour écouter les voix et s'égarer alors qu'elle pensait boire à la source pure de l'amour et que la voix d'Éric Barbatte coulait en elle comme du sang, bien qu'elle eût tout fait pour tarir cette source, ramener cet amour dans l'enclos de la raison et l'y piétiner, le rendre à la poussière des sentiments, se représenter toute l'indignité qu'il y a à aimer un gandin, à troquer pour celui d'amoureuse blessée son rang d'aînée des Piale, avec cependant, comme si elle savait qu'il faut chaque jour aérer la raison de la même façon qu'on renouvelle l'air d'une chambre, la croyance en la nécessité secrète des faiblesses.

— Tenez, comme ce jour où la fille Jolet était malade. Il fallait quelqu'un pour servir, ce samedi-là, ils n'avaient trouvé personne à Siom, ni aux Buiges, et croyez bien qu'ils n'allaient pas décommander leur dîner à cause d'une drôlesse qui avait eu le mauvais goût de tomber malade un vendredi ! C'était ce qu'avait dit Mme Barbatte en allant trouver maman, le même jour, de la même façon que, pour préserver cette paix matinale à quoi elle tenait plus que tout, elle était descendue trouver le chef de chantier, un matin qu'on faisait sauter à la dynamite des rochers, sur les pentes de la Vézère, en dessous du château, oui, descendue en mules à pompons blancs et en peignoir de soie grise avec un dragon bleu brodé sur le dos, et en fumant une cigarette, sans se préoccuper des éclats de pierre qui volaient ni de la poussière qui s'élevait des gorges, avec l'air ennuyé qu'on prend pour aller demander à un voisin bruyant de faire cesser son vacarme, vous voyez ce que je veux dire, elle a demandé au contremaître, humblement, sans entendre les ouvriers rigoler, s'il n'était pas possible de faire moins de bruit, ou du moins de faire en sorte qu'on n'entende pas ce bruit avant dix heures du matin, qu'elle voulait bien être expropriée par l'État français, qu'on lui prenne des arpents de bois, d'ajoncs et de rochers, mais qu'au moins on respecte son sommeil... Maman n'a rien dit, sinon qu'il fallait demander au père. Elle m'a envoyée le chercher. J'ai couru. J'avais quatorze ans, et je lui ai dit que je ne voulais pas y aller, non, que je ne le voulais pas, ni pour moi ni pour Lucie. Papa cassait du bois derrière chez nous, dans la petite combe qui débouche sur le lac. Il a laissé pendre sa hache au bout de son bras. Je parlais comme si j'avais vingt ans, et il m'a regardée non pas comme si j'avais vingt ans, mais comme s'il voyait bien que j'étais sa fille. Il n'a pas eu besoin de me dire que Lucie ne pouvait pas faire ça ; je me suis mise à pleurer en silence, la tête haute, sans chercher à retenir mes larmes. Je savais que mon père, le fier Albert Piale, planterait sa hache sur le bord du billot, s'essuierait les mains sur les cuisses et remonterait sans un mot la pente de la combe, s'essuierait encore les mains avant d'entrer chez nous, laissant ses sabots contre la pierre du seuil. Nous sommes entrés ensemble, d'un même mouvement, après avoir accompli les mêmes gestes, et avec, j'imagine, le même air, la même détermination qu'on appelait déjà la fierté des Piale et qui me ravissait autant que la règle de trois, la concordance des temps et l'accord du participe passé des verbes pronominaux. Il a ôté son béret pour écouter Mme Barbatte. Je l'avais rarement vu sans béret : il n'avait presque plus de cheveux, contrairement à ce que pouvaient laisser penser sa moustache et la broussaille de ses sourcils, et, debout devant la femme qu'on avait fait asseoir sur sa propre chaise — la seule qui eût des bras et ressemblât à un fauteuil —, il paraissait plus petit, plus frêle, presque drôle, touchant, et soudain très vieux, bien plus vieux que tout le monde, lui, un des plus jeunes gars de Siom à avoir fait la Grande Guerre, un des derniers, aussi, et un des rares à en être revenus, il avait à peine dix-huit ans, avait à peine eu le temps de combattre mais bien celui de voir ce que c'était ; et il avait attendu longtemps pour se marier, je n'ai jamais bien su pourquoi...

Elle se tut, le regarda en souriant, se leva, alla essuyer derrière lui le menton de Lucie, prit en repassant devant le buffet le petit paquet de tabac qu'elle posa sur la table sans y puiser, et poursuivit, dit que c'était peut-être aussi qu'il avait fallu attendre, en vain, que le père de la future fût d'accord, qu'il fallait toujours se résigner à la mort de quelqu'un, voire la souhaiter, puisque ce Maurice Bardoux de la Moratille, près de Siom, ne voulait ni se décider à quitter ce monde ni céder sa fille cadette à cet Albert Piale qui venait de l'autre côté de la Vézère, de Terracol, d'Arvis ou du Monteil, on ne savait pas très bien, il n'en parlait pas plus que de ses parents, et qui ne possédait que son peu de gloire et deux chemises — le goût de transpirer, aussi, mais ce n'était rien en regard des chemises, des arpents et des deux filles du père Bardoux. Il attendit, épousa, hérita même de l'ultime chemise de celui qui ne fut pas un beau-père, l'arbora le jour de ses noces sous les yeux tranquilles de la mère qui savait bien, elle, que sa fille cadette mourait d'envie d'être pauvre avec celui qui n'avait même pas eu le temps d'être un héros, cet Albert Piale à qui la pauvreté faisait un vêtement plutôt seyant qu'il ne tarderait pas à troquer, si l'on peut dire, pour la livrée des Barbatte — laquelle ne différait d'ailleurs guère de l'autre, et dans laquelle il se tenait, ce matin-là, devant sa patronne, en pantalon de coutil bleu, chemise à carreaux, veste de gros velours marron, pantoufles de sabots, la tête nue, plus courbé par les ans et les tâches que par humilité, mais habile ou résigné à laisser croire cela, et l'écoutant lui demander de lui prêter Yvonne pour la soirée, elle serait payée, même si c'était un service qu'elle lui demandait, oui, pour la tirer d'embarras, comme ça, entre voisins, on avait tant de mal à trouver des domestiques par les temps qui couraient...

— Elle parlait en serrant la main de maman sur la table, comme si elles étaient de vieilles amies, sachant bien entendu que papa accepterait mais qu'il fallait y mettre les formes, de part et d'autre, comme à la foire aux bestiaux. Elle alluma une cigarette avec un briquet d'homme, chercha du regard un cendrier, après trois ou quatre bouffées, se résigna à laisser tomber ses cendres par terre, sur les dalles. Elle me regardait en plissant les yeux : j'étais restée dans l'embrasure de la porte, à contre-jour, et elle devait se demander si cette grande bringue qu'elle semblait voir pour la première fois serait présentable, avec ce corps si maigre et ce visage qu'on disait ingrat sans que j'aie jamais pu comprendre pourquoi à quelque chose dont je n'étais pas responsable, ma figure, s'attachait une réprobation définitive...

Elle revêtit la livrée noire des bonnes, non pas celle de la Jolet, dans laquelle on en aurait mis trois comme elle, mais une robe de Mme Barbatte elle-même, le petit tablier blanc et une espèce d'aigrette de même couleur qu'on accrocha sur le haut de sa tête et qui la faisait plus ressembler à une grue, dit-elle en souriant, que les vraies grues qu'elle servit, le soir même, et en qui elle reconnut les femmes qui se soulageaient sur la pierre du seuil, comme si elles étaient seules au monde et sans rien voir. Car, disait-elle encore, ce n'était pas la voir, elle, que de la regarder avec des yeux qui semblaient chercher en elle quelque chose qui allumait dans le regard des hommes une flamme plus terrible qu'un feu de grange. Non, ce n'était pas la regarder, et probablement préférait-elle l'indifférence d'Éric Barbatte à ces coups d'œil qui la jaugeaient, hommes et femmes, la dévêtaient, mesuraient son peu d'élégance, lui révélaient qu'elle n'était pas belle, à peine désirable, même si toute chair était pour ces gens-là bonne à prendre — et encore était-ce moins dû à la fraîcheur de ses quatorze ans qu'à ce regard qui, elle le savait déjà, serait sa seule beauté : ces yeux gris ardoise dont Mme Barbatte avait souligné la singularité d'un trait de crayon et d'un peu d'ombre aux paupières, que la mère Piale effacerait en lui crachant sur le visage et en l'essuyant d'un bout de tablier, lorsque tout fut lavé, essuyé, rangé dans les hauts buffets imitant l'Henri II, et elle, Yvonne, renvoyée à la nuit, au début de l'amour, à ce peu de beauté qui la rendait aussi froide, disait-on, qu'une haleine de nonne.

VIII

Il n'en saurait pas davantage, ce jour-là — du moins pas de sa bouche à elle, ni de celle de Sylvie, mais d'une autre, de laquelle il n'attendait pourtant rien, et surtout pas qu'elle lui parlât de ça, même si leurs familles avaient autrefois été alliées et que l'éphémère époux d'Yvonne Piale était un cousin germain de sa propre mère ; laquelle s'ouvrit à lui ou plutôt, aurait-il pu dire, entra à son tour dans l'histoire, les deux lundis où ce qu'il appelait, avec un peu de componction, ses obligations professionnelles l'empêchèrent d'aller à Siom (il téléphona à Sylvie, puis à la vieille maîtresse qui avait à l'appareil une voix étrangement perchée, quasi anxieuse, comme on parlait au temps où l'on croyait que le fait de crier réduirait les distances infinies, et où l'on se montrait pressé, véhément, comminatoire comme elle le fut, ce matin-là, déçue, peut-être, sûrement agacée de cette intrusion et de ce manquement au rite, brève et coupante, sans même placer les « n'est-ce pas » et les « oui » qui agaçaient un peu le petit Claude).

Il l'écouta parler avec, d'abord, une manière de déplaisir, comme s'il eût été incongru que sa mère connût ces choses-là, oui, inconvenant qu'elle sût qu'Yvonne Piale, cette nuit-là, fardée comme une fille de joie, ivre de fatigue et probablement de ce fond de champagne qu'elle avait trouvé moyen de goûter, au goulot, en se disant que ça ne valait vraiment pas la peine de faire comme les autres, au salon, tant de façons pour avaler cette chose plus écœurante que de la limonade tiède, qu'Yvonne Piale avait, donc, avant de rentrer chez elle, monté l'escalier qui menait aux chambres. Elle s'approcha de la porte de droite, tourna la poignée d'émail, poussa le panneau de bois sombre, sans crainte ni hésitation, avec, même, pourrait-on dire, la détermination d'une fille qui se perd : Éric Barbatte était là, debout au milieu de l'immense pièce qu'un paravent de bois peint de grandes fleurs bleu pâle divisait, là aussi, en deux parties inégales : la chambre à coucher proprement dite, avec un lit recouvert du même reps rouge sombre que le fauteuil Voltaire et les murs, et, devant la fenêtre donnant à l'ouest, sur la cour, une petite table de travail avec sa chaise de paille vernie et, contre le mur du fond, une étroite bibliothèque ; enfin, dans un coin, près du bureau, un pupitre sur lequel s'ouvrait une partition vert clair avec, sur la couverture, ce nom : Bach, qui garderait à ses yeux tout le clair-obscur de cette nuit-là, comme si elle se trouvait placée devant cela même qui lui resterait inaccessible et presque haïssable puisqu'elle est, n'est-ce pas, le contraire de la langue, des mots, et du sens, surtout quand elle avait, cette musique, le visage de l'adolescent qui se tenait là, au milieu de la chambre, près du paravent, très pâle, et qui dansait, comment le dire autrement, les yeux mi-clos, non pas en proie à la légèreté ou au ravissement, mais comme s'il eût cherché à tuer en lui, à exténuer ce désir de joie qui le faisait danser, nu sous sa robe de chambre en brocart de Damas qui glissait peu à peu et que ne retint bientôt plus que le cordon de soie tressée qui lui enserrait la taille.

— Je ne devrais pas te raconter des choses pareilles, dit Mme Mirgue, mais ça s'est su, non pas par Yvonne, bien sûr, probablement par la fille Jolet ou par son frère, oui, ça s'est su qu'il dansait tout nu dans sa chambre, à treize ans, comme un pauvre fadard ou une âme en peine, devant cette fille qu'il ne voyait peut-être même pas et n'avait sans doute jamais regardée depuis qu'on le lui avait interdit et qui, elle, continuait à le dévorer des yeux, plus droite qu'un piquet, dans l'entrebâillement de la porte...

Et encore ne jouait-il pas de son violon, ce soir-là, eût-elle pu ajouter. Car on dit que c'est grâce à ce violon qu'il avait fini de lui tourner la tête, grâce aux quelques mélodies qu'il avait réussi à savoir par cœur et qu'il jouait, comme il faisait du reste : pour épater le monde, étant donné qu'il n'aimait pas plus la musique qu'Yvonne Piale ; mais les femmes savent si bien se laisser tourner la tête par le premier violoneux venu, il le savait et s'était plié à cette fastidieuse étude, imposée par ses parents qui trouvaient que ça faisait bien de savoir un instrument mais n'eussent pas supporté un piano et lui faisaient donner des leçons par un vieux maître qui montait de Tulle, le samedi après-midi, et qu'on ne remplaça pas lorsqu'il mourut, la dernière année de la guerre. Mais c'était suffisant pour qu'il sût jouer, tant bien que mal, mais non sans quelque sentiment, des morceaux de Bach, de Vivaldi, de Saint-Saëns, de Vieuxtemps...

— Et alors ?

— Alors rien. Personne ne sait ce qui s'est passé — en tout cas sûrement pas ce qu'on a pu raconter, à savoir qu'Yvonne qui, par certains côtés, était aussi fadarde que lui ou que l'amour rendait folle, s'était à son tour déshabillée et qu'ils avaient dansé comme ça, au milieu de la nuit, dans le froid, avec le vent qui secouait les lauzes, les volets et les portes, et les autres en dessous qui braillaient et finissaient d'être soûls, et la mère Piale, dans la cuisine, en train d'essuyer et de ranger la vaisselle... Non, ce n'est pas possible. Je la vois plutôt se retirer sur la pointe des pieds et redescendre pour aider sa mère, car elle était bonne fille, malgré son fichu caractère, et elle aimait déjà le devoir, plus que tout. Ce que je sais, c'est que Mme Barbatte l'a vue pleurer et s'est dit qu'elle n'avait que ce qu'elle méritait, que c'était bien qu'un garçon fasse pleurer les demoiselles, même si celle-là n'était pas une demoiselle ; il avait du caractère, comme son grand-père, celui de Saint-Priest, bien sûr, puisque l'autre, le toubib, son propre père, ne vivait plus que pour l'éther. Et puis, songeait-elle peut-être en titubant, car elle était soûle, les femmes sont là pour pleurer, ouvrir les jambes et se taire, ça n'était pas plus mal qu'autre chose, n'est-ce pas, en tout cas bien mieux que de travailler à la ferme ou à l'usine : alors, qu'importe si on était cocu, bredouillait-elle encore, et puis ça n'était pas si mal que d'autres vous soulagent un peu de ces maris trop portés sur la chose, au moins pouvait-on dormir son aise, il n'était rien de plus important que de dormir son aise. Elle n'était pas bien fière, Mme Barbatte, malgré les apparences, et elle parlait de tout ça librement, car elle avait un père docteur qui lui avait appris, disait-elle, à regarder les choses en face. Yvonne n'a rien répondu, la mère Piale non plus. Elles se sont, la mère et la fille, regardées dans les yeux, on peut le croire, Yvonne a dû rougir et murmurer que c'était la fatigue, qu'elle n'avait pas l'habitude de veiller si tard. Elle se mordait les lèvres. On dit que Mme Barbatte est alors entrée dans la cuisine, qu'elle s'est approchée d'Yvonne, lui a tapoté l'épaule en lui disant qu'elle était brave, ou quelque chose de ce genre et qui sonnait faux, avec des larmes aux yeux, elle aussi, même si elle avait l'air de vouloir rire. Et il fallait qu'elle soit ivre pour montrer de l'intérêt à quelqu'un d'autre qu'elle-même et ne pas se formaliser lorsque la mère Piale s'est approchée d'elle et lui a dit en l'accompagnant au bas des escaliers : « Allez donc vous coucher, madame Barbatte, vous ne tenez plus debout... »

— Il ne s'est rien passé d'autre ?

— Tu veux dire là-haut, dans la chambre ? Tu crois que les femmes de ce temps étaient comme celles d'aujourd'hui ?

Il répondit qu'une femme reste une femme. Mme Mirgue rétorqua qu'il ne savait pas de quoi il parlait, qu'il était bien un homme pour parler comme ça, qu'il voudrait insulter sa mère qu'il ne s'y prendrait pas autrement et que, de toute façon, Yvonne Piale avait, dès cette époque, quelque chose d'autre en tête, quelque chose d'autrement sérieux que cette fantaisie d'aimer Éric Barbatte — oui, une rage encore plus sourde, plus forte que son amour pour le jeune gars, et qui lui faisait se jurer d'être autre chose que la domestique des Barbatte.

Et il pouvait penser, le petit Claude, que cette nuit-là (une belle nuit d'avril, malgré le vent qui soufflait, comme toujours, un peu trop fort et froid, et cette pleine lune qui, avait dit sa mère, énerve les gens, les femmes plus que les hommes), ce n'était pas seulement le bel Éric Barbatte qu'elle avait regardé danser, ce n'était pas seulement qu'elle était émue par cette nudité déjà lasse et fragile, elle savait déjà à quoi s'attendre de la part des hommes, c'était surtout l'étroite bibliothèque, avec ses livres luisant dans la clarté de la lune qui entrait par la fenêtre, et qu'elle regardait comme elle eût contemplé le dos des anges, en se disant peut-être qu'un garçon, ça n'était que ça : un corps mince et blanc, capable de danser comme un fadard à la clarté de la lune, avec cette petite chose qui se dressait au bas du ventre et qui, disait-on, menait le monde, oui, quelque chose qui menaçait les femmes mais que les femmes savaient détourner, dompter, réduire ; alors que les livres, là, dans la bibliothèque, c'était une autre affaire, l'instituteur le répétait souvent, ils vous ouvraient ou vous fermaient le monde, on n'était plus le même après les avoir lus, il s'y trouvait toutes les joies et toute la lumière des saisons, et non le faux, l'inqualifiable espoir de paix qui vous faisait danser tout nu au clair de la lune.

    C'était bien ça qui, dès cette époque, devait tarauder l'aînée des Piale : ne plus être ce qu'elle était sans pour autant se renier ni renier les siens, ses sœurs, surtout, Lucie et la petite Amélie qui naîtrait à la fin de la guerre, dans les jours qui suivirent l'Armistice, alors qu'on ne l'attendait pas — ce qui avait fait murmurer aux gens de Siom que ce n'était pas le père Piale qui en eût été capable, trop vieux et usé, quoiqu'il n'eût alors que cinquante-cinq ans, mais bien, cette fois, le jeune ingénieur du barrage, comme on l'avait dit pour Mme Barbatte. Après tout, la mère Piale n'avait pas quarante ans, était encore belle femme (ce qu'on appelait belle, à Siom et dans tout le haut pays, c'est-à-dire massive, avec des fesses et une poitrine de matrone, et un visage agréable), et voulait à tout prix un autre fils.

— Un autre fils ?
— Oui, un autre.

Elle sourit, le regarda un moment en silence, les yeux moqueurs, savourant cette minuscule victoire de mère avant de murmurer, lentement, en détachant bien les mots :

— Elle ne te dit pas tout.

Elles ne lui avaient pas tout dit, pas plus Yvonne que Sylvie — la première parce qu'elle avait le temps pour elle et s'abandonnait aux caprices de la mémoire, la seconde parce qu'elle n'avait pas ce temps et qu'elle en savait moins qu'elle ne le prétendait, mais toutes deux ménageant leurs effets pour garder auprès d'elles cet homme si jeune qu'elles devinaient volage, léger, prompt à se désintéresser de tout, et surtout des femmes, bien qu'elles dussent se dire ce que se disait Mme Mirgue, même si ça n'était pas une consolation, que tous les hommes étaient pareils, fuyants, lâches, indifférents, et qu'il fallait donc à tout prix retenir ce jeune gars qui leur faisait oublier un peu le temps qui passait, trop lentement pour l'une et trop vite pour l'autre et aussi pour la mère, et qui, à l'une comme aux autres, leur martelait au visage ce masque d'argent terni qu'elles n'arracheraient plus, même dans le sommeil, et qui serait leur visage ultime, pourquoi pas, aussi éternel que le masque d'Agamemnon dans son tombeau de Mycènes ; de quoi elles faisaient encore une coquetterie, bien que ce ne fût pas d'elles qu'il se souciait — il avait eu cette sèche franchise, avait très vite annoncé la couleur, comme il disait — mais d'une autre, la dernière des Piale, cette Amélie qu'il n'avait vue qu'une fois, dix ans plus tôt, à Siom, devant le café de Berthe-Dieu, alors qu'il était enfant. Et elles pouvaient encore se dire, l'ancienne institutrice, la jeune maîtresse et la mère, ce que se disaient toutes les femmes de la terre : qu'il y a toujours une autre femme dans l'esprit, le cœur et les reins d'un homme, qu'il faut s'y résigner ou tenter de l'en chasser, mais surtout ne pas tempêter ni s'en désoler ouvertement, le temps le leur avait appris (à moins qu'elles n'aient compris d'emblée que leur plus grand ennemi n'était pas cette autre femme mais précisément ce temps avec qui elles pouvaient néanmoins s'allier pour la combattre, puisqu'il finirait bien par les mettre à égalité, martèlerait aussi le masque d'argent à la figure des rivales, il fallait s'en convaincre, dût-on quitter la scène avant elles, cela faisait du bien de savoir qu'il y a une fin des Temps, c'était là une justice autrement puissante que celle des hommes).

Ce n'était pourtant pas à elles qu'il songeait, dans cette autre cuisine où il écoutait une autre femme vieillissante évoquer à sa façon les Piale : non plus Yvonne, ni Lucie, ni même Amélie, mais ce petit Pierre dont il ignorait l'existence et dont il apprenait qu'il était né bien avant Amélie, huit ans après Yvonne, trois ans après Lucie, et qui demeurait sans visage.

— Il n'a pas eu le temps de ressembler, finit par dire Mme Mirgue.

Elle se leva brusquement pour aller plonger ses mains dans la cuvette de plastique jaune où elle fit couler une eau très chaude pour la vaisselle et aussi, aurait-il pu se dire, pour y laver quelque chose qui l'inquiétait et à quoi elle ne voulait pas penser, sans doute parce que ça n'arrivait pas qu'aux autres, la mort d'un enfant, et qu'elle n'avait plus que le petit Claude, maintenant que Virginie était mariée ; et puis, songeait-elle probablement, une fille ce n'est pas la même chose, ça a plus les pieds sur terre, ça se case, surtout si elle n'est point désagréable à regarder, et ça vous aime toujours, n'est-ce pas, ça n'a pas besoin d'être toujours séduit, ça sait où est son devoir ; tandis qu'un petit Claude, en plus un cadet, il fallait le mettre en garde contre le monde, contre toutes ces femmes qui lui couraient après, si jeune encore et sans père pour le guider, et obligé de faire l'homme tout en restant un bon fils...

Elle ouvrit la fenêtre. Le vent avait tourné à l'est. Il faisait plus froid. La nuit de novembre était claire et dure. Elle lui demanda s'il avait fini de fumer. Elle laissa entrer l'air glacial avant de déplier puis de rabattre vers elle les persiennes de fer. On entendait les camions qui traversaient Égletons freiner avant le grand tournant ou changer de vitesse, selon qu'ils se dirigeaient vers Bordeaux ou remontaient vers la Suisse, peu importe s'ils n'allaient pas au bout de ces routes, se disait-elle peut-être, du moment qu'ils voyageaient et qu'ils iraient au bout de cette nuit contre laquelle elle avait refermé les persiennes avant d'aller écouter dans son lit d'autres camions crier, c'était le mot, pousser ces longs cris qui étaient la voix de la nuit et avec elle la voix de toutes les mères malheureuses, et non seulement des mères mais de toutes les femmes qui souffrent et, plus encore, celles qui ne savent pas encore qu'elles doivent souffrir et faire souffrir, lui prendre, par exemple, son petit Claude, puisqu'elles étaient nées pour ça et que c'était ça qu'elle pouvait entendre, Mme Mirgue, dans la nuit de novembre et dans les plaintes des camions qui entamaient leur descente vers Tulle, Brive, Bergerac, Angoulême, Cahors, Toulouse ou Bordeaux, ou alors, psalmodiait-elle, au fond de son lit, les mains croisées sur sa poitrine et les yeux clos, vers ces nuits sur lesquelles on ne referme ni volet ni fenêtre, où on n'a pas à aérer, à chasser la buée avec les odeurs de vieille soupe et de tabac froid, où on peut regarder les étoiles depuis son lit et se dire qu'il fallait bien qu'il y eût d'autres vies et qu'elles eussent, ces vies-là, un avant-goût de paradis, qu'elles valussent la peine qu'on jette au fossé tout ce qui avait enclos la sienne entre les murs d'un petit appartement à loyer modéré, dans le gris et froid Égletons, là où commencent les grands hivers et le haut pays, et où l'avait conduite, trente ans plus tôt, ce gars de Bort-les-Orgues, ce mince André qui leur avait donné, à elle, Marcelle Darges, comme à Virginie et à Claude, ce nom de Mirgue dont il n'y avait rien à penser (pas plus qu'il n'y avait à redire au nom de Meillaud qu'avait endossé sa fille Virginie en épousant le gars de La Châtre), aussi propre et honorable que son métier d'employé des Postes. Un nom qu'André Mirgue n'avait d'ailleurs guère eu le loisir d'illustrer, ni à Bort-les-Orgues, ni à Chamberet où on l'avait envoyé pour un remplacement, où il l'avait rencontrée, elle, Marcelle Darges, et où il était resté le temps de décider qu'il l'épouserait, ne se déclarant pas tout de suite, quittant Chamberet pour un autre remplacement, à l'autre bout du plateau, à Faux-la-Montagne, puis revenant demander sa main, trois mois plus tard, alors que nul n'y croyait plus et qu'on s'apprêtait à ne plus y penser, sauf Marcelle Darges, bien sûr, qu'il épousa à Siom, dans le temps qu'il effectuait un autre remplacement aux Buiges, avant de s'installer à Égletons, à titre définitif, avait-il dit en plaisantant et sans savoir qu'il ne tarderait pas, après avoir engendré deux enfants, à succomber à ce cancer du pancréas qui expliquait peut-être pourquoi le frêle facteur l'avait si vite aimée, épousée, engrossée, sans qu'elle lui en voulût de n'avoir pas eu de santé, de la laisser avec ces deux petits et pas assez de grâce pour espérer attirer un autre homme, se résignant à cette solitude puis en tirant orgueil comme d'une chose rare, oui, une chose rare et foudroyante, ce cancer du pancréas, qui était mieux, n'est-ce pas, qu'une banale tuberculose, un cancer du côlon, une cirrhose — de quoi crevaient tant de pauvres gourles, sur ces hautes terres et ailleurs, dans les vallées et les plaines, quand ils n'allaient pas heurter un de ces camions qui criaient dans la descente et qu'elle écoutait, les nuits où elle ne trouvait pas le sommeil et où elle se disait que ça finit souvent comme ça, par un cancer ou un camion qui vous heurte au lieu de vous emporter bien loin au-delà de Turenne, d'Argentat ou de Mauriac, vers ce Midi où elle n'était jamais descendue et où elle ne voulait pas encore se dire qu'elle n'irait jamais, même si elle savait que ce n'était pas si loin, qu'il lui suffirait de demander au petit Claude de l'y conduire ou d'attendre, quelques années, d'être assez vieille pour s'inscrire au Club du Troisième Âge et aller bien plus loin que le Midi, aux portes de l'Orient ou dans des îles qu'elle avait appris à situer sur la carte du monde que le petit Claude avait épinglée sur le mur des toilettes : des îles et des pays où l'on devait certes mourir, mais pas de la façon dont on mourait ici, sur ces hautes terres où il n'y avait plus rien à espérer — où il n'y avait jamais rien eu à espérer, en tout cas pas une vie meilleure, surtout pour ceux qui s'en étaient allés si jeunes, non seulement ceux qui en avaient eu assez, ceux qui étaient morts à la guerre, mais ceux qui n'avaient pas eu de chance ni de santé, comme son propre époux, comme le mari d'Yvonne

Piale, son cousin, ou encore ce petit Pierre, le troisième enfant des Piale, qui n'avait pas eu de visage.

— C'est qu'il fallait les voir, ces petits Piale, dirait Sylvie avec dans le regard autant de feu que si c'était elle, et non sa mère, qui avait assisté à cela, il fallait les voir ensemble, la grande bringue, l'idiote et le petit malingre, Yvonne en tête, tenant par une main Lucie et de l'autre Pierrot, la rage au ventre et le menton bien haut, aussi déterminée à protéger le petit dernier qu'elle était en classe à battre Odette Theillet, oui, car il n'était pas difficile de comprendre qu'il n'irait pas bien loin, le Pierrot, avec sa grosse tête pâle, son peu de cheveux et ses grands yeux bleus qui avaient l'air de déjà savoir. Elles le couvaient comme s'il était né d'elles, Yvonne et Lucie, Yvonne qui, à douze ans, se sentait responsable de tout, et Lucie qui voulait toujours faire comme sa sœur. On pouvait donc les voir, par n'importe quel temps, descendre de ces hauteurs où le vent soufflait presque toute l'année pour venir se chauffer un instant chez nous, à la Chanelle, ou à l'Oussine et dans d'autres fermes, et même à Siom, chez le maître d'école ; pour montrer aussi le pauvre enfant blême que la marche avait rendu encore plus blanc mais qui semblait tenir à marcher avec ses sœurs, alors qu'elles avaient, elles, les pommettes bien rouges et respiraient la santé. Et on trouvait à redire, crois-moi, non pas de ce qu'il était plus blanc que du linge d'église mais de ses cheveux blonds, d'un blond presque trop clair et trop rare par ici pour qu'on n'ait pas pensé qu'il n'était pas fait pour demeurer bien longtemps parmi nous...

Il s'obstina. Les femmes Piale s'opiniâtrèrent, le protégèrent, entourèrent de linges et de chansons ce visage aux grands yeux de fille : autant de linges et de mots qui flottaient entre le monde et lui, et dans lesquels il serait bientôt enseveli. Car il fallut bien admettre, lorsqu'il eut trois ans, qu'il n'irait pas beaucoup plus loin. On l'amena, un matin de mars, chez le médecin des Buiges : il tenait à peine sur ses jambes, sa tête semblait avoir démesurément grossi, il ne parlait presque plus, il souriait comme Lucie alors qu'il était sans doute aussi intelligent qu'Yvonne.

— Oui, avait encore dit Mme Mirgue, il souriait que c'en était pitié, et on avait presque envie de le gifler, de lui dire de se taire alors qu'il n'ouvrait jamais la bouche, de le supplier, de ne plus nous regarder comme ça...

— Comment ?

— Comme s'il était déjà de l'autre côté, c'est ça, comme s'il avait déjà passé et qu'il nous regardait encore en nous faisant comprendre que ça ne valait pas la peine de continuer, pour lui, bien sûr, mais également pour nous, les bien portants, et ça, c'était plus qu'on n'en pouvait supporter, surtout pour une femme... Il avait même l'air de dire que ce n'était pas si mal, là-bas, cette tombe où il avait déjà un pied. Tu te rends compte ! On voulait bien avoir pitié, mais pas songer à nous, à notre mort, pas de cette façon-là ; et ce petit bougre plus délicat, plus joli qu'une demoiselle, malgré sa grosse tête, nous rappelait que nous ne sommes rien... Si je l'ai bien connu ? Personne ne l'a vraiment connu, pas même sa mère et ses sœurs qui le promenaient comme elles auraient promené un chien de luxe. Je l'ai vu, à Siom, debout devant l'épicerie ; ses sœurs étaient à l'intérieur ; il s'appuyait au mur, de tout son corps, comme s'il allait tomber, ou alors, on était en juillet et le soleil avait tapé sur la pierre toute la journée, c'était pour se réchauffer. Et il me regardait, le pauvre petit, je ne suis pas près de l'oublier, avec ses grands yeux bleus si fixes qu'on aurait dit qu'il voyait au-delà, qu'il en voyait en tout cas plus et mieux que n'importe qui, qu'il n'aurait pas à rassasier cette faim-là, au moins, et qu'il en profitait le plus possible. De quoi ? Mais de cette vie qui lui échappait...

Le médecin des Buiges l'envoya à l'hôpital de Tulle où on lui trouva le cœur malformé, et inopérable — ce qui n'étonna personne et fit murmurer que les Piale avaient visé trop haut, qu'ils avaient défié le destin qui voulait qu'ils n'eussent que des filles. Ils le payaient. C'était ce qu'on disait. Et ça bardait chez les Piale parce qu'il avait fallu débourser que le diable pour le taxi de Madegal et l'hôpital, et qu'il fallait à présent quelqu'un pour garder le petit qui ne quittait plus le lit et garder aussi l'innocente, et qu'Yvonne manquait l'école, laissait le champ libre à Odette Theillet pour la dernière année avant cette École normale dont le nom leur était plus doux que celui de Chanaan, depuis que le maître leur avait dit, à toutes deux, qu'elles étaient capables d'y arriver. Ça bardait à tel point que ce fut la mère Piale qui les garda, Pierrot et Lucie, celle qui ne savait rien et celui qui en savait déjà trop, tandis qu'Yvonne retournait en novembre à l'école de Siom et qu'elle n'y manqua plus une heure, malgré les voix qui lui reprochaient de les abandonner au miroir de Jésus, là-bas, l'innocente et le petit mourant, pour la gloire sévère des mots.

On la vit même arriver à Siom, un jour de tempête où il n'y avait pas dix élèves en classe. On n'y voyait pas à cinq mètres, la neige tourbillonnait, il faisait si sombre qu'on pensa que le jour ne se lèverait plus, d'autant que l'électricité était coupée et que le maître avait allumé les lampes à pétrole qu'on avait ressorties au début de la guerre. Il n'y avait donc pas dix élèves, mais Odette Theillet ne manquait pas à l'appel, ayant bravé elle aussi la tempête pour venir de Combe Pierre, sur la route de La Celle, de bien moins loin qu'Yvonne Piale, donc, mais à travers la même nuit blafarde et remuante, avec la même rage, enfin, d'être à l'heure sur le chemin de Chanaan.

Cela, le maître le savait, ou avait deviné que ce n'était pas un jour comme un autre, et il s'était inquiété, était monté jusqu'à la Croix des Rameaux, à la croisée des routes, avec une lampe-tempête, pour attendre celles qu'il appelait ses deux filles, Odette de Combe Pierre et Yvonne du Montheix, lesquelles en vérité arriveraient de bien plus loin que de la maison paternelle, surtout la deuxième qui viendrait, songea-t-il probablement, du fond de la nuit et du froid, dans ce jour sur lequel le soleil avait oublié de se lever, du fond de l'ignorance, aussi, dont elle voulait à tout prix sortir — de si loin, donc, qu'il fallut l'attendre longtemps et prier Odette Theillet qui grelottait dans sa pèlerine brune d'attendre avec lui et d'agiter la lampe dans la direction d'où surgirait Yvonne et d'où elle finit par poindre, avec sa capote bleu horizon, son béret, son cartable qui lui faisait une grosse bosse dans le dos et ce cache-nez de laine rouge tricoté par la mère et qui n'était ni aussi beau ni aussi chic que l'écharpe d'Odette, achetée à Limoges, elle, où la rivale se rendait souvent grâce aux réductions dont bénéficiait le père Theillet sur le chemin de fer. Yvonne était en retard, mortifiée de l'être, plus lasse et altérée que si elle eût couru ; et peut-être avait-elle couru, la bouche et les yeux pleins de neige, essayant d'écarter de la main l'exaspérant rideau blanc, rageant de n'être pas partie plus tôt, de s'enfoncer dans la neige à cause du cartable, de tomber par moments et de ne pouvoir souffler, ni de se mettre à pleurer un peu, elle le méritait bien, c'était trop difficile, la neige, la rivale, le froid, la sœur innocente et ce frère qui ne voyait plus la neige tomber : mortifiée, Yvonne, de trouver à la croisée des routes, au-dessus de Siom, l'éternelle Theillet en compagnie du maître, se mordant toutes deux les lèvres pour ne pas montrer combien elles avaient hâte d'en finir, Yvonne avec la neige, Odette avec l'espèce de joie qu'elle devinait dans les yeux d'Yvonne.

— Et Pierrot ?

— Il aurait fallu l'opérer, dit Mme Mirgue, mais c'était trop tard, ou trop risqué, je ne sais plus, mieux valait lui laisser vivre en paix ses derniers mois au lieu d'aller fouiller dans ce petit cœur qui battait la breloque.

— Elles l'ont bien entouré, ajouterait Sylvie une autre fois. Elles étaient plus douces et plus silencieuses, disait maman, que la neige qui est tombée cet hiver-là. Le père Piale, qui avait l'air de savoir à quoi s'en tenir pour l'enfant, restait seul dans son coin, sans ouvrir la bouche, fumant ces cigarettes qui faisaient tousser le pauvre Pierrot et contre quoi les femmes ne pouvaient rien, même pas Yvonne avec sa grande gueule : sa façon à lui de se venger, peut-être, quoiqu'il n'ait pas été si rosse, le père Piale, pas méchant du tout même, seulement fier, trop fier et sans doute trop vieux pour cette femme qui avait quinze ans de moins que lui, trop vieux pour tout, d'ailleurs, puisqu'il appartenait au monde des tranchées, qu'il l'ait voulu ou pas, et que quelque chose de lui était resté là-bas, dans cette terre d'Argonne, quelque chose comme une génération qui ne se renouvellerait pas, il le savait, les survivants étant à peu près aussi morts que les autres, un peu maudits, en outre, et forcés d'expier le fait d'en avoir réchappé. Alors il faisait comme si de rien n'était, comme si le monde n'était pas entré dans une nouvelle guerre, comme si la vieille race des Piale était aussi inaltérable que le granit du haut plateau. Et c'est pour ça que, lorsque Pierrot a été mort, il a remis ça avec sa femme ; il y a fait longtemps, des mois durant, à la fois pour montrer qu'il valait bien le jeune ingénieur et que l'ingénieur ne pouvait être le père de Pierrot, qu'il reviendrait de ces assauts-là, l'Albert Piale, comme il était revenu des tranchées, qu'il y avait laissé presque tout, mais, on l'a entendu dire ça, pas ses breloques. Et si la mère Piale, à qui l'ingénieur (pour peu que cette histoire-là soit vraie) devait avoir donné le goût d'amours plus romantiques, s'était pliée à ça, s'était laissé besogner des mois durant par son vieux bélier de mari, ce n'était pas que pour remplir son devoir conjugal, tu peux me croire, ni même qu'elle avait peur de lui : c'était qu'elle croyait, comme lui, et peut-être plus que lui, à l'immortalité de son sang, et qu'ils voulaient l'un et l'autre un fils qui leur survive, solide et vaillant, et pas un maigrelet, comment dire, un passant comme celui qui était mort à la fin de l'hiver et qui avait tenu jusqu'aux premiers beaux jours... Il est mort sans se plaindre, sans faire plus de bruit qu'il n'en avait fait pour vivre, finissant par s'endormir et passer dans l'autre monde, lui qui n'avait jamais été vraiment du nôtre. On n'a guère l'habitude de pleurer, chez nous ; mais, ce jour-là, rappelle-toi que beaucoup ont pleuré, à Siom et ailleurs, même s'ils prétendaient que c'était à cause de la fraîcheur du vent ou de je ne sais quoi d'autre. Ils pleuraient tous, et ne pleuraient peut-être pas que le petit Pierrot, mais aussi les enfants morts et les enfants en allés, et ceux qu'ils n'avaient pas eus et qui descendaient des songes et qu'ils contemplaient comme si c'était l'apothéose et la fin de leur race, tout à la fois...

— J'étais à Siom, ce jour-là, avait dit Mme Mirgue. Les Piale étaient venus à pied du Montheix, vu qu'ils n'avaient pas de voiture et qu'ils étaient trop fiers pour demander à quelqu'un de les conduire. Ils étaient comme ça : ils ne voulaient pas déranger, ni rien devoir, et une levée de corps, là-bas, au matin, ça aurait dérangé les Barbatte, je suis sûre qu'ils ont dû penser ça, ces pauvres gourles, et aussi qu'ils auraient enterré le petit comme un mécréant si la fille Jolet n'avait prévenu non pas les patrons, elle n'aurait pas osé les réveiller même si tous les Piale étaient morts ensemble, mais le facteur, Manigne, qui buvait tellement qu'on ne savait jamais s'il finirait sa tournée, mais qui la finissait toujours, moins ivre qu'on ne pensait et plus loquace qu'une vieille femme. C'était un mercredi, je crois, et on n'avait pas vu Yvonne à l'école. On se disait qu'elle devait être bien malade pour manquer, et rien d'autre, surtout pas que le petit Pierrot pouvait avoir passé, avoir enfin laissé aller de côté sa grosse tête aux veines violettes qu'il avait tant de peine à garder droite et digne, oui, digne, et point penchée ni de travers comme celle d'une bête peureuse, s'étant abandonné, sans un mot, sans un soupir, sans une plainte, lui qui avait voulu être comme les autres Piale : obstiné, dur et fier, et qui n'avait rien été de tout ça, qui n'avait réussi, ce n'était pas si mal, qu'à être digne, à faire le moins de bruit possible, à ne pas déranger même les siens, et à mourir comme ça, sans faire plus de bruit qu'un flocon de neige, en pleine nuit, parce qu'il espérait bien s'en aller sans qu'on l'entende et s'était tourné pour mieux se mettre sur le dos, comme si on pouvait se soucier de confort en un moment pareil, ça n'a pas de sens. Ça en avait pourtant pour lui, à tel point qu'en s'arrangeant pour passer il avait heurté quelque chose sur la table de chevet, je ne sais quoi, un bougeoir, un verre, une cuiller, quelque chose qui est tombé et a réveillé la mère qui n'avait pas le sommeil bien lourd et qui, tout comme Yvonne, devait, à mesure que le printemps approchait, se douter que ça ne tarderait pas, et, entendant ce bruit, que ça arrivait, que c'était là, qu'il fallait se lever dans le noir, s'approcher à pas de loup de la chambre où il reposait seul, pousser la porte, attendre un peu, et la passer en même temps que l'aînée et que Lucie, et toutes trois, bientôt rejointes par le père, arriver au bord de ce lit trop grand pour accompagner ses derniers souffles, soutenir ces yeux trop ouverts et ce sourire qui les faisait pleurer mieux que toute autre chose, oui, qu'il puisse sourire comme ça, comme s'il était confus du dérangement...

Un dérangement ou un mauvais rêve dont le facteur Manigne avait appris la fin aux Siomois, vers midi et partout où il était passé et où on lui avait donné à boire pour qu'il raconte, si bien qu'il était, cette fois, vraiment ivre et pleurait comme sur sa propre mort, faisant hausser les épaules à beaucoup qui trouvaient que ça n'était pas sérieux, ou pas important, chez Berthe-Dieu, dans la forge de Heurtebise, dans l'atelier de Chabrat, sur la place et même dans la salle de classe où on entendit grandir ce murmure : « Pierrot

Piale a passé, Pierrot Piale a passé », bientôt mué en : « Pierrot Piale est crevé », avec une colère de poules autour d'un serpent entré dans une basse-cour. Le petit Pierre était ce serpent, et il était dans toutes les bouches, faute d'avoir pu se lover dans les cœurs. Il ne faisait plus peur, on pouvait se parler librement, il avait enfin choisi son camp ; et beaucoup étaient là, le surlendemain, un vendredi, au milieu de l'après-midi, à la Croix des Rameaux, debout sur les talus, parmi les genêts bordant les champs de Chadiéras, de Nuzejoux et de Queyroix, à guetter le cortège des Piale, puisqu'on avait vu le père, la veille au soir, arriver à Siom et monter à la mairie pour téléphoner aux Buiges et rencontrer le maire.

On les guettait. On se pressait, de plus en plus nombreux, depuis que le jeune Chabrat qui pêchait au ruisseau de la Planche, non loin du Chêne Gras, avait abandonné sa ligne pour courir raconter ce qu'il avait vu : les Piale sortant des bois au grand complet, le père en tête avec, sur l'épaule, comme si c'était une valise, le petit cercueil de celui qui n'était peut-être pas son fils, un cercueil qu'il avait lui-même fabriqué et à quoi il avait travaillé non pas toute la nuit, mais depuis longtemps, un peu chaque jour, sans se cacher, depuis qu'il avait compris que le petit Pierrot ne vivrait guère, et peut-être même avant, disaient ceux qui avaient cru le voir raboter du bois dans le fournil, à l'entrée du domaine, avec l'opiniâtre passion des Piale pour le travail bien fait, sans se soucier de mélanger le pain et la mort, si bien qu'on murmura que Mélanie Piale faisait cuire le pain des Barbatte avec celui des morts. Un beau cercueil de hêtre passé au brou de noix et bien verni, qui avait aussi belle allure que le petit mort qu'on avait revêtu de ses meilleurs habits, bien que d'aucuns murmurassent qu'on ne lui faisait porter que des nippes depuis qu'on savait qu'il ne vivrait pas, bien calé dans son étroit coffret afin qu'on ne le sentît pas ballotter là-dedans pendant qu'ils descendaient non pas en coupant par les bois de derrière, mais par la route, c'était plus honorable, passant le barrage sur lequel les ouvriers cessèrent de travailler et où on n'entendit plus au fond des gorges que le cri des corneilles, remontant dans la demi-nuit des sapins vers le Chêne Gras et la route goudronnée, puis redescendant, toujours sous le couvert des grands sapins, jusqu'à la lumière de la plaine, après le ruisseau de la Planche. Tout cela d'un bon pas, le père en tête, donc, suivi de sa femme et des deux filles qui se tenaient par la main, tous quatre plus fiers que jamais, même l'innocente qui souriait comme si elle allait au bal : le père raide comme la justice, avec ses longues moustaches grises et tombantes, son large chapeau de feutre noir dont un rebord était plié contre la bière, son gilet de soie sous son autre veste de velours (celle des dimanches et des grandes occasions), un homme du passé, pouvait-on se dire, surtout à le comparer à la mère qui n'avait pas du tout, ce jour-là, l'air d'une paysanne, élégante, presque rêveuse dans sa robe bleu nuit, sous ce bibi à voilette dont on pouvait penser qu'il lui avait été offert par le jeune ingénieur alors que c'était son mari lui-même qui l'avait rapporté de la foire de Treignac où il s'était laissé faire le boniment par un marchand d'articles de Paris ; et les deux filles, habillées à peu près de la même façon, avec des robes de printemps sans doute trop claires, les seules qu'elles eussent, et qui les faisaient paraître plus gauchement fières que dignes, malgré le grand fichu noir qui leur enserrait les épaules.

Ils avançaient sous le frais soleil d'avril, dans l'air acide du petit matin, sans regarder ni peut-être voir, lorsqu'ils atteignirent la Croix des Rameaux et commencèrent à monter vers le cimetière, ceux de Siom qui se dressaient de part et d'autre de la route, ni curieux, ni malintentionnés, véritablement émus, comme ils croyaient ne plus jamais l'être. La plus fière était bien sûr Yvonne, parce qu'ils étaient tous là, surtout ses rivales, Odette Theillet et, dans une moindre mesure, Aurélie Bournazel et Michèle Clupeau, quoiqu'elle eût peut-être honte de cet enterrement de pauvre, sans croix ni couronne, de ce cercueil que son père portait à présent sous le bras, comme il eût fait d'un parapluie, et si petit que ça ne faisait pas sérieux, mais qui devait bien l'être, sérieux, puisque ceux de Siom ne se contentèrent pas de regarder passer les Piale : ils descendirent des talus pour se regrouper derrière eux en silence et les accompagner là-haut, au cimetière en pente, sous les hêtres où les attendait l'abbé Guerle des Buiges, que le père Piale avait fait prévenir, la veille, et qui bénit ces funérailles de pauvres après lesquelles on se dispersa plus vite qu'une nuée d'étourneaux, comme si ça n'intéressait soudain plus personne ou qu'on s'en voulût d'avoir pleuré pour si peu, d'avoir si longtemps délaissé les tâches quotidiennes, abandonné les maisons, s'être laissé aller à une pitié trop sentimentale pour un garçon qui, après tout, ne voulait pas vivre et que chacun semblait à présent pressé d'oublier — à commencer par les Piale, qui, ayant refusé, au retour, la voiture des Barbatte, non seulement celle de M. et Mme Barbatte, arrivés à la fin de la cérémonie, mais aussi la belle Peugeot du vieux Barbatte de Saint-Priest, se hâtaient vers le Montheix, le père de nouveau devant ses femmes, tous quatre à grandes enjambées, encore plus vite qu'à l'aller, vers l'ouvrage de l'après-midi et cette peine qu'ils pétrissaient dans leur cœur où il faisait, ce jour-là, murmurait-on, plus de vent que dans les chênes du Montheix.

IX

Il n'était pas parti comme ça, le petit Pierre. Il avait, c'était vrai, passé sans se plaindre, après avoir tenu jusqu'aux premiers jours d'avril. Mais il ne se résignait pas à gésir sous terre ; et les autres, ceux qui restaient là non pas comme une famille mais comme un chœur muet, ne s'y résignaient pas davantage.

— On assurait même, raconta Mme Mirgue le soir du second lundi où son fils ne put se rendre à Siom ni même aller retrouver Sylvie, à la sortie d'Égletons, près de l'aérodrome où elle lui avait dit qu'elle l'attendrait malgré tout, qu'ils le supportèrent si mal qu'ils allaient hurler dans les bois, derrière le Montheix, à l'extrémité du lac, dans la combe de Vareil. Ils ont bien été plusieurs à l'entendre et à la voir hurler au fond des bois, la Mélanie Piale, la nuit, dans sa grande chemise blanche ; et pas seulement elle : Yvonne et Lucie, aussi, et même le père Piale, disait-on, qui était peut-être après tout le père du pauvre Pierrot, et qui respectait la vie, même s'il savait que la vie ne vaut pas grand-chose et que les gens ne sont guère bons, en tout cas que ni la vie ni les gens n'avaient été très bons pour lui, qu'il aurait dû, c'était devenu une obsession, rester là-bas avec ses compagnons d'armes, oui, que sa place était là-bas, dans l'Argonne, sous le gazon bien entretenu d'un cimetière militaire où tous étaient enfin logés à la même enseigne, où il n'y avait plus de Barbatte, ni de Piale, ni de jeune et trop bel ingénieur, rien que de pauvres humains qui reposaient en paix, au lieu qu'il hurlait à présent dans les bois, lui, en compagnie de sa femme et de ses filles, pitoyables et ridicules, à courir dans les taillis et les fourrés, gesticulant, tombant, se relevant, criant comme s'ils avaient le diable aux trousses, ou qu'ils vissent quelque chose devant eux, autour d'eux, ou au fond d'eux-mêmes, va-t'en savoir, peut-être ce petit Pierre qui méritait bien son nom, qui n'avait pas fait plus de bruit qu'un caillou coulant dans l'eau, qui avait vécu à l'envers avec sa trop grosse tête, ses grands yeux trop ouverts, son cœur mal foutu, transporté à sa dernière demeure sous le bras de celui qui, on finissait par l'admettre, avait trop de peine pour ne pas être son père, bien arrimé dans son petit cercueil et, chose extraordinaire, ne puant pas, sentant si bon, au contraire, que ça ne pouvait pas être l'eau de Cologne des femmes, non, ça n'était pas possible, ni même le savon à barbe du père, crois-moi, ils s'y connaissaient en odeurs, à Siom, et redoutaient plus que tout celle de la mort, depuis le grand déplacement de l'ancien cimetière, quelques années plus tôt, quand on avait annoncé la construction du barrage. Il sentait bon, c'était incroyable, mais pas tant que ça, au fond, puisqu'un petit innocent ne pouvait pas se mettre à puer, Dieu ne l'aurait pas permis, surtout un petit enfant ; et puis, avait dit l'abbé Guerle, il était en odeur de sainteté, comme tous les enfants — ce qui a fait assurer à certains, pendant longtemps, pendant tout le temps qu'on s'est souvenu de lui, qu'on pouvait sentir, dans le vent d'avril, aux premiers beaux jours, non pas l'odeur des fleurs ou de la terre délivrée du froid, mais celle du petit Pierre, belle, riche, profonde comme une odeur de fille... Et voilà qu'il s'était mis à leur peser plus lourd que du granit, aux Piale, ce petit mort, si lourd, oui, qu'ils criaient comme des bêtes sauvages, et que, plusieurs nuits de suite, ceux de Couignoux, de l'autre côté du lac, en face du Montheix, avaient été réveillés par ces cris, que le vieux Piron était même descendu au bord du lac pour les voir surgir des bois, tous les quatre, la mère en tête, échevelée, la chemise de nuit ouverte et déchirée, et bientôt toute nue, courant vers le lac en hurlant si fort que les chiens de Couignoux, ceux de l'Oussine, et jusqu'à ceux de Siom, se sont mis à hurler à la mort, et que les autres Piale ont eu toutes les peines à l'empêcher de se jeter à l'eau...

Ça avait bien duré plusieurs jours, peut-être deux semaines, et puis ça s'était calmé. Ils pleurèrent chez eux, entourèrent de linges leurs voix blessées, enterrèrent leurs mots. Puis arriva des Buiges un petit colis au nom d'Yvonne Piale — le premier qu'elle eût jamais reçu et que lui remit en main propre le facteur Manigne qu'elle guettait, matin après matin, tapie contre le mur du fournil. Elle le garda longtemps sur ses genoux, non pas dans la cuisine des Piale (où on ne lui aurait pourtant pas posé de question), mais à l'intérieur du fournil où elle s'enferma, laissant Lucie pleurnicher à la porte, comme si rien ne comptait plus, à ce moment, que le paquet qu'elle tenait sur ses genoux serrés, assise, le dos bien droit, au milieu du petit banc sur lequel on attendait que le pain cuise, de la même façon qu'elle se tenait à l'école, on peut l'imaginer, quand elle attendait le résultat d'un devoir, droite comme un i dans son sarrau bleu ciel, le menton légèrement relevé, les cheveux ramenés en arrière par un ruban blanc cassé, trop lisses pour qu'elle pût arborer la coiffure à la mode, bouffante et audacieuse, d'Odette Theillet et des autres filles, les yeux perdus dans la semi-obscurité qui sentait la farine et le feu froid — odeurs dont elle ne savait pas qu'elle ne les respirerait bientôt plus, puisque après la guerre on cesserait peu à peu de faire soi-même son pain et que les boulangers des Buiges, de La Celle et de Treignac passeraient, plusieurs fois par semaine, dans leurs Estafettes, et corneraient à l'entrée du domaine, comme dans tous les hameaux, villages et fermes isolées, pour en faire sortir des femmes, des vieillards et des enfants qui viendraient à eux lentement, avec un air ahuri, un peu inquiet mais consentant, comme s'ils accueillaient celui qui les ferait descendre dans les eaux du Jourdain, les mains et le visage frémissants, exactement comme les doigts et la figure d'Yvonne, ce matin-là, autour du petit paquet brun qu'elle ne se décidait pas à ouvrir, attendant peut-être qu'elle cessât de trembler, que son cœur battît moins vite, et que la pauvre innocente, dehors, de l'autre côté de la porte, eût elle aussi cessé de pleurer, effondrée sur elle-même, couchée devant la porte comme les grands vents tombaient, croyait-elle, pour se coucher aux pieds des arbres.

Oui, c'était ça qu'elle devait attendre : que le silence se soit fait en elle, et qu'il lui vînt d'autres larmes — des larmes de joie, cette fois, des larmes de très jeune fille qui recevait son premier colis, lui fût-il envoyé à sa demande par le photographe des Buiges qu'elle était allée trouver, tout de suite après l'enterrement, sans un mot à ses parents qu'elle quitta à l'entrée du domaine pour continuer par les bois de derrière, traversant l'extrémité du lac dans la barque dans laquelle le père Piale les promenait parfois, le dimanche et les soirs d'été, et qu'elle laissa dans l'anse de la Vergne, sous Couignoux, avant de remonter à travers les halliers et les bois en direction de l'Arbre Rond, pour trouver la route de Gourdon aux Buiges où elle finit par entrer un peu avant midi, par le bas du bourg, la tête haute, les dents serrées, les pommettes plus rouges que d'ordinaire, tenant dans la poche de son manteau un poing fermé sur quelque chose qui devait être aussi précieux que la prunelle de ses yeux, ses galoches battant l'asphalte avec une hâte que rien n'eût pu tempérer, pas même, place de la République, Odette Theillet et Aurélie Bournazel qui avaient, elles aussi, poussé après l'enterrement leur promenade jusqu'aux Buiges, par la grand-route, et qui murmurèrent : « Veï la, marça commo una vaçà », ou quelque chose de cet acabit, qui avait trait à une démarche de vache et qu'Yvonne n'entendit pas, ou préféra ignorer puisque rien ne pouvait la détourner de son but — lequel n'était pas, cette fois, de battre Odette Theillet mais d'arriver avant la fermeture à cette étroite boutique qui donnait sur la Grand-Place et où se vendaient des appareils à photographier à peu près semblables à celui qu'elle était allée emprunter, le matin même, à Éric Barbatte, n'hésitant pas à franchir, de si bon matin, la haie de troènes qu'on n'arrivait pas, après plus de dix années, à faire pousser convenablement, puis à frapper au volet jusqu'à ce que la fille Jolet vînt ouvrir en maugréant que ça n'était pas une heure pour réveiller le monde, c'est-à-dire les Barbatte et la Jolet elle-même qui avait pris quelques-unes de leurs habitudes et à qui Yvonne ferma la bouche non pas, comme on l'a dit, avec une pièce de cent sous mais en se contentant de la regarder fixement de ses yeux gris ardoise, si bien que la Jolet hésita un instant entre deux fautes : laisser faire la petite Piale ou bien réveiller ses maîtres pour quelque chose qui n'en valait sans doute pas la peine, puisque ça concernait ce petit mort qu'on aurait bientôt oublié.

Ça ne valait en effet pas la peine, dirait-elle plus tard, d'empêcher Yvonne d'entrer, surtout pour ce qu'elle était venue faire : monter sans bruit à la chambre du fils, entrer, ouvrir les volets, puis s'approcher du lit après avoir refermé la porte dans l'entrebâillement de laquelle la Jolet surveillait celle des parents. Elle ne put saisir que les mots par lesquels Yvonne demandait au jeune gars de ne pas la décevoir. Éric Barbatte eut un petit rire ; il lui demanda de se retourner, sauta du lit, passa une robe de chambre, se regarda un moment dans le miroir, rabattit vers l'arrière la mèche qui lui recouvrait le front, puis alla prendre dans l'armoire un appareil photographique qu'il présenta à Yvonne. « Je vais même vous prendre », murmura-t-il, en la regardant à travers le viseur. Il avait, à douze ans, le sourire singulier qu'il aurait toute sa vie en présence d'une femme, « un sourire auquel on ne résistait pas, avait ajouté Mme Mirgue en se levant, et qui ne demandait pourtant rien, avait l'air de ne pas y toucher, si on peut dire, et lui donnait une expression presque ennuyée comme on peut être ennuyé d'être soi-même : un sourire d'enfant gâté, aussi, comme toi, mon petit, avec qui je suis trop indulgente... ».

Yvonne s'était mise à trembler. Elle fut bientôt sur le point de pleurer ou d'éclater de rire, comprenant

143

qu'il faudrait y passer, se soumettre à cela pour la deuxième fois de sa vie, non pas, comme naguère, dans la cour de l'école, à l'occasion du certificat d'études, aux côtés d'Odette Theillet, d'Aurélie Bournazel, de Michèle Clupeau, de Solange Coissac, de Gisèle Dézenis et de tous ceux qui avaient été reçus, mais seule, cette fois, devant ce garçon auquel on ne pouvait résister, même s'il ne vous demandait rien et avait l'air de s'en fiche, et devant qui Yvonne avait soudain pu se sentir plus nue que si elle s'était déshabillée, puisque jamais on ne l'avait encore regardée ainsi, pas même les ouvriers du barrage. Peut-être se sentit-elle regardée pour la première fois : elle lui faisait face, bravement, lui tendant un visage quasi souriant qu'il lui demanda de tourner légèrement vers la lumière qui entrait par la fenêtre de derrière, du côté du lit, l'un et l'autre oubliant peut-être que le petit Pierrot était mort et qu'Yvonne n'était pas à sa place au petit matin dans cette chambre de très jeune homme. « Laissez-moi essayer à mon tour », lui dit-elle en s'emparant de l'appareil, le lui arrachant pour ainsi dire des mains et faisant passer la bandoulière autour de son propre cou avant qu'il ait pu faire un geste. On voyait bien que ce n'était pas une fille comme les autres : culottée, opiniâtre, dure, mais pas méchante, non, attachée seulement à ce qu'elle avait en tête et qui était, ce matin-là, de photographier son petit frère mort, oui, de profiter de ce que le père Piale était dans le fournil, depuis l'aube (peut-être même depuis le milieu de la nuit), à finir le cercueil de celui qui n'était peut-être pas son fils et dans la mort de qui certains verraient la main de Dieu. « Si vous voulez, nous pouvons y aller ensemble, je le photographierai moi-même, avait dit Éric Barbatte : il vous faudra beaucoup de lumière, et puis il ne reste que trois photos, vous pourriez les rater. »

Elle les prit elle-même, comme elle l'avait décidé : d'abord Éric Barbatte (pour s'entraîner, lui lança-t-elle avec un sourire presque méchant), ensuite le petit corps pour lequel il ne restait plus que deux photos, ou même une seule, qu'elle était certaine de ne point manquer pour la seule raison qu'elle ne pouvait pas, disait-elle, ne pas les réussir, que c'était le moment ou jamais (ou alors, avait chuchoté Mme Mirgue dans la nuit pluvieuse d'Égletons, c'était son instinct de fille, et si ce n'était pas ça, ce ne pouvait qu'être le doigt de Dieu), se disait-elle en contemplant au creux de sa main ce petit cylindre noir et froid qu'il ne fallait pas exposer au jour, qui ne supportait que les ténèbres : deux photos prises par le fils Barbatte et qui représentaient la vue que le jeune gars avait de la fenêtre donnant sur la cour, la première le matin, l'autre au crépuscule ; ensuite l'étroit, l'ingrat visage d'Yvonne transfiguré non pas par la lumière matinale de la chambre mais, pouvait-on dire, par sa propre lumière à elle, et s'y dérobant moins qu'elle n'était surprise par cette faveur extraordinaire du Temps, pendant un éclair : un noir coup d'œil qui lui donnait non pas l'éternité mais éternisait le visage qu'elle avait à ce moment-là, à la fois offert et refusé, en quelque sorte capturé à peu près comme l'était, sur le cliché suivant, le visage du jeune Barbatte : étonné, brusqué, acculé à lui-même par la hardiesse de cette fille qui, au petit matin, l'avait tiré du lit et pour ainsi dire cloué au mur de sa chambre par ce regard impérieux, irrésistible, dont l'œil de l'appareil semblait accroître la puissance d'injonction, et qui donnait au jeune gars l'expression soumise et sidérée qu'auraient, quelques années plus tard, les faces rougeaudes qui se tourneraient vers la jeune institutrice. Des deux dernières photos, la première était noire, floue, ratée, avec en son centre quelque chose de blanc et d'indéfinissable qu'on retrouvait sur la dernière, mais autrement exposé — qui ramenait au jour le petit Pierrot, non pas exactement tel qu'il avait été, une fois mort (c'est-à-dire délivré, et souriant comme s'il lui avait fallu être mort pour ressembler à un petit garçon comme les autres), mais tel qu'elle l'avait aimé, avec son air de ne pas être tout à fait là, de ne pas croire que cette vie fût pour lui et de dire qu'il s'était trompé de corps comme on endosse par mégarde le vêtement d'autrui.

Il était là, sur le carré de papier brillant à bordure crénelée, la bouche paisible, le front clair, les yeux clos, dormant enfin, elle en avait la preuve, elle allait pouvoir l'annoncer aux autres, aux parents, à Lucie et peut-être à Solange Coissac et à Gisèle Dézenis, au maître de Siom, afin qu'ils sachent bien qu'il reposait en paix, qu'il était sous les ailes des anges, qu'on pouvait enfin l'aimer sans le plaindre, et que les Piale aussi pouvaient dormir en paix, puisque le petit Pierrot était là, dans cette image au centre de laquelle seul se détachait son visage, plus pâle que les draps et calme, dirait Sylvie, aussi paisible que cette image dont elle ferait tirer quatre épreuves, tout ça avec l'argent qu'elle économisait sur ce que lui envoyait pour son anniversaire la tante de Saint-Andiau.

Cette photo-là non plus n'était pas bonne — trop sombre et un peu floue ; mais le photographe des Buiges avait fait des miracles, ou alors c'était un miracle d'Yvonne elle-même, oui, rappelons-nous la certitude qu'elle avait de ne point rater la photo, elle qui n'avait jamais touché d'appareil de sa vie, à tout le moins d'obtenir du petit mort une empreinte plus sûre que celle qu'elle garderait de lui dans la ténèbre de son ventre où elle s'appliquait à réentendre sa voix, depuis que Gisèle Dézenis lui avait assuré que c'était la voix des disparus qui s'oublie d'abord, en même temps que le visage — le vrai visage, s'entend, et non celui que captent les sels d'argent au fond des chambres noires.

— Alors, cette photo, c'était un coup pour rien...

Elle fit, Sylvie, comme si elle ne l'entendait pas, sans doute agacée (comme pouvait l'être la vieille institutrice ou sa propre mère) qu'on l'interrompît, qu'il ne comprît pas qu'on ne coupe pas une femme qui parle, maîtresse des cycles et du sang, et qui parle, au contraire des hommes, sans s'écouter parler, en prenant le temps — mieux : en prenant avec le temps la liberté de croire qu'on lui échappe, de la même façon que le sommeil n'est pas quelque chose qu'on soustrairait au temps ou à la mort, mais la mort, déjà, oui, l'épaisseur ténébreuse, irrémédiable et douce du temps.

— Ça ressemblait plus à un reliquaire, reprit-elle, qu'à un portrait d'enfant, maman l'a vu, dans le temps, sur le buffet du Montheix, un petit cadre doré, chantourné, plutôt laid... Les autres photos ? Je n'en sais rien. On dit que le père Piale s'est débarrassé sur-le-champ de la sienne, qu'il l'a brûlée ou enterrée. La mère, elle, l'a gardée toute sa vie sur elle, paraît-il, dans une petite poche de cuir qu'elle portait autour de son cou, à même la peau, et avec laquelle elle s'est fait enterrer ; c'est même la seule chose qu'elle a exigée quand elle a senti qu'elle s'en allait. Lucie ? On ne sait pas ce qu'elle en a fait. Peut-être qu'elle l'a encore. En tout cas il doit rester celle d'Yvonne. Tu finiras bien par la trouver.

Il ne la trouva pas. Il eut beau fouiller du regard la cuisine, le lundi où il reprit ses visites, puis feindre d'avoir à s'enfermer aux cabinets d'où il ressortit à pas de loup pour pousser la porte de ce qui devait être le salon, à en juger par le papier à fines rayures, une tapisserie encadrée représentant une scène de vénerie, le canapé recouvert d'une housse blanche, une étroite bibliothèque dont le centre était occupé par un téléviseur dernier cri, les chaises, une table ronde sur laquelle trônait une soupière en porcelaine au centre d'un napperon au crochet — tout cela mesquin, froid, petit, et qui n'existait que parce qu'une villa sans salon n'est pas tout à fait une villa, fût-elle, cette pièce, aussi inconfortable et impersonnelle que les chambres d'hôtel où ils se retrouvaient, dirait-il à Sylvie (sans se rendre compte, on peut le croire, il était trop jeune et comme tous les hommes obsédé par le temps et par là même indélicat, pressé, brutal, sans se rendre compte, donc, qu'elle eût préféré qu'ils se retrouvent à Limoges, à Tulle ou à Brive, dans un hôtel de meilleure catégorie, à tout le moins digne de ce qu'elle appelait leur amour mais dont elle ne voulait pas savoir, elle qui avait le temps, que ce n'était là, pour lui, qu'une liaison sans lendemain) : une pièce où il ne venait jamais personne et qui ne servait qu'aux repas dominicaux que les deux sœurs y prenaient ensemble et à quoi Yvonne n'avait jamais renoncé, concession aux apparences, et aussi la seule chose dont elle n'avait jamais joui, ni au Montheix ni dans aucun des logements de fonction qu'elle avait occupés et dont elle s'était fort bien accommodée quoiqu'en se jurant qu'un jour elle aurait un salon-salle à manger, et se doutant peut-être que, l'ayant enfin, elle n'en ferait nul usage, ce qui flattait tout à la fois sa pingrerie et son goût des apparences, disait-on, avec ceci qu'elle préférait vivre et recevoir dans la cuisine, elle en avait toujours eu l'habitude, on était à la campagne, n'est-ce pas, et puis il faisait bien meilleur là que dans le reste de la maison.

C'est d'ailleurs ce qu'elle lui dit, lorsqu'il fut de retour dans la cuisine surchauffée, après que, pour donner le change, il eut tiré la chasse d'eau, mais sans avoir eu l'audace d'ouvrir les portes des deux chambres qui donnaient sur un étroit couloir où il n'avait trouvé, en fait de portrait, que son propre visage, grimaçant, inquiet, presque triste, avec un peu de sueur au front, comme s'il souffrait vraiment de coliques, dans le miroir ovale accroché entre les portes des deux chambres, au-dessus d'une console de bois sombre supportant un vase de porcelaine rempli de fleurs séchées.

— Alors il doit être dans sa chambre, dit Sylvie.

Il écouta décroître dans le soir le bruit d'une voiture qui était remontée du lac et se perdait dans la direction de La Celle ou de Treignac après avoir déplacé sur les murs et le plafond de la chambre de larges bandes de lumière. Il n'était pas plus de cinq heures : Siom était plongé dans une quasi-nuit, non pas la nuit tranquille et froide de décembre mais celle des âmes, l'éternel hiver des cœurs qui n'aiment pas ou qui se morfondent dans le souvenir et la nostalgie, songeaient-ils peut-être ensemble, tandis que l'ombre n'était plus troublée que par le rougeoiement de leurs cigarettes et la lumière orangée du réverbère, au coin de la place : lumière qui fit dire à Sylvie qu'il n'y avait plus vraiment de nuit, sauf en certains endroits du haut plateau, et, ajouta-t-elle en posant le doigt sur le cœur du petit Claude, dans le cœur des hommes.

Lumière, aurait-elle pu ajouter, qui rendrait aujourd'hui presque impossible l'histoire des Piale, tant celle-ci est liée à la nuit, au froid, à un temps qui a vu s'éteindre en quelques années une civilisation millénaire.

Ils avaient pris une chambre à Siom même, chez Berthe-Dieu, à l'hôtel du Lac où ils avaient déjeuné, s'étant juré, dès le début de leur liaison, au printemps dernier, de ne jamais se retrouver dans une chambre où ils se fussent déjà aimés, et surtout pas dans le même hôtel. Mais ils n'étaient déjà plus les mêmes, eux, les amants, et les hôtels du haut pays n'étaient pas innombrables, beaucoup étaient fermés, l'hiver, et puis le petit hôtel de Siom devait être leur dernier havre, ils le savaient déjà (ou s'ils ne le savaient pas, leurs corps le leur feraient bientôt savoir par ces travaux d'aveugles qui mènent aussi sûrement que les autres à la désillusion), allongés sur le lit aux montants de fer picotés de rouille, là-haut, tout au bout de l'hôtel, dans cette chambre qui portait le numéro 7 et de laquelle, s'ils avaient ouvert la fenêtre et s'étaient profondément penchés sur la droite, ils auraient pu apercevoir, sous les chênes, la maison de l'ancienne institutrice, avec la lumière de la lanterne qu'Yvonne laissait brûler sur la terrasse, au-dessus de la porte d'entrée, jusqu'à ce que Lucie et elle soient couchées, parce que ça faisait plus vivant, par ces nuits si froides et noires, disait-elle en songeant à tous ceux qui étaient dehors, non seulement ceux qui voyageaient ou qui rentraient chez eux, mais aussi, et surtout, ceux qui n'avaient rien à faire, qui attendaient, erraient et traversaient en souffrant la grande nuit de l'âme.

Les deux amants les entendaient sans les écouter, ces voix qui montaient à travers le plancher trop mince et qui disaient la réprobation et l'indulgence, l'envie et le désespoir, l'immémoriale haine qu'on voue aux femmes qui savent ce qu'elles veulent, les récriminations de la vieillesse, les gaillardises d'après boire. Ils entendaient la femme de Berthe-Dieu préparer le repas du soir à grand bruit et en maugréant que le couple eût atterri chez elle, même si elle s'y attendait, puisque tout le canton, et même au-delà, était au courant, c'était un secret de Polichinelle et une honte, oui, une fille de Siom, une femme mariée qui aurait pu être la mère de ce freluquet et qui fumait comme un homme, et qui pour ce jeunot délaissait un mari malade mais qui avait une si belle situation dans le commerce des bois, là-haut, du côté de Sornac, ça au moins c'était propre, le commerce, l'argent qui n'avait pas d'odeur, oui, ça ne sentait pas le cocu, ni la poulasse, ni rien, c'était même ce qu'on avait trouvé de mieux pour croire encore à l'honneur et ne point désespérer tout à fait des hommes, pouvait-elle songer...

Ils écoutaient le silence monter avec la nuit autour de cette rumeur qui était du silence, elle aussi, oui, du silence qui s'est épaissi de tout ce qui le menace, comme la pluie sur l'ardoise et le bruit décroissant des semi-remorques, là-bas, de l'autre côté de la vallée, sur la route de Limoges. Il montait, ce silence, entre la fin nocturne de l'après-midi et l'heure plus claire de la soupe ; il faisait avaler plus vite aux buveurs ordinaires, en bas, dans la salle du café, ce qui restait dans les verres, avec une feinte gaieté, car il allait falloir ressortir, affronter la grande nuit pluvieuse, à pied pour la plupart, ou à vélomoteur, quelques-uns en voiture, et faire du bruit pour chasser l'inquiétude — la peur, pourquoi ne pas le dire, dans la nuit noire, contre laquelle le vin ou le pastis mettaient un voile qui allait bien vite se déchirer et qui donnait aux plus rudes parleurs la force de faire encore les bravaches, en patois mieux qu'en français, oui, clamant qu'ils avaient bien de la chance, les deux autres, là-haut, dans la chambre, qu'ils auraient bien, les parleurs, donné plusieurs mois de leur vie pour monter éperonner la belle infidèle et lancer au fond des ténèbres cette liqueur qui avait la couleur des étoiles.

X

Ils étaient ainsi, les Piale. Ils ne se résignaient pas. Ils croyaient qu'il y avait quelque chose de mieux. Ils s'obstinaient. Amélie est née de cette opiniâtreté. On a bien raconté, encore, que l'enfant n'était pas d'Albert Piale, qu'il n'en était plus capable, que la mort de Pierrot l'avait vieilli de dix ans, qu'il s'en voulait de n'être pas mort, lui, le vieux Piale, qui avait la fierté, et même, disait-on, l'honneur des vrais cocus, et qui faisait semblant d'y croire encore, à la vie, à l'honneur, au nom.

Mais on n'en était pas bien sûr. On se demandait s'il ne l'avait pas conduite, cette Mélanie qui semblait tenir autant que lui à engendrer un héritier mâle — au point que c'était devenu une obsession, une de ces manies qui vous font oublier le bien et le mal et espérer échapper au lot commun. De quoi se demander, donc, s'il ne l'avait pas menée chez Jean Chantegrolle, du côté de La Celle. D'autres l'avaient bien fait, ça se disait, et ça valait mieux que d'être cocu avec le premier joli cœur venu. Jean Chantegrolle était brave. Il vivait dans une ferme isolée, à l'orée des bois du Niauloux, avec sa vieille mère qui l'avait eu, disait-on, de Grandpré des Freux, celui qu'on appelait

Cœur-de-Lièvre, le grêlé, le furieux ; et il était, le fils, aussi laid que son père, mais bien plus costaud, et brave, si brave qu'on avait renoncé à l'appeler le barounneau en référence au titre dans lequel son père putatif tentait de draper sa laideur, pour dire, simplement, sans jamais séparer le prénom du patronyme maternel : Jean Chantegrolle.

Il suffisait de lui apporter du vin bouché, de la gentiane, du Byrrh — « pour la vieille », disait-il, mais c'était lui qui les buvait —, et de lui laisser la femme : il enlevait le feu, non seulement les brûlures de la peau mais aussi, disait-on, le feu des fesses, et même celui de l'âme, oui, ces incendies qui s'allumaient parfois en elles, les femmes, et contre quoi les époux ne pouvaient rien : ce mal d'enfants, par exemple, qui leur faisait ruminer le pour et le contre, à elles comme aux maris, chacun de son côté, avant de ravaler leur orgueil et d'aller ensemble trouver Jean Chantegrolle, en se disant qu'après tout ça en valait la peine, qu'ils n'étaient pas les premiers, que ça n'était pas bien d'affaire. La femme s'allongeait, disait-on, sur le lit du rebouteux — plus vraisemblablement sur une longue table qu'on débarrassait des pommes et des pots à lait dont elle était couverte, dans l'arrière-cuisine, tandis que le rebouteux se savonnait les mains et, dans certains cas, murmurait-on, cette chose qu'il avait, paraît-il, plus épaisse et plus longue que ses avant-bras, tandis que le mari ne tenait plus en place, assis dans la cuisine, en face de la vieille mère plus sourde qu'une trappe et qui ne savait peut-être pas vraiment ce qui se passait dans l'arrière-cuisine, ou ne s'en souciait plus, ayant transmis son don à son fils comme elle eût enfoui quelque chose dans la terre, de la même façon qu'elle avait enterré sa rencontre avec Cœur-de-

Lièvre sur la lande de Lestang et sa longue expiation, ne regrettant peut-être rien à considérer toutes ces femelles qui n'arrivaient pas à avoir ce qu'elle avait eu, elle, malgré l'opprobre et la relégation à l'orée de ce bois, sur le flanc du Niauloux ; à moins qu'elle ne s'en désolât, qu'elle plaignît ces femmes de croire qu'un pieu de chair et le lait des ténèbres les rendraient heureuses, alors qu'on ne pouvait rien contre une vie mal commencée et que rien n'ôterait jamais de son cœur ce feu qui l'ardait, disait-elle, depuis la lande, soixante ans auparavant, et qui sentait déjà l'Enfer, quoiqu'elle n'eût, la pauvre femme, rien à se reprocher sinon de s'être laissé éblouir un matin, sur la lande, par une figure surgie dans le soleil, une figure quasi invisible mais qui sentait bon et qui lui avait ouvert le ventre avant qu'elle ait pu comprendre et qui l'avait laissée là, dans la bruyère, comme si c'était le soleil qui lui était entré dans le ventre, et qu'elle était seule dans le grand silence de midi où elle voyait déjà, à seize ans, se dessiner sa vie. Rien à se reprocher, sinon d'avoir trop couvé le fils qui naîtrait de ce soleil dont elle ne savait pas encore qu'il était en vérité la face la plus sombre des ténèbres, et qu'elle l'avait gardé pour elle, ce fils, ayant vite compris quel profit elle tirerait à lui transmettre le don qu'elle tenait de son propre père, et à faire venir les femmes chez eux au lieu de le laisser attraper par une seule pour qu'il l'abandonnât dans cette cuisine où elle était assise sans que nul prêtât attention à cette petite noiraude au regard d'aveugle, ni le mari qui attendait en buvant du vin ou qui faisait plus volontiers les cent pas dehors, dans la cour, ni le chien ni le chat dormant près de la cheminée où cuisait cette marmite de légumes dont l'odeur suffisait à mettre les visiteurs en confiance, encore moins Jean

Chantegrolle ni la femme qu'on entendait murmurer dans l'arrière-cuisine et souffler, et même geindre, non pas comme la vieille qui tisonnait sa mémoire, mais comme seuls peuvent le faire un homme et une femme besognant au fournil de l'amour, murmurait Sylvie avec l'air de se moquer de lui.

— Vous êtes au courant de ça ! dit en souriant la vieille maîtresse, le premier lundi de janvier. Ça m'a toujours fait rire, voyez-vous, ça tient autant de la mythologie que de la haine, et la haine a souvent été la manière d'être des Siomois, non seulement envers nous, les Piale, mais envers tous et, qui sait ? envers eux-mêmes.

Elle ajouta qu'il fallait bien sûr faire la part de l'ombre, que Jean Chantegrolle pouvait bien avoir fait le coq au lieu de se contenter de croasser comme le corbeau qui était dans son patronyme, mais pas avec Mélanie Piale, la mère, ne fût-ce que parce qu'il considérait un peu Albert Piale comme son père ; en tout cas c'était l'homme qui avait été le frère d'armes de celui qu'on lui avait toujours désigné pour son père, ce jeune gars de la Négrerie que fréquentait sa mère, dès 1913, et qui était resté dans la boue de l'Argonne.

Car ils étaient bien allés au Niauloux. On avait pu les voir, un matin, très tôt, le mari et la femme, à pied comme toujours, passer par Peyre Nude et par Lestang, puis déboucher sous les grands hêtres de la départementale, et arriver chez Jean Chantegrolle au milieu de la matinée, au risque de se faire arrêter par le Maquis ou les Allemands, mais ne doutant de rien, tout à leur idée, de vrais Piale qui toquèrent à la porte du rebouteux qu'on s'était mis à surnommer le Gouriassou (« tant comme il était venu gras, dirait Sylvie, à cause de ce que lui cuisinait sa mère qui avait compris que ce n'est pas seulement par le bas-ventre qu'on retient un homme, mais aussi par le bec. Et Dieu sait, s'il l'avait fin, cette bête-là ! »), lui donnant ces rondeurs qui inspiraient elles aussi confiance et convenaient à son état de rebouteux, bien qu'elles n'en eussent pas le mystère, « la mine méphistophélesque, ajouta la vieille maîtresse, de son autre père, comment dire autrement ? vous savez, ce Grandpré des Freux qu'on appelait Cœur-de-Lièvre et qui s'est répandu dans bien des ventres avant de finir, justement, au bord de la lande, tiré comme un lapin... Il fallait bien que ça arrive ». Tout de même qu'il fallait bien que les deux Piale finissent d'entrer, ce matin-là, et qu'Albert Piale expliquât au Gouriassou de quoi souffrait sa femme, puis qu'il allât attendre dehors, vu qu'il faisait beau et qu'il pourrait fumer tranquillement dans la cour sa cigarette de gris en écoutant les dindons glousser dans un enclos de grillage en se disant peut-être que la farce n'était pas terminée, qu'il y fallait toujours un dindon et que, cette fois, ça ne serait pas lui, non plus que son épouse qui sortait de chez le Gouriassou plus rouge que si on lui eût passé des orties sur les joues, mais heureuse, ou délivrée, et prenant pour s'en retourner le bras de son mari qui avait, disait-on, la tête aussi haute que le lui permettait son front chargé d'andouillers ou, plus vraisemblablement, la vraie, l'humble, la calme fierté des Piale.

Et après tout, c'était une façon d'y croire, au bonheur, ou à ce qui peut en tenir lieu, une façon comme une autre de ne pas s'obstiner en vain, puisque la petite Amélie, qu'elle fût du père Piale ou du Gouriassou, d'un homme de l'autre siècle ou d'un rebouteux taciturne, vint au monde à la fin de la guerre, en juin 1945, tandis qu'Yvonne était reçue à l'École normale d'institutrices.

— C'étaient là des victoires, le signe en tout cas que les choses changeaient, que la roue tournait, comme disait mon père avec l'air de croire que ça aussi c'était possible, non plus cet air farouche et taciturne, son air d'Argonne, comme nous disions, pour prononcer en frissonnant ce nom qui à lui seul sonnait comme le tonnerre et le sépulcre, mais un air très doux, le vrai, celui d'un père aimant ses filles, disait la vieille maîtresse qui avait aux lèvres, à ce moment, songeait le petit Claude, la même sorte de sourire qu'elle devait avoir, le jour des résultats, la joie calme qui eût été presque parfaite si l'école de Siom, cette année-là, n'avait brûlé et qu'on n'avait dû envoyer les élèves dans d'autres écoles — Yvonne à celle de Saint-Andiau, là-haut, près de Meymac, petite bourgade massée autour de son abbaye fortifiée, où l'on vivait le cœur plus serré qu'entre des murailles de granit, où sa mère avait une sœur dont l'époux était maire.

— Le maire, légalement, poursuivit-elle ; c'est-à-dire qu'il avait été élu mais que les maquisards FTP le remplaçaient, officieusement, quand il n'y avait pas d'Allemands dans les parages, par un des leurs, petit bonhomme rondouillard au costume mal taillé et, surtout, mal boutonné, que l'oncle regardait avec dédain, car il était très grand, lui, et ne respectait que les hommes grands, et pour rien au monde ne serait sorti avec un bouton manquant. J'avais eu quinze ans au début de l'hiver, et l'école a brûlé avant les vacances de Noël. Quand j'ai compris que je passerais l'année à Saint-Andiau, j'ai voulu rentrer à pied : l'oncle m'a rattrapée quelques kilomètres plus loin et m'a flanqué une rouste dont je n'ai pourtant pas senti grand-chose : je regardais au loin les puys d'Auvergne, je m'en récitais les noms calmement pendant qu'il me battait et que je m'efforçais de ne pas crier, de ne pas pleurer — ou de pleurer sans bruit, car je me croyais plus malheureuse que les pierres, alors qu'il y avait de vrais malheureux, à Saint-Andiau, arrivés cette année-là, justement, en taxi ou par l'autocar. Des Juifs. Je n'en avais jamais vu de ma vie, et Dieu sait ce qu'on racontait et imaginait alors à leur sujet. Mon oncle était courageux, mais pas exagérément ; il n'a pas été jusqu'à leur fournir de faux papiers ; en revanche il leur a trouvé des logements chez des particuliers. Et les mêmes qui, avant-guerre, les appelaient des *juiffards* et les eussent voués aux gémonies, les ont accueillis sans sourciller, employant les hommes solides dans les bois, comme bûcherons ou débardeurs, puisqu'il fallait justifier leur présence parmi nous. L'oncle lui-même hébergeait les Herzog, un couple de brocanteurs ou d'antiquaires du marché aux Puces, à Paris, mais qui, vu leur façon de parler et leur accent, devaient venir de bien plus loin que la capitale. Ils avaient une fille, Myriam, une brune aussi grande que moi, mais bien plus jolie, malgré ses jambes maigres et son teint pâle. Mme Herzog faisait la cuisine et le ménage de ma tante, qui en était enchantée, non pas parce qu'elle trouvait bien de se faire servir, pour la première fois de sa vie, mais parce qu'elle savait que c'était là quelque chose de juste, un partage honorable. M. Herzog travaillait dans les bois. Le soir, ils invitaient un ou deux autres couples, et il y avait de grandes veillées où on mangeait, je m'en souviens, des pets-de-nonne fabriqués par Mme Herzog ou par ma tante, ou par les deux ensemble. C'étaient de braves gens ; ils parlaient souvent de leur ancien métier pour ne pas avoir à parler d'autre chose. Mais, je l'avoue, je n'aimais guère ce grand échalas de

Myriam, qu'il fallait appeler Ginette et qui se servait à l'école d'un cahier dont la couverture avait appartenu à une Ginette Cornil, du Treich...

Elle n'ajouta pas que Myriam travaillait mieux qu'elle, qu'il y avait toujours, où qu'on se trouvât, une Odette Theillet ou une Myriam Herzog qui vous damait le pion, qu'il fallait toujours recommencer, que c'était à pleurer, et qu'il lui arrivait d'envier Lucie. Il put alors la croire sur le point de pleurer, mais ce n'était pas sur elle qu'elle les eût versées, ces larmes, ni même sur l'innocente qu'il voyait sourire dans un coin de la cuisine, à sa droite, en se tordant les mains comme si elle aussi eût été sur le point de pleurer, mais sur ces Juifs, oui, cinquante ans après. Non pas sur Myriam ni sur M. ou Mme Herzog, mais sur un de leurs parents, lui aussi réfugié à Saint-Andiau, le beau-frère de M. Herzog, dont elle se rappelait le prénom : Oskar, tailleur de son état, qui habitait non loin, dans la rue Neuve, en face du café-restaurant Gaudissard, au rez-de-chaussée de la maison Ganne. Oskar, comme elle l'appelait, n'avait pas de santé et parlait mal le français. Mais il était adroit de ses mains et avait vite fait de retoucher une guenille, un manteau démodé, une robe trop large. Il gagnait sa vie de la sorte, rendant plus de services qu'il ne demandait d'argent, si bien que l'espèce d'atelier qu'il avait aménagé dans l'appentis, derrière la maison, était devenu, après la classe, le rendez-vous des enfants du bourg. Ils écoutaient, ces gamins du haut plateau, Oskar leur parler de pâturages plus hauts que les leurs, de vraies montagnes, de lacs gris tourterelle au bord desquels des jeunes filles blanches à nattes tressées autour de la tête, en jupes à plis recouvertes d'un tablier imprimé de couleur claire, et en corsage blanc à manches bouffantes et corselet lacé, dansaient avec des soldats en blancs uniformes et shakos noirs, au visage rougi par le grand air et le vin pétillant. Ils le dévoraient des yeux, ces gamins, debout dans l'atelier ou accroupis sur le seuil, de la même façon qu'ils allaient contempler le forgeron ou le vannier, un peu plus loin, tandis que lui, le petit tailleur, était assis sur sa table, jambes croisées, le buste bien droit sous la lampe qui faisait luire son crâne chauve, et qu'il plissait les yeux à cause de la lumière qui n'était pas assez forte, prétendait-il, sans tromper les gamins qui voyaient bien qu'il était au bord des larmes et qui lui disaient alors, très doucement, qu'il n'y avait pas de lacs comme ça, en France ; à quoi il répondait qu'il devait bien y en avoir, dans les Alpes ou dans les Pyrénées, mais qu'ils n'étaient peut-être pas aussi gris ni aussi purs que les yeux des belles filles blondes — ou que les yeux d'Yvonne, aurait-il pu ajouter en regardant l'adolescente qui se tenait sans rien dire dans un coin de la pièce, debout près de la fenêtre par laquelle on apercevait l'église fortifiée, flanquée du cimetière, là-haut, sur la butte. Et quand on lui demandait ce que c'était que ces blancs officiers et ces filles en costumes de fête, il fermait les yeux à demi et rêvait en murmurant que c'était il y a bien longtemps, avant l'autre guerre, lorsque l'Empire à deux têtes était une terre de tolérance, d'entente, d'amitié...

— Il n'a guère eu le temps de rêver. Quelqu'un, quelque brave habitant de Saint-Andiau probablement, le dénonça, lui, et lui seul. C'est incompréhensible. Nous l'avons vu partir, du haut de l'école, depuis la cour de récréation, serrés les uns contre les autres, petits et grands, y compris Ginette Cornil dont le maître avait à ce moment pris la main d'une façon qui m'a rendue jalouse, oui, nous avons vu arriver la Traction noire, deux types en imperméables et chapeaux noirs en descendre, frapper à la porte et, comme on n'ouvrait pas assez vite, frapper plus violemment en hurlant que c'était la police allemande. Quand la voiture est repassée en bas de l'école, Oskar, à l'arrière, s'est tourné vers nous : il était assis entre les deux hommes noirs, en bras de chemise, avec encore, sur l'avant-bras, cette pomme de velours dans laquelle il piquait ses aiguilles et, sur les lèvres, non plus son beau sourire de rêveur mais je ne sais quoi qui nous faisait comprendre qu'on ne le reverrait pas. Pourtant, j'ai fait comme s'il devait revenir et prié à ma façon : j'ai porté, tout ce printemps et une grande partie de l'été, la robe rouge que ma tante lui avait fait retailler dans une robe à elle. On a bien essayé de me faire porter autre chose, puis on a compris. Et quand j'ai vu qu'au bout d'un an il ne revenait pas, je me suis juré de ne jamais me défaire de ma robe.

Bien sûr, elle n'avait pas fait comme tant d'autres qui avaient eu peur et jeté aux orties les effets confectionnés par Oskar. Non ; ni elle ni les siens ne redoutaient le corbeau qui avait envoyé le petit tailleur à Buchenwald ou à Auschwitz : elle avait arboré la robe rouge en manière d'oriflamme, avec toute son indignation et sa tristesse de très jeune fille qui ne songeait ni à Buchenwald ni à Auschwitz, puisqu'elle ne savait même pas que ça existait, mais qui n'était pas capable d'oublier le regard étonné — oui, plus étonné qu'inquiet ou triste — du petit homme à l'arrière de la Traction, ni ce qu'elle ne comprenait pas, qu'elle se scandalisait de ne pas comprendre et qui lui faisait aussi mal que le reste, dit-elle, puisqu'il y a toujours un père qui vous arrache à une haie de troènes, un jeune homme trop beau qui danse au clair de lune, sans vous regarder, une Odette Theillet qui ricane parce que vous n'aurez été reçue que dixième au concours, un petit frère qui ne dure pas plus longtemps que la buée, ou une Traction noire qui vient emmener un petit tailleur non pas vers les lacs gris-bleu de la Haute-Autriche, mais vers les plaines froides de la Pologne — le royaume des morts, ajouta-t-elle, là où il n'y a plus d'amour ni de maître pour vous attendre dans la neige avec une lampe-tempête, ou pour vous prendre par la main et vous serrer contre lui comme le maître de Saint-Andiau avec Ginette Cornil, en un geste qu'Yvonne Piale avait envié, oui, il fallait qu'elle le dise, à présent, non pas jalouse mais envieuse et pleine de honte, tout de même qu'il lui était douloureux d'avoir, quelques mois plus tard, lacéré sa robe rouge dès que des filles du bourg se furent moquées d'elle en lui disant qu'elle était attifée comme une romanichelle, qu'on voyait bien qu'elle venait de la campagne, que c'était à mourir de rire : elle la déchira donc le soir même, les larmes aux yeux, dans le grenier de la tante, devant Ginette Cornil qui avait honte, elle, de ce nom d'emprunt — à qui, plutôt, ce nom pesait plus lourd qu'un manteau mouillé — et qu'Yvonne appelait, lorsqu'elles étaient seules dans le grenier, Myriam, ou Mlle Herzog, parce qu'elle sentait que ça lui faisait du bien, disait-elle, les yeux mi-clos, oui, que c'était même meilleur que tout, en tout cas aussi bon que si elle fût entrée dans un bain parfumé ou dans l'eau bleue du Mondsee...

Il avait tourné la tête sur la droite, vers Lucie qui s'était approchée à pas de loup et lui soufflait dans le cou une haleine douce, presque écœurante à cause de ces bonbons des Vosges que sa sœur lui donnait à sucer pour la consoler de ne pas boire avec eux un apéritif qui lui eût tourné la tête : une haleine d'enfant, aussi bien, qui murmurait quelque chose qu'il ne comprenait pas, à quoi il n'y avait sans doute rien à comprendre, et qui ne disait pas autre chose que la grande fadeur de l'innocence et l'interminable remâchage du temps dans une bouche qui ignorait jusqu'au goût du temps, mais qui n'empêchait pas l'innocente de se tordre les mains comme si elle l'avait su et qu'elle fût elle aussi au bord des larmes, puis de sourire et de porter ses mains chargées de bagues et de bracelets de pacotille vers les boucles brunes du petit Claude, qui s'écarta en s'efforçant de sourire.

— Le meilleur, le sel de la vie, c'est peut-être les autres...

Elle raisonnait, se souriait à elle-même, sombrement, regardait sans les voir l'innocente et le jeune gars et ne pouvait que se redire ce qu'elle savait depuis toujours : qu'il n'est sans doute rien de meilleur que ce vers quoi l'innocente avait tendu la main, une jeune tête d'homme aux belles boucles brunes, et cette peau qui sentait non pas l'après-rasage à bon marché qu'on s'attendait à respirer sur un garçon aussi jeune et qui paraissait encore plus jeune, dans son costume d'agent d'assurances, mais ce parfum de grande classe que seule peut offrir une femme amoureuse. Oui, une peau d'homme sur laquelle le temps n'a pas encore agi et qui tirait des larmes à Lucie, quoiqu'elle sourît, qu'elle eût à ce moment le même sourire qu'Yvonne qui la regardait, maintenant, un peu ironique, émue elle aussi, comme si elle eût voulu laisser Lucie se rendre compte que c'était aussi doux que la glace mais aussi brûlant, et que si on s'y brûlait les doigts, c'était encore ce qu'il y avait de meilleur, une peau d'homme jeune, en tout cas ce que l'être humain peut offrir de moins mauvais, n'est-ce pas ? Et c'était au petit Claude qu'elle souriait à présent, exactement de la façon qu'elle avait autrefois souri à Éric Barbatte, au plus secret d'un songe — un songe, oui, semblable à celui dont il s'ébroua, lui, comme s'il venait de se dire que c'était là une histoire de fous, cette vieille femme qui le regardait si bizarrement, et cette pauvre idiote qui s'était mise à lui baver dans le cou et dont il détacha les doigts de ses cheveux sans se soucier de ses gémissements, puis se levant, saluant l'ancienne institutrice en balbutiant qu'il devait y aller, sans préciser où mais se disant probablement qu'elle le devinait aussi bien que sa mère, qu'il n'y avait qu'une femme pour savoir cela, qu'un homme a toujours la même sorte d'air un peu bête, inquiet et faraud, lorsqu'il va retrouver une femme pour relancer l'éternelle affaire qui se joue à deux et qui n'est que duplicité, malentendu, combat d'aveugles.

XI

On cherche à se payer de mots, de rêves qui se prolongent dans le ventre des femmes, d'une gloire qu'on tente de contempler dans le regard d'autrui. On veut être regardé, surtout quand on quitte à pied le Montheix pour gagner la préfecture et l'École normale, une valise en peau de porc à la main, le cœur navré de n'attirer à nulle fenêtre du château la figure de celui qui ne la regardait jamais, pas même depuis qu'elle était reçue, et pour qui institutrice ça n'était encore rien, ou pas grand-chose, un métier de la République, une tâche de pauvre tout juste bonne pour une Piale qui renonce à la terre, surtout si on se disait que l'Administration tenait compte de cette pauvreté pour l'admission à l'École, alors qu'on pouvait devenir professeur, ou mieux encore : un de ceux qu'enseignent les instituteurs et les professeurs, un écrivain, par exemple, même si ça ne faisait pas bien sérieux sur ces hautes terres qui n'avaient pas donné de poète depuis Bernard de Ventadour, où l'on parlait à ras de terre un patois qu'on était à présent les derniers à savoir, et que ça pouvait aussi être une tâche de pauvre que d'écrire. Mieux valait, n'est-ce pas, cheminer vers les mots français, un matin d'automne, alors qu'elle passait sur le barrage au moment où le brouillard se levait et qu'elle entrait dans la demi-nuit des grands bois, chantonnant pour se donner du cœur et se répétant probablement que Molière, Voltaire, Victor Hugo, Zola, Romain Rolland, Colette, c'était bien autre chose que des hectares de bois, des têtes de bétail ou de la terre remuée : l'or de la République, quelque chose qui ne se dévaluait pas et qui appartenait à tous, la vraie gloire des pauvres — de ceux qui doivent cacher leur triomphe comme on dissimule une trop jaune valise en peau de porc, comme on ravale ses larmes ou étouffe des rires, de la même façon qu'il y a ceux qui aiment et ceux qui peuvent se contenter d'être aimés ou bien n'aimer qu'eux-mêmes, pouvait-elle se dire encore en quittant les sapins pour descendre vers la plaine de l'Oussine et arriver à la Croix des Rameaux, descendre encore, contournant Siom par la vallée, s'arrêtant pour boire à la fontaine Saint-Martin en écartant de la main les lentilles et les araignées d'eau, et remontant jusqu'à la Chapelle pour finir d'arriver à la gare, deux kilomètres plus loin, en suivant la route qui passe au milieu des pacages, dans la pénombre des grands hêtres où Odette Theillet la rattrapa, la prit par le bras, lui dit d'une voix claire que tout ça était fini, n'est-ce pas, la vieille rivalité et les petites vacheries, qu'il fallait bien faire la paix voire s'allier, pérorait-elle encore dans le train qui descendait vers Tulle, puisqu'il y aurait là-bas des filles qui leur riveraient leur clou, et aussi les murs gris et les sombres collines où elles passeraient deux années pendant lesquelles il ne faudrait songer ni à être heureuse, ni aux vieilles rancœurs, ni à ce qu'on avait dû laisser là-haut, sur les derniers contreforts du plateau, mais se soucier seulement de l'examen de sortie et du classement qui déciderait de la première affectation, c'est-à-dire de votre sortie pendant les dix années que vous devriez à la République. Autant dire une vie, puisqu'on rempilerait, qu'on irait jusqu'au bout de la douce ascèse et de l'espoir de parvenir non pas au bonheur, vu qu'elles étaient des chevalières du savoir, leur répétait-on, encore moins au salut personnel, mais à quelque chose qui ressemblât à la ferveur de l'apostolat. Car il fallait bien croire à quelque chose de ce genre pour supporter d'être recluse en cette ville sombre où l'on se sentait comme au fond d'un puits ou dans la nuit des sapins. Il fallait croire à quelque chose qui valût mieux que l'or qu'on ne posséderait jamais ou que le rêve douceâtre d'un foyer — l'or et les rêves étant, elle le savait déjà, derrière elle, sur la colline du Montheix : l'enfance qui s'éloignait avec ce qu'elle avait connu de meilleur, par exemple l'odeur d'huile chaude et le bruit de la grande batteuse bleue qu'on amenait dans la cour des Piale, chaque été, les lents soirs traversés d'insectes, de rires et de chants, lorsque la porte des songes s'entrouvrait non pas sur l'échelle de Jacob mais sur l'échelle sociale, et plus précisément sur ces échelons qu'elle gravirait au cours de ce qu'elle ne se résolvait pas à appeler sa carrière, au contraire de tant d'autres, puisque c'était là un mot qui ne désignait plus rien d'autre à ses yeux que ces endroits retirés où les Allemands avaient fusillé des gens, à Treignac, à Siom, à La Celle, et ailleurs, encore une fois les hordes, après les Huns, les Tafales, les Arabes et les Anglais ; les hordes et la grande pitié du sang ; un mot qui, en tout cas, n'avait rien à voir avec le bonheur personnel, qui signalait même le contraire de ce bonheur à quoi il faudrait néanmoins s'essayer, oui, l'envers exact de ce qui vous pousse à devenir la femme de quelqu'un, d'un gars de Chamberet, par exemple, alors que, soutenait-elle, l'état d'institutrice ne souffre de vie privée que réduite à la toilette, au sommeil et aux songes, le reste du temps voué à la parole vive, heureuse ou mordante, aux heures strictes de la classe qui égrenaient dans l'année le grand rosaire laïque, et celles, plus lentes, plus épaisses, sous la lampe, au bureau, sur l'estrade, mais plus volontiers à la table de la cuisine, dans le logement de fonction, tout près de la cuisinière à bois, à corriger les cahiers et à préparer les leçons, seule dans le soir qui montait plus vite qu'on n'aurait cru et qui assiégeait les vitres déjà fraîches sur lesquelles elle n'avait pas encore replié les persiennes de fer, sans doute pour savourer cela : cette chaleur qu'elle n'avait pas trouvée au Montheix, pas même au fond de son lit, malgré Lucie qui se pelotonnait contre elle, malgré la brique enveloppée des pages du journal que le père achetait aux Buiges, le samedi après-midi, et qu'il mettait toute une semaine à lire, moins pour se tenir au courant (le monde, il le disait, ne valant guère la peine qu'on s'y intéressât) que pour montrer qu'il n'était pas qu'un homme des bois.

Les mots français lui donnèrent cette chaleur. Ce ne fut pas, en pleine campagne, dans la petite école isolée dans les bruyères au sommet d'une colline, à l'entrée des bois et à la croisée des grands vents, dont elle rêvait parce que c'était, avait dit un de ses professeurs, dans ce genre de poste qu'on pouvait donner le meilleur de soi. Ce fut Villevaleix, où elle arriva en septembre 1949, et le vaisseau républicain gris et massif qui est au bas de cette petite bourgade en pente forte, la dernière avant qu'on descende vers l'ouest, vers les pâturages de la Haute-Vienne et un monde sans doute meilleur, au climat plus clément, et dont le centre, à ses yeux, n'était pas Limoges mais ce Bellac où était né un auteur qui venait de mourir. Elle l'avait lu. Elle en savait par cœur des passages, suscitait à mi-voix des Apollons, des chevaliers, des fantômes ironiques et doux qu'elle n'eût pas été étonnée de voir toquer à la fenêtre de sa cuisine et l'appeler, lui faire plaquer son front bombé contre la nuit et regarder dans la cour quasi obscure un inspecteur d'académie tendre en vain un piège au spectre qui avait les traits d'une autre espèce de spectre, lequel n'apparaissait jamais, ne viendrait jamais toquer à la vitre du cœur, songeait-elle en levant les yeux des enfantins grimoires pour contempler les grandes échines sombres des sapins, là-haut, sur les collines, puis les plus hautes maisons de Villevaleix, puis le clocher-mur de l'église et les croix du cimetière, plus bas, à l'extrémité d'un étroit coteau au pied duquel campait une tribu de romanichels, et enfin, plus près, de l'autre côté de la grand-rue, sur la boucherie Couciat, le café Delaporte, l'épicerie Moury et quelques maisons basses, un peu en retrait de la rue, qui semblaient obéir plus aux lois de l'ensommeillement et du repos éternel qu'à celles de l'architecture, avec leurs fenêtres obscures par lesquelles l'épiaient des hommes qui étaient d'autres sortes de spectres, encore, plus solitaires qu'elle, mais dont elle savait n'avoir rien à craindre, des existences recluses, effondrées sur elles-mêmes, des sangs viciés ou pauvres, et qui s'étaient abandonnés, loin des femmes, à ces bourreaux ordinaires que sont la tuberculose, la cirrhose, le cancer et les vieux chancres de l'ennui, de la rancœur, du désespoir — ce qui valait bien les grands froids du Montheix et la vie de l'autre côté d'une haie de troènes, et qui, pour certains de ces hommes, était devenu une raison de vivre, oui, quelque chose en l'absence de quoi, guéris, ils n'eussent plus été en mesure de se supporter, quelque chose en tout cas qui les décidait à sortir de chez eux, à la fin de l'après-midi, cet automne-là, à pousser entre chien et loup la porte de l'école qu'ils s'étaient bien juré, vingt, trente ou quarante ans plus tôt, de ne plus jamais franchir et qu'ils franchissaient de nouveau, après que les derniers gamins avaient fini de balayer la salle de classe et le corridor et apporté près du poêle, pour le lendemain, des brassées de bois qu'ils étaient allés prendre sous le hangar, à côté du préau.

Ils venaient s'asseoir, l'un après l'autre, attendant leur tour et à la longue leur jour, non pas dans la cuisine à laquelle on accédait, à l'étage, par un escalier dont les marches de bois n'avaient jamais été polies ni cirées et où les pas résonnaient comme dans une église, disait-elle, mais dans la salle où ils avaient autrefois écouté un autre maître leur dire déjà que leur vie serait ce qu'ils voudraient en faire, pourvu qu'ils respectent un certain nombre de règles et qu'ils se rappellent que c'était ça, la vérité, qu'il suffisait de se le répéter alors qu'on avait le sang pauvre ou vicié et qu'on savait ne pas pouvoir faire grand-chose avec ça, qu'on serait peut-être encore là, vingt ans plus tard, à se le répéter, à attendre qu'on fût au bout du temps et qu'on repassât, avant d'en pousser une autre, plus sombre, la porte de cette salle où l'on avait entendu la vérité sans en avoir rien fait, sans avoir triché avec elle ni l'avoir blessée ; et on se retrouvait assis dans la même odeur d'élève plus ou moins propre, de bois de hêtre, de craie, d'encre violette, de papier humide, non pas pour écouter une trop jeune institutrice leur redire qu'on ne peut que cheminer vers sa propre lumière, eût-on le sang gâté, mais pour se faire entendre d'elle, pour dire ce qu'elle savait déjà, à dix-neuf ans : la vie ordinaire, la vanité de toute chose, la grande loi du temps, les contes bleus, le sable de quelques rêves, et tout le saint-frusquin de la rancœur et de la déception, oui, la vaste litanie des floués, des malchanceux, des éclopés qu'elle écoutait sans sourciller ni cesser de sourire, derrière son bureau de bois jaune, sur l'estrade, la chaise légèrement reculée et un peu de travers, si bien qu'elle se tenait non plus droite mais le dos arrondi et les jambes croisées, balançant même celle qui reposait par-dessus l'autre sans que le vespéral parleur puisse la voir, patientant jusqu'à ce que la cloche de l'église ait sonné sept heures, au-delà de quoi il n'était pas décent de rester, et prompte à se lever pour raccompagner le visiteur qui l'avait contemplée comme si la vérité était une femme.

— Alors, pourquoi je me suis mariée ? dit-elle. Mais comme tout le monde, parce que j'étais amoureuse...

Il n'était pas, lui, le petit Claude, de ces hommes qui venaient s'asseoir, au crépuscule, sur les bancs d'autrefois. Il croyait connaître les femmes : il avait une maîtresse qui aurait pu être sa mère, ou presque ; et il devait se dire qu'elle, la vieille institutrice, aurait pu se retrouver sur un banc d'école, et lui sur l'estrade à l'écouter, non pas comme il le faisait, le lundi, dans la cuisine surchauffée, mais de la façon qu'il écoutait ses clients, au fond des salles de fermes, dans les salons des maisons bourgeoises, ou à son bureau d'Égletons : la plainte sempiternelle, la vieille rengaine, l'immémoriale terreur de la maladie, de la pauvreté et de la mort, et aussi celle de déranger, d'en dire plus qu'il ne faudrait, avec le sentiment de n'en avoir jamais assez dit, de demeurer entre mensonge et vérité, la vieille maîtresse comme les autres, pouvait-il se dire, oui, cette Yvonne Piale qui, si elle ne mentait pas, ne disait pas toute la vérité — à savoir, selon Mme Mirgue, qu'Yvonne Piale n'était pas tombée amoureuse d'un gars de Chamberet, grand-oncle de Claude Mirgue, au point de vouloir, pour le suivre, quitter Villevaleix et même plaquer son métier. Non. Il devinait qu'elle avait fait comme les autres, jeté sa gourme, presque à la manière d'un garçon, non pas, bien sûr, avec un de ses visiteurs du soir, pas davantage avec le premier venu, eût-il meilleure allure que les gourles de Villevaleix, mais quelqu'un de bien mieux : un mince veuf qui n'avait pas trente-cinq ans, un négociant en vins et spiritueux. C'était lui qui fournissait Villevaleix en vins médiocres, apéritifs et liqueurs dont il ne buvait qu'une seule, parce qu'elle était rare et belle, qu'on hésitait à l'offrir et, une fois versée, à la boire : une liqueur pour l'œil, ce curaçao, qui avait goût de femme, disait-il, sans qu'on sût très bien ce qu'il voulait dire. Au moins avait-il l'œil fier et la jambe cambrée, et portait-il beau son peu de santé. On peut croire que c'est ça qui la décida : la jambe cambrée, les fines moustaches, l'étroit et pâle visage et, plus que tout, les grands yeux bruns au fond desquels elle lisait sans doute la même absence d'espoir que chez les autres, quoique avec cette élégance, cette ironie, ce beau verbe d'Apollon qui n'était pas de Bellac mais de Chamberet, et c'était bien assez.

— Oui, des yeux d'homme qui ne se faisait pas d'illusion sur le destin, qui avait même l'air de très bien le connaître, ce destin, mais qui faisait comme s'il l'ignorait, qui tenait à tout recommencer, qui arrivait dans votre vie avec l'air de ne pas y toucher mais de tout savoir, et en même temps le désir d'être protégé, de souffler un peu, de retrouver le vrai goût d'une femme, et non un rêve de curaçao...

Elle frissonna. Il fut sur le point de se montrer insolent et de lui parler du froid, de lui demander si le grand-oncle avait réussi à la réchauffer. Elle le vit sourire, le devina probablement, lui dit qu'elle savait bien ce qu'il pensait, que cet homme-là n'avait guère eu le temps de la réchauffer ; et elle resserrait son châle sur ses épaules, le visage tourné vers la cuisinière sur laquelle cuisait doucement la soupe quotidienne. Elle disait qu'ils n'avaient guère vécu ensemble, qu'elle n'avait obtenu sa mutation pour Chamberet qu'à la fin de sa troisième année à Villevaleix, avait à peine déballé le contenu de sa valise en peau de porc dans la maison de l'époux qu'elle y replaçait son peu d'affaires pour aller s'installer à l'école, dans l'appartement de fonction, sous l'œil plus que jamais indigné de la mère du jeune défunt, petite femme noire et propre dont elle n'avait pu obtenir le moindre sourire, qui vivait en ses deuils comme un drapeau enroulé à sa hampe, et qui devait se dire que le peu de santé de son fils n'avait pas résisté à une femme aussi jeune et d'autant plus exigeante qu'elle n'était pas bien belle, c'était toujours comme ça, d'autant plus lubriques qu'elles n'avaient pas de beauté, se rattrapant là-dessus, ruinant la santé des hommes, et pas même capables de faire des enfants...

— Une mère est toujours une mère, dit la vieille maîtresse en lui jetant un regard presque noir.

— Je me disais...

— Qu'il y a autre chose, n'est-ce pas, que vous avez le droit d'en savoir davantage ?

Elle éclata, à sa façon, le toisant, la tête bien droite, les lèvres serrées, sans rien dire, plus redoutable que si elle eût crié — ayant très tôt, dès sa première heure de classe, devant les bouilles rougeaudes, ricanantes ou attentives des enfants de Villevaleix aussi prompts à aimer qu'à donner l'estocade à la nouvelle venue, ayant compris qu'il ne sert à rien de crier, que l'autorité repose sur la façon de parler, la douceur menaçante du ton, le silence qui entoure la parole et le sourire auquel on la plie.

— Personne n'a de droit sur personne, finit-elle par murmurer en frissonnant.

Elle en disait ainsi bien plus qu'il n'en attendait. Et il imaginait sans peine la rencontre d'Yvonne Piale avec cet Alain Firmigier, devant chez Delaporte, à Villevaleix, dans les derniers jours d'octobre 1950, un samedi après-midi. Une rencontre probablement provoquée par le boucher Couciat qui passait plus de temps au bistrot qu'entre ses quartiers de viande et qui avait dû montrer au jeune veuf la nouvelle institutrice en écartant les rideaux de nylon à petites fleurs jaunes et rouges, à travers les vapeurs du vin blanc pour l'un, celles du curaçao pour l'autre, et aussi, pourrait-on ajouter, dans l'épaisseur d'un sang trop riche, pour le boucher, et, pour le jeune veuf, dans les tiraillements d'une faim qu'il ne trouvait pas à apaiser, tout Apollon qu'il était, se méfiant des femmes plus que de raison, à cause de sa mère, disait-on, et que Couciat poussait du coude, à qui il montrait cette grande fille, certes sans vraie beauté, mais bien faite et qui pouvait avoir, ça se devinait, des expressions agréables, et du caractère, c'était important, le caractère, ça vous révélait un tempérament que n'avaient pas les jolies filles, trop méprisantes et prisonnières de leur beauté, n'est-ce pas ?

Ce que l'autre avait gobé de tout ça, au point de se croire amoureux et de revenir à Villevaleix plus souvent qu'il n'aurait dû, c'était qu'il n'avait qu'à se baisser pour ramasser. Il se baissa trop vite : elle ne leva pas les yeux ou, si elle le vit, ne le regarda pas autrement qu'elle faisait pour les éclopés vespéraux. Il ne trouva rien de mieux que de feindre d'avoir à lui livrer, le samedi suivant, une caissette de cahors. Il fit l'essoufflé, se plaignit d'avoir fait le détour, coltiné pour rien la caisse sous la pluie, et finit par se faire payer à boire, assis à la table de la cuisine, tandis qu'elle demeurait debout contre la cuisinière, serrée dans son châle bleu marine à larges franges, avec l'air d'avoir froid. Il dit, à mi-voix, comme pour lui-même, que Couciat n'avait pas raison, piqua sa curiosité, attendit qu'elle eût demandé ce qu'avait bien pu dire le boucher pour répondre, non moins énigmatiquement mais avec son meilleur sourire, la tête légèrement inclinée, qu'il n'était pas vrai que tout le monde fût moche, quand il pleuvait, à Villevaleix. Et il parla, évoqua par exemple les pays où pousse la vigne, les terres inondées de soleil, il les avait visitées, son métier le voulait, ces coteaux dorés du Sancerrois, de l'Anjou et du Beaujolais où les ceps s'alignent selon un ordre qui a la splendeur des choses vraies, murmura-t-il sans peut-être bien comprendre ce qu'il disait et qui venait de quelque article de journal ou d'une de ces émissions radiophoniques, de ces voix qu'il écoutait dans sa nuit de jeune veuf aussi bien que dans le froid habitacle de son camion et qui lui donnaient le sentiment d'en savoir plus que les autres, grâce à quoi il pouvait faire dans le monde une figure moins pâle que celle qu'il avait, sous la lampe du soir, à Chamberet, devant la soupe et la face maternelles, la tête basse, inclinée sur l'assiette fumante, l'œil calme, les épaules lasses, le coude gauche sur la table et la main entourant l'assiette, exactement comme ferait, bien des années plus tard, devant une autre mère, le petit-cousin d'Égletons — l'un comme l'autre respectueux et muets devant une mère qui s'inquiétait, devinait sur ces têtes penchées sur les assiettes la main puissante d'une autre femme, oui, tous deux en tête à tête taciturne avec la mère et pleins d'une crainte respectueuse, alors qu'avec les autres femmes ils parlaient si bien, fût-ce pour ne rien dire ou, comme l'Apollon de Chamberet, en répétant des propos radiophoniques qui cependant devaient toucher juste, puisqu'il voyait s'allumer dans l'œil de la jeune maîtresse plus que l'intérêt : une sorte d'espoir qu'il s'agissait de muer en quelque chose de mieux, ainsi qu'ils faisaient, là-bas, dans les vignobles près de la mer, en transformant les fruits verts ou noirs en cet or blanc ou vermeil propre à vous faire oublier la nuit de Chamberet, la pluie à Villevaleix et le froid des hautes terres.

La tête ne leur tourna cependant pas au point d'être furieusement amoureux. Ce fut bien suffisant pour, quelques mois plus tard, au début de l'été, après la fin des classes, les mener devant le maire, non pas celui de Villevaleix, ni celui de Chamberet, mais à Siom (Yvonne l'avait souhaité, sinon exigé avec cette autorité tranquille qu'elle avait, disait-on, attrapée lorsqu'elle était entrée dans l'éternité de la carrière). Mme Mirgue avait alors une dizaine d'années ; elle était de la noce. Elle disait que ça n'avait semblé à personne un vrai mariage : pas de cérémonie religieuse, et peu de monde — les Piale plus nombreux que les Firmigier, lesquels étaient surtout représentés par la mère du marié avec un tel aplomb qu'on aurait presque pu entendre autour d'elle frémir toute sa lignée de personnages sombres, amers, au sang mauvais, et qui avaient déchu de père en fils et de mère en fille, s'esseulant, se raréfiant, s'éteignant au lieu de se régénérer dans la communauté des sangs.

— Ça s'est fait chez Berthe-Dieu, dit Mme Mirgue, mais pas dans la grand-salle, on n'était pas assez nombreux : dans la petite salle, celle où on faisait manger les gourles ; un entresol, c'est vrai, mais ça ne nous a pas su mal : il y faisait plus frais et nous pouvions nous regarder sans honte, oui, ne pas avoir honte de ne rien dire, non pas parce que, nous autres Firmigier, nous nous serions trouvés supérieurs aux Piale, mais parce qu'ils n'ouvraient guère la bouche, ces Piale, qu'ils se contentaient de sourire comme pour nous montrer qu'ils savaient se tenir alors qu'ils pensaient probablement comme nous que ce n'était pas là un mariage qui irait bien loin : un mariage pour rien, même, on l'a bien vu deux ans plus tard, quand son mari est mort on ne sait trop de quoi, mais certainement pas en Algérie, comme on l'a laissé dire chez nous, il n'était pas allé aussi loin, ils n'auraient pas voulu de lui à l'armée, il n'avait pas de santé : dans un petit hôtel de Libourne, je crois, ou bien dans cet endroit dont il n'arrêtait pas de parler, à la fin, à cause du nom qu'il trouvait beau et mystérieux, et qui était comme une terre promise : l'Entre-deux-Mers, oui, à l'hôtel, avec vue sur les vignes, parti pour le bordelais sous prétexte de trouver de nouveaux vins et mort, dans sa chambre d'hôtel, de son peu de santé, ou encore, va-t'en savoir, de ce qu'il n'avait plus envie de vivre...

On peut se les représenter, les nouveaux époux, l'un à côté de l'autre dans l'entresol étroit et humide qui donnait par une fenêtre unique non pas sur la place de Siom mais sur la petite rue descendant au lac et sur le crépi gris de la maison de Chabrat, avec le soleil de midi tapant sur l'asphalte alors qu'ils avaient presque froid, à l'intérieur, la mère Piale retenant contre elle la petite Amélie qui riait trop fort et voulait jouer sous la table, et le père Piale, en face, surveillant Lucie qu'il avait placée près de lui, veillant surtout à ce qu'elle mangeât proprement et ne se mît pas à pleurer ni à crier lorsqu'elle voyait le type aux fines moustaches se pencher vers Yvonne pour lui manger les lèvres, croyait-elle, étonnée, au bord des larmes, sans que personne lui expliquât ce qu'il était en train de faire. Seuls les mariés parlaient, surtout Yvonne qui avait compris que cette assemblée-là était pareille à ces classes dites mortes auxquelles il faut tout arracher, mot après mot, élève par élève, sans se décourager, en faisant les questions et les réponses, jouant le jeu, riant toute seule — riant, ce jour-là, avec son époux qui avait compris et s'y efforçait, lui aussi, mais avec plus de succès ou de sincérité, la tête lui tournant à cause des vins et, peut-être, de Lucie qu'il avait réussi à faire boire et qui avait vomi sur le linoléum puis s'était mise à pleurer et à rire tout à la fois, découvrant, accroupie, un peu de ces seins magnifiques que n'avait pas la mariée.

Yvonne n'était même pas en blanc. Elle portait un tailleur neuf, gris clair, si serré à la taille qu'on s'est dit (« même si, précisa Mme Mirgue, c'est longtemps après qu'on l'a pensé ») qu'elle ne lui donnerait pas d'enfant. On pouvait se dire aussi qu'elle n'aimait pas d'amour l'homme avec qui elle convolait, bien qu'on ignorât alors qu'Éric Barbatte dût être le seul homme au nom de qui elle demeurât rêveuse. On murmurait encore qu'elle n'avait pas épousé le gars de Chamberet pour se ranger ni parce qu'elle croyait au mariage mais, ça avait fini par se savoir, parce qu'elle avait, la même année, rencontré Éric Barbatte, à Villevaleix, justement, dans la salle sombre de l'hôtel Moderne où elle avait pris l'habitude de déjeuner, le dimanche, moins par goût que pour montrer qu'elle occupait un rang dont ses vingt ans et son sexe semblaient la séparer.

Il était là, plus beau que jamais, avait-elle dû se dire, en tout cas plus élégant, et fier, et racé que naguère, entré dans le restaurant sans voir personne — à moins qu'il n'eût préféré ne regarder ni saluer personne pour n'avoir pas à la reconnaître, elle, dans cette mince institutrice au visage frais mais toujours ingrat, qui déjeunait seule dans un coin, non loin de la cheminée profonde dans laquelle pendait à la crémaillère un chaudron qui ne servait plus, au-dessus d'un tas de bois de bouleau décoratif, tandis qu'Éric Barbatte, dans le coin opposé, entre les deux fenêtres qui donnaient sur la partie basse du bourg, le cimetière, l'église, le campement des romanichels, le manoir des Gasquet et les fermes, plus loin, sous les grands sapins qui montaient sur le flanc des collines, faisait asseoir la femme qui l'accompagnait contre le mur et s'installait en face d'elle, si bien qu'Yvonne Piale ne le voyait plus que de dos ; mais elle put regarder, à la dérobée, la femme dont elle apprendrait, la semaine suivante, lorsqu'elle alla passer la fin de semaine au Montheix, qu'elle était bien ce qu'elle avait deviné, et depuis toujours redouté : la fiancée d'Éric Barbatte, ou, plus exactement, il faudrait s'y faire, une des innombrables créatures qui feraient de l'héritier un éternel fiancé.

Elle la regarda pendant tout le repas, non point

pour l'admirer ni pour retourner le couteau dans une plaie trop profonde, encore moins pour chercher dans la jeune dame le défaut de sa beauté (elle n'en voyait pas et, peut-être, ne voulait pas en découvrir, cette beauté lisse et lointaine, si loin de tout ce à quoi elle pouvait rêver pour elle-même, suffisant à son trouble, comme si la haine, ou, plus justement, la jalousie, le dépit, l'éternelle tristesse, se fussent nourris de cette perfection et s'y apaisassent, s'y oubliassent, même), mais afin que la femme s'en alarmât, en parlât à son compagnon, l'amenât à se retourner vers la dîneuse solitaire qu'il ne pouvait pas ne pas reconnaître, quelque indifférence qu'elle affichât, et qu'il reconnut, donc, à qui il adressa, en se retournant, un petit signe de la main accompagné d'un mince sourire avant de reprendre sa position initiale, comme si de rien n'était, expliquant sans doute à la jolie blonde de quoi il s'agissait, le temps d'expédier un repas qu'ils avaient de toute façon voulu bref, dernière étape, en revenant de Paris, avant Saint-Priest, pour voir l'aïeul qui ne se décidait pas à mourir, et avant le Montheix, où les autres Barbatte n'avaient toujours pas appris à vivre.

Il ne s'embarqua toutefois pas pour ces froides Cythères sans avoir murmuré, lorsqu'ils furent debout, à l'oreille de la jeune femme qu'il aida à passer un manteau de renard, quelque chose qui la fit sourire, ou plus exactement pincer les lèvres et quitter la salle la tête plus haute qu'elle ne l'avait en entrant, les yeux déjà pleins de la brume du dehors et peut-être d'autre chose que la brume. Il s'avança vers l'institutrice, qui rougissait. Il avait à la main la bouteille de bergerac dont sa compagne et lui-même n'avaient bu que la moitié. Il s'assit devant elle, prit le verre du couvert que la serveuse n'avait pas jugé bon de débarrasser à la table de la frêle dîneuse, y versa du vin qu'il lui offrit en disant qu'il pleuvait trop, ce jour-là, pour boire de l'eau, ou une fadaise de ce genre, et, se faisant apporter un autre verre pour trinquer avec elle, la regardant boire plus qu'il ne but lui-même, goûtant, mieux que le médiocre bergerac, le défi qu'il voyait poindre dans le regard de l'institutrice, dans cet œil très sec qui brûlait, par-dessus le rubis du vin et, eût-on dit, au-dedans, mais qui gardait assez d'ironie pour le regarder, lui, parler d'on ne sait quoi, probablement de ce qu'il était devenu après toutes ces années, quoique sans rien dire du tout, de vagues études de commerce, à Paris ou à Toulouse, elle n'avait pas bien compris. Peu importait. « Et vous ? » avait-il demandé, l'écoutant lui dire qu'elle était institutrice, et (faute de goût qu'elle eut beau mettre au compte de l'émotion et du vin mais qu'elle ne se pardonna pas) elle ajouta, ce qui fit sourire le fils Barbatte qui devait considérer la condition d'institutrice à peu près de la façon qu'il regardait le bergerac qu'il faisait tourner dans son verre :

— Mais oui, institutrice, qu'est-ce que vous croyez ?

Le défi n'était pas là, ils le savaient tous deux, du moins pas seulement là, dans une rivalité dérisoire entre l'École normale d'institutrices et les Hautes Études commerciales, ni dans les Piale contre les Barbatte ; c'était plutôt l'amour sans nom contre la politesse, l'ingénieuse froideur d'une politesse qui vous renvoie à votre peu de beauté et à votre insignifiance sociale, contre quoi il fallait une fois encore se blinder, oui, tout de même qu'il allait falloir lui en remontrer, à ce jeune homme trop beau, lui faire voir qu'on pouvait être une fille Piale du Montheix et institutrice, et point seule dans la vie, qu'elle ne passait pas son temps libre à ronger l'os de sa solitude, qu'elle aussi était fiancée, qu'elle allait bientôt se marier à un garçon très bien, un négociant en vins fins, établi à Chamberet.

On peut imaginer qu'elle ne dit pas cela sans blêmir ni songer à cet instant au jeune veuf sans une bouffée d'espoir qui lui tint lieu d'amour et que l'autre ne l'écouta pas sans sourire ni murmurer quelque chose comme : « À Chamberet, un négociant en vins fins ? Mais c'est très bien... », ni songer que si ses vins étaient aussi fins que ce qu'il avait dans son verre, ce gars-là lui ferait prendre des vessies pour des lanternes, mais se reprenant, feignant d'y croire, relançant l'éternel boniment masculin, la vieille rengaine consistant à faire semblant de se soucier d'autrui, surtout si c'est une femme. Et elle, la trop jeune Piale, la vierge, la perdante (pouvait-elle se dire à cet instant), vouée à se perdre davantage, à s'enferrer dans ses songes creux, à s'humilier, à boire sa faiblesse du moment avec la lie de ce vin qu'elle ne trouvait pas bon mais qui était le premier qu'un homme lui offrît publiquement et que, pour cette raison, elle ne pouvait refuser, prise à son propre piège de femme amoureuse, c'est-à-dire vaincue et humiliée, le visage soudain plongé dans ses eaux les plus noires et sachant qu'elle devait aller jusqu'au bout, descendre au plus profond de ces souterrains, elle qui n'avait jamais désiré que la lumière, la chaleur, la transparence des relations humaines. Elle se disait aussi, on peut le croire, que c'était pour mieux en ressortir, et la tête plus haute, que ça faisait partie du jeu, que ça n'était pas forcément perdre, en tout cas pas perdre complètement, et que certaines défaites sont des victoires déguisées, songeait-elle encore en le regardant s'éloigner après lui avoir serré la main et qu'il eut dit, avec son plus charmant sourire, qu'il était heureux de ces retrouvailles et qu'il espérait bien...

— Quoi ? avait-elle demandé, trop brusquement, en le coupant et le laissant au bord de ses propres mots.

— Que vous serez heureuse, oui, vraiment.
Et elle :
— Je le suis déjà.

Elle l'avait regardé passer la porte de la salle et avait guetté, par-delà le bruit sec des cuillères et des fourchettes à dessert et les murmures des derniers clients, celui de la voiture qui démarrait et remonterait la côte de Villevaleix jusqu'à la bifurcation, laissant à sa gauche la route des Buiges pour redescendre vers Saint-Priest.

Elle buvait à petits coups du café qui lui brûlait la langue et expliquait, croyait-elle, les larmes qu'elle ne pouvait dissimuler à la serveuse qui la regardait en souriant, avec cette compassion un peu bête que les femmes croient se devoir les unes aux autres — cette solidarité féminine qui l'exaspérait tant et où elle voyait un signe de faiblesse, et qui, ce jour-là, la fit rougir, se sentir ridicule, se lever trop brusquement, au risque de blesser la serveuse qui avait en outre pour elle de l'admiration. Elle avança d'un pas trop léger — celui, songea-t-elle peut-être, d'une femme qui s'enfuit — vers le couloir, débouchant dans l'après-midi pluvieuse pour se lancer non pas vers ce qui était devenu sa promenade favorite (le chemin qui montait, à partir du garage Dantony, à travers les sapins, vers la ferme de la Chabrière où elle décidait si elle redescendrait par l'abattoir ou bien par le Mas Vallier), mais vers l'école et cet appartement qui n'était jamais assez chaud pour elle, pas même la cuisine où elle passait le plus clair de son temps et où elle avait laissé s'éteindre le feu.

Elle se mit au lit, grelottante, à demi ivre, le sang battant à ses tempes, le ventre noué, pleurant doucement et se mordant les lèvres d'avoir été si vaniteuse, si stupide ; regrettant surtout qu'il ne fût pas là, le veuf à la fine moustache, pour la prendre dans ce lit de trop jeune femme, comme elle imaginait qu'il devait savoir le faire puisqu'il l'avait déjà essayé sans qu'elle lui accordât d'autre privauté que celle de lui effleurer les lèvres et caresser les seins, et comme il le ferait quelques mois plus tard, ce samedi de juillet, après la noce, dès qu'ils auraient regagné Chamberet dans le petit camion qui servait aux livraisons et sentait la vinasse, la mère installée entre les deux époux et regardant droit devant elle le soir tomber sur la lande, les collines et les bois. Il était tard, on avait fini de manger vers quatre heures et la mère avait eu ce malaise qui avait obligé le fils à demander à Berthe-Dieu une chambre où elle s'était reposée jusqu'à huit heures, d'abord veillée par le fils qu'elle avait seul admis à ses côtés, puis le veillant à son tour après qu'il se fut allongé près d'elle, à peu près ivre, goûtant près de lui un peu de ce bonheur qu'elle ne se résolvait pas à perdre mais qui était depuis longtemps perdu. Aussi sûrement perdu, devait-elle se dire, que sa jeunesse à elle, oui, aussi sûrement que la nuit montait dans l'habitacle du camion qui sentait non seulement la vinasse mais la femme amoureuse et cette sueur des fins de noces, l'été, les grandes défaites camouflées en victoires, ou les sursis, et aussi toute sa tristesse de mère et son dépit de voir son fils lui échapper une seconde fois. Peut-être se dit-elle encore, après avoir passé le chemin du Montheix auquel aucun des trois ne donna un coup d'œil, lorsqu'ils manquèrent de verser dans le tournant en épingle à cheveux qui est avant les Freux, à cause des grands hêtres qui gardent sur la route, toute l'année, des plaques de feuilles mortes et humides, qu'il eût mieux valu en finir tout de suite, comme ça, dans ce camion qu'elle lui avait offert pour son premier mariage, que c'était du moins là un présage qui ne laissait rien augurer de bon quant à cette grande fille maigre qui était à présent sa bru et qui venait, dans l'embardée, de se coller à elle. Elle se dégagea d'un geste brusque, heureuse de pouvoir montrer à cette institutrice qu'elle ne pourrait l'aimer, et lançant à son fils ce qui ne s'adressait qu'à la bru :

— Tu vas nous tuer !

Paroles qu'elle muerait de la sorte, un an plus tard, vers la fin du mois d'août, avec la noire satisfaction des prémonitions vérifiées :

— Elle m'a tué mon fils...

Le fin moustachu avait rendu les armes, s'était abandonné, endormi dans l'or de ce couchant bordelais assez semblable à celui qu'il pouvait apercevoir depuis son lit, par la fenêtre de la chambre conjugale, à Chamberet, et qui lui fit peut-être se dire qu'on ne part pas, que c'est bien inutile, que le soleil se couche partout de la même façon, grandiose et sanglant, que les rêves demeurent des rêves, que l'or du soir est aussi inaccessible que celui qu'il avait cherché entre les cuisses de sa nouvelle épouse, une nuit de juillet, un peu dégrisé, n'ayant d'ailleurs pas été vraiment soûl, n'ayant jamais réussi à l'être, ne croyant pas qu'on pût se mettre hors de soi, le vin le rendant plus lucide, mélancolique, somnolent. Et il fumait, ce soir-là, dans l'unique fauteuil de la chambre nuptiale, le visage tourné vers la fenêtre entrouverte, tandis que la jeune épousée se dévêtait derrière le paravent dont le haut ajouré laissait apercevoir le mouvement des épaules nues et blanches, point vilaines d'ailleurs, et la mine sérieuse qu'elle avait, à ce moment : pas comme la précédente, avec la figure d'une vierge livrée au Minotaure ; nullement impudique, non plus, mais avec cet air décidé qui le refroidissait un peu, se dit-il probablement, même s'il pouvait songer qu'il avait là une femme à dompter et qu'il croyait savoir le faire, lui qui pliait pourtant devant sa mère comme avant lui ce peu de mari qu'avait été son père.

On ne sait s'il lui donna rien d'autre que ce nom de Firmigier qui était, lorsqu'elle quitta l'abri du paravent, son seul vêtement dans cette lumière dorée qui la faisait paraître moins blanche et moins maigre, bravant la fraîcheur de la chambre et le regard de l'époux, et souriant en regardant par la fenêtre comme s'il n'y avait rien de mieux, pour elle aussi, que ce beau soir de juillet, avant non pas de plier mais de laisser celui qui avait maintenant figure d'époux s'approcher d'elle comme un mari, c'est-à-dire sans la voir ni se soucier de rien, surtout pas de savoir si sa mère, qui était allée s'enfermer dans sa chambre en maugréant contre les ans, le sort, le fait d'être femme, le monde entier, pouvait l'entendre, à l'autre bout de la maison, ahanant et râlant jusqu'à plus soif, puis se rejetant sur le côté avec un petit cri de belette, ayant pris son propre plaisir pour un bonheur universel, et sombrant d'un seul coup dans le sommeil, tandis qu'Yvonne, comme la mère, son corps à elle aussi tourné vers l'ouest (comme le serait, quelques mois plus tard, au cimetière, pour l'éternité, face aux vents, celui d'Alain Firmigier), demeurait seule dans la grande nuit montante, avec les bruits de son cœur et les sifflements de son sang, les murmures et les chuchotements d'une campagne inconnue, moins haute, moins froide, à peine moins hostile que le Montheix, et ce qui coulait hors d'elle et dont elle se disait que c'était assez semblable à l'or du couchant, et qu'il fallait pourtant s'en défaire, se lever dans la chambre à présent froide, s'approcher du lavabo, dans le cabinet de toilette où il n'y avait pas d'eau chaude, celle-ci étant réservée à la seule chambre maternelle en vertu d'une de ces coutumes qui voulaient que les enfants n'eussent pas droit, pour n'être point gâtés, au confort des parents ; par avarice, aussi bien, surtout s'il s'agissait d'une bru ; par principe, enfin, plus que par privilège, étant celle, la mère, qui avait précédé toutes les femmes, épouses et gourgandines, et qui, par là, aurait toujours le dernier mot, celui-ci n'eût-il plus cours, n'étant plus que l'obsolète monnaie qu'on abandonne dans la bouche des morts.

XII

Elle riait doucement, avec l'air de se moquer de lui autant que d'elle-même, et de tout savoir de lui alors qu'elle ne savait rien, ne pouvait rien savoir, se disait-il en souriant, non, rien, ou alors pas grand-chose : elle bluffait, prêchait le faux pour savoir le vrai, au risque de choquer et de se blesser elle-même aux vérités qu'elle suscitait, ainsi qu'elle l'avait fait pendant toute sa carrière, avec ce don qu'elle avait d'y voir comme en plein jour dans la nuit des jeunes êtres, faute, sans doute, d'avoir vu bien clair dans sa propre existence, à supposer qu'à cela elle se soit vraiment intéressée, qu'elle n'ait pas fui tout ce qui pouvait avoir trait à ce qu'on appelle l'existence personnelle, oui, fui cela au fond des chambres anonymes d'appartements de fonction où elle ne touchait à rien ni n'apportait rien, goûtant ce dépouillement-là mieux que toute autre nudité, et toujours seule, même si elle accueillait, disait-on, la nudité tout aussi anonyme d'hommes de passage, bien décidée à ne plus faire de sentiment, à ne plus donner dans le romanesque, toutes ses pensées dès lors tournées vers le Montheix : non pas, comme on pourrait le croire, à cause des fréquents séjours qu'y faisait Éric Barbatte avec sa fiancée du moment, ni seulement pour revoir Lucie qui était, disait-elle, le seul être qui ne pût la décevoir, mais bien pour la petite Amélie qui avait une dizaine d'années et sur qui se penchaient tous les visages : ceux des Piale, bien sûr, mais aussi les Barbatte — du moins Mme Barbatte, qui maugréait contre ces fiancées qui ne lui donneraient jamais de petite-fille semblable à cette petite Mélie dont l'abbé Guerle des Buiges disait que les ciseaux des sculpteurs limousins du Moyen Âge n'accueillirent pas mieux la Vierge Marie, et pour qui la châtelaine avait fait tailler dans les troènes de la haie un passage que seule la fillette empruntait pour aller la contempler, au premier étage, au fond de sa chambre, oui, Mme Barbatte trempant ses petits pains au lait dans du thé, et pour guetter non pas les sourires qui eussent éclairé cette face vieillissante, à la bouche amère, aux traits affaissés, que le temps avait retravaillés sans lui donner rien d'autre que l'espèce de bonté pleine de remords qu'elle se découvrait sur le tard, mais le pain au lait à quoi elle, Amélie Piale, pensait avoir droit et que la châtelaine finissait par lui donner pour le plaisir de la regarder manger, assise au pied du lit, hors de portée de la trop grasse main qui avait tenté, lorsqu'elle s'était approchée, de lui caresser les boucles — ce qui faisait sourire Mme Barbatte avec dans les yeux des larmes qu'elle ne cherchait pas à retenir et que l'enfant regardait couler sans cesser de manger.

À la jeune veuve il restait donc ses sœurs : celle qui ne savait rien et l'autre qui jouait à présent dans la cour des Barbatte et qu'on prenait plus en considération que l'aînée, celle qui s'était mariée pour si peu que c'en était de la blague, qui avait toujours ressemblé peu ou prou à une veuve et qu'il fallait avoir été bien seul et sans doute bien près de la fin pour avoir épousée, et qui n'avait pas donné d'enfant à son fugitif époux — même si on a pu dire, enfin, qu'Amélie était sa propre fille, quoiqu'elle n'eût qu'une quinzaine d'années de plus qu'elle. Plus d'un s'y trompa, dont Éric Barbatte qui les rencontra ensemble, main dans la main, descendant des bois de Vareix avec, dans leur dos, le soleil qui s'enfonçait entre les branches des hêtres et leur mettait de l'or dans les cheveux : « Yvonne Piale et sa petite fille », dit-il à la fiancée du moment, non pas avec cet air moqueur et un peu las qu'il avait d'ordinaire, lorsqu'il se trouvait devant une femme qui ne lui plaisait pas, mais la regardant, cette fois, avec une manière d'admiration qui le faisait paraître presque niais, oui, la niaiserie, la fadeur des gens trop beaux, songea-t-elle, exactement comme il avait dû être, le jour où elle lui avait tenu la main dans la haie de troènes, et aussi tel qu'il était lorsqu'elle avait surgi dans sa chambre pour lui demander l'appareil à photographier.

— D'ailleurs, ajouta Mme Mirgue ce même soir, on ne se trompait pas tout à fait : Mélie était bien un peu sa fille. Avec Lucie, ça lui en faisait deux, en quelque sorte, surtout depuis que la mère Piale vieillissait, avait vieilli d'un seul coup à cause de cette grossesse inespérée et de cette gamine à la tête plus dure que du granit. Elle s'en occupait bien, Yvonne, ce qui faisait murmurer, à Siom, non seulement qu'Amélie était à la fois sa sœur et sa fille, selon un mystère non moins admirable que celui de la religion, mais que les gens sont bien fadars, que c'était l'enfant de Lucie, oui, que c'était la pauvre idiote qui l'avait porté, et que la mère Piale avait tout ce temps-là fait semblant d'être grosse, tandis qu'on cachait Lucie au fond de la maison d'où on ne la sortait qu'à nuit tombée que pour lui faire prendre l'air.

À Chamberet aussi, on en parlait. Mais là, pas plus qu'à Siom, on ne s'arrêtait au père, lequel n'était certainement pas feu le fils Firmigier, qui n'eût pissé que du curaçao ou du bordeaux ou du sang, disait-on à la voir passer avec Amélie lorsque la mère Piale, qui n'en pouvait plus, lui confiait la petite pour la semaine et qu'elles se promenaient dans la 4 CV qu'Yvonne avait fini par acheter. Elle se promenait sous les feuillages de son propre cœur, eût-on dit, avec une fierté de fille-mère — avec, précisa Mme Mirgue, le besoin de croire à ça, oui, de se dire que cette petite était à elle, qu'elle était tout ce qu'elle avait, qu'elle n'était pas tout à fait seule, qu'elle lui montrerait que le monde existe au-delà des collines de Siom, qu'il ne se nichait pas que dans les songes, ni dans les mots, ni même, comme le disait son époux, dans un verre de vin : non pas, bien sûr, la vinasse qu'il allait vendre aux gourles des hautes terres, mais le vin qu'il sortait, certains soirs, de caissettes de bois clair, et dont l'étiquette portait, sur les bouteilles, la photographie ou la gravure de châteaux qui avaient tout autre allure que celui de Montheix : un vin qu'il faisait longuement tournoyer dans un verre ballon en l'élevant à la lumière du soir ou de la lampe et qui vous laissait dans la bouche ce plaisir qu'elle trouvait, Yvonne Piale, aux choses bien faites, au devoir accompli, le vrai devoir s'entend, et pas celui qui consistait à se laisser ouvrir le ventre par ce soc de chair afin que soit respectée l'immémoriale et inique loi qui fait ployer les femmes sous les hommes.

— Cela même, ajouterait Sylvie, qui la faisait tricher un peu, toujours ces apparences qui devaient être sauves, c'est ça, le jeu avec les apparences, à tel point qu'on disait l'avoir aperçue, au Montheix, dans l'ombre du grand if, le buste dénudé et donnant à Mélie son maigre sein. La petite devait avoir trois ou quatre ans ; elle jouait le jeu et donnait dans le sein de petits coups de tête qui le faisaient paraître plus gros. En tout cas, Éric Barbatte, de la fenêtre de sa chambre, avait bien dû trouver ça intéressant, on peut le croire, lui qui n'a jamais fermé les yeux sur le plus petit bout de chair féminine...

Elle parlait, les yeux mi-clos, la joue sur la poitrine du petit Claude, caressant de la main gauche son propre sein dont la pointe durcissait et vers laquelle il tendait les lèvres, quoiqu'il eût l'air ailleurs, qu'il se demandât peut-être si Éric Barbatte n'avait pas été l'amant de Sylvie, ou bien si elle n'était pas en train de vagabonder, si le fait de n'être pas mère ne l'égarait pas elle aussi sous les frondaisons de son cœur. Plus probablement tâchait-il de se représenter la grande Yvonne et la petite Mélie, dans l'ombre de l'if, plus étroitement unies déjà que mère et fille, selon d'autres apparences qui valaient autant, sinon mieux, que les évidences communes. Car c'était cela, Yvonne Piale : le respect, l'amoureuse intransigeance, la dévotion aux clartés immédiates de l'ordre, de la langue française, du savoir, de la science, de la République, et aussi ce qui pouvait la faire se marier sur un coup de tête, aller réveiller un jeune châtelain à pattes blanches afin de pouvoir photographier son frère mort, tenir tête à tout Chamberet, ou donner un sein sans lait à une enfant qui n'était pas sa fille avec l'audace de ce raccourci insensé : faire de cette sœur l'enfant qu'elle n'avait pas eu et qu'elle savait peut-être, dès cette époque, qu'elle ne pourrait avoir — ce qui faisait dire à certains qu'elle n'aimait décidément pas les hommes, à d'autres qu'elle les aimait avec une âpre passion de vieille chèvre, et bien trop pour se contenter d'un seul, et à d'autres, encore, qu'elle commençait de venir fadarde.

— Ça faisait parler, dit Sylvie. C'était même remonté jusqu'à ses supérieurs, qui l'ont mutée d'office, l'ont fait passer de Chamberet à l'autre bout du département : à Liginiac ou à Sainte-Marie-Lapanouze — assez loin pour qu'on ne sache pas qui elle était. Mélie avait six ans, je crois, et on voyait bien que c'était une Piale, qu'elle n'avait pas froid aux yeux et que, comme toutes les femmes Piale, à supposer que les Piale ne soient pas que des femmes, tu vois ce que je veux dire, elle était un peu étrange — pas comme sa sœur Lucie, non, plutôt comme Yvonne, ou comme la mère. Car le père Piale ne comptait presque plus ; qui sait d'ailleurs s'il avait jamais vraiment compté, malgré son allure fière et sombre et son silence, dans cette maisonnée où vivaient à présent quatre femmes, où Yvonne faisait la loi et où elle pouvait bien commander puisqu'elle en savait plus que les autres, qu'elle était instruite, qu'elle trouvait même le moyen d'être veuve, à vingt-trois ans...

Il renonçait, lui qui n'avait pas eu le temps d'être un héros, l'opiniâtre, le cornu, le taciturne, il renonçait à tout, jusqu'à cette Amélie dont il sentait que sa fille aînée la revendiquait presque pour la sienne et dont le séparaient trop d'années, comme si le sang commun qui coulait en eux les séparait plus sûrement qu'un fleuve, et que ce fût ça, être un homme et un père : abandonner le pouvoir aux femmes, le vrai pouvoir, celui des ventres et de l'esprit, oui, leur laisser l'ordre caché des choses, malgré les apparences qui les donnaient pour vassales, cet ordre singulier, profane et sacré tout à la fois, qui faisait qu'Amélie pouvait être en effet la fille de sa mère et celle de sa sœur, il n'y avait rien à comprendre, c'était ainsi, s'était-il peut-être dit ; et ça valait mieux que de n'être la fille de personne ou du premier ingénieur venu, n'est-ce pas, d'autant qu'il y avait besogné, le père Piale, plus honnêtement et plus ardemment qu'aux moissons et aux tranchées, vrai, jusqu'à voir danser devant ses yeux, dans la nuit de la chambre, cette espèce de soleil qui lui cognait dans la caboche et lui tirait des larmes avant de le précipiter dans le sommeil plus vite qu'une balle, et plus seul que jamais à côté de cette femme qui se taisait, n'aimait sans doute pas ça, il n'avait jamais su, on ne pouvait jamais savoir, avait-il probablement songé, si elles aiment vraiment ça, si elles ne font pas semblant pour vous faire plaisir et vous renvoyer aux moissons, aux tranchées, à votre solitude, et si l'amour n'est pas que ce semblant, cette tricherie, cette fausse monnaie que battent ensemble l'homme et la femme, parfois muée en or, mais le plus souvent en vulgaire fer-blanc, eût-elle pour nom Yvonne, Lucie, Pierre ou Amélie ; et donc peu importait de qui était Amélie, puisqu'il suffisait qu'elle pût être de lui, Albert Piale, à défaut d'être à lui, les femmes n'appartenant à personne, les enfants pas davantage, surtout les filles, surtout celles qui, comme Yvonne, en savaient plus que n'importe qui sur le temps qui passe — qui était la figure même du Temps, raide et orgueilleuse comme une pierre levée, et qui le contemplait sévèrement, lui, le dernier Piale mâle à arborer ce nom, agenouillé sur le bas-côté, épuisé, hébété, floué.

Et il y avait, plus fort qu'Yvonne, ce destin, ou ce qui en tenait lieu et qui était la face abstraite et non moins sévère du Temps : l'Administration, qui avait déplacé l'aînée des collines de Chamberet vers les neiges de l'Auvergne ; à quoi Yvonne n'avait pas perdu : car il fallait toujours, n'est-ce pas, avoir le regard tourné vers quelque chose de beau, et elle vivait à présent comme ça, entre les hautes neiges bleutées, à l'horizon, et le visage de la petite Mélie, au Montheix où M. Barbatte venait de mourir, brusquement, d'une attaque dont on fit semblant de s'étonner, à Siom, alors que tout le monde la prédisait, l'attendait, la désirait même, s'étonnant que ça ne fût pas arrivé plus tôt avec tout ce qu'il mangeait et buvait, et ces cigares qu'il se fichait en permanence au coin du bec, et, il faut le dire, cette autre chose qu'il passait beaucoup de temps à vouloir ficher non plus en sa propre épouse, ni même en sa bonne (après le renvoi de la fille Jolet, nul être portant jupon n'avait voulu s'embaucher chez les Barbatte du Montheix, hormis la fille Jeantôt qui n'avait de féminin, il est vrai, que son état civil), mais dans les épouses des autres, avec une prédilection pour les veuves, à qui il offrait, disait-on, une ultime brassée de joie, un fagot qui ne réchauffait guère mais point déplaisant, ayant compris que ça valait mieux que d'aller à Limoges ou à Brive pour voir des femmes qu'il eût fallu payer et qui vous méprisaient, alors que, affirmait-il, c'est dans les vieux pots qu'on fait la meilleure soupe, sans risque de se perpétuer — cette soupe-là s'avalant bien mieux que le tiède bouillon conjugal, encore épaisse et chaude, avec le vin du regret et des joies dernières.

On dit qu'il mourut en action, lui qui n'avait pas soixante ans, au fond d'une arrière-cuisine, entre les cuisses d'une femme de soixante-quinze ans que ça avait repris, qui se promenait dans les rues des Buiges avec des vêtements à la mode et des mises en plis de jeune femme, et qui porta le deuil de cet amant inespéré avec plus de ferveur que l'épouse légitime, laquelle ne fit pas tant de manières pour ce Don Juan de basse-cour, ce Casanova des souillardes, comme l'appelait son propre père qui ajoutait, avec une étrange douceur, qu'il était mort par où il avait péché, dans la malédiction des Barbatte, des hommes qu'un sang trop chaud cloue à leur propre chair.

— C'était plus fort que lui, poursuivit Sylvie, les yeux presque clos ; et puis il leur rendait service, à ces vieilles qui ne croyaient plus à rien, en tout cas plus à ça, à ces feux dont elles ne savaient même pas qu'ils pouvaient les reprendre, et qui reprenaient de plus belle ; et elles se rappelaient qu'il n'y a sans doute rien de mieux dans le fond que ces flambées-là, que ce feu qui vous tient au plus près des ténèbres, non pas les flammes de l'Enfer mais, au contraire, ce qui les dissipe, ces ténèbres, ce qui brûle le temps et vous fait croire qu'il s'arrête un peu — cela même que Mme Barbatte n'a jamais dû sentir, elle qui n'aura vécu que pour son fils, malgré tout, et qui, à la mort de son mari, n'a guère attendu pour quitter le Montheix. Elle est allée à Saint-Priest voir l'aïeul qui, à plus de quatre-vingt-dix ans, avait toujours bon pied, bon œil ; elle a négocié avec lui une retraite honorable, non pas à Saint-Priest, comme il le proposait, mais aux Buiges, dans la maison où elle était née et que le vieux Barbatte a rachetée pour elle. Elle y a vécu seule, puisqu'elle n'avait plus ses parents, que son père était mort de sa passion pour l'éther, tué en voiture sur la route de Siom, contre un hêtre, et la mère morte peu après, de chagrin, probablement, et d'ennui...

Elle ne remit jamais les pieds au Montheix, pas même quand son fils y revenait passer quelques jours de vacances, préférant oublier tout ça, fuyant elle aussi le vent, le froid, les cris des chouettes, la nuit, dans le grenier, et tous les sanglots qu'elle avait étouffés lorsqu'elle s'était dit qu'elle était une piètre épouse et une mauvaise mère, d'abord dans le lit conjugal, ensuite de l'autre côté de la cloison qu'on avait fini par faire élever au milieu de la chambre des parents : une mince cloison de bois et de plâtre à travers laquelle elle pouvait entendre l'époux ronfler ou venter, ou même grogner avec la fille Jeantôt sur qui il finissait par se rabattre, lorsqu'il ne pouvait plus y tenir et que la nuit lui faisait peur, sans même prendre la peine de descendre la besogner dans la souillarde, les yeux fermés, songeant à d'autres femmes, peut-être à sa propre épouse qui n'avait pas eu le sang aussi chaud qu'il l'aurait espéré, ayant cru comme tant d'autres que les femmes sont semblables aux hommes, déchantant donc, se dégrisant, pleurant sa désillusion dans d'autres ventres.

Elle préféra donc la solitude, au plus haut des Buiges, d'une maison trop vaste dont elle condamna presque toutes les pièces, se contentant de la cuisine, du petit salon et de ce qui avait été, sous la pente du toit, sa chambre de jeune fille, qu'elle aimait parce qu'elle pouvait la chauffer à sa guise et aussi parce que au moment de se coucher elle donnait un coup d'œil à l'horizon, vers les arbres du Montheix, à l'ouest, en se disant qu'elle en avait fini avec tout ça, le froid, le vent, les hommes, les larmes. Et elle refermait les persiennes sur une nuit qu'elle n'avait plus à redouter dans cette chambre qui ressemblait à un coffret de bois clair et parfumé, elle se couchait dans le lit étroit où elle dormait, jeune fille, au temps où elle s'était mise à espérer qu'elle cesserait vite d'être une jeune fille, malgré son peu de beauté, avant de tomber dans la nasse du temps, dans ce courant qui l'avait pressée d'être femme pour passer le reste de ses jours à le regretter, à se demander comment ç'avait été possible, étranglée par ce qui eût dû être son fil d'Ariane, le lendemain de ses vingt ans, lorsqu'elle s'était réveillée dans le lit de l'homme qui ne ressemblait déjà plus à l'acteur Paul Bernard mais à un bourgeois de province, rondouillard, un peu chauve et malpropre, qui avait presque dix ans de plus qu'elle et qu'elle n'avait pas eu le temps de fréquenter, bernée par les parents, par la ressemblance avec Paul Bernard, et aussi par ce nom : Barbatte du Montheix, et par l'inscription qu'il y avait au-dessus de la porte du château, aussi mystérieuse que le chiffre de ses jours et que ce qui pouvait amener une femme et un homme à être heureux ensemble, et que personne, pas même ce fils si distant, lointain, moqueur, au cœur sec, n'avait pu déchiffrer. Si bien qu'elle pouvait se dire qu'elle avait passé et repassé cette porte de granit, avec ses runes surmontées d'un blason quasi effacé, sans rien en rapporter sinon la grande amertume des femmes et ce surcroît d'ignorance et d'incertitude qui confine parfois à la divination et leur permet de ne pas désespérer tout à fait, du moins de ne plus espérer bêtement et de garder un peu de cette dignité à quoi les hommes renoncent si vite : dignité qu'elle n'avait trouvée ni chez son père, ni dans son époux, surtout pas chez ce dernier dont le nom sonnait en fin de compte aussi creux et froid que cette espèce de château où il l'emmena, après les noces de Saint-Priest.

Il faut se la représenter, la jeune Mme Barbatte, enfant unique d'un médecin éthéromane et d'une fille de capitaine qui n'étaient ni l'un ni l'autre du haut pays mais s'y étaient rencontrés par hasard et pour leur malheur, pouvait se dire, soixante ans plus tard, Mme veuve Barbatte en songeant à ce soir où elle fut emmenée dans la nuit froide de mars, recrue de fatigue et déjà paralysée devant cet homme qui avait sans cesse aux lèvres un sourire fade alors que ses yeux étaient durs, et qui la conduisit vers ces hauteurs qu'elle avait si souvent contemplées, le matin et le soir, en ouvrant ou refermant ses volets, sans savoir qu'il y avait dans cette épaisseur vert sombre, là-bas, à l'horizon, une petite forteresse de granit à la porte de laquelle serait un jour debout, une lanterne à la main, une grande fille laide aux yeux battus et au visage sans expression, qui les guida par la volée de pierre nue jusqu'à la trop vaste chambre où elle dut se déshabiller seule, derrière un paravent, elle aussi, et se laver à l'eau froide versée d'un broc dans une cuvette de faïence qui sentait l'urine et le parfum, tandis que, de l'autre côté, l'homme qui ne ressemblait presque plus à Paul Bernard attendait, debout près de la fenêtre, en fumant encore un de ces cigares qui sentaient trop fort, feignant de ne point la regarder mais ne perdant rien des efforts de la jeune épousée pour s'avancer vers lui sans avoir l'air niaise ni frissonner d'autre chose que de ce froid qui lui était tombé dessus dès qu'elle avait passé le portail du domaine, et qui la fit trembler et grelotter davantage lorsque l'époux éteignit la lampe, la déshabilla, la conduisit près du lit dont la bonne avait ouvert et bassiné les draps qui avaient déjà refroidi. Comme elle ne bougeait pas, il avait refait de la lumière, non pas en appuyant sur la poire qui pendait à un fil, à la tête du lit, mais en allumant une lampe à pétrole, parce que ça faisait romantique, murmura-t-il en s'avançant vers elle qui était assise dans le lit, les yeux clos, les mains croisées sur son ventre, et songeait probablement que ça ne pouvait pas être ça, un homme, non, pas que ça, ce poids qui lui écrasait le ventre, l'empêchait de respirer, cette bouche qui empestait l'ail, le vin et le cigare, et cette chose, surtout, au bas du ventre, qui cherchait son ventre à elle avec plus de rigueur que la justice divine, oui, inexorable comme le doigt de Dieu, se disait-elle sans songer à mal, oui, le doigt divin qui l'ouvrait, la pénétrait, la faisait saigner et crier de douleur, mais non sans douceur ni délicatesse, c'était vrai, ce fut vrai cette nuit-là et celles qui suivirent, il avait l'art et la manière, Marcel Barbatte, et c'était bien tout, se disait-elle peut-être en refermant ses volets sur la nuit des Buiges, songeant que la vie n'était que ça : du temps qui passe, des métamorphoses illusoires, des vessies prises pour des lanternes et le sourire des hommes pour celui des anges, oui, même celui de son propre fils dont chaque geste avait longtemps été pour elle un battement d'ailes et qui volait aujourd'hui bien loin, c'était ainsi, ça ne pouvait être autrement, l'amour n'existe pas, pas plus l'amour d'un mari que l'amour filial, on ne peut croire longtemps à de telles fadaises, et les femmes sont toujours dupes, se disait-elle encore en entrant dans son lit de jeune fille, sans amertume ni rancune, ni flouée ni malheureuse, enfin apaisée, pliée à la grande loi du sexe, de l'espèce et du Temps, écoutant la pluie qui s'était mise à crépiter doucement sur les ardoises, les yeux ouverts dans la bonne chaleur de la mansarde de bois clair avec, à portée de main, près de la lampe de chevet qu'elle n'éteindrait pas même pour dormir, ces livres que Marcel Barbatte détestait tant parce qu'il croyait de son rang de hobereau de mépriser ces occupations de femme, et qu'elle lisait presque en cachette, le matin, dans le lit conjugal, à la lueur d'une bougie plantée dans un verre à dents, au coin de sa table de chevet, songeant que ses yeux s'y useraient moins vite que son cœur à partager la vie de son époux, dût-elle se damner et être injuste par exemple envers ces Piale qui, elle le savait, valaient bien mieux qu'eux, cette Yvonne, surtout, qu'elle apercevait parfois, le matin, en train de lire dans la cuisine de la petite maison, s'usant comme elle les yeux à ces romans et à ces livres d'histoire que Mme Barbatte se disait avoir la chance, elle, de pouvoir lire encore l'après-midi, dans l'espèce de charmille qu'on essayait de faire pousser, derrière le château, sur l'éperon qui surplombe le lac, ou, s'il faisait trop mauvais et qu'il ne fût pas même possible de se tenir dans le kiosque bâti par le père Piale, enveloppée d'un grand châle anglais rapporté avec quelques dettes par le fils d'un séjour linguistique à Bournemouth, dans le Dorset, c'était dans la chambre d'Éric qu'elle trouvait refuge sur le lit du jeune homme pour lire, bien sûr, et surtout s'abandonner au souvenir et entrer dans la vieille litanie que les filles, fussent-elles à leur tour devenues mères, adressent aux mères lointaines, à la mère morte de chagrin aussi bien qu'au fils négligent, ou encore à elle-même, à l'enfant qu'elle avait été et qui trop longtemps avait cru qu'il y avait des châteaux et des princes, et que l'un d'eux se pencherait vers elle pour la conduire dans quelque Espagne, Bohême ou

Liban de songe, et non dans ces murs de granit où elle avait connu le froid, le vent, la solitude, la trahison, la séparation — tout ce qui attend les jeunes filles, l'envers du songe, oui, comme cette vaste chambre conjugale qu'il avait fallu diviser par une cloison, chacun vivant dès lors de son côté, l'homme et la femme, la mère et le fils, puisqu'il est vrai qu'on est toujours seul, qu'on ne changera jamais ça, les illusions, les larmes, les battements d'ailes, l'enfantement dans la douleur, la dépossession, le silence, le froid, et le retour solitaire à la chambre de jeune fille, dans la maison natale ou ailleurs, dans ce coffret de bois clair et odorant où s'abandonner au vrai sommeil, dans cette enfance qui n'avait été ni plus ni moins heureuse qu'une autre mais assurément pas aussi vive ni singulière que celle d'Amélie Piale dont elle avait pu observer les premières années en se disant que c'était sans doute ça qui lui avait manqué : une fille, une petite fille comme celle qui venait manger au pied de son lit un petit pain au lait, le dimanche matin, une fillette assez semblable à celles qu'elle avait si longtemps guettées dans les livres, entre ces pages qui se fanaient moins vite que son propre visage et qui lui avaient pour cela fait croire à l'éternité — à un temps parallèle, du moins, où rien n'avait eu lieu, ni le mariage avec le rude et volage hobereau, ni les années glaciales, ni même, il fallait bien l'avouer, ce fils qui ne se décidait pas plus à chercher une situation qu'à lui faire une bru d'une des fiancées qu'il ramenait au Montheix, peu importait laquelle, elles se ressemblaient toutes, minces, blondes, élégantes, l'air un peu perdu dans ce repaire des vents, aussi éphémères que des fleurs de printemps, et non moins récurrentes, et belles, et inutiles, et gémissant toutes de la même façon de l'autre côté du couloir, c'était là tout ce dont elles étaient capables : rire, gémir, et crier dans la nuit, mais pas de se faire épouser ni de lui donner, à elle, une petite-fille qui pourrait avoir maintenant dix ans, au lieu de hanter, comme Amélie Piale, les songes de ceux qui mourraient sans postérité.

XIII

Elle n'était pourtant pas commode, cette Amélie Piale. On aurait dit qu'elle savait, qu'elle avait toujours su de quelle monnaie payer le monde, les gens, le fait même de vivre, et pourtant, elle ne jouait pas le jeu.

— Elle était du genre à lancer une pierre par-dessus un mur rien que pour voir ce que ça ferait, dit la vieille maîtresse. Je parle par énigmes ? C'est le privilège de l'âge. Tenez, l'enterrement de M. Barbatte. La famille avait tenu à ce que ça se passe dans l'intimité la plus stricte, comme on dit, sans fleurs ni couronnes, comme on dit aussi, mais nous n'aurions pas trouvé digne de ne pas accompagner le convoi au moins jusqu'à la route des Freux. Papa trouvait que quelque chose clochait, que ça n'était pas digne d'un maître, d'un propriétaire, fût-ce un Marcel Barbatte, ces maigres funérailles avec tout au plus six ou sept membres de la famille et un seul, la veuve, du côté des Dupart. Nous avons donc marché à distance, pas moins dignement que les Barbatte, en noir nous aussi. Amélie allait devant nous. Elle avait à cette époque une douzaine d'années, et elle n'en faisait qu'à sa tête. Nous n'avons pas pu l'empêcher de se joindre aux Barbatte, comme si elle était de leur famille, et de se glisser en souriant entre Éric Barbatte et sa mère. C'était son premier enterrement ; elle était presque joyeuse, en tout cas elle souriait comme si les Barbatte se rendaient à la fête, et nous aussi, le vieux M. Barbatte en tête et à pied, sans doute pour se prouver qu'un homme qui enterre son propre fils doit être capable de conduire le deuil derrière le corbillard prêté par les Grandpré des Freux et attelé de deux chevaux de selle qui n'avaient pas l'habitude de tirer et qui, malgré l'habileté de Thaurion qui les guidait, manquèrent plusieurs fois de faire verser le corps dans le fossé. Nous les avons accompagnés jusqu'au Chêne Gras, ces Barbatte et leur attelage brinquebalant, d'un autre siècle, avec ses tentures noires, ses franges et ses larmes d'argent, et les plumets noirs des chevaux, tout ce bataclan mortuaire qui tressautait sur les pierres et dans les nids-de-poule, car la route n'était pas goudronnée, en ce temps-là. Ça avait quelque chose d'un cirque, ou de bohémiens en voyage, et ça faisait dire à Mélie, en désignant du menton le cercueil tressautant sous le poêle, non pas à voix basse mais bien haut, qu'avec tous ces cailloux et ces trous, il ne devait pas être bien à son aise, là-dedans, M. Barbatte. Le pire, c'est que ça les a fait sourire, les Barbatte, tous, même la pauvre Mme Barbatte. Il a bien fallu que je m'en mêle, que je coure la prendre par la main, et comme elle ne voulait rien entendre, que je lui passe une calotte, le plus doucement que j'ai pu. C'était la première fois que je la giflais. Nous n'aimons pas le scandale, nous autres Piale. Nous n'avons jamais aimé faire parler de nous, et voilà que la plus petite faisait un raffut de tous les diables, qui plus est pendant un enterrement, et qu'il me fallait la prendre sur mes épaules, comme un sac de blé, et m'enfoncer avec elle sous les sapins. Elle continuait à crier qu'elle voulait aller avec les Barbatte, que sa place était là-bas et je ne sais quoi d'autre. Je l'ai encore giflée, deux fois, de toutes mes forces, en fermant les yeux. Quand j'ai pu la regarder, elle était là, devant moi, plus blanche que jamais, avec les traces de mes doigts sur les joues, et les yeux secs : elle souriait et me dit, si doucement que c'est moi qui ai pleuré : « Tu m'as fait mal, petite sœur. » Car c'est comme ça qu'elle nous appelait, Lucie et moi, qui avions respectivement vingt-huit et vingt-trois ans, non pas en se moquant de nous, mais avec quelque chose de très clair dans la voix, oui, de presque joyeux, qui la rendait irrésistible. Je l'ai serrée contre moi en pleurant ; je pleurais sur la route, et reniflais si fort que le vieux M. Barbatte s'est retourné, étonné que son vaurien de fils puisse susciter un tel chagrin...

Il était surtout étonné, l'aïeul, de survivre à ce fils qui n'avait été en effet bon à rien, pas même à lui survivre ni à engendrer quelqu'un qui fût meilleur que lui, du moins qu'il n'eût pas fini par pourrir comme il l'avait fait avec son fils Éric, quelqu'un qui eût gardé la grâce de l'enfance — celle de la petite Piale, par exemple, devant laquelle il s'attardait lui aussi, planté au milieu du chemin et le convoi avec lui, sous les arbres où il faisait plus froid que dans la chambre mortuaire, avec ses fils et ses brus plus sombres que les sapins et ce corbillard d'un autre temps, comme les fils et les brus, comme les châteaux de Saint-Priest et du Montheix, comme tout ce qu'on avait voulu être et qui basculait dans l'ancien temps, qui avait toujours été ancien, terriblement ancien, puant la vieillerie, l'apparat et la mort : en tout cas, pouvait-il se dire en lissant sa moustache sous le melon noir, rien de beau, ni de frais, ni de gracieux comme cette petite Piale qui vous faisait regretter de n'avoir plus vingt ans et de n'avoir rien engendré de pareil, une fille, oui, il fallait sans doute être sur le point de se cheviller à l'Éternel ou d'avoir vu le commencement et la fin pour se rendre compte que c'était une fille qu'on aurait voulue et non pas ces pauvres fils et surtout pas cette bête de Marcel qui avait trouvé le moyen de s'en aller avant lui, ratant sa mort après n'avoir rien fait de sa vie.

C'est à peu près ce que pouvait se dire le père Piale en ramenant vers le Montheix sa tribu de femmes sombres avec, comme à l'aller, Amélie qui marchait devant les autres, qui marcherait toujours en tête, qui mènerait bientôt la danse, là comme sur le chemin de l'école où elle se rendait accompagnée de Lucie, tenant la main de Lucie de la même façon qu'Yvonne, bien des années plus tôt : Lucie qui n'était toujours pas capable de rester seule, et qui attendait sa petite sœur, d'abord dans la cour de l'école, sous le préau, assise sur le billot sur lequel l'instituteur cassait son bois, le visage tourné vers le ciel perpétuellement serein du temps qui n'existe pas ; Lucie dont on se moquait trop, à la récréation, pour que la petite sœur ne l'ait pas convaincue d'aller l'attendre au chaud, un peu plus bas, dans la cuisine de Berthe-Dieu, exactement comme elle se tenait au Montheix : les mains posées sur les genoux, ses beaux cheveux roux ramenés en arrière et attachés par une barrette d'écaille, souriante, douce, belle, disait-on, d'ignorer la lumière qu'elle avait en elle et qui faisait répéter à beaucoup d'hommes qu'ils l'auraient bien épousée si elle n'avait pas eu cette cervelle d'oiseau, ou qu'ils l'auraient épousée malgré ça, puisqu'ils auraient au moins eu dans leur lit une fille plus belle que tout ce à quoi ils eussent pu songer, même Suzanne Pythre et les plus belles du canton, et qui au moins n'eût jamais protesté, ni rouspété, ni ne se fût plainte, ce qui n'était pas rien, n'est-ce pas ? Et ça n'était pas rien, non plus, que de voir les deux sœurs, Lucie et Amélie, s'en retourner chez elles, l'enfant guidant la grande, et à dix ans aussi jolie que l'était l'innocente, avec, dans le regard, cette flamme qui faisait dire aux hommes de Siom qu'il n'y avait qu'à attendre, qu'elle serait bien à quelqu'un, celle-là, et pourquoi pas à eux, s'ils y mettaient de la persévérance, de la foi, un peu d'humilité.

Ils n'étaient pas les seuls à se le dire. Éric Barbatte y songea, lui aussi, du moins le prétendait-on, lorsque Amélie eut quinze ans, et plus particulièrement le jour où il déboucha du bois de petits chênes, au bord du lac, dans la petite crique qui s'ouvre au bas du château et où il les surprit toutes trois, dit-on, en train de se baigner ou de se laver, quasi nues, n'ayant gardé que leur jupon qui leur collait aux cuisses, et se savonnant le torse avec ce savon de Marseille qui était le seul qu'elles connussent et qui leur donnait cette peau ferme et blanche qui faisait dire qu'elles entretenaient leur virginité, oui, malgré le mariage d'Yvonne, et qu'elles auraient beau faire, elles auraient toujours, à elles trois, et même séparément, quelque chose de la grande vierge primordiale. Ce ne sont bien sûr pas les maigres tétons d'Yvonne qui l'émurent, ni même les deux poires d'automne de Lucie, mais les fiers bourgeons d'Amélie. On dit qu'il finit par quitter le couvert des arbres, qu'il s'avança à mi-pente, qu'il s'assit sur une vieille souche, qu'il regarda les trois sœurs rire, jouer dans l'eau comme s'il n'était pas là, lui tourner le dos avec autant d'insolence qu'il en mettait, lui, à demeurer sur sa souche, non pas en ami mais en propriétaire, en homme qui choisit ou qui croit choisir, à qui les femmes laissent croire cela parce qu'il faut que les apparences, là encore, soient sauves et que, de toute façon, ce jour-là, chacun avait intérêt à ce qu'il en fût ainsi : Yvonne à moitié nue sous le regard de celui qu'elle aimait, Amélie comprenant sans doute qu'on ne se promène pas impunément le torse nu devant un homme, et Lucie, simplement heureuse entre ses sœurs, n'ayant peut-être pas remarqué l'homme aux cheveux clairs assis là-haut, en train de fumer, et qui soudain se leva, jeta sa cigarette sur le sable, dépouillant un peu plus loin ses vêtements et se précipitant vers le lac, non loin d'elles, en criant comme elles ne croyaient pas qu'un homme puisse le faire, puis se laissant choir dans l'eau après avoir tournoyé un peu sur lui-même, la tête renversée, le visage tendu, comme s'il cherchait quelque chose dans le ciel.

— Et puis ?

— Et puis rien. Que voulez-vous qu'il se passe ? C'était son innocence à lui, oui, sa façon d'être innocent...

— Et Amélie ?

— Elle avait quinze ans, aucun goût pour l'école, et la conscience d'être une Piale, c'est-à-dire ceux qui vivaient en face des Barbatte, les gens d'en face, même si elle était celle pour qui la haie des troènes s'était ouverte aussi sûrement que les flots de la mer Rouge devant les Hébreux, même si le château était fermé depuis le départ de Mme Barbatte — en tout cas pendant la semaine, à charge pour maman d'aller l'ouvrir, le vendredi matin, sitôt qu'elle avait reçu du fils le mot qui l'en priait et qu'il a trouvé bientôt si agaçant d'écrire qu'il nous a fait installer le téléphone dont Mélie guettait la sonnerie dès le jeudi soir ou le vendredi matin, surtout depuis que le fils Barbatte s'était lancé avec elle dans une conversation qui l'avait fait rire aux éclats, et si fort que maman a cessé d'avoir peur de l'appareil...

C'est d'Amélie que le fils Barbatte vint s'entretenir chez les Piale, un soir de mai où il faisait si doux que toutes les fenêtres étaient ouvertes. C'est lui qui traversa la haie, au lieu de les appeler au château, comme il l'eût fait en temps ordinaire.

— C'était un vendredi soir. Je n'y étais pas, mais je me suis fait raconter sa visite. Il avait l'air calme, souriant et humble d'un gars qui vient faire sa demande. Et pourtant, ce n'était pas ça, nous le savions bien — du moins il était trop tôt : Mélie n'avait pas seize ans. C'était bien plus étrange. Il a dit qu'il s'intéressait à elle, voilà tout. Il l'a dit non pas en rougissant comme un amoureux, mais avec l'assurance de ceux qui ont le temps. Il a dit que ça le peinait de savoir qu'elle le perdait à l'école, ce temps, et qu'elle méritait mieux. Il a baissé la tête, soudain aussi embarrassé que mes parents et que Mélie elle-même, qui, pour une fois, n'avait pas ouvert la bouche et devinait qu'il valait mieux se faire toute petite et tenter de comprendre ce que lui voulait cet homme qui l'avait toujours regardée comme personne ne la regardait mais qui, depuis qu'il était entré chez eux, n'avait pas une seule fois levé les yeux vers elle...

Elle l'entendit bredouiller, se reprendre, s'éclaircir la voix, le regarda allumer une de ces cigarettes anglaises dont le père Piale disait que c'étaient des cigarettes de femmes et que le fils Barbatte avait tirée d'un paquet tout blanc dont le centre représentait un marin à barbe rousse au cœur d'une bouée de sauvetage. Il souffla longuement sa fumée vers les poutres noires. Sans doute pensa-t-elle que c'était ça qu'il avait à dire, oui, rien de mieux que des volutes de fumée qui sentaient bon, pas comme l'âcre caporal dont le père roulait ses cigarettes, mais quelque chose de sucré qui, elle avait une fois goûté un mégot qu'il venait de jeter, faisait tourner la tête et donnait envie qu'elle tournât davantage, et même de la perdre tout à fait, avec les illusions et l'ancien ordre des choses. Car c'était ça qu'il venait dire, cet homme qui, pour une fois, ne la regardait pas mais parlait d'elle en expliquant à ses parents qu'ils commençaient à se faire vieux, que la terre était décidément bien ingrate, au Montheix, que les meilleures avaient été noyées sous les eaux du barrage et qu'il fallait songer à autre chose, il en avait parlé avec l'aïeul, à Saint-Priest, qui trouvait l'idée intéressante : planter, par exemple, tout ce qui restait des terres cultivables en sapins de Douglas et en épicéas ; ça se faisait de plus en plus, maintenant que les jeunes ne voulaient plus rester dans les campagnes, qu'ils préféraient travailler pour l'État ou même, comme ceux des Goursolles, devenir concierges dans la banlieue de Paris... Et il souriait en regardant le père Piale ouvrir la bouche sans rien trouver à répondre, mais avec, dans les yeux, des larmes qui ne lui étaient pas tirées par la gnôle qu'il venait de servir : il comprenait que c'était arrivé, qu'à près de soixante-dix ans son heure avait sonné, quelque chose que le jeune gandin appelait la retraite et à quoi lui n'avait jamais songé mais qui avait encore à voir avec le temps, le vrai, non plus celui au sein duquel on se croit éternel, celui des saisons, des récoltes, des femmes et des génisses, mais celui qui avait pris fin, là-bas, dans l'Argonne, et après lequel il n'avait été qu'en sursis, votre temps à vous, celui qui vous amène de l'autre côté, là où le temps n'est qu'une figure du néant ou un soupir de Dieu, les bras ballants, tombés, comme on dit de ce côté-ci, et qui vous laisse presque indigne, étonné, les yeux grands ouverts et humides, l'air aussi niaiseux que Lucie quand elle traversait la cour de l'école sous les rires des autres, un peu comme il s'était retrouvé seul après l'assaut au cours duquel tous ses camarades étaient tombés, à peine plus vivant qu'eux et continuant à vivre sans y croire vraiment, ayant laissé dans ces orages-là bien plus que ce qu'il appelait sa vie, et revenant au pays non pas avec le sentiment d'en avoir réchappé mais en regardant les années qui lui restaient comme quelque chose d'étrange, hébété et indigné comme il l'était à présent devant ce type qui n'avait pas trente ans et qui venait lui dire que quarante ans avaient passé, que ce champ-là était labouré, hersé, moissonné, écobué, qu'il en avait fait, lui, Albert Piale, bien plus qu'il n'en ferait encore, qu'il avait donc fait son temps, lui, la pauvre gourle qui s'efforçait encore de trouver des raisons de ne point croire à ce que lui disait le fils Barbatte, des raisons à lui opposer, aussi, mais qui ne sortaient pas de sa bouche, et surtout sa répugnance d'avoir désormais à rendre des comptes à quelqu'un comme Thaurion, l'homme à tout faire du vieux Barbatte — et, pis que tout, à sa propre fille, cette benjamine à qui on montrerait le métier en attendant qu'elle puisse l'exercer seule.

— Thaurion ! murmura Yvonne Piale. J'ai détesté ce nom dès que je l'ai entendu...

Elle ne dit pas pourquoi. Elle continuait de sourire à sa sœur qui, derrière le petit Claude, murmurait à son tour le nom de Thaurion sans pouvoir s'arrêter et larmoyant comme si elle comprenait ce que pouvaient susciter ces syllabes, et frémissant toutes deux, l'aînée en secouant la tête et faisant signe à sa sœur de se taire.

— En quelques minutes mon père n'était plus rien. Bien sûr, on ne le mettait pas à la porte : on lui proposait de s'occuper d'arbres, de faire alliance avec la forêt, lui qui s'était toute sa vie battu contre elle, qui lui avait disputé, arraché des terres, surtout après la construction du barrage, oui, qui s'était battu avec les bois autant qu'avec le froid, le vent, la mauvaise terre, les maladies du bétail et les vieilles terreurs qui le reprenaient presque chaque nuit lorsqu'il tonnait, que le vent soufflait trop fort ou qu'on ouvrait les vannes du barrage... Non pas de les planter lui-même, ces arbres, du moins pas tout seul : en compagnie d'un pépiniériste des Buiges, Madrangeas, si je me souviens bien, ou quelque artiste de cet acabit...

Il fallait se représenter Albert Piale soudain debout devant le jeune Barbatte, blême, les lèvres serrées, les mains ouvertes au bout de ses bras ballants, des mains que le travail avait déformées au point qu'il ne pouvait plus les refermer complètement, et se taisant, le souffle court, sachant qu'il n'était pas de taille à lutter contre un Barbatte, mais debout pour gagner un peu de temps, puis renonçant d'un seul coup à ce temps, à cette parcelle de temps dont il avait fait son éternité et qui ne lui appartenait plus — qui appartenait aux Barbatte, aux Grandpré, aux Lauve, aux Queyroix, à tous ceux qui possèdent la terre, la forêt, l'horizon, et s'inclinant, oui, baissant la tête, à près de soixante-dix ans, devant le jeune gandin qui le muait en forestier tout comme une affiche, l'été de 1914, l'avait transformé en fantassin, l'assaut de la cote 327 en survivant, et les cloches de Siom en marié, et ainsi de suite.

C'était d'ailleurs ça ou le départ pour les Buiges, avait laissé entendre le jeune maître, oui, pour cette petite maison des Buiges que les Barbatte possédaient dans la rue principale, en face de l'hôtel Borzeix, un peu après la poste, et dont le rez-de-chaussée était loué à un marchand de vins. Et peut-être y songeait-il déjà, le père Piale, à ce premier étage, à ce que devait être cet appartement, au-dessus de la salle de café où il avait coutume d'aller boire, quand il se rendait en ville, comme il disait, aimant bien la mère Lestards, la bistrote, et son fils Maurice qui avait perdu un œil, de l'autre côté de la mer, dans les djebels, et à qui l'État venait de payer un œil de verre grâce auquel il apprenait, disait-il, à regarder le monde plus calmement, en prenant son temps et sans amertume, ajoutant que cette paix-là valait bien un œil. Il devait y songer, à cet étage morne, sachant qu'il ne résisterait pas bien longtemps aux coups de hache, aux rugissements de la tronçonneuse, à l'humidité des grands bois, à l'œil de Thaurion, au regard de sa benjamine, à la disparition de ces champs qu'il avait soutirés un à un, année après année, à la nuit forestière. Pourtant, il ne refusa pas. Il versa encore de la gnôle dans les deux verres, et ils burent ensemble, le jeune maître et le vieux cultivateur, non pas comme s'ils avaient fait une bonne affaire, mais parce que c'étaient là des comptes ronds, autrement dit le destin et des temps nouveaux qui sentaient le retour à la grande forêt primitive. S'il ne refusa pas, ce fut à cause d'Amélie, dont, on peut le croire, les yeux brillaient dans la pénombre, sous la pendule, et qui comprenait, aussi bien que son père et sa mère, que c'était surtout pour elle que le fils Barbatte était là, qu'il y avait un avenir pour elle dans cette dépossession, ce reniement, cette métamorphose.

Elle souriait. Peut-être avait-elle encore foi dans les hommes, dans la bonté d'âme du jeune maître, et pensait-elle que son père et sa mère ne remerciaient pas assez vite le jeune M. Éric, comme on l'appelait avant qu'il ne prît la succession de son père, s'irritant même, Amélie, de voir qu'ils ne le remerciaient pas du tout et demeuraient là, ces pauvres gourles, lui debout, courbé, la face grise et béante, et elle, la mère, assise de l'autre côté de la table, près de la fenêtre où elle cousait, au bord des larmes, la bouche close et tremblante, comprenant enfin l'un et l'autre que ce qui intéressait le nouveau maître, ce n'était ni le Montheix, ni la ferme, ni la future plantation, encore moins le sort des vieux Piale, mais Amélie, la toute jeune Mélie qu'il ne pouvait bien sûr pas demander en mariage mais vers qui il préparait ses brisées, ayant le temps pour lui, attachant l'adolescente à sa terre, à ses arbres et à son nom plus sûrement que par un bout de papier. Amélie qui en aurait alors sauté de joie et entraîné Lucie dans une de ces fantasques bourrées dont elle avait le secret si le père ne lui avait enjoint, enfin, d'une voix aussi charbonneuse que ses vieux yeux sous la broussaille des sourcils, de venir remercier M. Barbatte. Elle ne trouva cependant rien de mieux que d'éclater de rire au nez de tous et de quitter la pièce d'un air hautain, sachant depuis longtemps qu'elle n'avait rien à redouter ni des uns ni des autres, imaginant son avenir tracé aussi nettement que les arbrisseaux qui s'aligneraient bientôt dans les prés, au cordeau, comme des lignes d'écriture.

Elle n'avait pas tout à fait tort. Elle serait au Montheix, au lieu que celui-ci soit à elle, mais pas de la façon qu'elle imaginait, ayant raison sur le temps, sur la rapidité avec laquelle le père Piale jeta sa cognée, après deux ans, n'en pouvant plus de ces coups de hache et du bruit de la tronçonneuse, et, surtout, d'avoir à défaire ce qu'il lui avait fallu plus de quarante ans pour mener à bien : replantant là où il avait défriché, et qui plus est de ces sales sapins qui maintiennent la nuit au ras du sol et qui appauvrissent la terre, retissant la toile si lentement et péniblement démaillée, et se disant que c'était ça, la fin : refaire à l'envers ce qu'on avait peiné à accomplir pour accorder un peu de terre à sa propre dignité, et puis se retirer avec l'épouse, au premier étage d'une maison des Buiges, au-dessus d'un mastroquet triste, avec l'argent nécessaire pour mourir d'ennui devant une des deux fenêtres qui donnaient sur la rue principale, ou bien en dessous, à la table du fond, chez Lestards, devant un verre de pastis. Car c'était bien la même chose, la fenêtre et le pastis, la même ivresse lente et mesurée, la certitude qu'on n'échappe pas à soi-même, ni à la nuit qui est en chaque homme et qui avait commencé à tomber pour lui dès l'Argonne, un matin de 1918, la certitude, aussi, qu'on n'y voit pas plus grâce au pastis que grâce à la fenêtre, et puis, par-dessus tout, le désir de se taire — la mère Piale n'obtenant plus que des regards qui lui suffisaient à se faire comprendre d'elle comme de ses filles lorsque celles-ci venaient, le dimanche, pour un repas dont elles apportaient discrètement l'essentiel, s'asseoir à cette table qui n'était pas assez longue et où l'on avait toutes les peines du monde à convaincre le père de prendre place.

Là encore, les apparences étaient sauves, et Yvonne Piale point trop mécontente de voir ses parents au chaud, et non plus au milieu des vents, des pluies et des voix sombres des bois, à trimer pour cette sale gloire des humbles qu'on appelle la dignité — ce qui n'était au fond pas grand-chose, puisqu'il n'y a pas de dignité du temps et que le temps, n'est-ce pas, est le contraire de la dignité : l'œuvre de la mort, la destruction, l'oubli ; et continuant, aux Buiges comme au Montheix, d'avoir affaire à l'indignité majeure, non seulement au temps qu'il fait et qui était la première pensée du matin (et même, depuis toujours, l'obsession de certaines nuits pendant lesquelles on ne songeait plus qu'au mariage de la terre et du ciel, aurait pu dire Yvonne Piale, ou plus simplement aux labours, aux semailles, aux récoltes), mais à l'autre temps, celui qui les faisait descendre dans le jour, ces deux pauvres vieux, assis côte à côte devant les fenêtres du meublé à regarder le ciel, c'est-à-dire rien, comme s'ils s'étaient assis au bord même du temps et qu'ils eussent tenté d'en remonter le cours vers ces sources où ils se revoyaient, chacun dans la lumière de son enfance, elle petite fille dans la ferme de ses parents, à la Moratille, près de Siom, insouciante et gaie, dévalant les prés, au printemps, courant après ce papillon jaune acidulé qui dansait devant elle, trop haut et trop imprévisible pour qu'elle espérât l'attraper, riant et serrant les dents de plaisir avant d'abandonner et de s'affaler dans l'herbe, hors d'haleine, sous le ciel qui tournoyait ; et lui, petit garçon venu de l'autre siècle, bien avant elle, de parents déjà vieux, ayant très tôt appris à ne pas rire, à n'avoir aucun geste inutile, à s'économiser, à faire de la lenteur une manière d'être et à puiser en lui-même l'opiniâtreté des simples, c'est-à-dire sa dignité : un autre papillon, en quelque sorte, aussi capricieux que le premier, surtout si on se disait après coup que c'était pour finir loin de la terre, au premier étage d'une maison donnant sur la rue principale d'une bourgade grise, assis sur une chaise de cuisine, non pas près de la cheminée d'ailleurs inexistante, mais devant l'une des deux fenêtres du salon-salle à manger, autant dire devant rien, puisqu'il n'y avait rien d'autre à sentir ni à voir que le granit rose de la maison du nouveau médecin, un peu plus bas, le pignon de l'hôtel Borzeix, trois ou quatre pentes d'ardoise, des faîtes de poteaux électriques auxquels on accrochait, pour la fête des Buiges et les quinzaines commerciales, un haut-parleur et l'extrémité d'un fil pavoisé de petits drapeaux en plastique de toutes les couleurs ; et pas davantage à entendre, hormis les pas de quelques passants, le ralentissement des voitures avant le passage à niveau dont les barrières se baissaient et se relevaient avec un petit bruit de chaînes entrechoquées, huit fois par jour, sur l'autorail dont on pouvait entendre, selon le vent, la sirène sourde, là-haut, dans la côte de Pérols, ou, de l'autre côté, au bout des plaines de Plazaneix ; et, sous leurs pieds, la voix des rares buveurs recouverte, dès sept heures du soir, par le bourdonnement de ce poste de télévision que la mère Lestards avait acheté lorsque le fils était revenu d'Algérie avec un œil en moins, et qui empêchait qu'on se sentît chez soi et faisait se dire que c'était ça, la retraite : le sentiment de n'être pas chez soi, même quand les filles étaient là, le dimanche, autour de la table étroite, non plus comme au Montheix, mais autrement, avec sans doute plus de gravité, accomplissant un devoir et feignant d'ignorer — l'aînée comme la cadette — qu'on est toujours seul, qu'il avait toujours été seul, le père, reclus dans son silence, telle Lucie dans son innocence et les autres dans leurs regrets et leurs songes, dans ce qui leur avait tenu lieu d'enfance comme dans ce à quoi elles aspiraient et qui, pour Amélie, n'était pas ce à quoi on aurait pu s'attendre, c'est-à-dire un homme qui fît d'elle la maîtresse d'un vrai domaine, mais des rêves de voyages, oui, de navigation.

— Car c'est de ça qu'elle parlait, à vingt ans passés, disait Yvonne Piale, oui, comme si elle entendait le bruit de l'océan dans les branches des arbres, ceux qui avaient toujours été là et ceux qu'elle avait plantés de ses mains, depuis quatre ou cinq ans, et qui poussaient, disait-on, plus vite et mieux que tous les autres. Elle n'était pourtant pas ce qu'on appelle une rêveuse ; ou si elle rêvait, c'était toujours en étant occupée à quelque chose, en marchant, en travaillant. Elle n'en faisait qu'à sa tête, malgré mes récriminations, et elle me rétorquait que je n'étais qu'une vieille bique — pensez : j'avais à peine trente-cinq ans, mais j'étais veuve et elle soutenait que je ne pensais qu'à l'honneur des Piale, oui, que j'étais bien une Piale, et rien d'autre. « Et toi, qu'est-ce que tu es donc ? » lui ai-je demandé. « Moi ? Une Piale... » a-t-elle répondu, sans rire ni s'expliquer davantage, car avec elle il n'y avait jamais d'explication : elle vous plaçait devant le fait accompli. C'est comme ça qu'elle a mis Thaurion dans sa poche. Thaurion, l'homme du vieux Barbatte, devant qui tremblaient les femmes du canton. Oui, cette fille de dix-huit ans vous l'a fait plier, parce qu'elle a su être elle-même, c'est-à-dire entière, sûre de son bon droit et de l'intérêt que lui portait le fils Barbatte, tout comme l'aïeul qui l'avait fait venir un matin, à Saint-Priest, dans la belle DS noire qu'il lui envoya et que conduisait Thaurion, justement. Ce même Thaurion qui, quelques mois plus tôt, avait approché d'elle son mufle de vieux taureau, comme elle disait, de la même façon qu'il avait approché de tant de filles, et alors qu'elle, Mélie, se trouvait seule dans les bois du bas, près du lac, à relever quelques sapins que le vent avait couchés. Tout a été très vite, la main que Thaurion a portée à sa poitrine, et le coup de serpette qu'elle lui a donné à l'épaule, assez fort pour la lui entamer, cette épaule, malgré l'épaisse veste de cuir marron, et qu'il a reçu sans ciller, et même en souriant un peu, sans doute de rage mais aussi, pourquoi ne pas le croire, de plaisir, oui, du plaisir de voir quelqu'un lui tenir tête, une femme, d'une autre trempe que ces pauvres filles de fermes qui tremblaient devant lui ou ces prostituées de Limoges à qui il faisait un peu peur et qui fumaient leur cigarette en détournant la tête pendant qu'il était à son affaire : elle lui avait donné ce coup sans avoir peur, avec une colère brève, comme si elle avait compris ce qu'il voulait en le voyant sortir de la brume, ce matin-là, à l'entrée du vallon, avec les mêmes bruits prudents qu'un sanglier, et que crier ou courir n'aurait servi à rien, qu'il fallait faire face et régler l'affaire séance tenante, une bonne fois pour toutes, montrant qui elle était — tout comme elle allait le faire voir au vieux Barbatte, à la plus haute fenêtre du château de Saint-Priest, amenée là par celui qu'elle avait blessé et à qui elle avait lancé, en reculant de quelques pas, que ça ne serait sûrement rien, qu'il valait quand même mieux qu'il aille se faire soigner et qu'il n'y revienne pas, qu'elle ne le revoie plus dans ces combes à souffler devant elle comme une vieille bête...

Le vieux Barbatte la reçut assis dans son fauteuil à oreillettes, près d'une flambée de châtaignier, bien qu'on fût en mai, les yeux écarquillés, souriant comme s'il était seul, semblant chercher dans le feu, c'est-à-dire dans ses années profondes, de quoi rendre tolérable la proximité d'un froid qui n'était pas celui de la pièce — et si près du feu, malgré les escarbilles qui sautaient, qu'on eût dit qu'il cherchait à faire fondre la vieille cire de son visage pour l'amener, raconterait Amélie, à ressembler à l'enfant, tout au moins au jeune homme qu'il avait été, et qui eût été, à peu de chose près, le portrait craché de son petit-fils. Il fit signe à Thaurion de se retirer, montra à la jeune Piale l'autre fauteuil à oreillettes, de l'autre côté de la cheminée, puis la regarda en silence, longtemps, avant de lui dire qu'il avait foi en elle, qu'il eût aimé avoir une fille comme elle, qu'elle serait là chez elle, que la loi des hommes était trop dure, oui, injuste... Elle ne comprenait pas, ne pouvait pas comprendre, se disait probablement qu'on peut être l'enfant de personne mais pas de n'importe qui, et que, de toute façon, c'était là encore la vieille histoire des Barbatte et des Piale, qu'il fallait que chacun fût à sa place, avec ses illusions et son honneur, sa solitude et ses espoirs.

Elle finit par répondre qu'elle était bien là où elle était.

— Vous ne me comprenez pas, dit le vieux Barbatte, vous ne comprenez donc pas que vous valez mieux que mes propres enfants, que vous n'êtes pas à votre place au milieu de ces bois...

Elle avait dix-huit ans, la tête sur les épaules et une langue assez bien pendue pour rétorquer au vieillard qu'elle y vivrait volontiers davantage, au milieu de ces bois, dans une cabane de feuillardier, si elle n'avait pas eu à prendre soin de sa sœur Lucie.

— Je ne peux rien pour vous, monsieur Barbatte, ajouta-t-elle en se levant.

Elle resta debout à côté du fauteuil, loin du feu qui lui brûlait la figure, à attendre que le vieillard répondît. Mais il semblait l'avoir oubliée, avoir remis à cuire ses souvenirs avec ce qui lui restait de chair. Elle regarda autour d'elle la pièce presque nue, le tapis usé jusqu'à la corde, la petite bibliothèque contenant plus de dossiers que de livres, et, par la fenêtre, les grands sapins du parc entre lesquels s'élevait un peu de fumée bleue ; puis elle haussa les épaules et sortit, trouva Thaurion près de la porte, fut sur le point de lui demander s'il avait bien écouté, l'entendit lui dire, comme s'il l'avait devinée, que c'était une de ses tâches que de rester là, derrière la porte, à guetter si le vieux ne tombait pas dans le feu.

— Tu seras toujours derrière une porte, mon pauvre Thaurion, murmura-t-elle.

— Tu aurais pu tout avoir, lui dit-il, un peu plus tard, sur la route des Freux.

— En échange de quoi ?

— D'un peu de chaleur humaine, ou d'un peu de ton temps, j'imagine, quelque chose comme ça...

Yvonne Piale regarda fixement le petit Claude.

— Pourquoi ne pas le croire ? Pourquoi ne pas croire que le vieux M. Barbatte se sentait seul, tout simplement ? Pourquoi toujours voir les choses avec les yeux de Thaurion ! Vous ne dites plus rien. Vous souriez comme si vous cherchiez à me rouler dans la farine, et vous ne savez rien...

Il en savait cependant bien plus qu'elle ne pensait. Il savait par exemple comment, à dix-neuf ans, Amélie Piale était devenue la quasi-maîtresse du Montheix, après que son père eut déclaré forfait. Elle y demeura seule avec Lucie, non plus dans la maison des parents mais au château, comme le souhaitait Éric Barbatte qui entendait qu'on l'habitât, non pas parce qu'il eût fait d'Amélie sa maîtresse, ainsi que ça se disait à Siom et ailleurs, mais pour l'entretenir, pour chauffer ces vieilles pierres, ce silence, ces nuits interminables, été comme hiver, pour la même raison qui ramenait Yvonne, le samedi, dans la maison où les trois sœurs avaient presque toutes leurs affaires, comme si elles pensaient que tout n'était pas fini, que tout pourrait recommencer, comme avant, mieux qu'avant, et dans la belle dignité des Piale, avait-elle probablement songé dans la maison déserte où elle ne pouvait s'endormir qu'au milieu de la nuit, après avoir trouvé un peu de chaleur grâce aux briques qu'elle disposait, comme autrefois, l'une au fond de son lit et l'autre sur son ventre, ayant arrêté l'appareil de chauffage électrique dont le grésillement l'inquiétait plus que les bruits de la nuit qui lui donnaient l'impression de coucher au milieu des bois, dans une de ces cabanes qu'Amélie bâtissait entre quatre troncs de sapins en tressant des branches de genêts sur des claies de coudrier, en plusieurs endroits du domaine, et qui lui servaient à entreposer des outils, des graines, du terreau, des plantes, et même à se reposer un peu, à tomber dans des sommeils d'une ou deux heures, lorsque ça la prenait, vers le milieu du jour ou dans l'après-midi, sur un lit de fougères qu'elle battait soigneusement pour chasser les serpents.

Mais elle, Yvonne Piale, n'était pas comme sa sœur, elle aimait trop son confort et avait depuis longtemps décidé que le froid, le vent, les souffles des grands bois étaient une atteinte à sa dignité, au même titre que l'obscurité des esprits ou l'illégitime pouvoir des hommes. Elle ne resta pas bien longtemps dans la maison des Piale. Elle dormit au château, comme les autres, à l'étage, dans ce qui avait été la chambre de Mme Barbatte, Amélie occupant celle de l'ancien maître, et, comme autrefois, dans le même lit que Lucie qui avait maintenant l'habitude de dormir seule et lui donnait force coups de pied, prenait presque toute la place, ronflait comme un bûcheron, réveillait Yvonne qui l'écoutait geindre dans son sommeil et bredouiller ce que seule son aînée pouvait comprendre : la grande pitié d'être femme et belle et quasi idiote, se disait Yvonne, penchée sur elle dans le peu de lumière entrée avec la lune par les interstices des volets, l'innocente et inutile beauté de celle qui ne connaîtrait jamais l'homme, la sueur singulière de l'homme qui se penche sur une femme par une nuit semblable et qui se glisse entre ses jambes à la façon d'un nageur fendant une eau étroite et profonde avec, pour toute brasse, ce mouvement du bas-ventre et celui, plus serré, des coudes, que la femme accompagne et qui est une nage vers une rive que l'on n'atteint jamais.

Elle n'aurait pas connu ça, Lucie Piale, qui portait par moments la main à sa poitrine ou à son entrejambe et l'y pressait jusqu'à renverser la tête en avant et pleurer doucement, en souriant, ce qui avait souvent fait rigoler les petits gars de Siom et rire jaune les hommes mûrs, lesquels déploraient qu'il n'y eût aucun nageur pour l'emmener vers la rive improbable, et que ce nageur ne fût pas l'un d'entre eux. Ils ignoraient qu'elle avait cru le trouver, ce nageur, au Montheix, un jour d'été, alors que les parents vivaient déjà aux Buiges. Ils ignoraient quelque chose qu'Yvonne elle-même ne savait pas, ou qu'elle n'aurait raconté pour rien au monde, et dont Sylvie lui parla : l'imprudence d'Amélie qui ce jour-là avait dû aller acheter des plants du côté de Gentioux, dans la Creuse, laissant au Montheix Lucie qui avait avec l'âge des entêtements de vieille fille, et que rien n'eût pu décider à quitter ce qu'elle observait depuis le matin, à travers la haie de troènes, immobile dans l'ombre du tilleul : les belles dames et les beaux messieurs amenés par Éric Barbatte et qui déjeunaient dehors à la table de la salle à manger qu'on avait installée sous la plus belle branche de l'if. Le jeune maître avait invité Lucie à se joindre à eux — à moins que Lucie ne se soit approchée d'elle-même, qu'elle n'ait surgi dans l'ombre bleue de l'if en écartant les troènes, derrière le plus jeune des convives, qui avait de beaux cheveux blonds qu'elle se mit à caresser en balbutiant. Ils riaient tous, sauf celui dont elle s'était mise à serrer les cheveux si fort qu'il se leva, furieux, prêt à gifler mais s'arrêtant, sans doute étonné de se retrouver face à face, et presque nez à nez, puisqu'elle s'était approchée de lui à le toucher, non pas avec le rougeaud visage d'idiote qu'il avait imaginé lorsque Éric Barbatte lui avait crié de ne pas bouger, que ce n'était que Lucie, l'innocente Lucie qui ne lui voulait aucun mal, mais devant un beau visage bouleversé, au front et aux joues couverts de sueur, aux lèvres entrouvertes, frémissantes, trop humides : un visage d'autant plus singulier qu'il ne semblait pas destiné au plein air, ni même à l'ombre claire de la table, mais à la nuit, à cette nuit animale et presque heureuse au cœur de laquelle elle le regardait, souriant, les larmes aux yeux, comme éblouie. Le jeune gars contemplait ce sourire stupide et ces larmes qui allaient se perdre entre les seins qui se soulevaient lentement dans le calicot rouge et blanc. Il fit semblant d'être ému, l'était peut-être vraiment, lança à la cantonade, assez fort, quasi ivre, qu'il fallait savoir saluer la beauté, d'où qu'elle sortît, puisqu'elle était l'unique vérité, et l'asseoir sur leurs genoux, ou plus simplement à leur table où elle prit place et fit comme les autres, mangea et but, et bredouilla à l'intention du blondin des mots qui faisaient rire toute la tablée, et elle aussi, qui riait comme jamais elle n'avait ri, à peu près grise et nullement malade, alors que le peu d'alcool qu'elle avait eu jusque-là l'occasion de goûter lui avait toujours fait perdre son peu de raison. En tout cas, ce jour-là, elle en avait moins que jamais, et ce n'était pas que le vin qui lui était monté à la tête, mais le jeune gars aux cheveux blonds qui lui avait pris la taille et lui parlait au creux de l'oreille ; et peut-être, aussi, le soleil qui avait tourné et leur tapait sur la tête, à elle surtout qui préférait avoir la moitié du corps au soleil pour rester à côté du blondin, et qui avait plus chaud que les autres, suant comme une brebis malade, défaisant un ou deux boutons de son corsage, peut-être avec l'aide du blondinet, délivrant presque toute cette chair qui était ce qu'elle avait de plus admirable avec son visage et ses cheveux, et riant de ce que les autres — les hommes plus que les femmes — rigolaient encore plus fort. Et elle l'eût sans doute défait jusqu'à la ceinture, ce corsage, si un autre jeune homme n'était intervenu pour dire que les choses ne pouvaient pas se passer de la sorte, pas si vite, qu'il fallait y mettre les formes avant d'y mettre les mains.

On peut imaginer la suite : le mariage pour rire de Lucie Piale et du blond godelureau ; elle, entraînée par les femmes dans ce qui avait été la chambre de Mme Barbatte pour y être grimée, fardée, parfumée, les cheveux relevés en un fort chignon et habillée d'une robe blanche qui avait appartenu à la châtelaine et qui, trop juste pour Lucie, faisait ressortir ses hanches un peu fortes et pigeonner à l'excès sa poitrine sur laquelle on avait renoncé à fermer les plus hauts boutons ; et lui, le jouvenceau, affublé d'une veste du père, très ample et empestant la naphtaline, mais d'assez bonne coupe pour lui permettre de donner le bras à sa fiancée aux pieds nus, puisqu'on n'avait pu lui trouver de chaussures dans lesquelles elle entrât, tandis qu'il assurait sur sa tête un haut-de-forme cabossé qui menaçait de choir à chaque pas. Lucie n'était pas mieux assurée avec, à la main, un bouquet de reines-des-prés. Elle titubait. Jamais elle n'avait été aussi belle — si belle, dit-on, que dès qu'elle sortit du château, suivie des femmes qui l'avaient apprêtée, les hommes se turent, même le plus excité, celui en qui elle voyait très sérieusement son futur époux et qui la conduisit à la chapelle du château, ou plus exactement, rappellerait Sylvie, à ce qui avait été la chapelle et qui depuis longtemps servait de poulailler, sans qu'on eût pris la peine d'en ôter l'autel sur lequel montaient fienter les poules — à propos de quoi l'abbé Guerle avait un jour dit que Dieu faisait décidément trop bon ménage avec les poules, chez les Barbatte.

— Mais l'abbé Guerle était un pur, ajouterait Sylvie, qui ne voyait pas pourquoi on n'honorerait pas Dieu dans un poulailler, oui, dans cette pénombre malodorante et pleine d'insectes dansants où le blondinet conduisit l'innocente, et où il s'agenouilla avec elle, devant l'autel.

Celui qui avait imaginé le mariage s'était improvisé maître des cérémonies et se tenait devant eux, lui aussi vêtu d'un costume sombre ayant appartenu à M. Barbatte, et, aussi droit que le lui permettait l'ivresse, il les bénissait en hoquetant et en cherchant ses mots, et leur faisant dire oui à l'un puis à l'autre après avoir prononcé leurs prénoms et la formule consacrée, puis les autorisant à s'embrasser. Ce qu'ils firent sans hésiter — ce que du moins le blondin s'empressa de faire, se penchant sur les lèvres entrouvertes et frémissantes de l'innocente et les baisant à pleine bouche, tandis que Lucie tremblait et gémissait, et que le blondin, encouragé par les autres, lui entourait les épaules avec le bras, disait qu'il eût aimé rencontrer sous ses lèvres autre chose que des dents serrées, parlait d'obéissance conjugale à la pauvre fille qui avait à présent la poitrine dénudée, et les yeux pleins de larmes.

— Ça suffit !

On dit que c'est Éric Barbatte qui cria. Il bondit près de l'autel. Le blondin avait du feu dans le regard. Il soutenait que celle-là n'était pas plus innocente que les autres, qu'elle savait bien ce qu'elle voulait, qu'elle n'était pas différente des autres, qui ne se refusaient que pour mieux se donner, n'est-ce pas, puisqu'elle renversait la tête en arrière dans un étroit tourbillonnement de lumière où dansaient des insectes, souriant comme pour lui donner raison, plus idiote que jamais, les mâchoires entrouvertes, la langue au bord des lèvres, avec de la salive qui lui coulait de chaque coin de la bouche et se mêlait à ses larmes. Elle était là, la vierge de tous les temps, la pauvre fille, l'innocente aux seins nus et frémissants dans la poussière chaude de l'après-midi, le visage tourné vers le trop bel époux dont avait fini par la séparer le jeune maître, qui, à ce moment-là, dut lui paraître plus grand et plus terrible que son propre père ou que sa grande sœur, et qui la fit se redresser en hurlant, les bras en l'air, les mains fourrageant dans sa chevelure au chignon défait, les regardant tous les uns après les autres, le maître, l'époux, et tous les godelureaux et les créatures assemblés dans la chapelle, avant de se précipiter vers la porte et de courir dans la grande lumière de la cour, vers celle que personne n'avait entendu venir et qui la prit dans ses bras, la serra contre elle en murmurant, les yeux pleins de larmes elle aussi :

— Ce n'est rien, petite sœur, ce n'est rien, je suis là.

Savait-elle, Yvonne Piale, penchée sur Lucie endormie et en proie à ses rêves d'idiote, et plus que nulle autre plongée dans ce sommeil du juste qui était son plus beau vêtement, savait-elle que c'est pour cette raison qu'Amélie alla, le même soir, trouver Éric Barbatte dans le salon du château où il somnolait sur un divan, la tête sur les genoux de sa fiancée du moment, pour lui dire qu'elles étaient certes des Piale, c'est-à-dire ce qu'on pouvait appeler des filles de la campagne, voire de pauvres gourles, même si la sœur aînée était devenue institutrice, mais des gourles dignes et non des filles destinées au plaisir des beaux messieurs, qu'en outre elle, Amélie Piale, avait la responsabilité de Lucie, que ses parents la lui avaient confiée et qu'à cette vie elle tenait bien plus qu'à la sienne, oui, et que les Piale aussi étaient capables d'aimer vraiment ? Elle avait dit cela debout près de la porte du salon, toute frêle et pâle, malgré le grand air où elle passait ses journées, les mains dans les poches de son pantalon de coutil bleu dont l'extrémité était rentrée dans des bottes en caoutchouc, comme une gamine qui brave l'obscurité, sauf que cette fois, disait

Sylvie, c'était la grande ombre du mâle et du maître qu'elle affrontait ; et d'autant plus gamine, à dix-neuf ans, qu'elle venait de se faire couper les cheveux à la garçonne afin de mieux pouvoir passer dans les fourrés, et si résolue, dit-on, que le maître ne put que l'écouter lui dire qu'elle quittait le Montheix sur-le-champ — ce qu'elle fit en effet vers huit ou neuf heures du soir, traînant derrière elle sa sœur et ce que pouvait contenir le charretou qui servait d'ordinaire à transporter le bois : des effets, un peu de vaisselle, quelques outils, tout ça brinquebalant sur la route de Siom dans le beau soleil d'août qui se couchait dans les sapins, les bouleaux et les pylônes du puy Chaillou.

Ainsi les a-t-on vues passer, la garçonne et l'idiote, la première plus blanche qu'une caillade, et fière, avec dans le regard le feu d'une colère sèche, et l'autre, échevelée, débraillée comme une romanichelle, et souriant comme si rien ne s'était passé, tirant ensemble le charretou monté sur deux vieilles roues du vélo qui avait appartenu à celui qu'elles fuyaient, arrivant à Siom à nuit tombée, entrant à l'hôtel du Lac où elles passèrent la nuit sans avoir satisfait la curiosité de ceux qui étaient attablés là et dont pas un n'eût osé les questionner. Le lendemain matin, Amélie Piale s'entendait avec Berthe-Dieu sur la location, au mois, non pas d'une chambre mais de deux pièces, derrière, dans l'ancienne maison attenant à l'hôtel, et qu'un des frères Rivière avait naguère rechaulée pour sa mère qui venait d'y mourir : une cuisine et une chambre où se dressaient encore les meubles de la défunte et où elle vécut avec Lucie qu'elle menait chaque matin dans la cuisine de Berthe-Dieu en traversant la courette profonde et humide qui séparait les deux bâtisses. Elle la faisait asseoir au fond de la vaste cuisine, près de la fenêtre qui donnait sur la rue, sous la pendule, là où elle ne gênerait pas, où elle pouvait même se rendre utile en accomplissant une des rares tâches dont elle fût capable : éplucher, avec un soin quasi maniaque, les légumes que la Berthe venait de ramasser au jardin. Après quoi Amélie enfourchait le vélomoteur que lui prêtait le fils Nuzejoux et qu'elle avait tenu à assurer elle-même ; et elle partait dans le petit matin, ayant passé un blouson de cuir trop grand pour elle et qu'elle avait déniché on ne sait où, avec un exemplaire de *La Montagne* ou du *Populaire du Centre* plaqué sur la poitrine pour couper le vent et, en bandoulière, une musette contenant une côtelette ou du rôti de porc froid, un cassou de pain, un morceau de saint-nectaire et une chopine de vin, exactement comme un homme et avançant comme un homme dans l'aube froide de septembre où elle voyait se lever un soleil très rouge, celui-là même que sa sœur aînée contemplait autrefois en grelottant, depuis le portail de l'école, sur les collines qui bordent à l'est les plaines de Plazaneix et d'où les bêtes d'Arbiouloux descendaient, sans se presser, vers les peu profonds ruisseaux. Comme un homme, oui, et accomplissant à la fabrique de contreplaqué des Buiges, où elle avait trouvé à s'embaucher, un travail d'homme — ayant très vite passé de l'empilage des sièges de chaises à l'énorme machine dans laquelle deux hommes enfournaient les billots de chêne ou de hêtre qu'ils venaient de scier et qui ressortaient à l'autre bout en minces feuilles fumantes qu'Amélie recueillait sans se presser, au rythme de la machine, puis entassait sur ce qu'elle apprendrait à appeler des « chantiers » et que venait chercher un des quatre Marocains de l'usine, aux commandes d'un petit élévateur rouge vif.

Elle aima la lenteur de sa tâche, et les moments de pause pendant lesquels, à 9 heures et à 4 heures de l'après-midi, elle s'asseyait sur un billot ou un chantier, parmi les hommes, pour manger sa côtelette et son fromage et trinquer avec eux, alors que les autres femmes se rendaient à l'entrée de l'usine, près des bureaux, pour fumer des cigarettes et boire du café en se moquant des hommes assis autour de celle qu'elles appelaient, elles aussi, la fille Piale, de la même façon que leurs mères ou leurs grandes sœurs avaient nommé Yvonne. Sans doute aima-t-elle l'odeur vive du bois travaillé, déroulé, aplati, séché, celle aussi de la colle, du mazout, de la sueur masculine et probablement sa propre odeur qu'elle n'imaginait pas ne pas ressembler à celle des hommes, et encore la démarche pesante qu'elle adopta sans tarder à l'intérieur de l'usine, et puis sa façon de regarder ce qui sortait de la machine sans le voir vraiment, le sentant, plutôt, avec ses mains, ses oreilles, son nez, puisque son regard lui donnait alors à voir en elle-même ce qu'elle n'avait jamais cessé de contempler : le Montheix, le lac, les grands bois, et plus encore, ce qui la faisait rêver, se tenir coite jusqu'à oublier où elle était, et sourire de telle sorte qu'on se disait qu'elle n'était pas pour rien la sœur de Lucie, oui, presque une innocente, elle aussi, malgré son air farouche, au point que, parfois, lorsqu'elle était assise parmi les hommes ou bien à sa machine, elle s'oubliait et regardait par la grande ouverture sans vitre qui donnait sur les bois de sapins qui entouraient les Buiges, et s'entendait dire par le patron qu'elle eût à s'activer, qu'il ne la payait pas à rien foutre, qu'il n'avait pas besoin de rêveurs.

Elle se reprenait en haussant les épaules et, on peut le croire, sans cesser de voir, dans les grands sapins qui se balançaient doucement sur les collines de Chaleix, une mer, oui, le mouvement de cette mer qu'elle devait écouter en elle depuis bien des années et qui la rendait mélancolique ; ce qui faisait ajouter à certains que ce serait bien le diable si Albert Piale était le père de cette rêveuse, puisqu'on peut rêver de tout mais point de la mer, ici, sur ce haut plateau où on a bien assez des vents, des eaux naissantes, de l'enclume du froid et de ce qui ronge les hommes de l'intérieur, c'est vrai, et où il suffit de s'asseoir au bord des tourbières de Longeyroux, là-haut, du côté de Saint-Merd, devant ces étendues parcourues de frissons qui font varier sans cesse la couleur de l'herbe, pour être au bord d'un songe qui vaut bien une mer. Ou si ça ne la vaut pas, c'est (aurait pu dire Yvonne Piale) qu'on est à même de trahir le nom, la lignée, la terre, qu'on rêve de navigations tout autres que celles qui vous font voir le ciel entre les cornes de vos bœufs, dans le tangage de la charrue ou le roulis du tracteur ; et on quitte la terre pour la pierre ou le bois, ou la navigation d'eau douce sur la Dordogne, ou les vignobles du Bordelais, quand ce n'est pas pour le service de l'État, c'est-à-dire des choses immatérielles.

À quoi songeait Amélie Piale, dans le souffle profond et chaud de sa machine comme dans le silence du déjeuner qu'elle allait prendre chez ses parents, à quelques pas de l'usine, sous le sombre regard du père qui n'avait pas ouvert la bouche depuis plus d'un an ? Il fallait les voir tous les trois, assis à la petite table carrée, le père pour une fois le dos à la fenêtre, entré dans l'hiver de la parole avec le manteau de jour sale où il enveloppait son amertume, flanqué des deux femmes, à gauche et à droite, avec, en face de lui, ce que lui laissait voir la porte ouverte de la cuisine : une autre fenêtre, plus étroite que celles du salon-salle à manger, et qui donnait sur une arrière-cour délimitée par le dos aveugle d'autres maisons. Peut-être songeait-il, à ce moment, au puits dans lequel, en quittant le Montheix, il avait jeté ses sept dernières paroles, afin que tout soit bien en ordre, quand il serait temps, et guettant ce moment dans le ciel, par-dessus les pignons d'ardoise, ou bien dans les variations de la lumière sur le mur d'en face, tandis qu'à sa gauche sa femme pensait probablement à quelque chose du même ordre, quoiqu'elle eût l'air de se moquer, de ne pas le prendre au sérieux, l'encourageant du regard à manger, à sourire un peu, à faire encore semblant, à imiter Amélie qui mangeait de la même façon qu'elle travaillait, avec lenteur et en pensant à autre chose. Non pas, comme pouvait le croire sa mère, à un amoureux qui eût le visage d'un godelureau des Buiges, encore moins à une autre vie : elle était une Piale et savait qu'on ne change pas de vie parce qu'on a changé d'habit, de parfum ou de métier. Elle ne rêvait pas davantage à de grands départs, sachant probablement déjà qu'on ne part pas, ou que le large est toujours en soi, qu'il suffit de fermer les yeux ou même de les laisser ouverts sur le grand vide de midi, entre ses vieux parents silencieux, pour sentir au fond de soi remuer les songes qu'elle mettait à dérouler, aplatir et sécher dans l'énorme machine de l'usine, avec le bois de hêtre, de chêne ou de sapin qu'y enfournait le beau Razel qui prétendait que c'était toujours la même chose : qu'à enfourner les billots les plus durs dans une femme, on risquait de se retrouver le cœur et l'âme aussi secs que du contreplaqué — surtout, ajoutait-il, quand la machine était servie, de l'autre côté, par une fille aussi dédaigneuse qu'Amélie Piale qui le regardait en murmurant que c'était en effet toujours la même chose : attendre l'arrivée des grandes feuilles de bois qui avaient quelque chose d'une pâtisserie sortie du four, les attirer à soi, donner un léger coup de reins vers la droite, en direction du chantier où les empiler, faire ensuite quelques pas à gauche pour recevoir les nouvelles feuilles et les empiler sur un autre chantier, allant d'une pile à l'autre dans un mouvement de danse lente, précise, tatillonne, de la même façon qu'Yvonne, venue un jour la chercher à l'usine, lui disait qu'elle rangeait les cahiers de ses élèves, en piles soigneusement mesurées, bien d'aplomb : des gestes qui, pour l'une comme pour l'autre, étaient tout ce qui survivait en elles d'un savoir-faire millénaire qui s'éteignait avec leur père, et qu'Amélie répétait pendant neuf heures, chaque jour, ayant fini par s'y faire ou en faire quelque chose de point trop désagréable, grâce à sa très lente danse, malgré la chaleur sèche qui lui irritait la gorge et les yeux, et le grondement de la machine qu'on ne cessait de nourrir, pas même quand Fernando, le Portugais qui travaillait à la presse, avait laissé un doigt sous un massicot et que tous étaient venus voir ça, par-dessus l'épaule de l'ouvrier qui se tenait la main et regardait avec les autres ce qu'il avait laissé sur l'établi et qui paraissait aussi déplacé qu'un étron et qu'on regarda en rougissant et en se mordillant les lèvres jusqu'à ce que le patron ait renvoyé chacun à son poste, saisi l'appendice avec un mouchoir propre, l'ait glissé dans la poche de son blouson en criant à Fernando de l'accompagner à Tulle pour tenter de faire recoller ce doigt que le pauvre diable n'avait pas l'air de reconnaître.

C'est pour une autre danse qu'elle enfourchait, le

soir, le vélomoteur beige avec, sur le porte-bagages, la trop blonde Vivi qui habitait un petit deux-pièces, à l'entrée des Buiges, au-dessus du garage Renault, et qu'elle plantait là, refusant en riant ses invitations aux Cythères d'arrière-salles ou de chambres minables, poursuivant sa route, remontant vers les plaines de Plazaneix qu'elle traversait les yeux mi-clos, le cœur battant bien plus fort que si elle eût accompagné Vivi dans ses rendez-vous avec les gandins du canton, parvenant aux tournants de Siom où elle arrivait avec, dans les cheveux, des moucherons ou de la pluie, du brouillard, du givre, parfois, qu'elle ne prenait pas même la peine de secouer, afin d'être plus vite auprès de Lucie qu'elle retrouvait dans la cuisine de Berthe-Dieu, là où elle l'avait laissée : elle prenait par la main l'idiote qui se levait en balbutiant et se cognait la tête contre l'étagère qui soutenait le poste de radio ; elle lui faisait retraverser la courette plus sombre encore qu'au matin, lui lâchait la main au bas des marches pour prendre, au bas de la porte, à hauteur du premier degré, dans une espèce de niche, la brassée de bois que Berthe-Dieu y avait déposée, et elles se retrouvaient chez elles où le feu était mort et où il fallait mettre à chauffer, sur le petit réchaud à gaz, un peu de cette soupe qui demeurait à tiédir sur l'énorme cuisinière à bois de Berthe-Dieu, toute la journée, et jour après jour, non pas jusqu'à l'épuisement — ça ne s'épuisait pas, ça ne devait ni ne pouvait s'épuiser — mais dans un perpétuel renouvellement de pommes de terre, de carottes, de poireaux, de raves et de céleri, qu'on mêlait le matin de pain blanc et de lait, et le soir de ce vin qui vous faisait sourire plus que de raison, et balbutier et bâiller avant de vous restituer aux puissances nocturnes.

Beaucoup les ont aperçues ainsi, les deux sœurs, derrière leur fenêtre sans rideau ni volet, avalant, sous l'ampoule qui pendait des poutres noires, cette soupe plus sombre que du sang et qui leur faisait baisser la tête, les coudes bien posés sur la table afin de combattre, l'une la fatigue et le sommeil, l'autre cette griserie qui la faisait rire en s'étouffant, soir après soir, dans le silence qui montait avec la nuit et le froid, comme si elle eût redouté le regard harassé de sa cadette qui, à ce moment, n'écoutait sans doute plus que la rumeur de ses songes, les yeux fixés sur l'innocente mais voyant bien autre chose, par-delà les murs trop blancs et humides, par-delà la fatigue et le fait d'être une Piale, d'avoir à garder sa dignité devant un maître d'école, un Éric Barbatte, un Thaurion, ou un patron d'usine — oui, d'être une Piale, murmurait Yvonne, c'est-à-dire à peine plus qu'une brève syllabe clamée à ras de terre et vite dissipée dans le grand souffle des vents qui raclent le granit, quelque chose qui dure pourtant bien plus longtemps dans son piaulement bref et plaintif que les visages qu'elle nomme, cette syllabe de chair qui n'aurait bientôt plus que trois filles pour l'arborer ; et c'était sans doute ça, le destin d'une Piale : une syllabe avant la nuit, et le silence, l'ultime bruit étouffé par le silence qu'auraient fait sur cette terre trois petites femmes sans postérité.

XIV

— De grandes joies, oui, nous en avons connu, quoique rarement ensemble, dit Yvonne Piale, à voix très basse, sans qu'il ait pu comprendre par quoi elle avait commencé, ce matin-là, le second lundi de janvier, mais songeant probablement qu'il n'y avait pas de commencement, que tout a toujours déjà commencé, qu'on vient trop tard, que c'est cela, vivre : arriver trop tard et ne pas y croire tout à fait, se voiler la face, se draper dans une éternité minuscule.

Il la regarda. Il ne l'écoutait plus. Il rêvassait. Il comprenait enfin, avec elle, ce que depuis le premier jour elle tâchait de lui faire comprendre : que le temps n'est que l'espoir infiniment déçu d'un récit voué au silence — non pas à l'oubli mais au silence, c'est-à-dire au plus bas de la voix, à ce qui se tait dans toute langue, à la dignité de l'ordre privé. Elle faisait mine de ne pas s'apercevoir qu'il ne l'écoutait plus (elle avait, pour une fois, cette indulgence), et se reporta, pour le ramener à elle, à ce qu'il croyait savoir : son arrivée à Sainte-Marie-Lapanouze, un soir d'automne (ou, plutôt, un de ces soirs de fin d'été où l'automne est soudain là, avec sa brume, son odeur de pluie lointaine et de fumée, et ses ombres plus courtes, malgré la chaleur qu'il a fait tout le jour mais qui n'a pas pénétré dans le bâtiment de l'école que vient d'ouvrir à Yvonne un employé de mairie qui s'étonne qu'on puisse être nommé la veille de la rentrée, et une femme, si jeune qui plus est), et le lendemain, très tôt, l'entrée dans la cour, puis dans la salle de classe où, ce matin-là, le soleil entrait à flots : un présage heureux, oui, la confirmation de ce qu'elle était faite pour ça, pas pour le bonheur, non, pas ces fadaises-là, mais bien pour l'enseignement, même si elle faillit déchanter dès la première matinée, ayant trop présumé de ses forces, ayant oublié qu'aucune classe ne ressemble à une autre, et que tout est toujours à recommencer. Mais elle n'était pas une Piale pour rien : elle s'obstina, soutint les regards de ces petits humains grimaçants qui ne voulaient pas vouer à l'oubli la précédente maîtresse et qui lui battaient le visage, ces regards silencieux, aussi durement que les vents du Montheix. Elle pinça les lèvres sur un sourire qui ne la quitterait plus, descendit dans la lumière de la salle, brisa le silence, parla, distribua les corvées de bois, de balayage, de rangement, se tint près de la grille, le soir, pour retenir les grands à qui elle fit même casser son bois et qu'elle regardait en souriant comme elle ne sourirait jamais en classe, et leur disant qu'une femme avait besoin de l'aide de grands gars comme eux dont elle fit l'éloge devant tous, le lendemain, d'une voix presque basse et qui les obligeait à écouter, se rappelant, malgré son envie de crier, qu'on ne mate pas une classe en braillant, mais en allant au plus près du silence, et, comme ce n'était pas suffisant ou qu'elle manquait de patience, en isolant un élève et l'enguirlandant, et lui seul, debout au milieu de la travée centrale — élu par l'ongle magistral et aveugle sur la liste de classe, il fallait bien un exemple, n'est-ce pas, c'est le propre des groupes humains, chez qui il n'y a pas d'autre justice que celle qui consiste dans le sacrifice d'un seul, pour le bien général. Ça n'était d'ailleurs pas plus injuste qu'autre chose, et ça payait, ça avait payé d'emblée : elle s'était fait craindre des petits gars qui avaient le visage tourné vers les monts d'Auvergne bien mieux que ne l'avaient redoutée ceux de Villevaleix ou ceux de Chamberet. C'est dire qu'elle s'était fait aimer.

Ce n'était pas cela qu'il entendait ou qu'il voyait, le petit Claude ; ce n'était pas la gloire d'un recommencement mais la fin d'une enfance, la sienne probablement, ou ce qui lui en avait tenu lieu et à quoi il n'avait jamais pu songer comme à une enfance, puisque ce n'en est pas une que de voir, à onze ans, mourir son père et sa mère vieillir d'un seul coup, entrée dans un de ces deuils qu'on ne quittera pas puisqu'ils sont une position sociale et que ce n'est pas rien, une position sociale, devant le malheur et la suie que le temps vous plaque au visage. Peut-être songeait-il à l'enfance des autres comme à l'os qu'il devait à présent ronger, lui, l'orphelin, le nécessiteux, celui à qui on avait toujours cousu du cuir aux coudes ou acheté des habits dans les foires, comme les paysans ou les hommes des bois, quand ils n'étaient pas, ces habits, retaillés dans ceux du père, oui, dans les défroques du défunt, jusqu'à ce que la sœur soit enfin mariée, et qu'il ait, lui, vingt ans et entre dans les assurances, grâce aux sacrifices consentis pour que sa sœur soit belle et trouve un bon mari, et sans qu'il s'en soit plaint une seule fois, lui qui avait toujours fait plus vieux que son âge, qui s'était bien promis d'oublier tout ça entre les cuisses des femmes, de rechercher là une perpétuelle, une excessive jeunesse, et le disant à Sylvie, l'après-midi du même jour, dans une autre des chambres de Berthe-Dieu, où ils s'étaient retrouvés par habitude autant que par désir, et parce qu'ils avaient froid, eux aussi, avaient toujours connu le froid, celui de la Chanelle où on se gelait, la moitié de l'année, à peu près autant qu'au Montheix, et celui de l'appartement d'Égletons, mal isolé, mal chauffé, où il fallait aérer souvent pour ne point trop sentir le moisi ; et non seulement ce froid-là, celui des paysans et des pauvres, mais celui dans lequel cet homme et cette femme se dénudaient dans des lits médiocres, au fond de petits hôtels de campagne, un froid qu'ils ne pouvaient chasser qu'ensemble, pour quelques heures, ce froid qui est en vous, cet ennemi intérieur, tapi au plus obscur du sang et qui vous mord le cœur.

Car il avait très tôt deviné, le petit Claude, entre sa mère et sa sœur, l'incomparable douceur des femmes, non point tant celle qu'on attribue à je ne sais quelle disposition d'esprit et qui les rendrait moins cruelles que les hommes, que celle de leur corps, oui, cette soudaine épiphanie de la douceur dans sa propre sœur surprise, un soir, au sortir de la douche : il avait porté le dos de la main à ce nid d'oiseau sombre qu'elle avait entre les cuisses, étonné, scandalisé peut-être qu'une fille puisse avoir là pareil buisson ; puis il avait contemplé ces deux masses de chair très blanche dont le seul poids — un poids vibrant, et dont on pouvait en quelque sorte entendre la vibration — vous donnait envie de les prendre dans vos mains ; ce qu'il avait fait sans un mot, sans que la sœur se soit défendue autrement qu'en tournant la tête vers la porte par où pouvait surgir la mère, pleurant silencieusement mais laissant ce taciturne petit frère découvrir avec les doigts ce que c'est qu'une femme, il n'y avait pas à en rougir, tout compte fait, et ils savaient l'un et l'autre que ça ne se reproduirait pas ; et puis elle était l'aînée, avait trois ans de plus que lui, savait déjà ce qu'elle avait à attendre d'un homme et se le rappelant probablement à l'instant où elle le repoussait pour s'envelopper dans une serviette et passer dans leur chambre, où elle s'habilla, sans doute heureuse d'avoir accompli son devoir de grande sœur et de petite femme qui venait d'arracher à son frère ses premiers habits d'enfance, et qui ferait songer à ce frère, quinze ans plus tard, qu'une enfance ça ne se trouve pas comme ça, au plus doux d'une femme étreinte dans de pauvres chambres d'hôtel, pas plus que sous le sabot d'un cheval, que ça ne s'invente pas davantage, mais que ça se regrette, ou se hait, ou se rêve. Et il y rêva, ce jour-là, dans la cuisine de la vieille maîtresse comme dans la troisième chambre de Berthe-Dieu. Il rêvait, il faut le croire, à autre chose qu'à ces années qui avaient suivi le jour où on était venu emporter le corps de celui dont il disait à Sylvie qu'il n'avait pas été un mauvais père, même s'il buvait, certes pas comme un de ces soûlots dont ils pouvaient entendre, à travers le plancher, les litanies, les coups de gueule, les éructations formidables, les silences aussi, mais à sa manière de pauvre bougre, discrètement, à la va-vite et (lui avait dit Mme Mirgue, une des rares fois où elle avait consenti à en parler) sans bien s'en rendre compte, sans même boire beaucoup, parce qu'il était facteur et que ce métier-là le faisait entrer toute l'année dans trop de maisons où il fallait se laisser payer le coup, l'hiver pour se réchauffer, l'été parce qu'il faisait chaud, le reste du temps parce qu'on ne pouvait refuser ; si bien qu'il avait fallu, pour Claude Mirgue, devenir le fils de ce mince soûlot, à l'école comme dans la rue, c'est-à-dire solitaire, sur la défensive, les poings serrés au fond des poches et l'insulte au bord des lèvres, prompt à se ruer en silence sur le premier qui se moquait de son père, et tout aussi prompt à retourner dans le silence où il souriait, puisqu'un sourire calme vaut toutes les ruades — jusqu'à ce que le facteur eût fini de dégueuler son foie à l'hôpital de Tulle, raconta-t-il à Sylvie, en souriant de la même façon, le visage tourné vers la fenêtre enténébrée.

Ce qu'il passait sous silence, et que sa sœur ne lui avait révélé que bien des années plus tard, c'était que sa mère était allée trouver le médecin, à l'hôpital, pour qu'on abrège les souffrances du père. Il n'est pas difficile de se la représenter, cette petite femme encore jeune et déjà en deuil, et qui avait renoncé au temps, pénétrant dans le bureau aux murs vert pâle, refusant de s'asseoir parce que, n'est-ce pas, c'est debout qu'un si petit bout de femme peut dire ces choses-là à un homme d'une telle stature qui l'écoutait sans sourciller, en se disant probablement qu'elle avait raison de vouloir qu'on mît fin aux souffrances du pauvre bougre, oui, qu'elle avait raison de s'en ouvrir à lui bien qu'elle sût que c'était demander l'impossible — ce qui était impossible à l'homme de l'art ne l'étant peut-être pas pour elle, elle le comprenait à regarder le médecin, et devinait qu'elle pouvait, qu'elle devait même le faire, elle ; il avait suffi qu'il évoquât, comme pour lui-même, les défaillances de l'appareil qui maintenait en vie le malade et les conséquences de ces défaillances pour qu'elle se décidât, pour que la mère puis la fille se décidassent. Peu importe quelle main, ou quel hasard, débrancha l'appareil : elles avaient pu regarder l'ex-facteur cesser de respirer et de souffrir, sa figure se détendre puis se mettre à sourire, comme s'il avait compris, lui aussi, non pas sur le moment, lorsque la main s'était approchée de l'appareil, mais tout de suite après avoir senti qu'il s'en allait et deviné quelle main lui apportait cette douceur, cette paix, cela même que seule une main de femme peut donner, oui, la douceur, l'incomparable douceur qui demeure lorsqu'on ne croit plus à rien et qu'il y a tant de sanglots à taire, à étouffer entre des seins glorieux, pouvait alors songer le fils : ceux de la sœur, d'autres encore, comme les premiers entre lesquels il enfouit sa figure, ceux d'Élodie Broussas, qui ne lui donna rien d'autre, à seize ans, et ceux, un an plus tard, de la serveuse de *L'Épervier*, une boîte de nuit au milieu d'un bois de sapins, près de Saint-Andiau, et qui lui révéla ce qui est trop et jamais assez.

C'était donc à cela qu'il songeait pendant que l'ancienne institutrice parlait de ses premiers jours à Sainte-Marie-Lapanouze — à cela et peut-être, par moments, à d'autres choses datant d'avant la mort du père : le rire de ses parents au bord d'une eau tranquille, à Siom, probablement, vers laquelle il s'avance en pleurant et en riant et où il entre avec l'impression de ne plus pouvoir revenir en arrière, jusqu'à ce que le père l'enveloppe dans un grand rire mêlé d'une forte odeur de bière ; un éclair au chocolat qu'il n'arrive pas à finir sans avoir l'impression d'étouffer, dans la grand-rue des Buiges, et le père qui lui glisse un doigt dans le gosier pour le faire vomir et rire avec lui ; ou encore sa mère faisant réciter *Le Vase brisé* de Sully Prudhomme à sa sœur qui ne parvient pas à se le mettre en tête pendant que lui, le petit frère, fait tomber par mégarde un vieux vase de verre bleu, orné de pétales rouges, donné par la grand-tante de Chamberet, éclatant de rire pour ne point se mettre à pleurer et entraînant dans son rire la mère et la sœur — et quelques autres moments de ce genre, trop rares, qui ne suffisaient pas à composer une enfance mais en donnaient la nostalgie.

— Mais oui, des joies, beaucoup de joies ! Pourquoi penser que nous en étions incapables ? dit encore Yvonne Piale. Vous souriez comme si vous n'y croyiez pas. Vous nous prenez pour des gourles ? Nous avons vu la mer, oui, l'océan, du côté de Rochefort, toutes les trois ensemble, à la fin de la première année que Mélie a passée à l'usine, un week-end de Pentecôte... Ça s'est décidé comme ça. Un coup de tête. J'en avais assez de les savoir toutes deux terrées dans leur gourbi de Siom où ça sentait le feu humide et la vieille soupe, où on entendait les rats courir dans le grenier et le vent souffler à travers les fenêtres sans volets. Nous sommes parties un samedi, au petit matin, dans la 404 que je venais d'acheter, et nous avons roulé jusqu'au soir en nous arrêtant vers Uzerche pour laisser vomir Lucie que les tournants avaient rendue malade mais qui n'en était pas moins heureuse, qui battait des mains et riait, plus belle que jamais malgré les filets de bave qui lui coulaient sur le menton.

Il souriait. Il ne pouvait pas ne pas les voir, les trois sœurs Piale, dans la voiture beige, descendant vers les collines et les plaines, comme faisait la Vézère, Yvonne désignant d'un doigt bref ce qu'elle n'avait jamais vu mais connaissait par cœur, villes, cours d'eau, sites, curiosités géographiques, et les autres écoutant ou feignant d'écouter, Lucie avec l'air de comprendre sans comprendre et salivant plus que d'ordinaire, et Amélie ouvrant des yeux immenses, la bouche serrée sur un étroit sourire, guettant peut-être, depuis qu'elles avaient dépassé Saint-Yrieix, ce qui, devait-elle se dire, finirait bien par apparaître, après un tournant, au bas d'une côte, quand les maisons auraient changé d'aspect, tout comme la végétation et la lumière, et, surtout, que du temps aurait passé de telle sorte qu'on aurait brusquement basculé dans le soir, au bord d'une lande sablonneuse plus vaste que les tourbières de Longeyroux, oui, après un dernier tournant, une ultime bourgade, devant le petit hôtel blanc qui avait l'air désert mais où les accueillit une dame âgée qui leur indiqua d'emblée le chemin de la mer.

Il les imagina sans peine devant l'océan, un peu gauches et intimidées — Yvonne, du moins, car Lucie sautillait avec de petits cris le long des vagues brisées, tandis qu'Amélie demeurait en arrière, assez loin de l'eau, sur une petite dune, comme si elle n'eût fait qu'accompagner là ses sœurs et qu'elle jugeât ça bien agaçant : ses sœurs, le ressac, le vent chargé d'embruns, la nuit qui était tombée très vite et qui les trouva rassemblées au sommet de la dune, silencieuses, immobiles, se tenant par la main pour regagner la salle à manger du petit hôtel blanc, la véranda où les attendait la patronne qui leur demanda si elles avaient aimé : car elle avait l'habitude des gens qui n'avaient jamais vu la mer, elle le devinait à leur air un peu gauche, leur sourire fébrile, leurs yeux brillants — comme ces trois-là, justement, surtout la rouquine, celle qui souriait toujours et ne cessait de bredouiller que c'était beau, oui, que c'était beau, le visage tourné dans la direction de la mer et les yeux si grands ouverts qu'on pouvait se demander si elle ne le voyait pas, elle, cet océan pourtant invisible depuis la véranda, et, même, si elle ne voyait pas autre chose encore.

— Mélie ne disait rien. Elle riait avec nous mais je voyais bien que ça n'allait pas. Je pensais que c'était la fatigue. Je l'ai encore pensé, le lendemain matin. La patronne nous avait dit qu'il ferait beau ; elle ne s'était pas trompée : un ciel lavé, d'un bleu profond, comme il n'y en a pas chez nous. C'était la première fois, aussi, qu'on nous servait le petit déjeuner : quelque chose qui n'était ni de la soupe au lait, ni du café passé à la chaussette ; nous n'osions pas manger, savions à peine quelle figure faire ; nous regardions toutes trois par la baie vitrée, les mains sur nos genoux, avec un sourire probablement idiot... Nous sommes retournées à la mer qui était, ce matin-là, d'un vert étrange, comme l'herbe des tourbières par temps d'orage, vous savez. Lucie n'osait pas s'approcher et moi, je regardais Mélie qui pleurait en silence, j'en étais sûre, même si on pouvait croire que c'était la fraîcheur de l'air qui lui tirait des larmes. Elle a fini par se retourner vers moi et m'a dit, d'une voix claire, presque autoritaire : « Rentrons ! » Je n'ai pas cherché à en savoir davantage. Elle m'exaspérait. Elle n'en faisait qu'à sa tête, et ce qui se passait dans cette tête m'inquiétait. Je l'ai pourtant regardée bien en face. Ça ne lui a pas plu. Je lui ai dit que je n'avais pas fait tout ce chemin pour rien. Elle m'a répondu qu'en dehors de la grammaire et du calcul, je ne comprenais pas grand-chose. Soudain, j'ai été tout contre elle, la main levée, plus immobile qu'une bête. Elle a souri. Ce sourire était pire qu'une gifle. Elle a ajouté que je finirais seule, que je n'étais bonne qu'à enterrer les morts. Elle s'est dégagée à temps pour éviter ma main : elle a couru vers l'eau où elle est entrée jusqu'à la taille, sans ôter ses souliers ni retrousser sa jupe. Elle frappait l'eau de toutes ses forces ; peut-être qu'elle ne la frappait pas, qu'elle se contentait de la faire jaillir avec le plat de la main, mais de là où j'étais on aurait dit qu'elle la giflait, et je sentais ces coups-là sur ma joue ; je me suis mise à pleurer, moi aussi, tandis que Lucie regardait Mélie en hurlant de rire, battant des mains, prête à la suivre dans l'eau si je ne l'avais pas retenue ; mais elle se débattait, voyez-vous, et s'était mise à brailler si fort que j'ai dû faire ce qu'elle voulait : entrer avec elle dans l'eau froide, aller avec elle vers Amélie qui revenait lentement vers nous et nous souriait. Nous nous sommes embrassées, nous avons pleuré ensemble, toutes les trois, front contre front, longtemps, jusqu'à ce que Mélie dise en reniflant que nous étions bien gourdes de pleurer comme ça : alors nous nous sommes mises à rire en nous regardant droit dans les yeux, elle et moi, tandis que Lucie riait toujours plus fort. Nous l'avons prise chacune par une main et nous avons couru ensemble sur le sable, sans nous arrêter, jusqu'à ce que nous tombions, oui, que nous nous laissions tomber, avec Lucie qui hurlait de bonheur, la tête renversée vers le ciel, le regard soudain plein d'intelligence...

XV

— Voyez comme elle est belle encore, retournez-vous, oui, regardez-la, le temps l'a rendue presque intelligente, et si douce, si gentille, on dirait qu'il l'a épargnée, qu'il y a une justice ici-bas... Mais c'est une morte qui vous intéresse, une morte, quelqu'un qui avait cru aimer la mer et qui s'était trompé : on peut bien se tromper d'amour, n'est-ce pas ? Mélie n'a plus jamais reparlé de la mer. Je me dis qu'elle avait attrapé ça dans les livres, je ne sais lesquels, sûrement pas les quelques bouquins qu'il y avait chez nous, au Montheix, papa ne les aimait guère, surtout depuis qu'il avait compris qu'aucun livre ne pourrait faire entendre les cris de ceux de l'Argonne. Il m'a toujours regardée drôlement, comme si, malgré sa fierté de me voir devenue institutrice, il ne croyait plus aux mots, encore moins à ceux qui en font métier, comme s'il savait que les mots ne gardent pas la mémoire des humbles. Non. Amélie avait attrapé ça dans les livres — des livres d'adolescent découverts dans le grenier du château où elle s'introduisait, du temps même que les Barbatte l'habitaient, par le fenestrou de la souillarde dont le volet fermait mal, à cause de l'humidité. On la laissait faire, on faisait semblant de ne pas l'entendre grimper au grenier, les jours de pluie, lorsqu'elle ne pouvait pas courir les bois ou construire des cabanes dans les arbres où elle aurait volontiers passé sa vie, comme sur un navire. Dieu sait à quoi elle pouvait penser, vêtue en sauvageonne, se croyant tout permis et seule à savoir ce qu'elle faisait, par exemple en continuant d'aller au château, même après le départ de Mme Barbatte, s'y introduisant, comme elle l'avait toujours fait, alors qu'elle avait les clés, descendant dans l'obscurité glaciale de la cuisine, le cœur battant plus fort, j'imagine, avec à la main une lampe de poche et non plus la bougie des premières fois dont la cire lui coulait sur les doigts et l'empêchait, disait-elle, d'avoir peur...

Elle était comme ses sœurs : elle avait toujours, en pénétrant dans le château désert, et même lorsqu'elle y vivait, l'espèce d'excitation inquiète de ceux qui ne sont pas à leur place, et sur les lèvres le petit sourire pincé qui était le sien dans les grands moments, celui, en tout cas, qu'elle avait en explorant le château de fond en comble, s'attardant à la cave pour tenter de trouver l'entrée de ce souterrain dont une fille de Siom lui avait montré, dans la cour de Berthe-Dieu, sous une pierre frappée d'une fleur de lys presque entièrement effacée, le prétendu aboutissement, mais où elle ne trouva rien que ce qui restait des bouteilles de liqueur et de ces vins vieux dont on racontait qu'il avait coulé à flots, chez les Barbatte, parmi le rire des femmes à demi nues, la fumée des cigares et l'odeur de sangliers rôtis dans la cheminée de la cuisine, et finissant, ce jour-là, par monter au grenier, d'où elle pouvait apercevoir, en soulevant une lauze, entre les cimes des chênes, les plus basses maisons de Siom et, à l'extrémité d'un grand pré en pente, les blanches filles de Siom allongées au bord du lac. Il y avait là des malles pleines de livres qu'elle ouvrit un par un puis posa à côté d'elle, avant de reprendre le premier, de descendre avec lui dans la chambre de Mme Barbatte et de se mettre à lire, elle à qui nul maître, père ou grande sœur n'avait jamais pu faire avaler plus de dix lignes, enveloppée dans l'édredon sang-de-bœuf, le dos sous la fenêtre du fond, avec sur les épaules les deux pans du rideau dont le bleu marine était à peu près le même que celui du papier qui recouvrait ces livres où il était question d'hommes dont le nom est personne ou dont l'honneur est perdu, de pieuvres géantes, de cachalots blancs, de naufragés, de frères ennemis, de ports pleins de brume et d'inquiétants bagnards, de voyages en ballon ou en sous-marin, ou d'espérances grandement déçues, grâce à quoi elle comprit, enroulée dans ces phrases mieux qu'en nulle autre étude, les joues pâles, la bouche entrouverte sur un sourire presque aussi humide et stupide que celui de Lucie, reniflant à cause du froid et de l'humidité, qu'il n'y avait pas que les rives de Siom, ni les hauts nuages qui défilent dans le ciel, ni même les travaux et les jours, les Barbatte et les Piale, et, plus tard, les beaux alignements de douglas et d'épicéas sur les pentes du Montheix : il y avait aussi des solitudes infinies, la nostalgie, la fidélité et la trahison, l'honneur et son obsolescence, l'éclat des rires et du sang, le feu entretenu autour du nom, les filles perdues et les hommes qui se perdent davantage, les abîmes du cœur et les royaumes qui ne sont pas de ce monde.

Peut-être ne lisait-elle pas vraiment, en tout cas pas de la façon qu'imaginait sa sœur aînée et qui, pour elle, était la seule : en commençant par le début pour arriver à la page ultime, et non pas vautrée sur un lit, mais, puisqu'il fallait respecter les livres, la langue et les auteurs, assise à une table, le dos bien droit, dans une attitude digne, alors qu'Amélie piochait là-dedans, s'y frayait un chemin à voix haute (car elle lisait à haute voix, de sa voix un peu rauque et hésitante qui avait, dit-on, fait fuir les gamins de Siom qui s'étaient introduits au château pour faire les braves), s'arrêtait aux mots inconnus autant qu'aux images et rêvait longuement, non seulement aux océans et aux voyages, mais aussi à ce qu'elle avait découvert dans d'autres caisses : des livres plus anciens et sévères, comme ce *Traité du jardinage selon les raisons de la nature et de l'art*, de Boyceau de La Baranderie, qui la fit bientôt parler, comme si elle se fût toujours entendue à cela, d'art topiaire, de bois et de jardins sacrés, de labyrinthe de houx et de feuillages, de passements, de moresques, d'arabesques, de grotesques, de guillochés, de rosettes, de gloires, de targes, d'écussons et de devises, rêvant tout haut sous l'œil endormi de la chouette perchée au faîte de la charpente, ou bien dans la chambre de Mme Barbatte, ou encore dans celle du fils, à croupetons sur le tapis qu'elle avait élu parce qu'elle n'avait jamais vu tant de couleurs assemblées en un aussi petit pré, disait-elle, et aussi parce qu'elle avait lu que les tapis représentaient quelque chose des jardins de l'Orient et du Paradis perdu. On racontait qu'elle s'y mettait toute nue, comme au Paradis terrestre, non pas pour y danser, comme autrefois le fils Barbatte, mais pour songer aux palissades de feuillages et aux charmilles, et plus encore aux viviers, aux parterres, aux chandeliers, aux grands miroirs d'eau et aux allées de cristal, avec l'extraordinaire patience des Piale, et attendant son heure, certaine à dix-sept ans qu'il n'était pas possible pour elle de seulement travailler dans les bois sous l'œil luisant d'un Thaurion, de la même façon qu'elle se dirait, à vingt ans, revenue de la mer et de bien d'autres choses, que ça n'était pas une vie que ces allées et venues entre le taudis de Berthe-Dieu et l'usine des Buiges, entre Lucie qui braillait si elle était en retard et les camarades de travail qui, le soir, n'avaient rien de mieux à faire que de laisser parler la nature, comme disait la trop blonde Vivi en enfourchant le porte-bagages d'un jeune gars, pas toujours le même, pour s'en aller dans un sous-bois, au bord de la Vézère, où enfourcher une autre monture pour une tout autre chevauchée qui, disait encore Vivi, la menait jusqu'au ciel et faisait hausser les épaules à la dernière des Piale qui songeait que tous les hommes ne ressemblent pas à Thaurion ou au Barbatte, père et fils ni aux cavaliers de Vivi, et qui se laissait traiter gentiment d'oie blanche par ces filles qui allaient se farder outrancièrement dans les latrines de l'usine, dès la sirène du soir, et qui étaient bien plus sentimentales qu'elle, surtout quand elles grimpaient, dans les sous-bois, sur des montures qui finissaient par les désarçonner et les faire tomber bien plus près du ruisseau que de la voie lactée.

Elle ne l'ignorait pas. Elle fit mieux que les autres, et pas du tout ce qu'on aurait pu croire : nul employé des Postes, négociant en vins, paysan taciturne ni cavalier à moto ne vint l'attendre avec les autres à la sortie de l'usine, dans la rue qui menait à la gare et où ça pétaradait dans l'air du soir, avec ce mélange de gaz d'échappement, de tabac blond et de mauvais après-rasage qui, plus que n'importe quel mot, faisait tourner la tête aux filles. On vit, un soir, une Ford Mustang rouge s'arrêter à l'entrée de l'usine, près des jeunes pétaradeurs, conduite par un homme certes point vieux du tout, mais plus assez jeune pour ce genre de voiture : un type à fines moustaches, aux cheveux blonds coiffés en arrière, très élégant, qui descendit et tira de la poche intérieure de son pardessus une cigarette qu'il alluma puis fuma, appuyé à la portière de la voiture, en regardant non pas vers les bâtiments de l'usine, ni du côté des bureaux, mais, leur tournant le dos, dans la direction de Siom ou de Tarnac où le ciel était d'un bleu presque sale, comme s'il était, l'homme, sûr de son affaire, devaient se dire à mi-voix Vivi et les autres filles — comme s'il était là pour l'une d'elles, mais certainement pas pour celle vers qui il fit quelques pas avec un sourire indéfinissable, lorsqu'elles commencèrent à marcher vers la sortie en faisant mine de ne pas le voir, rêvant debout et se disant probablement, et très vite, que ne pas le regarder serait une façon d'attirer la chance : non pas sur la plus belle, ni même la plus facile ou celle qui savait l'art de traire les hommes pour les amener au mariage, mais la plus sauvage, une vraie tête de bourrique, certes agréable et pas mal faite, voire jolie, pour peu qu'on eût du goût pour les filles des bois, mais ficelée comme l'as de pique et plus revêche qu'une vieille corde : la fille Piale, à qui on aurait au début presque jeté la pierre si Vivi, dont la crinière décolorée n'avait pas attiré le moindre regard de l'homme, ne l'avait d'emblée prise sous son aile et n'avait assuré aux autres qu'avec celle-là elles n'auraient rien à craindre, qu'elle ne pensait qu'à l'océan et aux grands bois, qu'elle devait avoir un jules dans les Eaux et Forêts, un de ces gars de la ville qui croient encore qu'il y a des nymphes au fond des bois.

Ce n'était pas ça. Il faisait frais, ce soir-là. La nuit

d'octobre tombait vite, les nuages s'amoncelaient du côté de Limoges, où l'homme avait regardé, on entendait siffler la micheline dans les plaines de Plazaneix, ce qui était signe de pluie, murmura Vivi en secouant sa crinière et en se disant peut-être aussi qu'elle n'avait guère de chance, qu'elle ne régnerait jamais que sur le cœur de jeunes chefs de gare, de postiers ou de commis boulangers, que c'était parmi eux qu'elle trouverait ses chaînes, ses gosses et son bout de jardin, et que c'était une honte que de voir ce bel homme élégant et certainement riche s'avancer vers la fille Piale comme si c'était la duchesse de Kent ou une vedette de cinéma, par exemple Jeanne Moreau à qui elle ressemblait un peu, il fallait bien le reconnaître (on pourrait le vérifier, l'été suivant, lorsque l'artiste viendrait tourner à Tarnac, avec des Anglais ou des Américains, ce film qu'on ne verrait d'ailleurs jamais, et qui s'appelait, comme si ce n'était pas trop simple pour être vrai, *Mademoiselle*), oui, s'incliner devant cette trop jeune femme qui sentait la sueur, le tabac, le bois et la fille vierge, et l'amener en la prenant par le coude à la Ford rutilante dont il lui ouvrit la portière avant d'en faire le tour et de prendre place à ses côtés, non pas pour démarrer et partir avec elle, c'eût été le bouquet, mais, semblait-il, pour lui parler ; car on voyait bien qu'elle ne disait rien, elle, qu'elle ne le regardait pas, elle y allait un peu fort, la Piale, faire la fine bouche devant un si beau gars, certes bien plus âgé qu'elle, mais en amour, n'est-ce pas, l'âge ne compte pas plus que l'argent. C'était ce que croyait Vivi. Et alors que la pluie commençait à tomber et faisait courir les filles par les rues hautes vers le café de Paris, Amélie Piale sortit de la voiture sans avoir ouvert la bouche, ni souri, ni salué — tout ce dédain et cette fierté pour aller chercher son vélomoteur beige au fond du garage de l'usine, sans se presser, prenant même le temps d'allumer une Gitane qu'elle fuma en regardant tomber la pluie.

Elles ne pouvaient pas savoir, et Vivi pas plus que les autres, qu'il n'y avait rien eu à dire, que tout avait déjà été dit, depuis belle lurette, par l'homme en qui elles avaient fini par reconnaître le fils Barbatte. Le silence d'Amélie Piale était sa façon à elle d'accepter, depuis qu'elle était toute petite, oui, d'accepter les choses ou de les refuser, c'était selon, et aussi bien ce qui pouvait lui arriver sans qu'elle s'y fût préparée que ce qu'on lui proposait et qu'elle attendait sans doute depuis longtemps, à sa manière, avec sa patience de petite dernière et de survivante héritée de son père et de toute sa lignée de petits hommes noirs et courbés qui avaient mis des siècles à ne plus ressembler à des genêts secs.

Ce que, ce soir-là, lui avait proposé le maître du Montheix ? Non pas le mariage (comme dut le croire un instant le petit Claude, dans l'odeur ce lundi-là plus forte de légumes, de verveine en train d'infuser, l'odeur des deux femmes, aussi, il ignorait pourquoi, il y a des jours comme ça, se disait-il probablement, où tout sent plus fort, trop fort, et où on a les nerfs à vif et envie de pleurer comme une fille, c'est ça, comme cette pauvre Lucie qui, derrière lui, remâchait l'herbe de son existence, la main sur son épaule à lui, et l'autre il ne savait où, sur ses genoux sans doute, ou près du visage, ce visage si doux et inaltérable, immobile dans le temps qui tremblait dans la petite cuisine de la même façon qu'il avait tremblé, vingt-cinq ans plus tôt, devant Amélie qui regardait tomber la pluie en fumant une Gitane dans le garage de l'usine, comme s'ils s'étaient soudain retrouvés, l'un et l'autre, non pas tant à leur place respective que de part et d'autre d'un temps dont ils contemplaient la chute), non pas le mariage, donc, comme purent le croire aussi ses compagnes de travail lorsqu'elles ne la revirent plus à l'usine la semaine suivante qui était aussi la fin du mois, mais la direction du domaine.

De bien grands mots, d'ailleurs, avait-elle dit au patron de l'usine, pour ce qui n'était même pas un emploi de régisseur mais consistait à planter, à surveiller les pousses et les coupes, à débroussailler, sans avoir à en référer à Thaurion ni à nul autre qu'Éric Barbatte, encore moins tenir les comptes de l'exploitation si longtemps tenus par l'aïeul de Saint-Priest et qu'il ne pouvait plus tenir puisqu'il venait de mourir, à quatre-vingt-quatorze ans, dans son sommeil d'après-dîner, au creux du fauteuil à oreillettes, à la fenêtre de la plus haute tour. Enfin, il fallait habiter le château, le chauffer, l'entretenir, s'occuper des dépendances — ce qui ferait dire à beaucoup que c'était avant tout le lit du nouveau maître qu'elle s'emploierait à réchauffer et qu'elle aurait beau jouer la Diane chasseresse à vélomoteur, une Piale ne serait jamais que la domestique d'un Barbatte.

— Un marché de dupes ? dit sèchement Yvonne Piale. On l'a dit. On a dit le contraire, aussi, et que c'était là la revanche des Piale, oui, que Mélie nous sauvait la mise, à nous autres. Mais je dois dire qu'à cette époque, depuis notre voyage à la mer, j'étais un peu en froid avec ma sœur. Et puis, je me plaisais là-haut, à Sainte-Marie-Lapanouze, en face des volcans enneigés. Je ne me souciais guère de tout ça. Je vivais ma vie...

— C'était, lui raconta Sylvie, la même après-midi,

dans la quatrième chambre de Berthe-Dieu (il y en avait une dizaine, la jeune femme avait demandé en riant ce qui se passerait lorsqu'ils auraient loué la dernière, et elle n'avait pas attendu la réponse du jeune amant pour faire comme si elle n'avait rien dit, redoutant que cela ne leur porte malheur et qu'après cette chambre-là il n'y en eût plus d'autre, non parce que tous les Berthe-Dieu du haut pays refuseraient de leur ouvrir ces chambres qu'ils tenaient fermées, l'hiver, mais parce que les deux amants se seraient, elle s'en rendait soudain compte, étreints dans tous les hôtels du nord du département et qu'ils s'étaient juré de ne point faire deux fois la même chose, sous peine de voir déchoir ce qu'elle appelait leur amour et dont elle finissait par s'avouer, cet après-midi-là, ce qu'elle ne voulait sans doute pas considérer : que Siom était un cul-de-sac, une nasse où s'était prise leur histoire, que le petit Claude ne lui avait jamais dit qu'il l'aimait, qu'elle avait trop aisément mis cela au compte de sa jeunesse et de sa pudeur d'orphelin, qu'elle avait sans doute trop parlé et qu'elle continuerait bien sûr de le faire, puisque, n'est-ce pas, aimer, pour une femme, c'est avant tout parler, parler à un homme, ne pas cesser de lui parler pour le retenir le plus longtemps possible avant de le laisser repartir le ventre vide et lumineux), c'était qu'elle avait d'autres chats à fouetter, Yvonne Piale, c'est-à-dire qu'il y avait un homme dans sa vie : non pas un amant de passage, comme elle en avait, paraît-il, l'habitude, mais un homme, j'allais dire un vrai, comme si ça existait encore, un homme sur qui elle a cru pouvoir compter, à supposer qu'on puisse jamais compter sur quelqu'un, ici-bas, surtout les hommes, et qu'ils ne soient pas tous lâches, mais non, j'exagère, tu sais comme je suis, mon petit, excessive en tout, c'est pour ça que je t'aime, n'est-ce pas ? Oui, une liaison durable, vois-tu, et qui l'occupait jour et nuit, la bougresse, et pas seulement en pensée, je te prie de le croire, ça s'est su, ça ne pouvait pas ne pas finir par se savoir, avec un professeur du lycée d'Ussel, marié et père de famille, rencontré on ne sait où, dans quelque fête ou bal de village où elle allait maintenant traîner, à près de quarante ans, et pas pour danser, elle n'avait jamais aimé ça, encore moins pour passer le temps, mais pour choisir un mâle et, après deux ou trois slows, se laisser emmener, non pas dehors, bien sûr, ni à l'arrière d'une voiture comme une vulgaire poulasse, mais dans une chambre d'hôtel bien chauffée, bien loin de Siom et de Sainte-Marie-Lapanouze, dans le Cantal, la Creuse ou la Basse-Corrèze, là où on ne risquait pas de la reconnaître, jouant comme il faut son rôle de femme seule, avec sa dignité amère de fille qui n'a jamais été belle, prête à tout pour apaiser cette faim qui, dit-on, lui tenaillait le ventre, déjà plus sèche qu'un coup de trique mais avec dans les yeux quelque chose qui devait attirer les hommes, fussent-ils aussi laids que le jeune professeur d'Ussel, oui, une de ces laideurs qu'on dit touchantes et qui rendait, par comparaison, Yvonne presque jolie, quoiqu'elle eût quinze ans de plus que lui et qu'il fût évident que c'était tout autre chose qui la rendait presque jolie : l'amour ou, pour être plus juste, l'idée d'amour que le jeune professeur lui avait mise en tête, parce qu'il était jaloux, comme tous les hommes, jaloux de cette femme qu'il n'aimait pas mais qu'il voulait pour lui tout seul, et grâce à quoi elle s'était mise à l'attendre, oui, à attendre que ses enfants aient grandi, qu'ils soient en âge de se débrouiller. Le plus étonnant est qu'elle l'a attendu, la fière et droite Yvonne, non plus dans son appartement de fonction, à Sainte-Marie-Lapanouze, mais dans la petite maison qu'elle loua, un peu à l'écart, sur la route de Liginiac, à la lisière d'un bois de pins, où le professeur d'Ussel l'avait décidée à s'installer afin qu'ils soient plus tranquilles, qu'ils puissent gémir, râler, crier à leur aise, le mercredi après-midi, et cela pendant environ dix ans, avec la discrétion des gens laids qui se sont mis à l'amour. Dix années pendant lesquelles il vint à Sainte-Marie-Lapanouze avec une régularité et une ponctualité qu'il prenait pour de la passion, arrivant dans le bruit si particulier de sa 2 CV grise dont il descendait en en faisant le tour pour vérifier que les portes étaient bien fermées, avec, une fois par mois, lorsqu'elle était indisposée, précisa Sylvie avec la science pythique et impitoyable des femmes qui ont commencé à souffrir, l'après-midi où ils ne faisaient que bavarder, allongés sur le lit, dans l'odeur du bouquet de roses qu'il lui apportait, ce jour-là, qu'elle disposait près de leurs têtes, sur sa table de chevet, comme s'il eût craint qu'elle ne sentît trop fort, et qu'il respirait avec une avidité singulière dès qu'il était descendu de voiture et lui tendait en souriant gauchement, à elle qui les recevait, les fleurs et l'homme, les yeux baissés, avec elle aussi un sourire presque timide, bientôt repoussée vers l'intérieur de la maison alors que c'était elle qui menait la danse, depuis le début, comme ça se passe toujours avec les femmes, n'est-ce pas, depuis leur rencontre au repas que la mairie des Buiges avait organisé pour les vieux du canton et où Yvonne avait accompagné ses parents, tout comme lui, qui était originaire de Pérols, jusqu'à la fin des illusions qui est le vrai signe de l'amour. Car c'était elle, n'en doutons pas, qui était allée vers lui pour lui dire, dès qu'elle sut qu'il était professeur, son bonheur de voir quelqu'un de jeune dans un métier qui commençait à manquer d'hommes et qu'il ne fallait surtout pas laisser aux seules femmes, ce serait fausser le jeu, même si, avait-elle ajouté en riant, les femmes faisaient les meilleurs maîtres. À quoi il répondit que ça n'était pas un mal, qu'il avait plaisir à fréquenter toutes ces jeunes femmes, lui qui était si laid. On sentait qu'il était déjà un vieux routier du désespoir, qu'il ne parlait de la sorte que pour s'entendre répondre qu'il n'était pas laid, qu'il avait du charme, beaucoup de charme, même s'il savait à quoi s'en tenir sur ce charme qu'on oppose toujours à la beauté pour signifier qu'on n'y succomberait pour rien au monde. Il avait cependant trouvé chaussure à son pied. Que ce pied fût mal chaussé, elle le comprit vite, et non moins rapidement décida qu'elle le chausserait mieux, elle l'avait deviné cet après-midi-là, quand on s'était mis à danser dans la salle du Foyer rural dont on avait tiré les grands rideaux bleus pour donner un peu d'ambiance, comme avait déclaré le président de l'Amicale des Anciens du canton avec un sourire de bateleur qui dévoilait, sur le côté gauche, deux ou trois dents dorées. C'était ce qu'elle avait non seulement deviné mais décidé, dès lors qu'elle avait reconnu dans cet homme qui la regardait avec l'air de la connaître ou de vouloir faire connaissance les conditions de ce qu'elle attendait depuis longtemps, sans s'arrêter au fait qu'il était marié et père de famille — peut-être même parce qu'il n'était pas libre, ayant aussi pour elle l'absence de beauté et le temps, et un espoir bien mesuré, et comme lui bien décidée à jeter, si l'on peut dire, une seconde fois sa gourme, non pas à Sainte-Marie-Lapanouze mais au Montheix, dans la chambre d'enfant de l'institutrice où il faisait aussi froid qu'audehors, un jour de mars où le vent soufflait par bourrasques et où ils s'étreignirent en silence, on peut le croire, avec leur sérieux d'enseignants et la gravité de ceux qui savent devoir trouver dans l'opiniâtre plaisir une compensation à leur peu de grâce ; avec, pour Yvonne, on ne sait quelle revanche qui lui mettrait aux lèvres, pendant ces dix années, un amer petit pli de triomphe qui tirait son visage vers l'hiver, ce même hiver où il dut se croire entré, on peut l'imaginer sans peine, le jeune professeur se dénudant dans la semi-obscurité de la chambre dont elle avait entrouvert les volets et dans laquelle les grands chênes jetaient des ombres plus épaisses que des chevelures dans le vent qui faisait tressauter par moments les ardoises du toit et déplaçait dans la cour de grands paquets de feuilles sèches : frissonnant de désir aussi bien que de froid et peut-être de cette légère angoisse qui s'empare du mâle sur le point de triompher et soudain conscient de la vanité de tout ça, en tout cas du vide dont il aura bientôt l'avant-goût, mais allant jusqu'au bout, se ressaisissant, goûtant malgré tout sa bonne fortune dans cette pièce qui sentait la pauvreté, la patiente détresse, le temps arrêté, la vieille nuit corrézienne, sans même voir qu'elle avait dans les yeux, Yvonne Piale, ce reflet d'or qui était toute sa fortune et qu'elle lui abandonnait ou, pour être plus juste, qu'elle lui eût volontiers abandonné si elle l'eût senti capable de le recevoir, de la regarder bien droit dans les yeux au lieu de faire déjà comme il ferait toujours et comme font tous les hommes quand le plaisir les cloue à eux-mêmes et qu'ils semblent avoir honte de ce qui saigne en eux.

Elle y a pourtant cru, ou fait semblant d'y croire,

pendant près de dix ans, par la force de l'habitude ou pour ne pas désespérer davantage d'être femme et Piale, elle qui se voulait avant tout, lui disait-elle, une fille des Lumières et qui avait placé sur sa table de nuit un buste de Buffon déniché dans une brocante de Meymac. Ça ne l'avait pas empêchée de choisir l'hiver et la demi-nuit de l'amour, de ne plus songer qu'à un petit professeur d'Ussel qui n'avait même pas la fougue de la jeunesse ni l'éclat du savoir pour faire oublier son manque de beauté, et qui lui promettait une autre vie, comme si, murmurait-elle avec l'air d'avoir deviné à quoi il pensait, on pouvait faire autre chose que de vivre sa vie, voyez-vous, ou qu'on ait ici-bas quelque chose qui nous appartienne... Rien du tout, non, rien. On vient au monde nu et on se serre dans un nom qui nous réchauffe à peine et dans lequel on nous ensevelit. Une belle phraseuse, direz-vous, une vieille institutrice, une femme qui n'a pas su vivre... Pourquoi pas ? Je suis si fatiguée... Oui, allez-vous-en, je vous en prie... Vivre n'est pas un art. Qui peut se vanter de savoir vivre ? Vous, parce que vous êtes tout jeune et que vous croyez avoir le temps ? Lucie, qui n'aura jamais bien su qu'elle est de ce monde ? Amélie, qui n'a guère quitté ses bois, et dont vous ne savez rien, ne pouvez rien savoir de plus ?

XVI

Oui, que pouvait-il apprendre encore sur celle qu'il n'avait aperçue qu'une fois, sur la terrasse de l'hôtel du Lac, un après-midi d'avril, pendant les vacances de Pâques, alors que sa mère les avait conduits à Siom, sa sœur et lui, pour essayer d'oublier l'odeur de l'hôpital et le visage méconnaissable de l'homme qu'ils n'osaient plus appeler papa, avait dit le petit Claude avec une sorte de haine dans la voix, et qui reposerait bientôt dans une tombe de pauvre, au cimetière de Bort-les-Orgues ?

Elle était là, Amélie Piale, sa tête aux cheveux courts renversée contre le mur, les yeux mi-clos, avec l'air de souffrir ou de s'ennuyer, et regardant probablement une buse qui tournoyait très haut au-dessus de Siom ; à moins qu'elle ne tentât tout simplement d'échapper à la fumée de la cigarette qu'elle avait aux lèvres, ses mains réunies derrière sa tête pour la protéger du crépi ocre, et, encore une fois, comme si elle n'eût pas été tout à fait là, très belle, s'était-il dit avec le sens fulgurant qu'on peut avoir, à dix ans, de la beauté d'une femme qu'on regarde, de loin, par la fenêtre d'une voiture garée au bas de la place, près de la pompe à eau rouge, au-delà des troènes mal taillés, là aussi, qui fermaient sur deux côtés l'étroite terrasse du bistrot sur laquelle il pouvait encore voir deux ou trois têtes d'hommes dont l'une, de derrière, épaisse, pesante, rougeaude, et assez inquiétante pour qu'il ne l'ait pas contemplée sans frémir, à cause de l'espèce de tonsure qu'il y avait dans la chevelure poivre et sel et dont la peau luisait au soleil comme un œil de cyclope.

C'était cela qui le hantait, quinze ans après, qui lui avait fait espérer il ne savait quoi, se retrouver par exemple parmi les cyclopes et les défunts, sous le soleil de Pâques, à la terrasse de Berthe-Dieu, comme si rien n'eût changé, puis dans la cuisine d'Yvonne Piale, lundi après lundi, pendant la traversée d'un rude hiver, à la recherche d'une femme d'une trentaine d'années, au visage blanc, aux cheveux bruns et assez courts, avec de grands yeux las dont même l'enfant qu'il était pouvait deviner qu'il en imposait à ces hommes qui buvaient et fumaient autour d'elle, et qui la regardaient comme s'ils étaient sur le point non pas de jouer mais de perdre leur vie, de l'avoir en quelque sorte toujours perdue en se mêlant d'aimer la vierge sauvageonne qui buvait avec eux comme un homme. Une image qu'il osa découvrir enfin à la vieille maîtresse et qui la fit sourire sans l'étonner : elle avait depuis longtemps compris que c'était quelque chose de ce genre, une vision fugitive, plus mince qu'un cri de mulot sous le bec d'une buse, qui avait jeté ce petit-cousin dans des rêveries de jeune homme avant que ce ne soit vers les grandes abstractions féminines, le mariage, la procréation, le renoncement infini. Oui, un visage de femme plus nu et plus blanc que le ventre de sa sœur au sortir de la douche, et qu'il n'avait pas davantage revu, et à partir de quoi il tâcherait de recomposer le corps tout entier de la disparue, dans la nuit d'Égletons aussi bien que dans le demi-jour de la petite cuisine, ou dans la fraîcheur des chambres d'hôtel, le couchant dans le temps, ce corps, l'y regardant glisser et se dérober, à peu près comme Amélie l'avait fait, enfant, au bord du lac où la conduisaient ses sœurs, dans la crique qui se trouve à l'aplomb de la charmille, derrière le château, et d'où l'on pouvait apercevoir, au milieu des eaux, quand le lac était bas, les pignons de l'ancien moulin affleurant à la surface et vers quoi Amélie voulait aller nager mais se résignait à envoyer les frêles esquifs que son père lui avait montré comment tailler dans l'écorce des vieux chênes, avec un mât fait d'une branchette de coudrier et pour voilure une feuille arrachée au cahier de brouillon en regardant la grande sœur droit dans les yeux, parce que l'institutrice réprouvait ce gaspillage, quoiqu'elle n'osât déjà plus le dire, qu'elle eût peut-être honte, qu'elle devînt incapable de lui opposer refus sur refus, de l'empêcher d'atteindre les pignons de l'ancien moulin, de s'y tenir debout, le buste et les bras en l'air, au milieu de l'eau noire, comme elle le ferait quelques années plus tard, alors qu'Yvonne ni personne ne pouvait plus rien lui faire entendre, oui, ce jour où elle faillit être entraînée au fond par les pierres d'un mur qui s'écroulait sous ses pieds et où il fallut se jeter à l'eau pour aller la secourir tandis que Lucie hurlait sur le rivage.

— Vous ne dites pas tout...

Il avait murmuré en songeant qu'elle ne l'entendrait pas mais qu'il devait dire quelque chose, de temps à autre, par orgueil, ce stupide orgueil de jeune homme qui le faisait se soumettre davantage à la vieille institutrice tout en se croyant plus libre que jamais.

— Que vous dire d'autre ?

— Pourquoi elle pleurait, là-bas, au bord de la mer ?

Cette fois, il ne s'était pas tu, n'avait pas attendu son bon vouloir, à elle, avait osé une question qui parut la désarçonner, ou par laquelle elle fit mine d'être heurtée alors qu'elle n'attendait probablement que le moment où il se déciderait à la poser. Elle finit par répondre que c'était pour la même raison qu'il pleurerait un jour, lui, un homme, lorsqu'il en saurait davantage et qu'il comprendrait ce que c'était qu'une femme, une vie de femme : l'interminable déception, les rêves qui se brisent comme de la vaisselle, un goût de vieille neige dans la bouche, et toutes ces chambres où l'on n'arrive pas à se réchauffer, l'enfance perdue, la stupeur, l'incrédulité devant le temps qui a passé, les rires blancs...

— Elle ne croyait plus à rien, ajouta-t-elle ; elle accomplissait sa besogne, s'occupait de Lucie, déjeunait avec nous tous les dimanches, et le reste du temps rêvait à je ne sais trop quoi, peut-être aux jardins dont parlait le vieux livre trouvé dans le grenier.

— Elle se fout de toi, lui dirait Sylvie, quelques heures plus tard, dans la cinquième chambre de Berthe-Dieu, elle ne sait rien de sa sœur, c'était un mystère pour tous, y compris pour elle-même, la pauvre fille.

— C'est ce que je lui ai dit, répondit-il, qu'elle était bizarre, oui, quelque chose comme ça...

— Vous avez écouté des bruits, murmura Yvonne Piale. Vous croyez que des pauvres peuvent avoir des secrets. Si vous saviez ce que c'est que d'être née Piale, à la fin de la guerre, sous l'œil dominateur des Barbatte, avec un père et une mère qui, eux non plus, ne croyaient plus à rien mais faisaient semblant parce qu'ils avaient voulu des gosses, qu'ils avaient au moins cru à ça, à ce nom de Piale dont il fallait se débrouiller et qui, avec le temps, nommerait peut-être autre chose que des échines courbées sur une terre qui n'était même pas à eux, se disaient-ils : un nom que portaient ces trois filles dont ils voyaient bien, avec le temps, qu'elles ne donneraient rien de bon, c'est-à-dire pas d'héritier qui sauvât ce nom, le fît claquer plus fièrement, comme s'il y avait quelque chose à sauver de cette syllabe qui aurait aussi bien pu servir à appeler les poules ou les chiens — pas même un beau nom, hein, plutôt une plainte brève, une lamentation honteuse, un cri mouillé, en outre trop féminin pour espérer en remontrer aux vents, aux arbres, au granit, à la grande nuit corrézienne : un nom de pleureuse, plutôt, qui faisait sourire les hommes, qui leur faisait un peu peur, aussi.

— Je m'appelle bien Mirgue...

Elle n'entendit pas, ou ne s'arrêta pas à si peu. Elle dit encore qu'elles ne l'avaient pas salie, cette syllabe, que l'une d'elles, en tout cas, avait tenté d'en faire quelque chose : non pas une orgueilleuse oriflamme, ni même une raison sociale, mais un outil honnête, quelque chose en quoi on eût confiance ; exactement ce que lui répétait le père Piale lorsqu'il entreprit de tirer Amélie de ses songes, un matin d'automne, alors qu'elle avait décidé qu'elle n'irait plus à l'école, la faisant se lever bien avant le jour pour la pousser dans le brouillard avec, au creux de l'estomac, un peu de soupe mêlée de vin, comme autrefois Yvonne, tous deux, le père et la fille cadette, légèrement ivres de sommeil et de vin, et sans doute de colère. On n'y voyait pas à cinq mètres — ce qui n'empêcha pas le père de tirer un lièvre qu'Amélie dut aller ramasser et qu'elle trouva dans un fossé, en même temps que le chien : un lièvre qui n'était pas blessé, qu'elle serrait contre sa poitrine et qu'elle consolait, voulait soigner, avec qui elle s'enfuit sans pouvoir échapper longtemps au père qui la rejoignit au détour d'un chemin qui descendait au lac. Il lui arracha le lièvre, l'acheva sur la grève avec le tranchant de la main, remonta ensuite avec l'animal dans une main et Amélie dans l'autre, jusqu'à l'espèce d'abri qui lui servait d'atelier, dans les bois de derrière, et où il obligea la fillette en larmes à dépouiller, avec son Opinel à lui, l'animal qu'il lui fit manger en ragoût le soir même et qu'elle avala sans pleurer ni rien dire, regardant son père bien droit dans les yeux avant de se lever lentement, souriant comme si elle eût fort bien dîné, puis d'aller vomir dans la cour, contre les troènes. Tout cela sans que le père et la fille aient prononcé la moindre parole, l'un et l'autre convaincus du peu de prix des mots et se dévisageant de part et d'autre de leur âge, comme d'une rive à l'autre du temps, lui qui allait sur ses soixante ans, et elle qui n'en avait guère plus de onze ; à telle enseigne qu'il pouvait leur sembler qu'ils n'étaient pas le père et la fille, mais les deux faces du temps, qu'il y avait entre eux le basculement d'un monde et, plus que cela, quelque chose comme une tendre indifférence, si on peut oser ce paradoxe pour faire comprendre qu'ils n'étaient, elle et lui, pas plus capables de s'aimer que d'être indifférents l'un à l'autre, et que le temps leur avait joué un tour presque aussi mauvais que ce qui était arrivé avec Lucie, puis avec le petit Pierre.

— Elle savait se faire à tout, poursuivit la vieille maîtresse, mangeant non seulement le lièvre achevé par le père mais celui que, quelques jours plus tard, il lui a montré comment tirer au fusil. À quoi elle s'est efforcée de prendre goût, s'y opiniâtrant, de la même façon que nous nous étions efforcées de tenir notre rang, à l'école comme au service des Barbatte, respectant leur silence, vivant à ras de terre, même Amélie, dans les premiers temps, quand Barbatte le père était encore en vie et que nous vivions du bout des lèvres, n'est-ce pas, car elle aimait les défis, Amélie, ceux qu'on se lance à soi-même, étant elle-même, elle l'avait vite compris, une sorte de défi aux lois de la procréation et s'en trouvant fière, en tout cas joyeuse, une jeune fille comme les autres, malgré tout, et qui aimait chanter, oui, entichée de ces chansons modernes qu'elle entendait à la radio d'Éric Barbatte, dans les années soixante, et qu'elle montait écouter non pas, bien sûr, dans sa chambre, ni même nichée, comme le faisait la fille Jolet, dans un recoin de l'escalier, la larme à l'œil ; non : grimpée à la fourche d'un grand chêne, derrière le château, cachée dans le feuillage, écoutant ce qui venait de la petite fenêtre par laquelle elle voyait le fils Barbatte assis à son bureau et lui tournant le dos — ce qui l'exaspérait car elle pensait qu'il le faisait exprès, qu'il savait qu'elle se trouvait dans l'arbre, qu'il voulait lui donner une leçon, à elle qui n'avait jamais pu rester en place, même quand elle gardait les brebis dans les prés et qu'elle regardait passer les nuages, même après l'accident...

Il ne demanda rien, devinant probablement qu'il n'obtiendrait rien d'autre, ce jour-là, qu'il valait mieux se taire ou faire mine de s'intéresser à autre chose, oui, dire quelque chose, quelques mots, comme s'il savait, elle l'attendait, elle sauta sur ses paroles avec une joie presque féroce.

— Si elle savait la musique ? Elle n'en connaissait qu'une seule : celle de la vie, comme tous les Piale, comme tant d'autres, sur ces hautes terres. Elle lisait à peu près correctement, avait du mal à écrire, faisait beaucoup de fautes d'orthographe, n'écrivait d'ailleurs jamais, n'envisageant même pas qu'on puisse écrire à quelqu'un ce qu'on peut lui dire en face, de vive voix, et donc téléphonant beaucoup, aimant que je l'appelle au téléphone, le soir, dans le salon du château où je croyais l'entendre résonner longuement, ce téléphone, comme s'il s'était trouvé dans l'église de Siom, et elle, Mélie, marchant vers lui d'un pas tranquille, sachant que c'était pour elle et prenant son temps, puisqu'elle était seule à pouvoir répondre, Lucie n'ayant jamais compris ce que c'est qu'un téléphone, elle en avait même peur, elle courait, au début, se cacher au fond de la pièce et regardait sa jeune sœur parler et rire lorsque je lui reprochais de ne pas m'écrire et qu'elle répondait qu'on n'attrape pas d'oiseaux avec des mots, et que Lucie avait bien de la chance de ne savoir ni lire ni écrire. Je l'aurais giflée. Elle aimait vraiment Lucie, pourtant. Elle l'aimait autant que moi, cette Mélie qui n'hésitait pas à se moquer de ses sœurs, de celle qui avait une cervelle de passereau comme de celle qui n'avait pas de beauté, qui s'était mariée trop jeune, sur un coup de tête, comme pour rire, oui, et incapable d'enfanter, d'avoir cet enfant dont elle avait sans doute trop rêvé et qu'elle avait fini par trouver, en quelque sorte, sans qu'il soit le sien...

Personne n'aurait pu être son enfant, pouvait se dire le petit Claude qui contemplait, le cœur battant très fort, la vieille maîtresse en train de remuer avec une courte tige de fer les cercles de la cuisinière et de jeter quatre ou cinq morceaux de bois dans ce qui lui aurait paru, s'il avait pu nommer ces choses-là, les cercles de cet enfer qu'est le passé, oui, cette vie qu'on regarde par-dessus l'épaule, derrière soi, qui a toujours été derrière soi, l'avenir n'étant jamais que le gant retourné du passé : une vie qui n'aura pas été heureuse, qui a même été ratée, toute Piale qu'on est, quelque volonté qu'on ait mise à sortir du Montheix et à rayer le mot malheur de tout papier — ou alors parce qu'on est une Piale et qu'on n'a jamais été jeune, lui avait dit Sylvie, le lundi suivant, dans la sixième chambre de Berthe-Dieu. Du moins n'avait-elle pas été jeune à la façon de sa sœur Amélie qu'on ne pouvait s'imaginer vieillissante, immobile, maussade, à la retraite dans une cuisine surchauffée et sentant la soupe de légumes, entre une fenêtre quasi obscure et l'œil oscillant de l'horloge, Amélie, donc, qui avait toujours été jeune, même quand, à vingt-trois ans, elle retourna au Montheix sans même ce titre de régisseur dont nul ne pensait d'ailleurs, à Siom, qu'une femme puisse le porter et qu'elle aurait cependant porté mieux qu'aucun homme. Il fallait l'avoir vue quitter l'usine à la fin du mois, et repartir pour Siom sur son vélomoteur, après avoir dédaigné la voiture envoyée par Éric Barbatte, bavardant une dernière fois avec Vivi et les autres filles comme si rien ne devait changer, comme si elle n'allait pas quitter Siom, dès le lendemain, toujours sur le vélomoteur (non plus celui de Nuzejoux mais le sien, qui était la première chose qu'elle se soit offerte, grâce à sa paie, la seconde étant un petit poste à transistors qui lui permettait d'écouter les chansons modernes sans avoir à risquer sa vie à la fourche d'un grand chêne), avec, sur le porte-bagages, Lucie qui riait aux éclats, cheveux au vent, jambes écartées dans cet air remué qui lui soulevait la jupe sur les cuisses et faisait regretter aux hommes de Siom, une fois encore, qu'elle eût une cervelle d'étourneau — et, derrière les deux sœurs, la belle DS noire conduite par Thaurion qui ne les aurait dépassées pour rien au monde.

Elles rentrèrent au Montheix, non pas, on le sait, dans l'ancienne maison des Piale mais au château que Thaurion venait ouvrir depuis plusieurs jours et où il fit du feu avant de se retirer, sans avoir ouvert la bouche, exactement comme il devinait qu'il devait faire, étant de ceux qui ont très vite su qu'ils ne sont destinés qu'à cela : ouvrir et fermer les portes avec les clés d'autrui, allumer du feu pour les autres et recevoir des coups de serpette sans plus pouvoir s'en plaindre que de la gueule qu'ils ont, oui, ayant su cela très tôt et ne s'en plaignant pas davantage, enfouissant sa rage en des terres plus profondes que les gorges de la Vézère, la muant en satisfaction amère, comprenant aussi qu'il fallait patienter, que le temps serait peut-être avec un Thaurion puisqu'il semblait être avec les Piale et qu'on pouvait sortir de la hêtraie natale, que si une femme le pouvait, alors un gars comme lui, Thaurion, en était à plus forte raison capable, pas besoin de révolution pour ça, il suffisait d'être femme ou époux d'une femme, vu que c'était à une Amélie Piale, une sauvageonne, une tête de mule, une moins que rien elle aussi, que tout était donné ; et c'étaient toujours elles, les femmes, qui avaient le dernier mot après avoir souvent eu le premier, oui, elles qui menaient les hommes où elles voulaient, sur cette fourche où ils pouvaient non pas écouter les chansons à la mode mais le bruit même du temps : entre leurs jambes, et certainement pas pour leurs beaux yeux de mâles mais pour leur soutirer la seule chose qu'ils eussent de bien : leur semence, et ensuite les chassant comme des propres à rien, se trouvant bien mieux entre elles, tout à fait comme ces trois filles Piale, qui faisaient rêver les hommes, chacune à sa façon, et toutes trois inaccessibles, malgré ce qu'on racontait de l'aînée, il le savait bien, lui, Thaurion ; comme si, aurait-il pu se dire encore, elles n'étaient pas faites pour l'homme ni pour l'amour, du moins pas pour l'ordinaire de l'amour, mais pour un type comme lui, Thaurion ; ou alors, c'était le cas de l'aînée, la grande bringue naguère sèche comme un coup de trique mais qui avec le temps se bonifiait, oui, prenait des rondeurs, semblait presque jolie, ou moins laide, et qui le savait, surtout depuis qu'elle avait perdu son peu de mari, là-bas, à Chamberet, et qu'elle avait l'air de défier le monde en ne se remariant pas. En tout cas il y avait pensé, lui, Thaurion, il avait fait ses calculs, en trichant avec le temps et incapable de voir que c'était pour avoir toujours triché avec le temps qu'il se retrouvait, à soixante ans, seul dans une inconfortable dépendance du château de Saint-Priest, plus laid qu'un chemineau ou qu'un romanichel, disait Yvonne Piale, et sans s'être bonifié le moins du monde, ayant même perdu, depuis le coup de serpette, sa superbe de cyclope ou de minotaure pour n'être plus qu'un vieux sanglier grisonnant qui allait parfois rôder sous les chênes de Chadiéras, près de la villa d'Yvonne Piale, à Siom, à l'abri desquels il pouvait contempler les deux sœurs, l'été, allongées, sur leur terrasse, dans des chaises longues, près d'une table en plastique blanc surmontée d'un parasol bleu marine, comme deux citadines en vacances. Une solitude qui avait donné à la trop jeune veuve cette vivacité, cet aplomb de femme qui n'a pas froid aux yeux, et pas seulement pour se retrouver devant des bataillons de gamins malveillants, mais face aux hommes, ceux des fins de bal, se disait Thaurion, et ce type d'Ussel qu'elle avait fréquenté pendant près de dix ans et avec qui elle avait fini par rompre, ayant enfin admis ce qu'elle avait su d'entrée de jeu : qu'elle n'en tirerait pas davantage que les quelques heures du mercredi après-midi, puisque pour rien au monde il ne quitterait ses enfants ni sa femme, et rompant non seulement avec lui mais avec Sainte-Marie-Lapanouze, après avoir obtenu son changement pour Pérols, à quelques kilomètres de Siom, entre les carrières de granit rose et la jeune Vézère.

C'est qu'elles ne faisaient pas les choses à moitié, ces filles Piale. Voyez la plus jeune, cette Amélie à qui on n'avait jamais pu apprendre à écrire correctement le français et dont vous n'eussiez pas obtenu un regard, oui, voyez-la, la fière Mélie, marcher vers la porte du château avec l'air de simplement rentrer chez elle, non pas en tant que maîtresse du fils Barbatte, mais en propriétaire, ou peu s'en faut, accompagnée de l'innocente aux belles cuisses et aux cheveux roux, l'une et l'autre se tenant par la main et souriant, la tête bien droite dans le vent du soir qui soulevait leurs cheveux — alors, pouvait penser Thaurion qui les observait depuis le coin du bâtiment qui avait abrité les brebis, qu'il y a de braves gars tout seuls qui ne demanderaient pas mieux que d'en épouser une, fût-ce l'innocente, oui, après tout il n'était pas si regardant, lui, Thaurion, ni, surtout, plus mal qu'un autre, malgré son front de cyclope et ses trente années de trop, puisque l'aînée était trop instruite pour lui et que la benjamine l'avait repoussé : l'idiote, au moins, ne regarderait peut-être pas à ce qu'il était, avec cette gueule qu'on eût dite taillée avec cette même serpette par quoi Amélie l'avait fait basculer dans la vieillesse, et ce grand corps d'aspect malaveigne et terrible dont il n'avait jamais très bien su quoi faire, dans lequel il avait l'air de vouloir éclater et qui l'avait à la longue rendu plus mauvais qu'il n'était, lui qui n'avait connu ni son père ni sa mère, tout juste une grand-tante, à l'Église-aux-Bois, près de Villevaleix, qui l'avait élevé pour remplacer son fils tué à l'armée d'Orient, en 1917, et ne point rester seule dans cette petite ferme à flanc de colline, sous une crête de sapins, mais sans parvenir à aimer l'orphelin qui était vraiment trop laid et faisait déjà un peu peur ; de sorte qu'il avait compris très tôt quelle part d'illusion, de poudre aux yeux, de vanité il y a dans ce qu'on appelle l'amour, compris également qu'on ne peut se passer des femmes, qu'on n'est rien sans elles, qu'il faut aller étouffer dans leur ventre ces sanglots qu'on ne peut pas toujours retenir, ou alors faire ça tout seul, en geignant et en pleurant au fond des genêts, le soir, quand tout est trop lourd et qu'on a trop rêvé à des yeux clairs qui puissent contempler sans effroi une tête en forme de billot noueux, entaillé de tous côtés, et que désignaient ces deux syllabes : Thaurion, sans qu'on se soucie de seulement savoir s'il avait un prénom par lequel l'appeler plus volontiers que par ce patronyme qui aura été son vêtement d'infamie : quelque chose d'aussi pathétique que ce qu'il agitait, Thaurion, au bas de son ventre, à genoux dans la mousse, sans quitter des yeux les deux sœurs, surtout l'innocente qui était descendue du porte-bagages en retroussant sa jupe jusqu'au haut des cuisses puis avait trébuché sur le gravier de la cour et fait, pour retrouver l'équilibre, un mouvement qui avait remué la belle masse de sa poitrine, bientôt rejointe par la cadette, toutes deux marchant sans se presser vers cette porte que la benjamine ouvrit sans avoir l'air décidée à entrer, le nez levé vers la mystérieuse inscription du linteau, souriant comme si elle pouvait la déchiffrer avec moins de peine que naguère les livres d'aventures, le traité d'art topiaire et à présent le journal du matin, puis se tournant vers l'aînée qui venait d'arriver dans la 404 beige qu'elle avait garée près du puits, marchait vers ses sœurs et souriait à Amélie qui, sans se soucier de personne, baissa pantalon et culotte et se mit à pisser sur la large pierre du seuil en riant doucement, demandant à Yvonne si c'était bien comme ça qu'elles faisaient, les belles visiteuses d'autrefois, et pissant et riant de plus belle tandis que Lucie riait et battait des mains, et s'accroupissait pour se mettre elle aussi à pisser, sous le regard d'Yvonne qui les contemplait avec un sourire pincé — encore qu'il pût se demander, Thaurion, au moment où il allait étouffer contre le granit son cri de vieille bête, si ce n'était pas pour lui qu'elle pissait de la sorte, il pouvait le croire, il avait presque toujours connu les femmes ainsi, à distance, en plein air, comme avec celle-là qui s'offrait dans la fraîcheur du soir non seulement à la nuit mais à lui, c'était la même chose, puisqu'il était la nuit, lui, Thaurion, la grande nuit des hommes blessés, des solitaires qui savent goûter, eux, la bouche écrasée sur un mur de granit, un jet d'urine dorée jaillissant d'un ventre de jeune femme.

XVII

— Vous n'avez pas tout vu, là-bas. Vous avez écouté le vent. Vous avez fait quelques mètres sur la droite, en partant du vieil if, et si vous n'aviez pas eu le nez en l'air comme un gars des villes qui découvre le ciel, vous auriez trouvé le chemin de Mélie, une allée de houx qui doit bien exister encore, comme le reste, mais dans quel état, dans quel état...

Elle regardait, par-dessus l'épaule du petit Claude, Lucie debout à la droite du jeune homme dont elle caressait les cheveux sans qu'il s'en effrayât, même s'il pouvait se dire qu'il ne s'habituerait jamais à sentir sur sa peau ces doigts épais et courts, aux ongles blancs, sempiternellement rongés, qui sentaient l'eau de Cologne et la fadeur des vieilles filles. Elle regardait sa sœur, lui souriait, la revoyait peut-être dans cette jeunesse qu'elle disait ne pas regretter mais dont elle déplorait la perte, comme tout le monde, voyant sans doute autre chose dans le visage de Lucie (un visage sur lequel le temps n'avait pas passé, ou plutôt sur lequel il avait glissé, le laissant, à plus de soixante ans, extraordinairement lisse, rose et doux, préservé par cela même qui l'avait vouée à la pire des solitudes : celle de la beauté innocente), oui, autre chose, encore, dans cette figure paisible aux lents yeux brouillés, trop bleus, à ce moment tournés vers elle sans la voir ou, s'ils la voyaient, sans déceler en elle rien de plus, on peut le croire, que ce qu'elle voyait dans le grand bouleau de la cour, à gauche de la terrasse, ou dans les sapins de Veix, de l'autre côté du lac, alors qu'Yvonne finissait par voir poindre dans la figure de Lucie celle de l'autre sœur, dans la cour du Montheix, par exemple, le soir, sous le vieil if, et lui souriait si bien que le petit Claude se trouva de trop, en tout cas pas à sa place entre les deux sœurs au milieu desquelles on pouvait sentir, comme un peu d'air plus frais, la présence de la sœur morte.

C'était, dirait-il plus tard à Sylvie, comme s'il y avait eu contre sa joue et dans son cou non plus les doigts épais et courts de Lucie, ni même la fadeur de son souffle, mais une singulière fraîcheur, une très grande douceur, une extrême jeunesse qui le fit se sentir, lui, incroyablement vieux, qui le fit rougir, aussi, et dont il aurait pu, s'il n'avait à ce moment tourné la tête vers Lucie qui s'était mise à rire, trouver la confirmation dans le visage bouleversé d'Yvonne et, davantage, dans l'espèce de bonheur avec lequel se contemplaient les deux sœurs ; non plus le triste et opiniâtre bonheur des pauvres mais un bonheur bien plus vaste, qui n'avait rien à voir avec ce qu'on nomme d'ordinaire le bonheur ni même avec l'ordre habituel du monde : quelque chose comme l'amour, il fallait à présent le dire, répondit Sylvie, car c'était bien ça qu'elles avaient en commun, ici-bas, et peu importait que l'une d'entre elles ne fût plus de ce monde, oui, un amour que ne pouvait partager nulle créature terrestre, ni le type de Chamberet, ni le fils Barbatte, ni le professeur d'Ussel, ni le blondinet du déjeuner sur l'herbe, ni même, on y viendra, le grand Bocqué, rien de tout ça, pas plus qu'aucune des divinités, ces forces, ces puissances auxquelles elles feignirent de ne point croire, l'aînée par conviction laïque, la seconde parce que ces divinités se confondaient sans doute avec ses propres sœurs, et la dernière parce que leur pacte avec les génies de la forêt et des eaux mortes devait rester secret. Quelque chose, donc, comme un surcroît d'amour, cela même qui ne pouvait être qu'Amélie Piale, comment le dire autrement ? le frémissement d'Amélie entre les regards, les souffles, les doigts et les mots des deux survivantes, dans la lumière réfléchie de leur amour, dans ce que, ce jour-là, elles avaient laissé entrevoir de cet amour qui aurait été leur secret, à toutes trois, par-delà les amants, les refus, les échecs et les fuites : cela même qui les unissait et qu'elles pouvaient, les deux survivantes, susciter à leur guise, et dont lui, le petit-cousin, ne saisirait jamais que l'incertain reflet, dans la palpitation de celle qui n'était plus de ce monde tout en étant singulièrement là, sans qu'il se passât là rien d'extraordinaire ni d'inquiétant, mais qui le rappelait, malgré le lien de famille qui l'unissait à elles, à sa condition d'étranger, d'homme, de mendiant amoureux, incapable de rester en place plus longtemps, sommé en quelque sorte de se lever, d'aller à la fenêtre où il essuya du tranchant de la main un peu de buée afin de regarder à l'extérieur puis autour de lui ce qui, dirait-il encore à Sylvie, n'était visible qu'avec le cœur, brusquement délivré, heureux d'avoir été capable et digne de voir cela, même s'il n'avait en fin de compte rien vu, et de le supporter ; heureux aussi que cela ait pris fin, derrière lui, entre les deux sœurs qui n'avaient pas bougé tant que la troisième n'était pas partie, oui, qu'elle se soit en allée, qu'elle ait rejoint les vents, les génies et les bois du Montheix ou Dieu sait quels espaces plus remuants encore, et sombres, et froids, qu'elle ait en tout cas quitté l'odeur de pot-au-feu de la cuisine où, brusquement, il se sentit mieux à son aise, tandis que la vieille maîtresse l'invitait à se rasseoir devant l'anisette qu'elle servit, bien avant l'heure, dans des verres évasés dont le pied était cerclé d'une fine bague dorée, avant de retrouver la parole pour dire (comme s'il ne s'était rien passé et qu'il fallût à tout prix reprendre son récit là où elle l'avait laissé) ce qu'il avait depuis longtemps compris : qu'elle n'avait pas eu de vraie jeunesse, que Lucie n'était jamais sortie de l'enfance, mais que, pour Amélie, c'était autre chose, qu'elle avait toujours voulu vivre dans l'orgueil de l'adolescence, faisant ce que bon lui semblait, souvent sur des coups de tête, parce qu'elle était une Piale et entendait préserver ce qui, à ses yeux, faisait qu'elles étaient des Piale : leur indépendance, le fait d'avoir toujours su rester à leur place tout en faisant ce qu'elles voulaient, se contentant de peu, de ne pas mourir de faim ni de froid, refusant les solutions trop aisées — par exemple régner en petite-maîtresse sur ce domaine que les héritiers Barbatte avaient sinon abandonné, du moins négligé pendant les trois années qu'elle travailla à l'usine, et où Thaurion n'avait fait que passer pour inspecter les plantations, deux ou trois fois par an, à grand bruit, faisant rugir sa tronçonneuse pour faire courir les ramasseurs de champignons ou lâchant des coups de fusil dans le soir et, disaient certains, contre le ciel, en riant silencieusement comme un homme ivre, afin que tout le monde sût qu'il était mieux qu'un homme à tout faire : un régisseur, un véritable homme de confiance, malgré sa gueule taillée à la serpe, son goût du silence et des femmes inaccessibles, et cette manie qu'il avait de donner sa semence à la terre, lui qui n'avait ni toit ni prénom, s'abritant sous son seul patronyme, et n'y abritant personne d'autre puisque nulle femme ne voulait de lui, pas même la bru de chez Delfaux, à la Vialloche, qui n'était pourtant pas si regardante et qui disait préférer perdre la vue plutôt que de contempler cette face qu'on avait tirée à coups de hache d'un tronc d'arbre.

On ne s'y fiait pas. On finissait par confondre Thaurion et le souffle des grands bois. Seule Amélie Piale y pourrait quelque chose, s'était dit Éric Barbatte, étant née là-bas, y ayant déjà travaillé, connaissant ces bois aussi bien que Thaurion et sachant planter mieux que lui qui n'aimait guère mettre la main à cette pâte-là, se contentant de fournir la graine, de sorte qu'on murmurait qu'aucun de ces arbres n'aurait poussé sans la semence de Thaurion et la main d'Amélie, ensemble, ces deux-là constituant le plus étrange couple qu'on ait jamais vu dans le canton, et que, au moins pour les arbres, ça ne marchait pas si mal — même si la seule idée de ce que pouvaient faire ensemble le grand commis des Barbatte et la dernière des Piale faisait frémir.

Elle fut la première à pénétrer, après trois ans, dans ce qu'on appelle aujourd'hui encore les bois de Thaurion, dans cette forêt maudite, dirait Sylvie avec un petit rire sérieux, et dès le lendemain de son retour au Montheix, la serpette à la main, la hache à la ceinture, après avoir téléphoné à Thaurion pour réclamer une tronçonneuse neuve. Elle avançait lentement, reconnaissait les arbres, flattait les troncs de sa main gantée, leur parlant en patois, taillant dans le brouillard autant que dans les taillis et les branches mortes, accompagnée de Lucie à qui elle avait montré comment serrer ce qu'elle venait de couper de manière à laisser le layon à peu près propre, guettant ce qui s'enroulait au tronc des arbres, ronce, chiendent ou serpent dans quoi elle frappait d'un coup exact, comme si c'eût été l'épaule de Thaurion — sauf que, pour les serpents, elle criait avec une sorte de colère : « A pas paour ! », pour avertir Lucie qui la suivait sans rien dire dans la demi-nuit des sapins —, contournant les arbres couchés par la dernière tempête, marquant ceux qu'il faudrait éliminer, ceux qui étaient morts et pour qui elle avait un mot, se félicitant d'avoir bien disposé vers l'ouest les racines les plus longues afin qu'elles résistent mieux aux vents, restant perplexe devant un pin qu'elle ne reconnaissait pas, qui semblait malade ou que la foudre avait frappé, et l'abattant sur-le-champ s'il menaçait les autres, avec une fièvre heureuse, comme elle faisait pour les bouleaux qui avaient poussé là plus vite que les pins, entamant le tronc, se redressant, se retournant, le front humide, et disant à Lucie :

— Ça va, petite sœur ?

Lucie ne répondait pas ; elle souriait, regardait sa cadette venir la prendre par la main, l'amener près de l'arbre, en silence, et donner dans le tronc un coup de pied très sûr qui le faisait s'incliner avec des grincements de vieille porte avant de s'abattre dans les fourrés.

On dit qu'à elle seule Amélie Piale débroussailla en quelques mois la forêt du Montheix, comme un homme — les plus sages soutenant que Thaurion lui mâchait le travail, secrètement, en pleine nuit, les autres qu'à forêt enchantée il fallait une enchanteresse et qu'elle n'avait pas, la Piale, enchanté seulement Thaurion et le fils Barbatte, mais les arbres aussi, ceux qu'elle avait naguère plantés comme ceux qui étaient là depuis plus longtemps, qui avaient poussé tout seuls, et même les autres, ces charmes que le vieux M. Barbatte avait fait planter avant-guerre, sur le replat qui se trouve entre le dos du château et l'à-pic du barrage, et qui étaient toujours debout, en dépit du climat.

De cette charmille obscure elle fit son jardin personnel, à défaut qu'il fût secret, n'ayant jamais rien eu à elle ni rien gardé pour elle, surtout pas ce qu'elle avait en tête. C'était un jardin presque clos, entouré d'une haie de houx disposée en demi-cercle ouvert sur l'à-pic au bord duquel elle refusa longtemps d'installer une balustrade, même quand elle abattit dans la pente les quelques sapins, bouleaux et coudriers dont la cime gênait la vue, et que, installée au centre de la charmille, dans cette chaise longue dénichée au grenier et qui était alors, pour les Piale, un luxe inconcevable, elle ne voyait plus que les eaux, les collines de Siom et le ciel dans lequel passaient ces nuages qui auront peut-être été, dit Yvonne Piale, ce que, avec les arbres, elle a le mieux aimé, oui, bien plus que ces rêves de navigation qui prirent fin après le voyage à la mer, lorsque, on ne sait pourquoi, elle cessa de parcourir en barque le lac, qu'elle brûla, un soir, sur la grève, cette même barque que le père Piale avait construite de ses mains, et qu'elle regarda se consumer, debout, timide et grave, pleurant comme ne pleure plus une fille de vingt-trois ans.

— C'était un accident, vous savez, ajouta-t-elle, après un moment de silence, sans qu'il comprît de quoi elle s'était mise à parler.

Elle s'était tue. On pouvait entendre le linge remuer sur le fil, dehors, dans le petit jardin de derrière. Lucie chantonnait ce qui pouvait passer pour un air ancien, oui, quelque chose d'extraordinairement ancien qui la traversait, la clouait sur sa chaise et lui tordait la figure en un sourire presque triomphal, tandis que, de l'autre côté de la vitre, le vent du nord soufflait dans les chênes de Chadiéras et faisait trembloter les volets de fer mal repliés, avec un bruit plus agaçant encore que le tressautement du couvercle sur la casserole ou les reniflements de l'aînée qui venait de se fourrer dans la narine une prise de tabac. Mais personne, à ce moment-là, n'eût osé se lever pour aller plier mieux les volets. Le petit Claude regardait Yvonne Piale qui ne le voyait plus, qui contemplait probablement sa sœur, non pas celle qui se trouvait devant elle, mais l'autre, celle qui était morte et dont un peu d'air frais, au milieu de la cuisine surchauffée, rappelait la présence lointaine.

— Un accident ?

Si elle entendit, elle ne répondit rien, continuant de revoir sa plus jeune sœur au moment où le hêtre tombait sur elle et lui écrasait les deux jambes, faisant sauter la tronçonneuse dont le moteur s'était emballé près de sa joue qu'elle coupa jusqu'à l'os avant de se bloquer contre une souche et de caler comme si elle avait enfin eu ce qu'elle voulait : un peu du sang de cette jeune femme qui la maniait à la façon d'un homme ; comme si, d'autre part, la tronçonneuse se fût soudain alliée à l'arbre qu'elle avait combattu, entamé, atteint au cœur, alliée aussi à la forêt tout entière afin de marquer la jeune forestière, de lui faire comprendre, murmurait Yvonne Piale, que ce n'était pas à une femme d'accomplir de telles tâches, surtout une femme dont la jeunesse et la virginité étaient une offense aux peuples de ces bois, une femme qui par-dessus le marché entendît régner absolument sur toutes choses et n'en faire, là aussi, qu'à sa tête — à plus forte raison quand il fut décidé qu'elle éclaircirait les hectares premiers plantés, ceux qui avaient plus de dix ans, sur les pentes les plus reculées du domaine, là où la dernière tempête avait fait du dégât. Tâche qu'elle entendait mener à bien toute seule, malgré les remontrances que Thaurion disait transmettre de la part du fils Barbatte mais qui ne venaient que de lui-même, malgré, aussi, les voix qu'elle croyait entendre au fond des bois et qu'elle n'écoutait pas puisqu'elle n'écoutait qu'elle-même, debout avant l'aube, un bol de soupe au pain et au lait calé dans l'estomac avec un peu de ce jambon cru qu'elle accrochait à la cheminée de la cuisine, enveloppé d'un grand torchon, et dans quoi elle taillait chaque jour une large tranche pour elle et, pour Lucie, une plus fine, quittant le château à peu près au moment où elle devinait que le soleil se lèverait lorsqu'elle arriverait dans les fonds, et sans avoir fait plus de bruit que le vent du printemps, afin de ne pas réveiller Lucie qui pleurerait quand même, comme chaque matin, en se découvrant seule, et courant à demi nue rejoindre sa jeune sœur qui ne désespérait pas de lui apprendre à demeurer au château, surtout quand elle avait à faire dans les parties les plus difficiles du domaine, où l'on ne pouvait aller sans danger.

Elle-même, Amélie, n'y échappa point. Elle resta sous l'arbre qu'une saute de vent (ou autre chose : quelque coup de ce qu'on appelle le destin et qui, brusquement, dans l'aveuglante et parfaite évidence de la douleur, ramasse, résonne et tord ce faisceau d'ombre et de lumière qu'on appelle une vie) avait rabattu et fait choir sur ses jambes sans qu'elle ait eu le temps de rien faire d'autre que de tourner un peu le buste et le bassin, les bottes prises dans un treillis de racines que la tempête avait fait sortir de terre et qui s'étaient dressées comme un piège. Car c'était bien une sorte de guerre qu'elle menait, là-bas, aux confins du domaine, du côté de la Font Freyde, dans ces bois noirs qu'elle n'avait pas plantés elle-même et qui ne toléraient pas, disait-on, qu'une main de femme se portât sur aucun arbre, à plus forte raison celle d'une jeune et belle femme qui entendait bien les dresser, ces arbres, alors qu'elle avait tout à en redouter, que ça finirait par se retourner contre elle, exactement comme l'Allis-Chalmers du père Piale s'était naguère couché sur son conducteur, dans le grand pré en pente, et que le rescapé de la mitraille allemande avait failli périr sous un tracteur américain. Pour la fille, ce furent donc le vent, et le hêtre, et la tronçonneuse, et le brouillard qui tardait à se lever, ce matin-là, et empêchait Lucie de retrouver sa sœur.

L'innocente courut dans les bois, pendant toute la matinée, d'abord du côté du lac, puis dans les bois de derrière, puis, se souvenant peut-être de ce que lui avait dit sa sœur, du côté de la Font Freyde où elle arriva bien après midi, après s'être égarée dans des layons qui descendaient vers la Vézère. Sa voix était restée celle d'une enfant, très claire et trop douce pour que le brouillard n'avalât pas sa plainte et le nom de cette sœur qui l'avait abandonnée, elle ne pouvait se dire autre chose ni surtout s'imaginer qu'Amélie gisait non loin de là, au fond d'une combe étroite et envahie de fougères, d'abord évanouie, puis réveillée par la douleur qui lui broyait les cuisses, avec cet arbre couché sur elle comme un homme trop puissant qui aurait eu ce qu'il voulait de cette sauvageonne — et, dans son dos, tout le froid de cette terre qui se vengeait de ce qu'on lui avait imposé avec ces rangées de sapins dont l'ombre perpétuelle et l'acidité l'appauvrissaient. Une terre qui espérait avaler sans tarder, pour l'exemple, le corps de la vierge qui se réveillait, puis s'évanouissait pour se réveiller encore et ne pouvait s'empêcher de gémir, quoique ce ne fût pas dans son caractère et qu'il ne fût pas certain qu'elle se plaignît, qu'elle ne fût pas plutôt en train d'appeler cette *petite sœur* qui à présent l'entendait, se mettait à courir, s'écorchait aux branches et aux ronces, et finissait par ne plus savoir ce qu'elle faisait, si elle l'avait jamais su, ayant soudain oublié, on peut le croire, jusqu'au nom d'Amélie, le langage s'étant effondré en elle comme les pignons de l'ancien moulin dans les eaux du lac, se laissant aller au gré des pentes et des trouées de lumière, et aussi de ses propres chutes — se laissant même guider, on peut aussi l'imaginer, par le seul son qui sortît de sa gorge et qui ressemblait au hululement d'une bête, quelque chose en tout cas dont il n'était pas bien certain que ce fût sa propre voix, ni que cette voix eût rien d'humain, comme si c'était à la voix des bois qu'elle obéissait maintenant, laquelle dût la conduire auprès du corps blessé, couché, à peine visible sous les branches du grand hêtre, et qui continuait en un murmure d'appeler à l'aide sa *petite sœur*, non plus celle qui s'avançait en se protégeant la tête avec ses bras, les yeux pleins de larmes, la bouche ouverte sur un souffle rauque, avec de la salive qui lui coulait de chaque côté des lèvres, mais l'autre, l'aînée, celle qui n'était pas là et qui savait tout, qui aurait su quoi faire au lieu de rester là, comme l'innocente, penchée sur elle sans comprendre, et qui, lorsqu'elle parut comprendre, se mit à frapper l'arbre à grands coups de pied jusqu'à ce qu'Amélie eût trouvé la force de lui crier de cesser, l'attrapant par la cheville et l'attirant à elle, et, comme elle se débattait, essayant de la faire taire, et à cela dépensant tant de forces qu'elle s'évanouit encore.

Elle découvrit, quand elle revint à elle, une Lucie apaisée, presque sereine. Elle lui demanda, très lentement, d'une voix que la souffrance, l'humidité et, peut-être, la peur avaient rendue plus rauque et basse, d'aller tout droit vers le fond de la combe, de suivre le chemin qui contournait la colline et de descendre vers le gué de la Vézère pour remonter jusqu'à la ferme des Dézenis, à la Chanelle, où elle demanderait de l'aide et où Sylvie Dézenis vit, à la fin de l'après-midi, arriver l'innocente, hagarde, blême, les cheveux pleins de feuilles et d'aiguilles de pins — une vraie sorcière à cheveux verts, dirait Yvonne Piale, oui, une femme possédée par les esprits des bois et si affolée qu'on crut d'abord que c'était à elle qu'il était arrivé malheur avant de se dire que ça ne pouvait être qu'à l'autre, à celle qui faisait rugir dans les bois cet engin qu'elle maniait aussi bien qu'un homme et, ajoutait-on plus bas, mieux que si c'était un homme, elle, la vierge, la sauvageonne qui continuait de refuser les meilleurs partis du canton et même du haut pays et qui n'était pourtant qu'une Piale, oui, qui avait le culot de n'être vraiment fière que de ça, et qui n'était même pas aussi belle qu'on disait, qui avait bien la mine de vouloir devenir aussi mince et silencieuse qu'un noisetier pour peu qu'elle continuât à faire la forestière et à vivre avec cette pauvre idiote, là-bas, dans ce vieux château plein d'ombre et de soupirs, où même le propriétaire ne mettait plus les pieds.

Il avait bien fallu, cette fois, appeler les pompiers des Buiges pour la tirer de sa combe, les jambes et le bassin brisés en plusieurs endroits. Elle souriait comme si ça n'était rien que d'avoir la moitié du corps en morceaux, d'avoir failli mourir au fond des bois à côté d'une innocente ; rien, non plus, elle le devinait sans doute, que d'avoir à passer le reste de ses jours dans un fauteuil roulant, comme autrefois Célestin de la Voûte dans son étrange carriole beige à moteur, et continuant à sourire, non seulement à l'hôpital de Tulle mais aussi chez elle (à supposer qu'on puisse appeler chez-soi ce qui était devenu un repaire de vents, de chouettes et de rats, et dont il fallut éloigner Lucie tout le temps qu'Amélie fut à l'hôpital, puisque l'innocente ne pouvait demeurer seule et que, disait-on, les esprits des grands bois seraient volontiers venus la chercher, elle, pour se dédommager de n'avoir pas eu tout à fait la plus jeune sœur), souriant à tout ça en femme qui savait que ça devait lui arriver un jour et qui en était presque heureuse, oui, comme délivrée, en tout cas point mécontente que ce fût enfin là et qu'elle eût à commencer, non pas une autre vie (puisque, n'est-ce pas, il n'y a pas de seconde chance ici-bas), mais une autre façon d'être dans le temps, dès lors que sa sœur aînée lui eut apporté le fauteuil dans lequel elle l'aida à s'installer et à rouler dans les pièces du bas, avec, pour passer de la cuisine au salon, comme pour sortir du château et circuler dans la cour et dans les allées du potager, des passerelles et des chemins de planches que lui fabriqua Chabrat, le menuisier de Siom, à qui elle demanda que les planches allassent jusqu'à la charmille, derrière le château, à l'extrémité de l'hémicycle de houx, jusqu'à l'espèce de pont de planches qui ressemblait à un parquet de dancing et où elle venait pour rêver, encore, comme s'il ne s'était rien passé ou que l'accident lui donnât enfin la possibilité de venir à sa guise en ce lieu, c'est-à-dire tous les après-midi, lorsqu'elle était lasse du potager que Thaurion montait entretenir chaque matin, en silence, sous le calme regard des deux sœurs qui se tenaient là, côte à côte, sur le perron, avant d'aller dans la charmille, l'après-midi, lorsqu'il ne pleuvait pas et même s'il faisait mauvais, abritées sous l'immense parapluie que tenait Lucie, debout près du fauteuil et regardant on ne sait quoi, dans la même direction que sa sœur, et peut-être la même chose qu'elle, de l'autre côté du lac, à l'horizon, par-delà les collines.

XVIII

— Ça ne s'est pas passé tout à fait comme ça, murmura Sylvie.

La septième chambre de chez Berthe-Dieu était éclairée par une lampe minuscule posée sur le faux marbre de la table de chevet. La nuit de mars n'était pas encore tombée, mais c'était là une de ces pièces d'où l'obscurité ne déguerpissait jamais tout à fait, un vrai camp d'ombre dont l'unique fenêtre donnait sur le toit d'une autre maison, plus basse et si proche qu'on aurait pu la toucher si on eût accepté d'entrouvrir la fenêtre sur le froid de l'après-midi et de se laisser tremper le bras par la pluie qui tombait depuis le milieu du jour. On hésitait à se mettre nu, non seulement hors du lit mais entre les draps trop froids, vu qu'il n'y avait dans cette chambre ni eau chaude ni chauffage, tout juste un petit radiateur électrique qui dégageait une courte chaleur et une odeur désagréable, et qu'on ne laissait fonctionner que parce qu'il donnait à la trop blanche peau des amants quelque chose d'ambré, se disait probablement le petit Claude en songeant que Sylvie était, au fond, comme Yvonne Piale, qu'elle n'aimait guère la lumière du jour, qu'elle puisait dans la semi-obscurité rougeoyante de quoi paraître un beau fruit mûr dont la peau avait même, sous la langue et sous les doigts, cette mollesse grenue et odorante des poires mûres : elle en jouait comme d'une coquetterie — l'ultime, songeait-elle sans doute, oui, probablement la dernière avant le lent crépuscule et les autres artifices, car, n'est-ce pas, le petit Claude était déjà une espèce d'artifice, de la fausse monnaie, une façon d'espérer échapper non pas au temps mais à la distance que le temps établit entre les êtres, et, davantage, entre les femmes et les hommes. C'est pourquoi elle avait recouvert de son grand manteau d'astrakan, avec une feinte désinvolture, le mauvais miroir qui occupait presque toute la porte de l'armoire de bambou qui se dressait face au lit, quoiqu'elle sût qu'ils ne voyaient jamais la même chose, son jeune amant et elle — l'homme ne la regardant pas vraiment, sinon, pouvait-elle se dire, avec les doigts, la bouche et le nez, et ne voyant, Dieu merci, rien de ce qui la hantait, les défauts, mauvais plis, rougeurs, marques, flétrissures, tout ce qu'elle s'ingéniait à faire disparaître en se cachant plus qu'elle ne se montrait, au contraire d'autrefois, lorsqu'elle allait se baigner dans la Vézère, entre la Chanelle et le Montheix, dans la vasque où l'avait surprise Yvonne Piale, il y avait bien longtemps, songeait-elle, c'était si loin, trop loin pour ne pas vous détacher de vous-même avec l'impression d'avoir vécu l'enfance d'une autre, d'en être brusquement coupé, comme un canard qui continue à courir après qu'on l'a décapité, oui, quelque chose de ce genre, pouvait-elle se dire tout en se revoyant nue au bord du trou d'eau vert sombre, épiée par tous les Thaurion du canton mais protégée, elle le sentait, autant par sa virginité que par la perfection de sa beauté, à tout le moins par le fait d'être nue et trop jeune, car, il faut le dire encore, aucun des gars de Siom n'avait jamais vu de femme vraiment nue, pas même dans les bordels de Limoges, de Brive ou de Clermont, où les filles étaient toujours pressées et peu désireuses d'ôter autre chose que leur jupe et leur culotte, par crainte d'attraper froid, prétendaient-elles, les plus gentilles retroussant quelquefois sur leur poitrine blême les bonnets de leur soutien-gorge et leur donnant à téter la très brune noisette pour leur faire passer l'envie de leur pétrir les seins et qu'ils jouissent plus vite, qu'on en finisse plus rapidement avec ce qui leur brûlait le ventre et les reins, et que chacun retournât enfin à sa nuit, les filles à l'oubli, à la lenteur, aux songes creux, et les hommes à l'obscure traversée du vin et au retour dégrisé vers les hauteurs du plateau et le sommeil au fond de couches solitaires ou bien auprès d'épouses qui se tournaient pour ne pas sentir la vinasse et le patchouli qu'ils rapportaient sur eux et qui leur faisait penser, les épouses, avec une sorte de reconnaissance à ces filles qui les délivraient un peu des assauts de leurs maris, tout en se demandant comment elles faisaient, ces filles, pour supporter, nuit après nuit, homme après homme, tous ces coups de boutoir, alors qu'elles-mêmes rechignaient tant à les entrouvrir, ces cuisses, à sentir leur homme ahaner, grogner, crier tout contre elles jusqu'à ce qu'ils se soient défaits de ce peu de lait fade et poisseux dans lequel on voyait parfois de petits caillots semblables à de la gelée royale et dont il fallait se débarrasser au plus vite, dans la nuit froide, accroupies sur une bassine ou bien debout dans la cuisine, devant l'évier, en prenant garde à ne pas réveiller les enfants ou la belle-mère, encore moins le beau-père à qui ça eût peut-être donné des idées : tout ça pour attraper un petit, un pauvre bougre non désiré, avec le risque qu'il ne soit pas tout à fait normal, comme cette pauvre Lucie Piale.

— Qu'est-ce qui ne s'est pas passé comme ça ? finit-il par demander.

Sylvie secoua ses cheveux. Ils se répandirent sur ses épaules grasses avec des odeurs qui n'étaient ni celles du jour, ni celles du printemps, ni même celles d'une petite-bourgeoise adultère, mais celles d'une femme amoureuse. Alors elle fut vraiment nue, trop nue, même, avec cette chevelure trop longue, trop épaisse, trop brune pour son âge.

— Mais l'accident ! Décidément elle aime bien faire parler les morts, cette pauvre Yvonne. Personne, chez nous, ne se souvient d'avoir vu arriver Lucie ce jour-là. Ni chez nous ni ailleurs. La vérité est plus simple. Lucie était incapable de retrouver toute seule son chemin : il lui aurait été plus facile de marcher sur les eaux du lac. Non. Elle n'a pas bougé, et Amélie est restée prisonnière encore tout l'après-midi au fond de la combe, et puis toute la nuit, sans pouvoir décider la pauvre fadarde à la laisser pour aller chercher du secours. Elle ne pouvait même pas la faire taire, l'empêcher de pleurer au-dessus de sa tête et d'ajouter ses larmes aux gouttes de la pluie qui s'était mise à tomber dans le brouillard sans le dissiper, une pluie fantôme dans un brouillard qui étouffait tout cri, quelque chose d'encore plus inquiétant que sa douleur et que la nuit...

Elle dut s'évanouir une nouvelle fois, ou s'endormir, en tout cas cesser de lutter, peut-être d'espérer. On peut l'imaginer en train de pleurer, elle aussi, mais silencieusement. Renonçons à la poésie de ce que disait Sylvie et faisons comme si c'était seulement la pluie qui lui mouillait le visage : on peut se dire que c'est à ce moment que Lucie prit la tête de sa sœur sur ses genoux, comme elle l'avait sans doute vu faire à sa mère et aux femmes de Siom, à moins qu'elle n'ait trouvé toute seule ces gestes maternels que l'idiotie n'avait pu empêcher de remonter depuis le fond même de l'espèce jusqu'à cette pauvre fille qui s'était mise à chantonner, comme si elle devinait en outre que ce chant sans parole pourrait protéger la sœur blessée non seulement du froid, de la pluie et de la douleur, mais encore de la nuit, de la grande peur de la nuit au fond des bois, et de toutes ces bêtes qui, raconte-t-on, vinrent rôder autour des deux sœurs, lorsque la pluie eut cessé, qui s'approchèrent, s'assirent, puis se couchèrent à portée de bâton de ce bivouac sans autre feu que la douleur et l'amour des deux sœurs, et veillèrent sur elles toute la nuit, renards, belettes, rats musqués, chevreuils et sangliers, dit-on, et aussi ces chats sauvages que les gardes-chasse traquent dans les bois, oui, que les bêtes les protégèrent jusqu'à l'aube, s'approchant encore plus près, les contraignant à s'endormir l'une sur l'autre, comme l'eût fait la mère au-dessus de la fille, faisant sentir à l'idiote qu'elle pouvait être mère, comme ça, au moins une fois, hors du temps, couvrant de son corps superbe et inutile le mince corps brisé d'Amélie, oui, le recouvrant, comme nul homme ne l'avait encore fait, de ce lourd manteau de chair, sous l'œil des bêtes des grands bois, jusqu'à l'aube — jusqu'à ce que Thaurion eût fini par les trouver, au milieu de la matinée, dans un bien piètre état : Amélie dans un quasi-coma, avec, sur elle, l'idiote à demi morte de froid qui continuait à fredonner ses airs stupides dans un langage qu'elle seule comprenait sans doute mais dont Amélie dirait plus tard qu'il avait quelque chose de magique, vraiment, que c'était ça qui l'avait sauvée, sous le regard des bêtes, ça et la chaleur de son corps, et l'incomparable amour qu'elles se portaient.

— C'est ce que Thaurion a expliqué aux gendarmes. Car il y a eu enquête, de mauvaises langues ayant laissé entendre, figure-toi, que les deux sœurs s'étaient disputées, en étaient venues aux mains, que Lucie avait soudain perdu le peu de raison qu'elle avait, qu'elle était devenue dangereuse. Mais nous savions bien, nous, qu'elle était brave fille, un peu la sœur de tout le monde. Nous l'avons dit aux gendarmes. Tout ça a déclenché une autre enquête, médicale celle-là, pour savoir si Lucie était bien traitée, si les conditions dans lesquelles elle vivait ne lui étaient pas funestes, si elle n'était pas un danger pour elle-même. Car il avait fallu la laisser seule au château, ce matin-là, après que l'ambulance a eu emmené Amélie, le temps qu'on prévienne ses parents et sa sœur aînée : quelques heures pendant lesquelles Lucie s'est échappée, est descendue au lac, a couru sur la rive, longtemps, manquant à chaque pas de tomber dans l'eau aux endroits où les pentes sont le plus raides, jusqu'à l'Oussine où elle est arrivée, le visage et le bras une nouvelle fois déchirés, des feuilles et de la boue plein les cheveux, et où elle ne se serait pas arrêtée si ses forces ne lui avaient manqué et qu'elle ne s'était pas effondrée dans la cour des Coissac qui ont été prévenus par leurs chiens qui hurlaient à la mort... Elle ressemblait, paraît-il, à un chien qu'on a battu jusqu'au sang. C'est ce chien-là qui s'était mis à hurler avec ceux de l'Oussine...

On ne tarda guère à les revoir au Montheix, trois ou quatre mois plus tard, l'idiote poussant dans le fauteuil roulant la benjamine qui lui devait probablement d'être paralysée pour le restant de ses jours mais qui la regardait toujours avec une extrême douceur, et même de la compassion. On pouvait dire non pas qu'elle lui avait pardonné (puisque jamais elle n'aurait pu en vouloir à Lucie de quoi que ce soit), mais, ce n'est pas le moins singulier, qu'elle lui en était reconnaissante, comme si quelque chose venait de s'accomplir grâce à elle, de s'achever avec l'accident, que quelque bloc se fût détaché du Temps pour se mettre à peser doucement en elle et lui servir enfin de passé, et de passé heureux, sinon d'enfance, du moins d'une jeunesse à quoi elle pût songer comme à une enfance qui venait de se détacher d'elle, exactement comme une lauze se décloue dans un coup de vent et tombe avec un bruit qu'on n'identifie pas sur-le-champ, qu'on laisse frémir dans toute son étrangeté avant de soi-même frémir du danger auquel on a échappé, et qu'elle n'avait pas à regretter, au seuil de ses trente ans, car ça n'était quand même pas la mort, disait-elle à ceux qui faisaient mine de la plaindre, non, pas la mort mais autre chose qui commençait et qu'il ne fallait pas redouter, malgré un corps et des rêves brisés.

— Et cependant plus belle que jamais, dit Yvonne Piale, le troisième lundi de mars. On aurait même dit que son accident lui avait donné un surcroît de beauté, que le destin avait cherché à compenser son infirmité par la plus belle des grâces — oui, la grâce, je n'appelle pas ça autrement, qui habitait à présent le visage de Mélie, un visage débarrassé de sa sauvagerie, de sa hargne, de sa hauteur, pour accéder à la lumière, pendant que Lucie, c'est ça le plus extraordinaire, la perdait, cette grâce, oui, on aurait dit que c'était là une vraie réparation, celle-là plus cruelle et juste, tout à la fois, et qui les rapprochait l'une de l'autre. Quant à moi, j'étais seule...

Elle s'ennuyait ferme, à Peyrelevade où on l'avait déplacée après qu'on eut fermé l'école de Pérols. Elle vieillissait, savait depuis longtemps qu'elle vieillirait seule et ne désirait plus que sa terre promise, non plus l'école de Siom, fermée elle aussi faute d'élèves, mais celle des Buiges, qu'elle guignait depuis la sombre bourgade battue par des vents presque aussi puissants que ceux du Montheix, depuis le coteau pelé et tourné vers l'ouest où elle passait de longues heures à regarder le jour tomber, là-bas, du côté de Siom, par-delà les collines, comme une vieille, ajouta-t-elle en souriant, entrée elle aussi dans un nouvel âge, avec toujours la foi dans ce qui ne changeait pas (ou qui changeait, mais dont elle ne voulait pas voir l'altération) : l'instruction publique, l'idée républicaine, la noblesse de l'esprit, les Lumières, tout le contraire de la grâce, certes, mais une manière de grâce, quand même, dès lors qu'on acceptait que les visages passent plus vite que les nuages dans le grand ciel ouvert, du côté de Siom, et qu'on mène en laisse ses appétits comme de vieilles bêtes, sans s'en trouver plus mal, puisque les apparences étaient sauves, encore une fois, et qu'elle se rapprochait de ses sœurs : de quoi témoignait, protégée de la buée des songes et de la chaleur excessive par un petit cadre de verre et de plastique imitant l'ivoire, une photographie qu'il n'avait jusque-là pas remarquée ou qui, plus probablement, ne se trouvait pas là, les lundis précédents, sur le rebord du buffet, et qu'il pouvait contempler sans avoir à trop tourner la tête vers les trois sœurs réunies, à cette époque, chez le photographe des Buiges un jour de comice agricole, les deux aînées debout, chacune posant la main sur une épaule de l'infirme dont rien ne laissait deviner qu'elle se déplaçait dans une chaise roulante, toutes trois radieuses, avec néanmoins dans les yeux quelque chose de lointain et d'un peu las, comme si, malgré la solennité du moment, elles n'eussent plus tout à fait cru à la petite gloire offerte par la magie d'une chambre noire, des sels d'argent et du papier glacé. Mais on y voyait (c'était encore visible sur le visage de l'aînée et sur celui de la benjamine, et aussi, par le singulier mimétisme de l'idiotie, sur la figure de Lucie) l'opiniâtre dessein de tout sacrifier aux apparences, quelles que fussent les métamorphoses à venir et la redistribution des grâces. Peut-être devinaient-elles, rassemblées de la sorte, en ce jour de septembre 1980, qu'elles n'auraient pas de postérité plus sûre que ce cliché en noir et blanc que le photographe des Buiges avait qualifié de « rétro », après leur avoir en vain proposé quelque chose de plus « moderne », un autre décor, ou une photo en plein air et en couleurs.

— Mais la couleur, dit Yvonne Piale, le plein air, ça ne faisait pas sérieux, n'est-ce pas, ça passe trop vite, on ne peut capter la couleur des âmes que par le noir et le blanc, voyez-vous, comme une page imprimée, noir sur blanc, rien de plus sûr, même si les images passent aussi vite que les visages, vieillissent avec eux, les font même vieillir plus vite. Mieux vaut ne rien avoir, pas d'autre trace que le nom. C'est ce que je me suis dit lorsque papa est mort et que j'ai cherché une photo de lui pour la reproduire sur de la porcelaine que je voulais placer sur le caveau...

Nulle photo d'Albert Piale. Il ne s'était pas plié à ce rite, sa femme non plus — ou alors elles étaient perdues, s'il ne les avait pas brûlées, ces quelques mauvaises images de lui en fantassin, en époux, en père de famille, en agriculteur, en survivant : rien qui valût la peine d'être gardé ni contemplé une dernière fois avant de repasser définitivement la porte sombre, d'un seul coup, en écoutant la radio, au moment de dîner, un vendredi, s'affalant sur la table à laquelle il s'asseyait chaque soir un peu plus tôt, se disant peut-être que c'était ça le commencement de la fin : être pressé alors qu'on n'a plus rien à faire, qu'on n'est plus rien, s'affalant donc sans bruit sur la table du repas avant que la mère Piale ait pu se retourner, bredouillant qu'il était crevé, qu'il s'en allait, et s'en allant plus vite qu'il ne le croyait, sans qu'elle ait eu le temps de prendre ça au sérieux, le trouvant le nez écrasé sur la toile cirée, près de l'assiette en porcelaine vide et du verre de vin qu'il s'était versé sans avoir le temps de le boire, non, pas même le verre du condamné, dit Yvonne Piale, mourant au fond comme chacun rêve de mourir : d'un seul coup, sans souffrir, sans presque s'en rendre compte — ou, s'il s'en était rendu compte, s'en réjouissant peut-être, enfin délivré, le temps de faire savoir qu'il s'en allait, non pas en français mais en patois, comme s'il s'agissait d'une affaire strictement privée, entre l'épouse et lui, et qu'il emportât aussi avec lui cette petite langue que l'épouse ne trouverait presque plus personne avec qui parler, pas même ses filles, et qu'elle reléguerait bientôt au fond de son ventre avec tout le reste, l'enfance sur le coteau de la Moratille, le grand silence de l'adolescence, l'attente d'un fiancé qui s'incarna dans cet Albert Piale qu'il avait fallu épouser un peu comme on se cache, et les espoirs, les pauvres joies, le désenchantement, les trois filles et ce petit garçon qui ne s'était pas décidé à vivre et qu'aucune des filles n'avait pu remplacer, elles qui n'avaient pas même été fichues de lui donner un petit-fils dans le visage duquel retrouver un peu le petit Pierrot. Non, pas une d'elles. De braves filles, au demeurant, elle s'en rendait compte chaque dimanche. Elle le vit encore mieux en apprenant que le père Piale ne reposerait pas dans la terre mais sous la pierre rose de Pérols, dans ce caveau qu'Yvonne avait fait édifier à Siom, sans en parler à personne, avec ses propres deniers, afin que la terre n'emportât pas le père et ceux qui le suivraient comme elle avait englouti le petit Pierre — Yvonne ayant en outre payé Chabrol, le cantonnier des Buiges, qui descendait aussi bien dans les fosses septiques que dans les tombes, pour creuser celle du petit mort et exhumer ce qui en restait, c'est-à-dire rien, pas même le bois du cercueil, ni le moindre bout d'os ou de dent, rien qu'une terre peut-être plus grasse et rouge, prête à recevoir un autre corps et à le faire disparaître de la même façon, comme il convient, dit-elle, à ceux qui meurent sans prospérité. Et peut-être pensait-elle encore, la mère Piale, tandis que Chabrol et son aide repoussaient, le jour de l'enterrement, contre l'entrée souterraine la dalle qu'ils cimentèrent sans tarder, que c'était aussi bien comme ça, que le bref nom des Piale n'était pas encore fini, que cette bannière après tout valait les autres, et que ses trois filles ne le déshonoraient point, pas plus mauvaises que d'autres — meilleures que beaucoup si l'on songeait qu'elles ne se déchiraient pas entre elles, qu'elles étaient là, auprès d'elle, toutes les trois, Mélie entre ses deux aînées, qui se laissait embrasser, elle qui avait toujours eu horreur de ça, par les gens de Siom, de Saint-Priest et des Buiges, par ces hommes, surtout, qui avaient trouvé là, ils sont décidément tous les mêmes, pouvait-elle se dire, l'occasion d'approcher leurs lèvres des trois sœurs Piale, et particulièrement d'Amélie vers qui ils se penchaient non pas à la façon des femmes, avec l'air de cracher sur celle dont la beauté leur avait si longtemps fait redouter le pire, mais en prenant leur temps, exagérant leurs condoléances afin de se presser davantage contre la sauvageonne à présent clouée à sa chaise et qui les laissait près de son cou respirer son odeur, disait-on, de résine et de chèvrefeuille, la grande sève des filles vierges et libres. Comme des chiens, pouvait se dire encore la mère Piale, surtout ce fils Barbatte qu'elle n'avait pas revu depuis bien des années et qui avait fait comme tout le monde, qui avait même vieilli plus que tout le monde, c'était le lot des hommes trop beaux, surtout ceux qui ont des traits fins et délicats, et ce je-ne-sais-quoi de juvénile avec ses cheveux trop longs rejetés en arrière comme un jeune homme alors qu'il avait l'âge d'Yvonne, c'est-à-dire plus de quarante ans, et qu'Yvonne, justement, le regardait embrasser Amélie en plissant les lèvres comme chaque fois qu'elle était en colère, ou malheureuse, et qui paraissait encore entichée, après toutes ces années, de ce bellâtre, de ce nobliau, de ce fils à papa qui était en quelque sorte responsable, on pouvait bien le dire, de ce qui était arrivé à Mélie, on n'a pas idée d'employer une femme en guise de bûcheron, et qui l'aurait bien voulue à lui, la Mélie, au lieu de l'éternelle fiancée qui se trouvait à côté de lui et soutenait tant bien que mal le noir regard d'Yvonne pendant que lui, l'héritier, le fils Barbatte, tel qu'on l'appelait encore et l'appellerait sans doute toujours comme s'il n'en finissait pas de naître et d'hériter et que le mouvement infini par lequel il naissait et héritait fût sa seule raison, sa pathétique et légère manière d'être, se penchait vers l'autre joue de l'infirme qui semblait, elle, ne s'apercevoir de rien et souriait comme si c'était elle, la veuve, et qu'elle fût en même temps au-dessus de ces souffrances-là, oui, qu'elle aperçût autre chose dans le lointain, quelque chose que le commun des mortels ne pouvait distinguer et qui n'était peut-être que le vide, le bleu cobalt et insoutenable du ciel, en cette matinée de printemps où les oiseaux piaillaient plus fort que d'habitude.

Ce qu'elle ne pouvait deviner, Mélanie Piale, c'était que, quelques jours plus tard, le même Éric Barbatte reviendrait voir Amélie au Montheix où il serait reçu comme s'il était non pas chez lui mais chez elle, dans les meubles mêmes des Barbatte, sans qu'il y trouvât à redire, s'imaginant, qui sait ? avoir pris au piège l'oiseau de paradis alors que c'était lui, le fils Barbatte, qui était pris — et bien pris, disait-on, en quelque sorte prisonnier de celle qu'il appelait sa belle indifférente, lui qui avait jusque-là fait de l'indifférence, de la légèreté et du cynisme, une sorte de vertu et qui, à présent, n'osait regarder en face l'infirme qui, depuis l'accident, avait l'air moins farouche, en tout cas moins orgueilleuse, et qui le força à la regarder, à s'approcher d'elle en faisant glisser doucement la couverture de ses genoux, lui découvrant ses jambes amaigries et repliées l'une contre l'autre, non pas pour lui signifier qu'il en était responsable mais pour lui représenter qu'elle n'était plus rien, tout juste bonne à mettre au rancart, comme son père, naguère, qu'elle ne pouvait plus veiller comme avant sur la propriété, même si, chaque jour, Thaurion venait la hisser sur le siège avant de la jeep qu'elle avait achetée, quelques mois avant l'accident, à un type de La Celle qui l'avait naguère acquise à la base américaine de Châteauroux, et dans laquelle ils parcouraient les plantations auxquelles le fils Barbatte avait ajouté les cinquante-trois hectares des bois de la Vergne dans lesquels travaillaient à présent des Turcs émerveillés de voir passer cette belle fille vêtue d'un treillis, la tête nue, les yeux brillants, la voix nette et impérieuse, qui ne prenait même pas la peine d'ôter de ses lèvres sa cigarette pour crier ses ordres, d'une main agrippée au pare-brise abaissé sur le capot encore frappé de l'étoile yankee, l'autre main accrochée au siège du type qui conduisait sans bouger sa tête en forme de billot taillé par un aveugle — avec, à l'arrière, ce grand chien noir qui sautait à sa guise de la jeep et y remontait sans effort, offert par le conducteur, à son retour de l'hôpital, et qu'elle n'avait accepté que parce que Lucie l'avait d'emblée adopté.

Personne n'aurait donc pu imaginer qu'Éric Barbatte reviendrait au Montheix en simple visiteur, en proie à une tristesse ou à une nostalgie presque indécentes chez un tel homme aussi beau, soudain timide, osant à peine s'asseoir devant ces deux filles qui le recevaient dans la cuisine, comme elles avaient toujours fait, la plus âgée assise sur le petit banc, dans l'immense cheminée au fond de laquelle elle regardait le feu sans paraître s'occuper de rien d'autre que de se réchauffer, immobile et silencieuse, à telle enseigne que si les flammes n'avaient pas donné un peu de vie à cette figure inclinée, perdue en elle-même, les deux autres auraient pu se croire seuls dans la pénombre de la pièce (où ils furent en quelque sorte seuls dès lors que Lucie eut gagné la cheminée dont elle ne tolérait que nul s'approchât, n'hésitant pas à hurler et à frapper au ventre le fils Barbatte qui s'avançait pour lui serrer la main), et la benjamine assise près de la table, dans son fauteuil roulant, le dos au feu, tournée de trois quarts vers l'unique fenêtre, écoutant le fils Barbatte lui dire qu'il en avait assez, que c'était plus qu'il n'en pouvait supporter, qu'il ne s'était pas marié à cause d'elle et qu'il lui demandait d'unir sa vie à la sienne — et trouvant, elle, cela extravagant, oui, presque aussi injurieux que le pseudo-mariage de Lucie avec le blondinet.

Elle rit (elle riait rarement, depuis l'accident, et de telle sorte qu'on eût dit qu'elle s'assombrissait, qu'elle s'abandonnait à une espèce de lassitude). Elle lui représenta que ce n'était pas possible, qu'elle était bien là où elle était, qu'elle voulait rester une Piale. « Et puis, qu'est-ce que vous feriez de deux infirmes ? » avait-t-elle ajouté en renversant la tête en arrière pour échapper à la fumée de sa cigarette.

— C'est bien romanesque, n'est-ce pas ? C'est pourtant la vérité, dit Yvonne Piale sans laisser au petit Claude le temps d'ouvrir la bouche. Mélie avait le chic pour se fourrer dans des situations extraordinaires. Elle était excessive, mais ne mentait pas quand elle racontait cette visite du fils Barbatte qui pensait à l'époque, comme nous autres, qu'elle guérirait, oui, qu'elle finirait bien par marcher de nouveau. Elle disait aussi qu'il s'était mis à pleurer et qu'elle ne savait plus si elle avait envie de rire ou de pleurer, qu'elle s'était alors mise à trembler et que c'est Lucie qui est sortie de la cheminée pour aller consoler non pas sa sœur dont les yeux brillaient si étrangement dans la lumière de l'après-midi mais l'homme qui pleurait en silence, debout, les bras ballants, oui, Lucie qui s'est approchée de lui et lui a essuyé les yeux avec son mouchoir en riant tout doucement et en marmonnant je ne sais quoi, d'une façon très tendre, exactement comme elle nous l'avait vu faire avec elle quand ça n'allait pas — et ça, sans que l'homme s'en soit défendu, oui, a-t-on idée ? sans qu'il ait bougé ni cessé de regarder l'infirme dans sa chaise roulante. C'est Mélie qui a dû prendre les devants et lui a dit de s'en aller, d'en finir avec tout ça, qu'elle n'avait pas besoin de sa pitié, qu'elles étaient très bien comme ça, Lucie et elle. « Je vous ai connue plus audacieuse », a-t-il fini par dire. Elle n'a pas répondu. Lucie s'était tue, elle aussi, et avec elles le grand chien noir qui s'était mis à geindre lorsque l'homme avait pleuré, et même le vent dans les grands arbres, les oiseaux, et tous les bruits du soir, un silence si parfait qu'ils auraient pu entendre leurs cheveux leur pousser sur la tête, le fils Barbatte s'asseyant sur le banc comme pour se mettre à table, Lucie faisant pareil, et Mélie songeant probablement à ce que venait de dire son visiteur — lequel pensait sans doute aux mêmes choses, à ses audaces d'adolescente, à ces moments qui avaient décidé de bien des choses : tenez, par exemple, lorsqu'elle a tenu tête à notre père au sujet de la cabane qu'elle avait construite au bord du lac, entre quatre sapins, si hermétiquement close de branches de genêt entrelacées qu'elle pouvait, à seize ans, y passer des journées entières, même quand il pleuvait, prête à vivre là comme une sauvage et commençant à le faire, mangeant des poissons qu'elle pêchait et qu'elle faisait cuire, des patates qu'elle mettait sous la cendre, des pommes qu'elle chipait dans le cellier, tout ça sous le regard réprobateur de ceux de Couignoux et de l'Oussine, à la grande colère de papa, surtout, qui est venu la chercher, un soir, avec à la main une torche pleine de résine, et qui a mis le feu à la cabane au risque d'incendier le bois de petits chênes, qu'importe, il y allait de notre honneur, disait-il entre ses dents en s'écartant du brasier auquel il a bientôt tourné le dos pour contempler peut-être son ombre immense qui s'étendait sur le lac, à moins que ce ne soit pour ne pas faire voir qu'il pleurait, qu'il regrettait de lui faire tant de peine, et surtout pour ne pas la voir pleurer, debout, si près de la cabane en feu qu'elle semblait vouloir en imposer aux flammes, montrer qu'elle ne les craignait pas, et ça jusqu'à ce que ses habits et ses cheveux aient commencé à sentir le roussi. Alors je me suis précipitée sur elle, oui, papa a eu cet instant d'hésitation, de sévérité, de cruauté, qui fait tout basculer, qui l'a séparé de nous, l'a renvoyé dans l'Argonne, l'a laissé seul avec lui-même, terriblement seul, vous voyez ce que je veux dire, et il a fallu que je me précipite, que je la prenne dans mes bras, que je dégringole avec elle dans le lac où nous sommes tombées toutes les deux en riant, croyez-moi, en riant aux éclats, si bien que c'était le pauvre papa, là-haut, sur la rive, qui avait l'air bien peu à sa place avec sa figure d'un autre temps et son air outragé, entouré de maman et de Lucie qui venaient d'arriver et qui riaient, elles aussi, mais pas pour longtemps, car papa s'est brusquement allongé par terre, ou plutôt effondré sur lui-même, sans qu'on sache pourquoi, il n'a rien voulu dire, jamais. Mais on voyait bien qu'il était plus que pâle et qu'il regardait toutes ses femmes avec l'air de quelqu'un qui s'éloignait, même si ce n'était qu'un malaise sans gravité et qu'il avait honte de s'être laissé aller. C'est Mélie qui a été le plus vite auprès de lui, les dents serrées, se couchant presque sur papa et lui disant, d'une voix que nous ne lui avions jamais entendue, très douce, celle de la petite fille qu'elle n'avait pas voulu ni peut-être su être : « Mais non, papa, n'aie pas mal, ne meurs pas, aujourd'hui on ne meurt plus, on ne peut pas, on ne doit pas mourir, surtout comme ça, on est à l'époque moderne, tu sais, et puis je serai sage, regarde-moi, regarde-nous... » Et il nous regardait en souriant, toutes ses femmes rassemblées autour de lui, avec, derrière nous, la cabane qui finissait de partir en fumée...

— Ça aussi, c'est trop beau...

Il en avait assez. Il sourit comme il venait de parler : avec cette exaspération qui précède la lassitude et l'indifférence. Dehors, il faisait presque tiède, et l'histoire, il le devinait, touchait à sa fin, et, avec elle, l'ordre quasi rituel de ces derniers mois. Il alluma une cigarette et ne s'étonna pas qu'elle ne protestât pas, qu'elle le regardât avec indulgence, comme pour lui signifier qu'il aurait pu le faire plus tôt, qu'il avait manqué d'audace, qu'il ne connaissait rien aux femmes. Mais il ne lui prêtait plus aucune attention, était ailleurs, ne l'entendit pas se remettre à parler comme si de rien n'était et lui dire qu'Amélie tenait fort peu aux choses, pas même, sans doute, à sa propre existence, « comme cette fois où, à douze ans, elle était descendue dans le puits : vous y avez jeté des cailloux, vous savez qu'il est très profond. Eh bien, elle a trouvé le moyen d'y descendre, ayant pour cela embauché la camarade de classe qui lui avait raconté qu'un souterrain partait du château pour aboutir à Siom, vous savez, sous la pierre à fleur de lys qui est dans la cour de Berthe-Dieu. Elle y a passé je ne sais combien de temps, accroupie dans le seau, se tenant d'une main à la corde, et de l'autre explorant les parois de pierre moussue avec une lampe de poche, tandis que la camarade, là-haut, la retenait à grand-peine, et finit même par ne plus la retenir du tout, lâchant la corde, laissant tomber au fond Mélie qui n'a pas crié, ne s'est pas plainte, par bonheur n'a pas heurté la paroi, s'est contentée de maudire l'incapable, la malaveigne qui criait pour demander de l'aide et qui a fini par trouver, dans les bois de derrière, mon père qui a passé la tête par-dessus la margelle et s'est entendu répondre qu'elle n'était pas morte, qu'il en avait une drôle de tête, lui, vu depuis le cœur des ténèbres... ».

Mais il n'y avait pas de souterrain, aucune issue de ce genre, aucun tour de passe-passe pour s'échapper du Montheix, même pour une Yvonne Piale. On était marqué à jamais par cette sombre et froide rose des vents, oui, c'était peut-être à ça qu'ils songeaient tous deux, Amélie Piale et Éric Barbatte, cet après-midi-là, de part et d'autre de la longue table de chêne, alors que l'idiote avait cessé de rire pour se mettre à pleurer, on ne savait pourquoi, et sans que sa sœur s'en souciât puisqu'elle soutenait à présent le regard de l'homme dont elle avait refusé la main avant tout, dirait-elle plus tard, parce qu'elle était une Piale et qu'elle n'avait pas le goût de devenir une Barbatte, et surtout, finit-elle par dire au maître du Montheix, parce qu'elle n'avait plus grand-chose à faire dans ce monde. Il la regarda en souriant, comme s'il savait, lui aussi, ce que c'était que d'être de l'autre côté de la vie, comme si, du moins, il avait soudain devant lui cette femme, cette vierge que tout homme est censé découvrir un jour et qui lui est destinée — le destin empruntât-il les signes cruels de la faute, non pas la faute de la femme mais la sienne, à lui, l'homme qui n'avait pas su se défaire assez tôt des préjugés de sa caste et de son sexe, de ce qui lui avait fait tenir pour pas grand-chose les filles de ses fermiers, en même temps qu'il les eût voulues pour lui, non pas séparément ni même toutes trois ensemble, mais dans leur inaccessible trinité de sœurs, de femmes et de Piale, pour connaître un peu de leur amour, y entrer comme en une eau inconnue, et pour finir, en quasi-désespoir de cause bien plus que par amour ou simple désir, essayant d'épouser la dernière, toute infirme qu'elle était, avant de se voir congédié, banni du seuil de cet amour où il avait trop mendié et où nul homme n'avait sans doute sa place. Et se résignant alors, puisque les affaires n'étaient plus ce qu'elles étaient, que ces années soixante-dix étaient plus dures qu'on ne pensait et qu'il ne pouvait plus habiter Paris, se résignant donc à vivre à Limoges auprès de celle qu'on lui désignait depuis longtemps pour épouse, cette jeune Emmanuelle Meynie, de bonne et riche famille, qui ne demandait pas mieux que de devenir Mme Barbatte du Montheix, quelque insignifiante qu'elle fût, à peine jolie avec ses courts cheveux blonds et son air faussement farouche qui ferait dire que c'était là une version édulcorée d'Amélie Piale, et qui avait elle aussi trouvé le moyen de n'en faire qu'à sa tête, pendant de brèves études de Lettres à Poitiers, avant de revenir à Limoges, d'y attendre ses trente ans et de rencontrer l'héritier du Montheix, de l'attirer, de le retenir, non pas, cours Pénicaud, dans la demeure de son père, grand médecin limougeaud sur qui la fille avait pu compter lorsqu'elle s'était retrouvée grosse, à vingt ans, d'un étudiant qui aimait le jazz, Antonin Artaud et la faim, et qu'elle comprit qu'il fallait étouffer dans l'œuf le fruit de ses amours faméliques ; non pas dans la maison paternelle, donc, ni même au centre de son existence, elle n'en espérait pas tant, mais au cœur de ce qui pouvait les unir : cette lassitude qui les avait rapprochés sans se faire d'illusions l'un sur l'autre, ni sur rien d'autre, d'ailleurs.

Elle trouvait pourtant que ça en valait la peine, la petite Emmanuelle, accrochée au souvenir du plaisir comme à la seule bonne chose que pût lui procurer un corps sans grande grâce, oui, cela même qui pouvait lui donner l'assurance qu'on n'est pas au monde pour seulement souffrir ou s'ennuyer, le ventre pouvant toujours être bon à quelque chose, même rendu stérile par l'avortement, et sachant, elle, qu'un homme encore aussi beau qu'Éric Barbatte, à quarante ans passés, serait un époux volage mais capable de l'honorer bien mieux qu'un fidèle et benoît mari, encore qu'elle se refusât à placer cette considération dans la perspective du temps qui passe et qu'elle ignorât la sorte d'amour que son futur époux portait à la benjamine des Piale, à cette femme triomphante, déchue, inaccessible et fière : le temps incarné en beauté, avait-il pu se dire, comme si elle était fille de ses deux sœurs, la grande bréhaigne et la belle innocente, et par là même tout aussi inépousable que les deux autres. Et sans doute lui avait-il fallu, à lui, l'héritier, se retrouver devant l'infirme pour comprendre qu'on n'hérite que de soi-même, pour connaître enfin sinon la défaite du moins la vraie désillusion et, puisqu'il fallait s'y résigner, l'avant-goût d'une solitude déguisée en compagnie de la jeune Emmanuelle qui ne pourrait lui donner d'enfants — connaître enfin le goût de ce malheur sans cesse surmonté qu'il avait toujours deviné chez les Piale, non seulement chez Amélie et Lucie, mais chez Yvonne aussi qui n'était bien sûr pas présente, ce soir-là, mais de qui il ne pouvait faire abstraction puisqu'il était impossible de penser à l'une sans songer aux trois. Yvonne qui était l'autre face de son destin, la plus évidente, la plus lumineuse, et qu'il n'avait jamais voulu regarder vraiment, pas plus qu'il n'avait eu pitié de Lucie, le jour des noces pour rire avec le blondinet, comprenant à ce moment ce que c'était que d'être seul, avec pour tout héritage la haine que s'étaient vouée ses parents, et le mépris, l'inconstance, la paresse, un nom qui sonnait comme le bruit de pas sur un mauvais chemin, et des terres et des bois qui ne valaient plus grand-chose, maintenant qu'on s'était mis à fabriquer des traverses et des poteaux en ciment ou en aluminium et que le bois pour la pâte à papier venait de l'étranger. Oui, plus grand-chose, exactement ce qu'il était, pouvait-il se dire, ce soir-là, et seul, à mille lieues de ce qui unissait les trois sœurs : la fatalité d'être Piale et filles d'une civilisation révolue, et trouvant là-dedans une force inouïe, de la fierté et une manière amoureuse d'être au monde, oui, une figure céleste, mystérieuse et simple tout à la fois, brillant dans l'absence de bonheur, et où, il se le redisait, nul n'avait place, pas même la mère Piale qui achevait ses jours (comme sa propre mère à lui, sur les hauteurs de la même bourgade) dans un mauvais meublé, après avoir refusé d'aller vivre avec Yvonne, par horreur de gêner, avait-elle dit, et qu'il avait pensé aller trouver pour qu'elle l'aidât à décider Amélie. À quoi il avait vite renoncé, tout de même qu'il renonçait à la plus jeune sœur, ce soir-là, sinon désespéré, du moins certain d'être, à plus de quarante ans, toujours passé à côté de sa propre vie, et souriant de tout ça, oui, relevant la tête en un sursaut de mâle offensé qui lui ferait bientôt, une fois épousée la petite Emmanuelle, regretter à voix haute de n'avoir pas baisé les trois sœurs, l'une après l'autre, en commençant par l'aînée qui ne demandait que ça, continuant par l'idiote qui n'en demandait pas moins, même si elle ne le savait pas, pour finir par l'infirme qui ne pouvait qu'imiter ses sœurs, les Piale étant, disait-il, comme les dominos, il regrettait bien de ne l'avoir compris plus tôt : la première qui tomberait faisant choir les deux autres — mais sans se rendre compte, Éric Barbatte, que c'était là une chute propre à faire choir aussi celui qui s'était cru maître du jeu, qu'il était d'ailleurs entré dans le mouvement d'une tout autre chute dont il apprendrait à écouter, inlassablement, le bruit qui était une sorte de chant d'amour silencieux, oui, la chute du temps...

XIX

Il aurait de quoi la regretter davantage. Elle épousa, quelques mois plus tard, le grand Bocqué des Buiges, un fainéant, un propre à rien, un bougre à peu près de son âge, et qui avait été avec elle à l'école de Siom après qu'on n'eut plus voulu de lui à celle du chef-lieu de canton parce qu'il se battait pour un oui ou pour un non, dès l'âge de douze ans, particulièrement avec son propre père qui tenait près de la gare des Buiges un minuscule bistrot dont les volets verts étaient presque toujours clos et dont il était, depuis la mort de sa femme, le premier client.

Le fils ne prisait guère ces ivresses : il avait assez de sa propre fureur et de ces bagarres qu'il déclenchait, vers minuit, dans les bals ou les boîtes de nuit, parce qu'une femme se refusait ou qu'un mari, un fiancé, un chaperon y trouvait à redire, se battant même avec les gendarmes, surtout avec eux, peut-être, même si ce ne pouvait être une vraie bagarre mais, comme avec le père, un semblant de pugilat, de la blague, à tout le moins de sa part à lui (il n'était pas mauvais, dans le fond, et ne cherchait rien d'autre que de se faire aimer), car, de l'autre côté, les coups pleuvaient, fendaient la lèvre, pochaient l'œil, enfonçaient les dents, coupaient le souffle, finissaient par mettre à genoux le grand gars devant ce qui n'était pas vraiment l'adversaire, mais mieux que ça : l'ennemi, l'ordre, le père, les femmes légitimes, la loi des préférences naturelles et ceux qui sont là pour faire respecter les autres lois. À quoi il lui fallait se mesurer régulièrement afin de mieux se soumettre, avec une application quasi humble, non seulement dans le canton des Buiges mais, puisque le canton ni le département ne pouvaient suffire à sa fureur, dans la Légion étrangère, et aussi, disait-on, dans le mercenariat et les guerres ultramarines, partout où il pouvait sentir l'avant-goût de la mort, s'oublier, muer sa rage en fureur héroïque et s'endormir comme on tombe au bas de soi.

Il en revint plus calme, avec dans le dos une raideur héritée d'un éclat de grenade, ou, plus vraisemblablement, d'un passage à tabac plus sérieux que les autres dans une prison de Fort-Lamy ; ce qui ne l'empêchait pas de jouer des reins et du bassin dans la grande nuit des femmes, avec l'espèce de flamme qu'il avait toujours eue au fond des yeux et qui, depuis son retour et, surtout, depuis la mort de son père, dansait plus étroite et plus droite dans ses prunelles sombres : toute la gloire des hommes d'armes, c'est-à-dire pas grand-chose, n'est-ce pas, puisqu'il n'y avait plus, en 1980, de guerre digne de ce nom, mais simplement des coups de main, des interventions rapides ou du maintien de l'ordre, comme au Zaïre, au Tchad ou au Liban, et qu'il ne restait plus qu'à fourbir la seule arme qui vaille : celle qui inquiète les femmes et les apaise tout à la fois — ce que, du moins, elles font croire à tous ceux qui ne sont plus ni des fils ni des pères, qui ne sont presque plus rien, et qu'Amélie Piale, après tant d'autres, laissa croire au grand

Bocqué, qui ne demandait pas mieux que de la croire et de l'épouser sur-le-champ.

— Un vrai scandale, murmura Sylvie, dans la neuvième chambre de chez Berthe-Dieu, oui, une honte, surtout pour Amélie qu'on a vue arriver un matin dans la jeep frappée de l'étoile yankee, conduite par Éric Barbatte en personne, l'un et l'autre pleins de cette fureur qu'on retient et qui vous rend blême. Ils se sont arrêtés devant le bistrot du père Bocqué que le fils faisait semblant de tenir tout comme il avait fait semblant de se battre dans les sables du Tibesti, les rues de Beyrouth et de Kolwezi, ou les bars à filles de Djibouti, et comme il faisait semblant de vivre mais pas d'aimer Amélie, c'était ce qu'on disait, oui, encore qu'on ait dit aussi qu'il l'avait toujours aimée, lui aussi, quoique rien n'ait pu lui faire espérer qu'il serait aimé en retour : c'était une Piale, et on savait à présent qu'une Piale n'aime qu'une fois et que c'est pour toute la vie, même si elle fait fausse route et que cet amour est voué à l'inaccomplissement, les chemins de l'amour sont si déroutants, n'est-ce pas, mon petit ? Alors, voir débarquer devant les volets verts du caboulot Bocqué la dernière des Piale dans la jeep conduite par l'héritier du Montheix à qui elle avait refusé sa main tout en vivant au milieu de ses terres comme si elle en était la vraie maîtresse, c'était proprement incroyable. Il n'en revenait pas, le grand Bocqué, en passant par la fenêtre du premier étage sa tête qu'il gardait encore rase, et abruti d'alcool — car il s'était mis à boire, en disant qu'il fallait bien se rapprocher de son père, même si, là encore, il faisait semblant, et ne buvait, certains soirs, que pour se donner un genre et entretenir une fureur que les ans, les coups, l'outre-mer et les femmes avaient bien amoindrie. Il ne les a pas reconnus tout de suite, le maître du Montheix et l'infirme qui lui demandait de descendre. Amélie n'a pas voulu entrer chez lui. Elle a attendu qu'il soit près de la jeep, en survêtement et en savates, pour lui demander de l'épouser, je te jure, non pas en lui disant qu'elle était libre, qu'elle désirait le revoir, ou je ne sais quelles fadaises de ce genre, mais en lui demandant sa main comme ça, tout de go, et en regardant à peine le grand gars à tête rase et aux yeux troubles qui se triturait la moustache avec l'air de ne rien comprendre : c'était plutôt Éric Barbatte qu'elle regardait, à ce moment, et à qui, sans attendre la réponse, elle disait, comment peut-on être si garce ! que le grand Bocqué des Buiges valait bien le beau Barbatte du Montheix, que Bocqué, au moins, n'avait jamais rien demandé, qu'il avait su attendre sans rien espérer, que c'était à cause d'elle qu'il ne s'était pas marié et qu'il se bagarrait, rien de moins, parce que ça lui chauffait les sangs, cette attente, cette épreuve, même s'ils savaient tous les deux qu'il fallait attendre encore — mais quoi ? Les signes, les signes qu'une fille comme Amélie passait son temps à déchiffrer, qu'elle allait peut-être écouter au fond des bois ; et pas seulement Amélie, mais ses sœurs, oui, Yvonne, bien sûr, qui doit en savoir long là-dessus, et aussi Lucie, la pauvre fadarde, qui en sait peut-être plus que les deux autres réunies, parce qu'elle est innocente, justement, ça ne s'explique pas autrement, à supposer que tout ça ait un sens pour nous. En tout cas, elle les a attendus, Amélie, ces signes qui ont été, presque en même temps, la mort du père Piale et celle du vieux Bocqué, la mort de ces deux pères qui se seraient de toute façon opposés à ce mariage, le premier parce qu'il n'y voyait rien de bon pour sa benjamine, l'autre parce qu'il jugeait son fils indigne d'une femme. La mort de ces deux vieux, donc, mais aussi la démobilisation du grand gars, et puis je ne sais quoi d'autre : l'accident, probablement, quelque chose de ce genre, cela même qui faisait sourire le fils Barbatte, au volant de la jeep, en regardant l'infirme puis, droit dans les yeux, l'ex-légionnaire qui n'osa, pour une fois, soutenir ce regard d'homme et qui contemplait peut-être le bout de ses savates dans lesquelles il était pieds nus, ou alors le toit de la gare, en face, ou rien du tout, essayant d'échapper au regard de l'homme riche qui savait qu'il était pris au piège, lui aussi, le grand Bocqué, que de toute façon ça ne marcherait pas et qu'il n'y avait, dans cette affaire, ni vainqueur ni vaincu — ce que le grand Bocqué savait sans doute aussi bien que lui avec ses pieds nus, pas lavé, ni rasé, avec l'air d'un repris de justice dans son survêtement kaki enfilé à la hâte, devinant, en tout cas, que c'était là quelque chose qui le dépassait et à quoi il se trouvait mêlé sans l'avoir voulu, soudain réduit à n'être plus que le mari d'Amélie Piale, ce qui devait faire sourire Éric Barbatte qui se disait peut-être qu'il l'avait échappé belle, qu'il n'était pas destiné, lui, à se plier non seulement à une infirme qui avait près de quinze ans de moins que lui mais aux deux autres sœurs : aux trois sœurs Piale, donc, pour devenir leur animal de compagnie...

Elle souriait, comme les lundis précédents, avec l'agaçante gourmandise des femmes amoureuses, mais en plus avec la mélancolie de celles qu'on va abandonner, elle le savait et elle regardait son jeune amant dans le lointain frémissant d'une douleur dont il lui fallait retarder à tout prix la venue, de la même façon qu'elle venait de retarder le plus possible son plaisir, dans la clarté un peu fade de l'avant-dernière chambre de l'hôtel du Lac, à Siom, elle les avait comptées ; et ne les eût-elle pas comptées qu'elle eût quand même compris que l'histoire touchait à sa fin, non seulement l'histoire des trois sœurs Piale mais leur histoire à eux deux, en ce début d'avril, avec les jours qui commençaient à allonger, disait-elle, et l'impatience du jeune amant à aller jusqu'au bout, l'un et l'autre comprenant à quel point les deux histoires étaient liées, n'avaient pu exister l'une sans l'autre, s'étaient en quelque sorte engendrées réciproquement pour s'épouser, s'épuiser, entrer dans l'heureuse lassitude des choses sues.

Et il pouvait se dire, le jeune Mirgue, qu'il fallait en finir, sortir de l'histoire, que leur liaison aurait pu durer bien davantage, quoique d'une autre façon, pour le simple orgueil d'avoir pour maîtresse une femme mûre, encore belle, et riche, s'il n'avait pas fallu rester et parler, après l'amour, traverser la pénombre, le demi-sommeil, la sentimentalité et l'ennui avec des paroles, oui, des mots, et pas n'importe lesquels : des mots qu'il lui lançait et qu'elle reprenait de manière à former une histoire, un récit parallèle grâce auquel elle croyait lui faire oublier le temps, alors qu'il ne passait pas assez vite pour lui, ce temps, et qu'il ignorait encore que même la lenteur d'après l'amour passe plus vite que l'éclair, tout dépendait du côté de l'âge où on se trouve, s'était-elle dit en songeant, dès le mois d'octobre, quand il se fut mis en tête de rencontrer chaque lundi cette parente éloignée, qu'elle ne s'attendait pas à une rivale de cet acabit, ni qu'elle aurait à se battre aussi, et peut-être surtout, sur le terrain de la parole : en faisant mieux que la vieille institutrice, en le tenant éveillé, en haleine, apprenant à mieux faire durer le plaisir, ne révélant qu'au compte-gouttes ce qu'elle savait des Piale et instaurant sa loi, sa durée à elle, se faisant à son tour maîtresse du langage et jouant sa version contre celle de l'autre, sans deviner qu'à jouer le temps contre le temps elle ne pourrait que perdre, qu'elle avait déjà perdu non pas contre l'autre mais comme l'autre, là-bas, sous les chênes, dans sa cuisine qui empestait la soupe, la vieille fille et la laine humide des souvenirs.

Il était trop tard, elle savait ça aussi, elle le disait à mi-voix au trop jeune amant qui fumait en écoutant décroître dans la grand-rue de Siom le moteur d'une voiture qui remontait vers la Croix des Rameaux pour prendre, à gauche, la direction de Treignac et, après cinq ou six minutes de route, parvenir à la pancarte indiquant non pas le Montheix mais le barrage d'Électricité de France, comme si le domaine n'existait plus ou qu'il ne se distinguât plus de la forêt domaniale de Siom-Lestards, qui le jouxtait. À moins qu'il n'écoutât, le jeune Mirgue, les voix des grands buveurs qui montaient à travers le plancher et, plus loin, sur la gauche, le bruit des ronds en fer de la cuisinière dans laquelle la Berthe enfournait des morceaux de bois, exactement comme l'avait fait, quelques heures plus tôt, Yvonne Piale, avec ces gestes qui étaient aussi, songea-t-il probablement, ceux de sa mère et de toutes les femmes du haut pays, avec leur façon vive et légère d'apprivoiser les flammes de l'enfer. Et il continuait de se taire pour écouter enfin ce que lui disait Sylvie et, plus probablement, grâce à cette singulière et désinvolte capacité à entendre sans écouter vraiment que donne le corps satisfait, en repensant à ce qu'avait dit Yvonne Piale, quelques heures plus tôt : elle avait peu parlé, ménageant elle aussi ses effets, sachant qu'il ne restait plus grand-chose à dire et que bientôt ses visites prendraient fin, qu'il ne viendrait plus jamais, sur le coup de dix heures, s'annoncer après avoir fait retentir le grelot du portail, en toquant au verre dépoli de la porte d'entrée, entre les fins barreaux torsadés dont le vendeur l'avait convaincue qu'ils étaient bien de style espagnol ancien, quoique fabriqués à Brive-la-Gaillarde, et qu'elle avait achetés en se reprochant cette fantaisie après un voyage aux îles Baléares, en 1985, au début de l'hiver qui suivit sa mise à la retraite, seule descendant dans un des meilleurs hôtels de Palma de Majorque, et sans compter, un coup de tête, une folie qu'on ne ferait qu'une fois dans sa vie, le temps que la villa de Siom soit enfin achevée : un voyage dont elle ne parlait jamais, de sorte qu'on ne pouvait savoir si elle y avait été heureuse ou si elle n'avait pas eu le cœur déchiré d'y découvrir qu'il était trop tard, ayant eu probablement très peur dans l'avion, on peut le croire, non pas de mourir mais de périr dans un enfer qui eût été semblable à celui dont son père n'était jamais tout à fait revenu ; indifférente aussi à la Chartreuse de Valldemosa, aux orangers, aux citronniers et aux palmiers, n'aimant que médiocrement George Sand et pas du tout Chopin ni la musique à quoi elle restait décidément sourde, oui, aussi sourde qu'hostile, elle ignorait pourquoi, à la grande lumière méditerranéenne ; bouleversée en revanche par le suicide d'une jeune Autrichienne dont elle n'avait pas oublié le prénom : Anna, qui s'était jetée du balcon de l'hôtel, pratiquement sous ses yeux, et qu'elle avait pu voir, cinq étages plus bas, gésir sur le béton dans les vêtements noirs qu'elle portait après la mort de son mari, regrettant pour finir d'avoir entrepris ce voyage, d'avoir réduit à rien son vieux rêve de chaleur et ce qui eût pu être un voyage de noces sous les néfliers, les figuiers et les pins parasols, au bord d'une eau très bleue, oui, plus amère d'avoir piétiné ses songes que si elle eût mordu dans un citron vert, et se jurant bien de ne plus quitter Siom où elle avait enfin chaud.

Elle avait si peu parlé, ce matin-là, que ce fut Sylvie qui lui raconta les noces d'Amélie Piale et du grand Bocqué, dans l'église de Siom alors laissée quasi à l'abandon et dans laquelle Amélie avait obtenu de l'abbé Gilbert, des Buiges, qu'il célébrât leur union, au risque de recevoir la nef sur la tête, mais bien décidée, Amélie Piale, à braver le sort, après avoir signé le registre à la mairie sous le regard calme des Siomois et de quelques jeunes gens des Buiges dont Bocqué était, disaient-ils, l'idole.

— Un mariage pour rien, a-t-on dit, même quand ils ont été officiellement mari et femme, tellement cette union paraissait extravagante et que c'était pitié de voir un si beau gars épouser cette infirme qui le menait par le bout du nez — ou, inversement, de voir cette jolie fille ajouter à son malheur en liant son destin à celui d'un bon à rien... Un mariage pour rire, là encore, poursuivit Sylvie, mais aussi, on ne l'a pas assez dit, pour s'entraider, puisqu'elle trouvait un bras à sa mesure et que le grand Bocqué en tirait de quoi vivre bien mieux qu'avec sa pension de militaire et le peu que lui rapportait le bistrot : de quoi s'occuper vraiment, dans les bois, seul ou en compagnie de Thaurion et des ouvriers étrangers qu'il commandait, disait-il, comme il fallait commander les nègres, et pour cela plus redouté que respecté, et bientôt haï, redoutant donc un mauvais sort et finissant par déléguer son peu de pouvoir à Thaurion pour travailler seul à éclaircir, émonder, nettoyer et brûler, mettant à cela tout ce qui lui restait de fureur comme il le faisait dans le lit de l'infirme qu'il portait chaque soir de la cuisine à la chambre, telle une jeune mariée, et qu'il besognait, dit-on, nuit après nuit, sans que ni l'un ni l'autre s'en plaignît. On eût même dit qu'ils cherchaient à rattraper je ne sais quoi, le temps perdu, et que c'était ça, pour eux, être mariés : tirer à soi, rassembler et nouer ensemble les fils de ce temps qu'on dit perdu pour s'en ceindre en riant le front avant de le relancer devant eux comme un enfant lance par terre une pelote de laine.

Il ne venait pourtant pas, cet enfant, et il fallait s'y résigner, accepter ce qu'on savait depuis toujours et mourir sans postérité — sauf à tricher un peu, et souffrir par exemple d'élever ce garçon que le grand Bocqué avait eu, dit-on, d'une fille de Gourdon, dix ans auparavant, et que le père Bocqué avait recueilli pendant que son grand gars se battait outre-mer : un brave petit, qui tenait de sa mère, pas bien malin, donc, mais guère dérangeant, et qui ne demandait pas mieux que d'aimer la première venue, celle qui ne le regarderait pas avec l'air de ne pas le voir.

Lucie en fut d'abord jalouse, comme elle l'avait été du grand Bocqué ; c'est même pour cette dernière raison qu'on avait retiré le petit du pensionnat où il vivait depuis la mort de son grand-père. Ensuite il ne fut plus possible de les voir l'un sans l'autre, l'idiote et le petit bâtard, les deux innocents qui avaient fini par s'aimer mieux que s'ils eussent été mère et fils, ce qui fit dire à quelques-uns que point n'était besoin avec les Piale de recourir à la nature et que les honnêtes mères étaient bien récompensées de voir une pauvre idiote devenir la quasi-mère d'un enfant naturel plus silencieux, doux et aimant que leur propre progéniture ne le serait jamais, alors que son infirme de sœur s'échinait à obtenir un enfant d'un mari qui se lassait, c'était prévisible, et s'était mis à regarder au bord du lac les baigneuses auprès desquelles il fit bientôt l'avantageux, puis le maître nageur, le joli cœur, enfin, Amélie ayant imaginé d'installer dans la crique, au bas du château, une location de barques et de pédalos que surveillaient Lucie et le petit Jean-Louis, assis sous un toit de genêts tressés et planté sur quatre poteaux de bouleau, tandis que, torse nu, le grand Bocqué montrait à de non moins grandes Hollandaises comment se servir des rames et le leur faisait voir jusqu'à l'île dont il ne se contentait pas de faire le tour : y abordant par l'autre côté et se glissant avec la naïade au plus touffu du bois de petits chênes avant de pénétrer au plus profond de la baigneuse ; et on entendait, à Couignoux, à l'Oussine, au Montheix, même, selon le vent, des brames, des lamentations, de singuliers rechants qui montaient du milieu du lac, faisaient rougir les femmes et tirer le nez aux hommes — lesquels se disaient que certains avaient bien de la chance de passer leur temps en barque sur le lac et dans cette rude et verte Cythère, en compagnie de blondes femmes en bikini, oui, dans cet étrange maillot qui les faisait paraître plus nues que si elles l'eussent été complètement et dont le seul nom sonnait dans leur cœur comme les coups d'un petit marteau d'or.

— Amélie le savait, elle s'y était même toujours attendue, dit Sylvie en se levant et se rhabillant avant lui, pour la première fois, lui tournant le dos, entrée déjà dans une pudeur d'amante délaissée. Elle ne pouvait pas ignorer, cette pauvre Mélie, comme on commença dès lors à l'appeler, ce que c'était que le grand Bocqué, ce bon à rien, ce coq outragé, ce coureur de jupons, ni que l'idylle allait prendre fin d'une façon ou d'une autre. Elle avait joué et perdu, puisqu'elle n'avait pas réussi ce pour quoi elle s'était mariée, après être allée consulter à Tulle un grand manitou de l'obstétrique qui lui avait donné de l'espoir. Ce qui ne l'empêchait pas, lui, le grand Bocqué, de se montrer brave avec elle, lui faisant faire chaque matin le tour du domaine dans la Land Rover qui avait remplacé la vieille jeep, et même, quand les chemins ne permettaient pas de passer, la portant sur son épaule, sans la moindre fatigue, avec un plaisir évident, ou de la fierté ; et à le voir passer comme ça au milieu des bois, dans les vallées et sur les crêtes, dans les fonds et les ravines, avec sur son épaule cette femme à la beauté si étrange, suivis le plus souvent de la sœur idiote, du fils naturel qui n'avait pas l'air plus malin que la sœur et du grand chien noir, on n'aurait pas cru que cette brave famille était sur le point de se rompre.

À l'amazone, donc, sur l'épaule de l'ancien légionnaire qui remplaçait le cheval qu'Amélie rêvait alors d'acheter pour inspecter la propriété, et avec lui parcourant non seulement les bois, les rives et les combes, mais bientôt tous les chemins du canton, comme un centaure à figure de femme : une centauresse, disait Yvonne Piale, une lente cavalière qui jouissait le jour de cette extravagance merveilleuse, elle qui ne jouissait plus guère la nuit de rien d'autre. Et le grand Bocqué acceptait de grand cœur ce rôle de monture diurne après avoir été un si vaillant cavalier de la nuit, et cela en échange de ses brefs voyages à Cythère, en barque ou en pédalo, ou encore à la nage, pourvu qu'il fût là, aussi, le soir, pour prendre sa femme dans ses bras, la porter à la chambre et se coucher près d'elle — tout ça pour les trop calmes yeux de l'idiote et du petit bâtard, sans aucun remords, étant homme à tout faire, fils, soldat, époux, gardien, forestier, maître nageur, étalon et monture, faute de devenir ce père que depuis si longtemps on lui demandait d'être.

On murmurait encore qu'il ne se contentait pas des baigneuses mais qu'en fin de semaine, quand Yvonne Piale venait passer dans l'ancienne maison des Piale la nuit de samedi à dimanche, il arrivait au grand Bocqué de n'avoir à traverser qu'une cour, par le passage autrefois taillé pour Amélie dans la haie de troènes, pour se croire de nouveau à Cythère — et même, ajoutait-on, de n'avoir qu'à pousser une porte pour entrer dans le sommeil de l'innocente, malgré le fils qui dormait non loin d'elle, derrière un paravent, dans un petit lit de fer, avant, qui sait ? de dormir à son tour dans les bras de Lucie, ce qui était bien le comble, mais qui, si c'était vrai, n'avait rien d'étonnant puisque aucune des sœurs Piale ne pouvait rien faire comme tout le monde ni, surtout, rien accomplir solitairement qui ne rejaillît sur toutes les trois.

Elles tenaient d'ailleurs le grand Bocqué en si piètre estime que, le jour où il s'enfuit avec une baigneuse plus âgée et plus riche que les naïades nordiques, on sut qu'il n'avait jamais été pour les sœurs qu'une espèce de mâle, c'est-à-dire pas grand-chose ; et on aurait pu les voir sourire comme souriait à ce moment le petit Jean-Louis, alors âgé de quinze ans mais demeuré aussi petit que son père était grand, avec un regard calme et cruel, oui, d'une cruauté presque innocente, qui semblait approuver les trois sœurs et même demander davantage : n'être plus le fils du grand Bocqué et d'une fillasse de Gourdon, mais celui des filles Piale, et non pas de l'une d'elles, malgré l'amour qu'il portait à Lucie, mais de toutes les trois ensemble, selon une opération qu'il ne cherchait pas à s'expliquer mais qui, avec le temps, lui paraissait plus évidente que ces règles de trois et ces accords de participes passés qu'on n'avait jamais pu lui mettre dans la tête.

— Bocqué avait sans le savoir épousé les trois sœurs, ajouta Sylvie, debout devant le miroir piqué du lavabo qui ne lui proposait d'elle qu'une image de femme lasse, vieillie, quasi répudiée, sur le point d'être renvoyée dans le temps commun et qui s'y résignait déjà sans le savoir. Non, ce n'est pas être mauvaise langue que de dire qu'il s'était, en épousant Amélie, créé des devoirs envers les autres sœurs. Lui-même le disait à qui voulait l'entendre. Et il était bien, comme tous les forts en gueule, victime de sa grande carcasse et de son sang : il crevait de fureur, incapable d'aimer et, surtout, de se laisser aimer, comme tant d'hommes, n'est-ce pas, mon petit ?

Elle était maintenant tournée vers le lit dans lequel il continuait à fumer, nu, le visage relevé vers la fenêtre derrière laquelle la nuit commençait à tomber, extraordinairement jeune et loin de cette femme qu'il fallait quitter, c'était toujours la même chose, la même duperie, le même aveuglement de part et d'autre, à ceci près que les femmes, elles, aiment décidément s'aveugler, se laisser rouler dans cette farine, pouvait-il songer. Il l'écouta lui parler, mais sans la croire et sans qu'elle y crût peut-être elle-même, de ce type de Siom qui aimait braconner et qui s'était retrouvé une nuit sous les fenêtres du Montheix sans que le chien eût aboyé, et qui raconta que ça y allait vraiment, là-haut, une vraie sarabande, que c'était bien le diable si le grand Bocqué ne s'occupait pas des trois sœurs en même temps, il en avait le coffre et tellement faim qu'il aurait bien mangé sur la tête d'un galeux...

Ils en étaient à ce moment de leur liaison où l'on ne parle plus que pour croire que tout va continuer, avec la volonté plus ou moins active de se leurrer encore, elle pour trouver dans sa défaite de quoi concilier honneur et sentiment, et lui pour s'habituer mieux à sa solitude, même s'il n'était jamais vraiment sorti de lui-même, n'était pas encore capable d'aimer, ne sachant pas que pour un homme de son espèce l'amour ne peut venir qu'à l'âge mûr. Ils croyaient avoir pitié l'un de l'autre alors qu'ils étaient déjà entrés dans la grande pitié d'eux-mêmes par quoi on liquide sans trop de bruit une liaison. Il l'écoutait donc lui dire en passant sa robe noire qu'il n'y avait peut-être pas eu d'amour, et que c'était ce qui avait fait peur à Bocqué, oui, cette absence d'amour, ou plutôt cette façon qu'elles avaient toutes trois d'être ensemble et qui montrait leur profond mépris des hommes, leur refus de s'en laisser conter, même par ce gamin de quinze ans qui ne demandait qu'à les aimer. Bocqué aussi, qui était allé jusqu'à monnayer cet amour avec une baigneuse sur le retour, en désespoir de cause, dit-on, et qui s'était enfui avec celle-ci parce que Amélie s'était remise à vivre comme naguère, soucieuse avant tout des arbres et du potager qui était, à cette époque, plus beau qu'un jardin d'agrément et dans lequel elle faisait pousser ses légumes entre de minces bordures de buis, des haies de houx et des allées de verdure qui, contemplées depuis le seuil du château ou du creux de l'if, avaient une allure de jardin à la française auquel elle affecta, dès qu'il eut, à seize ans, quitté le collège où il périssait d'ennui, le petit Jean-Louis dont elle accepta le tutorat.

Bocqué avait bien fini par revenir, la queue entre les jambes et la moustache tout aussi tombante, ajouta Sylvie, mais Amélie refusa de le reprendre et il finit par quitter définitivement le pays en compagnie d'une autre baigneuse. On ne se refait pas. Il était plus que jamais la proie de ses faims et de ses fureurs que l'âge transformait en ronchonnerie et en ressentiment, surtout depuis qu'il avait perdu celle qu'il appelait sa belle jardinière. Il racontait à qui voulait l'entendre ce que personne n'a d'ailleurs jamais cru : que c'était Amélie qui l'avait rejeté après avoir obtenu ce qu'elle voulait, non pas un époux éternel mais un homme qui acceptât de la dépuceler, tout infirme qu'elle était, et lui fît un petit, ou à défaut lui laissât son propre fils comme pupille ou domestique bénévole, on ne savait, en tout cas elle en profita jusqu'à ce qu'il eût dix-huit ans, c'était toujours bon à prendre, ce petit jardinier, n'est-ce pas, après l'avoir retiré du collège des Buiges où il aurait pu poursuivre ses études, d'après son père, mais où, en vérité, il n'apprenait rien, outre qu'il y était, là encore, le souffre-douleur des autres, chiennerie d'enfance ! oui, le petit bâtard, le fils de rien, celui qui vivait avec les folles du Montheix, comme on les appelait parfois, et qui rentrait chaque soir au château en ravalant ses larmes, et à pied, par le chemin qu'avait autrefois suivi Yvonne lorsqu'elle était allée déposer sa pellicule chez le photographe des Buiges : à pied, oui, pour ne pas avoir à emprunter le car de ramassage scolaire où il eût encore été persécuté, courant sur la route et dans les bois, arrivant hors d'haleine à la barque cachée au bas de l'anse, sous Couignoux, puis débarquant par les bois de derrière à peu près à l'heure où on supposait qu'il arriverait par le car qui l'eût arrêté à l'embranchement, sur la route des Freux — souvent crotté jusqu'aux genoux, éraflé de partout, trouvant malgré ça le moyen de paraître calme et souriant, comme si de rien n'était, le cœur battant la breloque, le souffle coupé mais bientôt heureux de n'avoir plus à redouter ce père qui l'avait surpris en train de traverser le lac et qui avait compris et lui avait administré une fameuse raclée, d'abord pour lui avoir menti, ensuite parce que c'était une honte d'avoir pour fils une lopette. En vérité, ce pauvre Jean-Louis, qui n'avait certes pas la force de son père ni la malignité de sa vraie mère, était, on peut le dire, un être pour rien, songeait peut-être le jeune Mirgue, quelqu'un de trop faible, qui eût presque voulu ne pas exister, un souffle sur une eau morte, presque rien, un accident, comme on dit, mais qui existait pour la plus grande joie d'une idiote qui se trouvait, on ne sait comment, une ferveur et des gestes de mère, qui alla même, les premiers temps, jusqu'à entrouvrir son chemisier pour donner le sein à ce gosse de douze ans qui ne se déroba pas, qui y prenait même, paraît-il, un goût si vif qu'il s'arrangea pour réserver ses larmes à Lucie dont il tétait et caressait longuement les seins sans savoir qu'il faisait ce dont tous les hommes du canton rêvaient encore et dont il aurait bientôt, lui, la nostalgie, puisque Amélie les avait surpris, au creux du grand if, et avait menacé Jean-Louis de le renvoyer au pensionnat si elle revoyait ça, tout en s'entendant rétorquer par le petit gars qu'elle était belle, Lucie, si belle, pourtant, et mettant dans cet aveu une douceur aussi effarante que les fureurs de son père.

Elle aurait pu lui répondre que c'était bien pour cette raison qu'il ne fallait plus caresser Lucie ; mais elle avait devant elle un petit mâle tout plein, à douze ans, de cette bêtise que donnent l'orgueil blessé et la voix sourde du sang : elle le gifla, frappa à plusieurs reprises ce tendre museau qui ne se déroba pas, qui savait déjà jouer de sa faiblesse pour regagner le giron de Lucie qui sanglotait comme si c'était elle qu'on eût frappée. Il pleurait, lui aussi, tandis qu'Amélie qui avait avancé son fauteuil vers eux grommelait qu'elle ne montrait pas ses seins, elle, et qu'elle ne pleurait pas. Elle les prit tous les deux par la main : ils demeurèrent longtemps immobiles, dans le milieu du jour, à écouter les frémissements de leur sang. Puis Amélie déclara qu'ils s'oubliaient, que les Piale ne pleuraient jamais. Elle demanda que Jean-Louis la poussât jusqu'à la charmille, au centre de l'espèce de plancher qui ressemblait à un parquet de dancing. Elle y venait, on s'en souvient, à la fin de chaque jour, pour contempler le lac. D'aucuns murmuraient que ç'avait d'abord été pour mieux surveiller le grand Bocqué ; d'autres qu'elle venait là s'embarquer pour sa propre Cythère, surtout lorsque le grand Bocqué eut disparu et qu'elle n'eut plus personne pour lui faire parcourir le domaine en amazone, ayant refusé les offres de Thaurion à qui elle dit, avec un grand éclat de rire, qu'il avait passé l'âge de se muer en centaure, et qu'elle se résignait à la Land Rover dans laquelle la hissait maintenant le jeune Jean-Louis qui la poussait aussi, chaque soir, par n'importe quel temps, au centre de la charmille où elle restait quelques instants avant de rouler seule jusqu'à la rambarde de bois, au bord du vide. De là elle avait vue sur le lac, sur l'île, sur les collines de Couignoux, de Veix, du puy Prélet et de l'Oussine, et aussi sur Siom, dans le lointain, tandis que, du haut de la place de Siom, de l'endroit où se dressait autrefois le grand chêne, devant l'église, on pouvait apercevoir, à l'horizon, un peu en contrebas de la masse de chênes, de hêtres et de sapins du Montheix, une petite tache claire : la plus jeune des Piale qui finissait, disait-on, de venir fadarde, oui, qui avait la tête peuplée d'autant de vents que les combles du château ou les cimes des grands arbres, et qui naviguait on ne savait vers quoi ni sur quoi — ses souvenirs, probablement, et ses espoirs déçus, et aussi, peut-être, ces mers lointaines que le grand Bocqué avait retraversées et qu'il décrivait à son fils dans les lettres qu'il lui envoyait et faisait sans doute écrire, ayant repris du service dans ce qu'il appelait encore la Coloniale bien qu'il y eût plus de vingt-cinq ans que les colonies avaient accédé à l'indépendance, et que ce service consistât non pas en des faits d'armes mais dans la surveillance d'un parc naturel, près de la côte, dans un delta marécageux et hostile où il effectuait ses tournées en barque à moteur, installé dans une chaise profonde, avec, écrivait-il, un nègre qui barrait et un autre qui se tenait à l'avant, le fusil du patron dans les bras, tous trois vêtus de kaki comme des militaires mais ne faisant que la chasse aux bracos et se plaignant qu'on n'en dût jamais finir avec ceux qui ne respectaient pas l'ordre ni la loi, les vraies lois ; se disant peut-être, également, que c'était ça, vieillir : n'avoir plus, au bout de son fusil, de soldats ennemis mais quelques braconniers qui jetaient, pour la plupart, leur pétoire et se mettaient à courir dès qu'ils apercevaient, glissant au milieu des eaux mortes comme un vieux crocodile, à l'heure où les bêtes vont boire, dans l'éclat sourd et lent du couchant, la barque du grand Bocqué.

XX

La dernière chambre de Berthe-Dieu était d'un bleu pâle et froid : une vilaine peinture sur un mauvais apprêt, pour une pièce dont les propriétaires parlaient comme de la meilleure de l'hôtel, parce qu'elle possédait une armoire en acajou, des rideaux de serge blanche et un large fauteuil de rotin verni dans lequel Sylvie s'était assise après s'être déshabillée, n'ayant gardé sur elle que ses sous-vêtements d'un rouge trop vif pour le bleu des murs, pâle et hautaine, et fumant, les yeux mi-clos, une jambe passée par-dessus le bras du fauteuil, le visage tourné vers la fenêtre. Mais elle était seule dans la lente et lumineuse après-midi d'avril. Elle frissonna, eut un mince sourire, chercha du regard un cendrier qu'elle ne trouva pas, se leva pour éteindre sa cigarette sous le robinet et jeter le mégot dans le verre à dents. Ce qu'elle se demandait ? Mais s'il viendrait, si elle ne s'était pas trompée de jour, si elle avait bien accompli tous les gestes propitiatoires, en proie aux mille doutes de l'amour finissant, croyant se rappeler qu'il n'avait même pas été question de ce rendez-vous, le lundi précédent, sachant que tout était fini, mais ayant tenu à venir, malgré tout, devinant qu'il était encore chez l'autre, ce jour-là, bien qu'on fût dans l'après-midi, et pour la dernière fois, là aussi, puisque la fin avait commencé dès lors qu'ils s'étaient mis à parler d'elle : non pas de la vieille institutrice, ni de sa sœur idiote, mais de l'autre, la morte, avec qui ça devait être également terminé, vu que tout avait une fin, surtout ces histoires-là qu'on croyait pouvoir mener bien plus loin que l'amour, parce qu'on est un peu fou, n'est-ce pas, comme s'il y avait un au-delà heureux de l'amour et qu'on pût espérer de la sorte arrêter le temps, oui, en finir avec les années et les disgrâces, et retourner en arrière, par la seule vertu de ce qui passe encore plus vite, pourtant, que le temps : l'amour, oui, l'amour qui n'est au fond qu'un barrage contre l'océan, elle avait autrefois lu un livre qui portait ce titre ou quelque chose comme ça.

Elle n'attendait pas : elle espérait, contre toute attente, et se disait à mi-voix qu'il résulterait bien quelque chose de cette patience dont seules sont capables les femmes entrées dans le désœuvrement amoureux, dans la défaite de l'amour, ayant plusieurs fois frissonné d'attendrissement pour elle-même, plusieurs fois été au bord des larmes lorsqu'elle avait cru que c'était lui qui montait, puis se reprenant, se reprochant de se bercer d'illusions, de prendre le pas lourd de Berthe-Dieu qui montait faire sa sieste avec son chien pour celui du jeune Mirgue, mais ne désarmant pas, on en était pas encore au point d'en appeler à la grande pitié, et se disant qu'il finirait bien par venir, qu'il ne pouvait pas ne pas venir, que ce serait trop vulgaire, n'est-ce pas, juste au moment où elle se sentait plus amoureuse, plus belle et plus désirable que jamais, quoique moins que jamais disposée à entrer dans la bassesse des femmes qu'on abandonne, l'amour, fût-il blessé, humilié, renié, ayant encore sa fierté, n'est-ce pas ? Elle renversa la tête en arrière sur le rotin tressé, songeant une fois de plus à la lâcheté masculine avec cette curiosité qu'on agace comme une dent douloureuse et qui lui faisait se demander jusqu'où irait celle du jeune Mirgue, s'il aurait du moins l'élégance de sa lâcheté et entrerait dans la chambre, en souriant comme il le faisait quand il pénétrait chez les gens pour y placer ses polices d'assurances, avec, à la main, cette fois, non pas l'attaché-case grâce à quoi il espérait faire sérieux et qui le faisait paraître plus jeune et plus fragile qu'il n'était, mais l'inévitable demi-bouteille de champagne à peine frais à laquelle s'entrechoqueraient deux flûtes qui sonneraient l'aigre musique de leur défaite.

C'est précisément ce qu'elle lui dit lorsqu'il entra dans la chambre, vers quatre heures, avant de lui parler de tout ce qui lui était passé par la tête, depuis midi, depuis ce repas qu'elle avait pris seule, dans la fraîche salle du restaurant où elle était l'unique cliente. Elle avait bu, oui, elle parlait comme une femme sentimentale, oui, et elle était malheureuse, frissonnait, ne se couvrirait pas, non, surtout pas, elle se savait incapable de prendre froid, d'ailleurs ça n'avait plus d'importance puisqu'elle aurait tout le temps de rester chez elle à se soigner sans redouter les contretemps qui pourraient désormais l'empêcher de venir le retrouver. Elle souriait de l'entendre dire qu'elle se couvrît quand même, avec cet air faraud et niais des hommes pour qui l'amour devient un vêtement trop lourd, surtout s'ils ont à la main, en effet, une bouteille de champagne encore humide du coup d'éponge qu'y a passé l'aubergiste après qu'un commis est allé la quérir au plus profond de la cave de l'ancienne maison, entre des bouteilles de bourgogne dont l'étiquette a à peu près disparu, des caisses d'eau minérale et des tapis de pommes de terre.

— Tu ne comprendrais pas, mon cher petit, tu ne sais pas aimer, tu ne connais pas la vraie patience, oui, ce temps qui serait notre temps à nous, rien qu'à nous deux, le temps sentimental qui t'irrite tant mais qui nous a permis de traverser l'hiver, au lieu de cet autre temps qui nous sépare, nous écarte l'un de l'autre comme des mâchoires qui bâillent, pire qu'une morsure, et qui nous laissera retourner chacun de son côté, moi à ma grande maison de Meymac, à ce coin du feu devant lequel j'accompagnerai mon mari au bout de l'ennui et de la maladie avec mes souvenirs et mes yeux pour pleurer, oui, regarde-moi, je pleure déjà, je parle comme dans un mauvais roman, avec mes yeux pour pleurer, n'est-ce pas, et mes souvenirs pour me dire que j'aurai vraiment existé, le temps d'un automne et d'un hiver, oui, que j'aurai été une femme, ne me regarde pas de cette façon, ça me fait trop mal, c'est trop bête, ça ne doit pas finir comme ça, pourquoi faut-il que les femmes pleurent, mon Dieu, et toi, oui, toi, tu retourneras à tes assurances, à ta vieille mère, à ces souvenirs, aussi, qui sont le seul destin de l'amour, ne ris pas, je sais que je suis trop sérieuse, trop romanesque, mais c'est vrai, nous n'avons pas su trouver notre temps à nous, tu ne crois pas ? puisque nous sommes entrés trop vite dans le temps des Piale dont tu dois maintenant savoir toute l'histoire, non ? murmura-t-elle en le regardant déposer la bouteille de champagne sur le napperon jaunâtre de la table de chevet, s'asseoir sur le bord du lit, lui tendre une flûte, déboucher la bouteille (une vraie bouteille, remarqua-t-elle, pas une demie, il ne se moquait pas d'elle, ou n'avait pas eu le moyen d'être mesquin, lui qui lui avait toujours tout laissé payer et qui lui laisserait maintenant régler une tout autre addition), et verser dans les verres le vin auquel le soleil de l'après-midi déclinante donnait la violence funèbre de l'or — ce même or qui bientôt coulerait dans leur ventre, leur jetterait par tout le corps une soif autrement vive qu'il leur faudrait apaiser, au corps à corps, avec une sorte de haine ou de dépit, sur le lit qu'ils ne prendraient pas la peine d'ouvrir, sur l'édredon sang-de-bœuf qu'ils froisseraient et souilleraient à peu près comme ils s'aimaient : afin de ne point déchirer autre chose, leur peau, leur cœur, leur âme, croyaient-ils, dans le temps même qu'ils déchiraient leur amour ou plutôt l'image qu'ils s'en étaient faite et qui, ils le comprirent alors, comme tous les amants du monde, leur tenait lieu d'amour, et qui les laisserait, quand ce serait fini, quand ils seraient entrés dans la paix du soir, entre chien et loup, hébétés, épuisés, muets, avec le sentiment d'être devant le fait accompli, remâchant l'un et l'autre tous les regrets et le désir impérieux d'autre chose, déjà, d'autres salives, d'autres humeurs, d'autres parfums, s'en remettant à la multiplicité généreuse et ardue des femmes et des hommes, à ce qui nous guette infiniment dans la fraîcheur, l'incomparable fraîcheur du temps.

Sans doute songeait-il aussi, le jeune Mirgue (et Sylvie le regardait y songer sans rien dire, comme si elle devinait et qu'elle suivît dans les frémissements de son visage le mouvement de sa pensée), à ce que venait de lui raconter Yvonne Piale et dont il espérait bien confronter le récit à celui de Sylvie, ou, à défaut, au silence apparemment approbateur de sa maîtresse, non plus dans la chambre d'hôtel, où toute évocation des Piale eût été, cette fois-ci, blasphématoire, mais dans la nuit qui tombait, sur le chemin du retour, pendant qu'il la reconduisait à Meymac, car elle était venue par l'autorail, cette fois, jusqu'aux Buiges, puis à pied jusqu'à Siom, mortifiée qu'il ne fût pas venu l'attendre à la gare mais se disant qu'après tout ça n'était pas mauvais, cette marche forcée, même si elle se tordait les pieds dans ses chaussures à talons hauts, à peu près nue sous une grande gabardine claire avec, à la main, un inutile parapluie, puisque le vent, autre signe, avait tourné au moment où elle prenait place dans le minuscule compartiment de première classe de l'autorail et que le temps s'était soudain remis au beau lorsqu'elle avait posé le pied sur le quai des Buiges, sortant de la gare sans regarder ailleurs qu'en elle-même, sans un coup d'œil (put-il songer encore) pour le café Bocqué ni sur la gauche, plus loin, pour la fabrique de contreplaqué Leclerc, l'un et l'autre fermés, définitivement, puis se mettant à marcher d'un bon pas sur la route des Buiges, ignorant les voitures qui s'arrêtaient à sa hauteur et, quoiqu'elle n'eût parcouru que quatre kilomètres, arrivant à Siom, épuisée, inquiète, incapable de rien avaler que du vin, mais se forçant à manger pour faire comme les autres fois et ne pas indisposer le sort, montant ensuite à la chambre bleue, comme l'appelait Berthe-Dieu, pour entrer dans l'attente et dans le dénouement. Et tout ça, songeait-elle, au retour, dans la pénombre de la Citroën où leurs cigarettes jetaient, quand ils tiraient dessus, de brèves lueurs rougeoyantes, tout ça pour entendre encore parler de la dernière des Piale, et aussi des autres, de l'aînée qui avait fini, la vieille garce, par se déboutonner un peu, après l'avoir prié à déjeuner, pour faire un sort au lapin écorché qu'il avait reniflé puis regardé sans pouvoir s'en empêcher, un peu écœuré, tout le temps qu'il resta sur le rebord de l'évier, aussi pitoyable avec ses petits yeux troubles qu'une femme abandonnée, aurait-il pu se dire s'il n'avait pas été tout entier à ce qu'Yvonne Piale lui racontait : sa nomination comme directrice de l'école des Buiges, en 1978, enfin, c'était bien le moins, murmura-t-elle, mais ce n'était ni un triomphe ni une revanche, puisque ni Odette Theillet, ni Aurélie Bournazel, ni Michèle Clupeau, ni même Myriam Herzog n'étaient là pour le voir et qu'à ce changement ne pouvait s'intéresser personne sinon le tout jeune maître qui faisait là ses premières armes, non seulement dans l'enseignement mais dans les travaux amoureux, et dont Yvonne Piale s'enticha, lui vouant une de ces platoniques passions propres aux femmes vieillissantes et dans lesquelles il entre surtout le plaisir de parler comme on ne l'a jamais fait avec aucun homme, étant donné qu'on a le temps, à présent, et qu'aimer n'est plus qu'un renoncement sans fin, oui, le mouvement amer et follement généreux de la désillusion.

Peut-être disait-elle vrai, et n'y eut-il rien d'autre que ces conversations grâce à quoi le jeune maître pouvait tromper l'ennui d'un exil provisoire et l'aînée des Piale sucer un os moins coriace que ses seuls souvenirs. Elle trouva, la même année, à se consoler — ou, si l'on préfère, de quoi dissiper ce qui lui restait d'illusions — avec ce Durieux de Treignac qui avait autrefois la beauté du diable et qui, à cause de ça et aussi d'un père sénateur qui vivait plus à Paris qu'en Haute-Corrèze, laissant ses deux fils se débrouiller à peu près seuls sous l'œil indifférent de trois domestiques, dans la froide demeure surplombant la Vézère et dans les jardins de laquelle on pouvait voir les ruines de quelques pans de murs en terrasse (tout ce qui restait d'un château bâti par Richard Ier d'Angleterre), avait mal tourné, le temps d'aller sur la Côte d'Azur comprendre que la beauté aussi se monnaie, non seulement la sienne mais celle des deux ou trois femmes qu'il fit travailler pour lui, a-t-on dit sans que rien fût d'ailleurs prouvé, avant de revenir au bord de la jeune Vézère, à l'approche de la cinquantaine, pour jouir non pas de la rente que lui eût laissée le sénateur ni des terres et de la demeure de Treignac — tout cela revenant à son frère aîné —, mais d'une autre maison, une espèce de ferme, près de Saint-Hilaire, dans les communs de laquelle il s'empressa d'installer une boîte de nuit avec pour hôtesse la fille de vingt ans qui partageait sa vie et qui, pour n'être pas très belle, n'en avait pas moins l'aplomb que donne un corps remarquable dont on murmurait que Durieux n'était pas le seul à jouir, tout de même qu'il continuait à faire profiter du sien les femmes qu'il avait, disait-il, manquées au temps où l'on ne prenait pas la pilule, les vierges, les farouches et les calculatrices, les mélancoliques pleines de feu, aussi, comme Yvonne Piale.

Avec le temps, on n'était plus si regardant. Et puis Durieux portait encore beau, malgré un début de bedaine et les rouflaquettes grisonnantes par lesquelles il tentait de faire oublier un front dégarni et un menton qui s'empâtait. Beau parleur, le verbe chantant, avec ce mélange d'élégance et de vulgarité dont il savait étourdir le beau sexe et dont il étourdit, si elle ne fit pas semblant d'être séduite, l'aînée des Piale qui se donna à lui non pas dans son appartement des Buiges ni chez lui, à Saint-Hilaire : dans une prétentieuse mais discrète hostellerie de Dordogne, non loin des grottes de Lascaux qu'on ne visitait plus depuis plus de vingt ans et dont ils n'avaient d'ailleurs cure, ayant l'un comme l'autre de tout autres grottes à visiter, ayant à remonter le temps jusqu'à la préhistoire de leur désir, oui, vers ce moment extraordinairement lointain où le désir les avait jetés l'un vers l'autre, trente ans auparavant, sans qu'ils eussent alors pu ni même souhaité entrer dans ce roman-là, s'abandonnant au temps et finissant par le remonter, ensemble, faute d'avoir pu l'arrêter, ayant jeté dans ses eaux des brassées de regrets, de remords, de fausses espérances, toute leur noirceur, aussi, avant de remonter au jour, sinon purifiés, du moins délivrés d'eux-mêmes, après deux jours et deux nuits de nage dans des eaux plus lentes ou plus véhémentes que le temps, après, également, que Durieux lui eut dit ce qu'elle savait aussi bien que lui : qu'ils ne pouvaient aller plus loin, ni espérer mieux l'un de l'autre, à cause de ce qu'ils étaient bien plus que du qu'en-dira-t-on, mais heureux de s'être prouvé l'un à l'autre que le temps ne fait rien à l'affaire, bien au contraire, qu'il leur avait permis de trouver ensemble ce que le jeune âge ne leur eût pas donné, avec cette ferveur souterraine qui les avait fait peut-être se revoir dans les gorges de la Vézère, dans les forêts ou sur les landes du haut plateau, non pas tels qu'ils avaient été, enfants, mais dans l'enfance de tout homme et de toute femme, dans ce moment où l'on est à la fois chasseur et proie, où l'on sort des grottes de l'enfance pour avancer dans la clarté frémissante du jour, vers ce qui n'est pas soi mais l'autre, et l'autre sexe, la figure délicieuse et terrible du temps, eût-elle l'apparence quasi ultime d'un Durieux, puisque tous les hommes, au fond, étaient pareils, que tout dépendait de ce qu'on attendait d'eux, et qu'elle avait bien droit, elle aussi, Yvonne, à un peu de bon temps, surtout depuis qu'elle avait recueilli chez elle, dans son appartement de l'école des Buiges, sa vieille mère qu'elle ne pouvait plus supporter de voir assise à son tour devant cette fenêtre qui ne donnait sur rien d'autre que sur la fin de son temps, tournant ostensiblement le dos à ce téléviseur que sa fille aînée lui avait acheté, après la mort du père, vivante et haute figure, aurait pu dire Yvonne à ce jeune collègue avec qui elle parcourait ces sentiers qu'on appelait à présent de grande randonnée et dont elle avait l'impression qu'ils ne menaient nulle part, oui, vivante et haute figure de la femme corrézienne qui a fait son temps, arrivée au bout du temps sans se retourner ni se raccrocher aux dernières branches, ni même rappeler à elle la petite fille qu'elle avait été, de l'autre côté du temps, sur le coteau ensoleillé de la Moratille, courant après ce papillon aux ailes d'un beau jaune acidulé dont elle ne savait pas, alors, que c'était là une figure du temps, non, ne pleurant pas sur ça — ne pleurant sur rien, disait encore sa fille aînée qui pleurait à sa place, la nuit, parce qu'elle ne supportait pas qu'une vie s'achevât devant une fenêtre solitaire, et installant chez elle la trop vieille femme dont il n'était pas besoin d'être devin pour savoir que si elle consentait à quitter sa fenêtre, c'était pour mourir dans les bras de sa fille. Laquelle se mua peu à peu, après avoir jeté ses derniers feux en compagnie du jeune maître et de Durieux, en une figure de même sorte, tout aussi digne que celle qui s'était éteinte, à quatre-vingt-un ans, dans le fauteuil de sa fille, de l'autre côté de la rue, devant une autre fenêtre qui donnait sur le même vide. Entrée peut-être sans le vouloir, Yvonne Piale, dans ce temps où l'on échange l'espoir contre la vertu, sans renoncer aux songes, quasi heureuse, en fin de compte, de ce rôle nouveau qui prit toute son importance lorsque, trois ans plus tard, elle fut à la retraite et veilla sur ce qui restait des Piale : Lucie et elle-même, puisqu'on ne pouvait y compter le petit Jean-Louis qui avait à présent plus de vingt ans et qui était devenu aussi fantasque et propre à rien que son père, quoique sans fureur ni éclat, et qui s'en alla, lui aussi, pour ne jamais revenir, après la mort d'Amélie, oui, parti sans un mot d'adieu, ni de remerciement, ni rien qui pût laisser deviner qu'il fuirait, un peu comme il était arrivé, dans l'épaisseur de son silence, avec son fagot de blessures et de honte, sans doute pour tenter d'en finir, en ville, à l'étranger peut-être, avec ce père qu'il n'avait pas eu le temps d'aimer, mais bien celui de détester puisque, n'est-ce pas, il faut toujours en passer par là : la haine, le désaccord, la fureur, la violence, avant de s'accorder, ou, plus simplement, de trouver quelque chose qui ressemble à l'inquiète paix de l'enfance, celle qui précède les grands sommeils et à quoi Yvonne Piale avait regardé s'abandonner sa mère : une fin très douce et silencieuse, qui avait tiré une sorte de sourire définitif à la trop vieille femme, les yeux ouverts sur ce qui était déjà très loin : le visage de sa fille aînée qui avait quitté sa classe en plein cours après avoir entendu sa mère frapper le plancher de sa canne, presque au-dessus de la salle de cours, et qui était aussitôt montée, s'était trouvée auprès d'elle et cependant extraordinairement loin, presque aussi loin que les deux autres filles et que le père Piale et que celui à qui elle, la mère, n'avait peut-être jamais cessé de penser et vers qui elle se réjouissait d'aller enfin, oui, le petit mort, celui qui savait tout sur le temps, la vanité, l'amour, celui qui lui avait donné la grande patience et dont le souvenir avait été, pour elle, une raison d'espérer — la seule, sans doute, qu'elle chérît sans discuter, avec le sentiment d'être injuste, mon Dieu, oui, injuste envers ses trois filles dont aucune n'avait été capable de ressusciter en son ventre quelque chose du petit Pierrot, non, pas même un reflet ou un peu de ce qui avait frémi en ce monde, pendant si peu d'années, et de quoi l'aînée serait à présent la seule à se souvenir, n'est-ce pas, lui souffla-t-elle sans qu'elle pût se faire entendre, en lui serrant la main de ses doigts qui ressemblaient à un nœud de vieilles ronces et trouvant soudain la force de porter à son front cette couronne d'épines qui n'était rien, bien sûr, en regard de celle qu'elle avait toujours portée avec dignité, parce que femme et Piale — et aussi, pourrait-on ajouter, parce que d'une terre et d'un temps où rien n'était facile, n'ayant certes pas eu faim, mais ayant connu l'inconfort, le froid, le travail acharné, la grande nuit et les hivers interminables entre lesquels le bref été enfonçait son ciseau brûlant.

— Arrête-toi, dit Sylvie.

Et comme il n'avait pas l'air de comprendre, elle lui posa la main sur l'avant-bras et cria que ça suffisait, qu'elle en avait par-dessus la tête de ces morts et de ces vieilleries, qu'elle était vivante, elle, Sylvie Dézenis, et qu'elle allait être malade, s'il n'arrêtait pas la voiture. Il freina, s'engagea sur la droite dans l'ancienne route bordée de hêtres granitiques et roula jusqu'à un étroit terre-plein sur lequel on pouvait se dire qu'on se tenait sur le bord extrême du haut plateau.

Elle descendit, fit quelques pas sur le gravier, les

bras serrés contre sa poitrine, contempla les lumières orangées de Meymac, au fond de la vallée, dans la nuit claire, avant de se retourner vers lui en relevant sa robe jusqu'aux hanches et ôtant sa culotte qu'elle roula en boule et lui lança par la portière demeurée ouverte, puis s'accroupissant et se mettant à pisser devant lui, en souriant comme une enfant prise en faute, le dos au ravin, tanguant un peu, si bien qu'on eût pu croire qu'elle allait basculer dans le vide.

— C'est comme ça qu'elle faisait, hein ? dit-elle en riant un peu trop fort.

Et il la regarda, cette femme qu'il n'avait jamais contemplée vraiment et dont les cuisses ouvertes au clair de lune avaient quelque chose de dur et de puissant, bien loin, en tout cas, de ce qu'on disait de la délicatesse, de la fragilité féminine : la femme originelle, songea-t-il peut-être, à la fois commune et rare, celle qui sait accueillir l'homme et le soulager un peu de cette misère qui lui fait prendre pour lanternes tant de vessies à seule fin que l'espèce se perpétue, non pas dans la déclinaison des patronymes, des figures et des races, mais pour la pauvre joie d'être au monde, oui, d'être de cette terre, en tout temps et en tous lieux, comme elle était Sylvie, en ce moment, en train de pisser au bord du haut plateau, avec, sous son ventre et ses fesses, le vent de la nuit et la rumeur silencieuse des siècles ; et même si, comme Yvonne, Lucie, Amélie, et tant d'autres, malgré leur rudesse à la tâche, elle n'avait pas procréé, elle n'aurait pas été inutile, parce qu'il en faut de celles-là, n'est-ce pas, de ces femmes qui vous détournent de la pensée de la mort pour vous y renvoyer avec un effroi moindre et moins de sentimentalisme, devait se dire le jeune Mirgue qui songeait aussi à ce que lui répétait sa propre mère : qu'il serait beaucoup plus pardonné aux femmes, et, maintenant qu'il savait toute l'histoire, à des femmes comme Yvonne, Lucie et Amélie Piale — Amélie, surtout, qui était morte comme elle avait vécu, lui avait raconté Yvonne, en sortant du faitout les morceaux du lapin qui avait cuit sans qu'il eût cessé, le jeune Mirgue, d'y penser et qu'elle apporta dans la salle à manger dont elle avait ouvert les volets, ce qui fit murmurer au jeune Mirgue qu'on passait enfin de l'ombre à la lumière. Elle ne répondit pas, n'avait peut-être pas entendu, lui montrait sa place à la table à laquelle il s'assit, près de Lucie, face à la fenêtre et au téléviseur qu'Yvonne mit en marche mais dont elle coupa le son en disant qu'on avait pas besoin de ces mots-là. Elle avait, à ce moment, la tête entourée d'images colorées et sautillantes qui représentaient un autre monde, auquel elle ne comprenait plus grand-chose, avoua-t-elle avec l'air d'une enfant qui prépare un bon tour.

Il se servit. Il mangea en silence, comme les autres, et en songeant que manger de cette bête dont la vue et l'odeur lui avaient soulevé le cœur une bonne partie de la matinée était le prix à payer pour connaître la fin de l'histoire, il le savait depuis le lundi précédent, depuis qu'elle lui avait dit qu'il resterait à déjeuner, qu'elle lui ferait du lapin, elle devinait qu'il aimait ça, le lapin, elle ne comprenait pas qu'on ne puisse pas l'aimer. Il se trompait ; il y eut autre chose : ce baiser, ou cette ébauche de baiser qui n'était sans doute qu'un faux mouvement, un simple baiser de mère ou de sœur maladroite et qui, par la maladresse de l'un et de l'autre, avait failli devenir un baiser d'amoureux, furtif, humide, sur le coin de la bouche, un baiser qui avait, pensa-t-il, tout le goût du lapin en gibelotte, du morgon, du saint-nectaire, du café, et de cette écœurante liqueur au nom étrange d'*Arquebuse* dont il avait fallu boire, et aussi le goût du tabac que, cette fois-ci, elle lui avait permis de fumer en l'accompagnant, même, après lui avoir demandé une cigarette.

  Un baiser quasi volé, donc, celui d'une vieille femme à qui la tête tourne, ou qui a trop l'habitude du désespoir pour ne pas jouer, une fois encore, avec le feu, sans autre risque, d'ailleurs, que celui de paraître un peu ridicule, ou maladroite, alors qu'ils allaient se quitter pour ne plus se revoir, sans doute, et au sortir des cabinets ou, plus exactement, comme il l'avait déjà fait, au cours de l'hiver, après avoir feint d'aller aux cabinets pour tenter une dernière fois de trouver, dans une des deux chambres, la photo du jeune mort ; avec, peut-être, l'espoir (tout aussi fou que le geste par lequel elle se jetterait à son cou) de la dénicher, d'en faire faire une copie et de la rapporter sous un prétexte quelconque, il en trouverait bien un, il n'était jamais à court, son métier voulait ça, il en avait bien trouvé un lorsqu'il était venu sonner chez elle, et qu'il avait clairement décliné le nom de Mirgue pour la voir tressaillir et dire : « Alors, nous sommes peut-être parents... »

  — Morte, oui, comme elle a vécu, avait répété Yvonne Piale, à la fin du repas, c'est-à-dire mystérieuse, belle, sauvage, non pas en s'affaissant sur une table de cuisine, à la façon de papa, ni comme maman, en s'endormant dans un fauteuil qui n'était pas le sien, ni même comme Pierrot, parce qu'elle ne pouvait plus vivre, mais dans sa charmille, sur l'espèce de plancher où Jean-Louis roulait chaque soir son fauteuil et derrière lequel il se tenait avec l'immense parapluie sous lequel il abritait Mélie et Lucie, s'il pleuvait : morte seule, c'est ce qu'on peut penser, puisque à la fin elle ne supportait plus personne, pas même Lucie, morte par un jour de grand vent, un dimanche, à la mi-octobre, emportée par son parapluie, alors qu'elle s'était endormie, ça lui arrivait à cause des médicaments qu'elle prenait pour ses jambes ; trop près, en tout cas, de l'espèce de rambarde depuis longtemps vermoulue que j'avais demandé à Jean-Louis de réparer, mais il n'obéissait qu'à Mélie, le bougre, et, roulant sans s'en rendre compte jusqu'à l'à-pic. On a dit aussi qu'elle n'était pas seule, oui, que Lucie était avec elle et qu'elle l'a vue tomber dans le vide sans faire le moindre geste ni pousser un seul cri, contemplant le plancher soudain désert et demeurant assise sur le petit banc où elle avait l'habitude de s'endormir elle aussi, en s'affaissant un peu sur elle-même comme une chatte, sauf que, si elle était là, elle devait être à peu près comme elle est maintenant, voyez, on dirait qu'elle comprend, qu'elle se souvient : la bouche ouverte sur un cri qui, cette fois-là, n'avait pu sortir d'elle, finissant peut-être par comprendre ce qui était arrivé et s'arrêtant sur ce que lui révélait le fait de comprendre : non pas un gouffre plus profond que celui dans lequel Mélie venait de tomber, mais la terreur d'être là, sous le ciel trop vaste et balayé par des vents si violents qu'on avait du mal à pleurer, vous savez, de ces ciels trop bleus, trop durs, qui vous font froid dans le dos et vous donnent encore plus la sensation d'être seul au monde : un ciel vers lequel, ma pauvre Lucie, tu gardais la tête levée, non seulement cet après-midi-là, mais le soir, lorsque Thaurion a trouvé la porte du château grande ouverte, qu'il a cherché à l'intérieur, puis dans le potager, pour finir par te trouver dans la charmille, sur le petit banc, gelée, la bouche toujours ouverte, où tu aurais passé la nuit là sans t'en rendre compte, Jean-Louis s'était enfui en voyant Thaurion se pencher par-dessus la rambarde brisée, criant qu'il voulait son père et finissant par arriver à Siom, chez Berthe-Dieu, sans pouvoir ouvrir la bouche, puis chez moi, ici même, où il s'est mis enfin à pleurer, où je l'ai pris contre moi, ce grand gars qui, à vingt ans passés, cherchait encore son père, ce grand Bocqué qu'Amélie avait peut-être retrouvé là-bas dans le labyrinthe des roseaux, d'arbres et d'eaux mortes où il avait fini par mourir, tué, avait-on lu dans le journal, par les braconniers qu'il pourchassait, là-bas, dans le grand delta où les oiseaux s'étaient enfin couchés... Elle l'avait donc rejoint, le cou brisé, les yeux grands ouverts, la bouche calme, enfin heureuse, oui, heureuse comme elle ne l'avait jamais été, et comme s'il lui avait fallu attendre ce moment pour connaître cette joie. C'est d'ailleurs ce sourire qui a empêché qu'on se soit demandé, au cours de l'enquête, si elle n'était pas morte autrement, un crime de rôdeurs ou, pire, une subite folie de Lucie ou de Jean-Louis, ou encore un suicide. Mais il suffisait de la voir comme je l'ai vue, et comme tout Siom a pu la voir, ce soir-là, à la lueur des lampes électriques, là où elle était tombée, au milieu des arbres qui ne remuaient plus, et puis, le lendemain, dans une des robes blanches qu'elle portait, le dimanche, lorsqu'elle abandonnait les vêtements masculins dans lesquels elle arpentait les bois — avec sur les lèvres ce sourire de femme comblée et ses beaux cheveux châtains que j'avais lavés et peignés, il fallait donc avoir vu ça pour comprendre qu'elle était délivrée et qu'à cela personne, pas même la loi, n'aurait rien à redire. J'ai prié pour elle, près de son

351

pauvre corps, moi, la mécréante, la fille des Lumières et de l'Instruction publique, et avec moi tous ceux de Siom et les vieilles souches comme Thaurion qui priait et pleurait tout à la fois, parce que, voyez-vous, on ne peut pas toujours s'en remettre aux seuls humains, ni à l'Inspection académique, ni aux lois de la République, encore moins à soi-même... Allons, venez.

Et on put voir, à Siom, cette après-midi-là, Yvonne Piale remontant à pied vers la place au bras du jeune Mirgue, comme on avait fini par l'appeler, donnant l'autre bras à Lucie qui balbutiait, radieuse, les yeux levés vers le ciel calme, tous trois traversant la place comme s'ils étaient en promenade, alors que, se disait-on, l'autre femme, la fille Dézenis, attendait son amant, tout près, un peu ivre, dans la dernière chambre de Berthe-Dieu. Ils marchaient d'un pas vif vers le cimetière, là-haut, vers le tombeau des Piale sur lequel ils se recueillirent jusqu'à ce qu'Yvonne finisse par murmurer à l'intention du jeune Mirgue, qu'elle ne regarda pas :

— Elle est morte, entendez-vous ? et bien morte...

Elle le planta là, quasi furieuse, tirant par la main l'innocente que ces mots avaient réveillée et qui s'était mise à chuiner en tendant le bras en direction du jeune gars aux boucles brunes et devinant peut-être qu'elle ne pourrait plus les caresser, avec sur le visage quelque chose d'aussi déchiré que celui de Sylvie, quelques heures plus tard, au bord de la route des hêtres ; Sylvie qui se rhabillait et s'avançait vers lui en se mordant les lèvres, mais soucieuse de demeurer digne, de marcher dignement, de n'avoir pas l'air d'une grue ou d'une innocente, oui, très digne, c'était ce à quoi elle tenait, à présent, la dignité de la femme qu'on abandonne et qu'on rend non pas à ce mari trop vieux et complaisant mais à la grande nuit des femmes, à cette grande puissance d'amour qu'elles portent en elles, même quand elles n'ont plus ni homme ni enfant à aimer, plus rien à étreindre que le faisceau des ans et leur corps outragé, ayant toujours su qu'on aime trop et qu'on n'est pas payé en retour, mais trompé, bafoué à proportion, songeait-elle sans doute en regardant, un peu plus tard, non pas les petits feux rouges arrière de la Citroën qui s'éloignait vers le centre-ville, mais, en elle-même, ce qu'elle avait jusque-là refusé de considérer : l'injustice de l'âge, les mâchoires du temps qui la ramenaient à la nuit amoureuse, debout près du portail de pierre grise où elle avait vu pour la première fois le jeune Mirgue, à la fin de l'été dernier, quand il avait sonné et qu'elle s'était levée, comme elle le faisait toujours dès qu'elle entendait une voiture s'arrêter devant la maison, le faisant entrer parce qu'il avait l'air bien jeune pour un représentant de commerce, et aussi à cause de l'aplomb qu'il avait, c'était drôle, à propos de ce qu'il cherchait à vendre mais pas à propos des femmes, ça se voyait tout de suite, avait-elle cru, et se trompant là-dessus puisqu'il était aussi fort sur le chapitre des femmes que sur celui des polices d'assurance — flouée encore une fois, au bout du compte, mais l'ayant au fond toujours su, ou s'y étant attendue, étant donné qu'il ne pouvait en être autrement, que c'est la dure loi de l'amour et de l'espèce, même si c'eût été bien de n'être pas humiliée et abandonnée à sa beauté inutile, en pleine nuit, devant chez elle, un beau navire, elle aussi, pouvait-elle se dire encore, échoué, c'est le même mot qu'échec, non ? peu importe, d'ailleurs, il fallait rentrer chez soi, dans cette demeure qui lui semblait à présent aussi froide que le tombeau des Piale ou le château du Montheix que le fils Barbatte avait fini par mettre en vente et dont un singulier notaire d'Uzerche, qui cherchait un château depuis lequel il pût aller acheter en barque ses cigarettes au village, avait fait l'acquisition, qu'il ne meubla ni n'habita jamais, pas même une nuit, on ne sait pas pourquoi, le laissant s'ébouiller, fenêtres et portes à peine closes, et sans surveillance, comme s'il avait dû le quitter précipitamment, chassé par on ne sait quoi, la tempête de l'hiver 1987 enlevant une partie du toit avant que les autres hivers ne s'attaquassent aux planchers, aux tapisseries, à ce qui restait des meubles, puis à l'épaisseur des murs, puisque là aussi c'était fini, se dit-elle, lorsque la Citroën eut disparu dans le tournant, oui, bien fini, et qu'elle entrait dans la défaite des jours et cette solitude de vigie à quoi les femmes sont si souvent vouées, aux vains avant-postes de l'amour, avant de laisser la nuit pénétrer en elle, non seulement avec les mots de l'arrière-saison et du grand hiver, les mots de l'amertume, de la perte, de la résignation, mais aussi ceux de la consolation, de la lenteur et des apparences sauvées, puisqu'il faut bien continuer, aller jusqu'au bout, jusqu'à la défaite des mots eux-mêmes devant les voiles qui se déchirent, faire encore semblant d'y croire avant de se laisser rouler jusqu'à la rambarde, jusqu'à cette trop frêle balustrade de chair qui, se dit-elle peut-être enfin, ne vaut pas grand-chose, mais pour laquelle il faut inlassablement rappeler tous les mots de l'amour, n'est-ce pas ?

DU MÊME AUTEUR

Aux Éditions P.O.L

L'INVENTION DU CORPS DE SAINT MARC, 1983

L'INNOCENCE, 1984

SEPT PASSIONS SINGULIÈRES, 1985

L'ANGÉLUS, 1988

LA CHAMBRE D'IVOIRE, 1989

LAURA MENDOZA, 1991

ACCOMPAGNEMENT, 1991

L'ÉCRIVAIN SIRIEIX, 1992

LE CHANT DES ADOLESCENTES, 1993

CŒUR BLANC, 1994

LA GLOIRE DES PYTHRE, 1995 (Folio n° 3018)

L'AMOUR MENDIANT, 1996

L'AMOUR DES TROIS SŒURS PIALE, 1997

Chez d'autres éditeurs

LE SENTIMENT DE LA LANGUE, Champ Vallon, 1986

LE PLUS HAUT MIROIR, Fata Morgana, 1986

BEYROUTH, Champ Vallon, 1987

LE SENTIMENT DE LA LANGUE II, Champ Vallon, 1990

LE SENTIMENT DE LA LANGUE I, II, III, La Table Ronde, collection « La Petite Vermillon », 1993, *Prix de l'Essai de l'Académie française 1994*

UN BALCON À BEYROUTH, La Table Ronde, 1994

CITÉ PERDUE, Fata Morgana, 1998

AUTRES JEUNES FILLES, avec des dessins d'Ernest Pignon-Ernest, Éditions François Janaud, 1998

COLLECTION FOLIO

Dernières parutions

2849. Francine Prose — *Les petits miracles.*
2850. Jean-Jacques Sempé — *Insondables mystères.*
2851. Béatrix Beck — *Des accommodements avec le ciel.*
2852. Herman Melville — *Moby Dick.*
2853. Jean-Claude Brisville — *Beaumarchais, l'insolent.*
2854. James Baldwin — *Face à l'homme blanc.*
2855. James Baldwin — *La prochaine fois, le feu.*
2856. W.-R. Burnett — *Rien dans les manches.*
2857. Michel Déon — *Un déjeuner de soleil.*
2858. Michel Déon — *Le jeune homme vert.*
2859. Philippe Le Guillou — *Le passage de l'Aulne.*
2860. Claude Brami — *Mon amie d'enfance.*
2861. Serge Brussolo — *La moisson d'hiver.*
2862. René de Ceccatty — *L'accompagnement.*
2863. Jerome Charyn — *Les filles de Maria.*
2864. Paule Constant — *La fille du Gobernator.*
2865. Didier Daeninckx — *Un château en Bohême.*
2866. Christian Giudicelli — *Quartiers d'Italie.*
2867. Isabelle Jarry — *L'archange perdu.*
2868. Marie Nimier — *La caresse.*
2869. Arto Paasilinna — *La forêt des renards pendus.*
2870. Jorge Semprun — *L'écriture ou la vie.*
2871. Tito Topin — *Piano barjo.*
2872. Michel Del Castillo — *Tanguy.*
2873. Huysmans — *En Route.*
2874. James M. Cain — *Le bluffeur.*
2875. Réjean Ducharme — *Va savoir.*
2876. Mathieu Lindon — *Champion du monde.*
2877. Robert Littell — *Le sphinx de Sibérie.*
2878. Claude Roy — *Les rencontres des jours 1992-1993.*
2879. Danièle Sallenave — *Les trois minutes du diable.*
2880. Philippe Sollers — *La Guerre du Goût.*

2881.	Michel Tournier	*Le pied de la lettre.*
2882.	Michel Tournier	*Le miroir des idées.*
2883.	Andreï Makine	*Confession d'un porte-drapeau déchu.*
2884.	Andreï Makine	*La fille d'un héros de l'Union soviétique.*
2885.	Andreï Makine	*Au temps du fleuve Amour.*
2896.	Susan Minot	*La vie secrète de Lilian Eliot.*
2897.	Orhan Pamuk	*Le livre noir.*
2898.	William Styron	*Un matin de Virginie.*
2899.	Claudine Vegh	*Je ne lui ai pas dit au revoir.*
2900.	Robert Walser	*Le brigand.*
2901.	Grimm	*Nouveaux contes.*
2902.	Chrétien de Troyes	*Lancelot ou Le chevalier de la charrette.*
2903.	Herman Melville	*Bartleby, le scribe.*
2904.	Jerome Charyn	*Isaac le mystérieux.*
2905.	Guy Debord	*Commentaires sur la société du spectacle.*
2906.	Guy Debord	*Potlatch (1954-1957).*
2907.	Karen Blixen	*Les chevaux fantômes et autres contes.*
2908.	Emmanuel Carrere	*La classe de neige.*
2909.	James Crumley	*Un pour marquer la cadence.*
2910.	Anne Cuneo	*Le trajet d'une rivière.*
2911.	John Dos Passos	*L'initiation d'un homme.*
2912.	Alexandre Jardin	*L'île des Gauchers.*
2913.	Jean Rolin	*Zones.*
2914.	Jorge Semprun	*L'Algarabie.*
2915.	Junichirô Tanizaki	*Le chat, son maître et ses deux maîtresses.*
2916.	Bernard Tirtiaux	*Les sept couleurs du vent.*
2917.	H.G. Wells	*L'île du docteur Moreau.*
2918.	Alphonse Daudet	*Tartarin sur les Alpes.*
2919.	Albert Camus	*Discours de Suède.*
2921.	Chester Himes	*Regrets sans repentir.*
2922.	Paula Jacques	*La descente au paradis.*
2923.	Sibylle Lacan	*Un père.*
2924.	Kenzaburô Ôé	*Une existence tranquille.*
2925.	Jean-Noël Pancrazi	*Madame Arnoul.*
2926.	Ernest Pépin	*L'Homme-au-Bâton.*

2927.	Antoine de Saint-Exupéry	*Lettres à sa mère.*
2928.	Mario Vargas Llosa	*Le poisson dans l'eau.*
2929.	Arthur de Gobineau	*Les Pléiades.*
2930.	Alex Abella	*Le Massacre des Saints.*
2932.	Thomas Bernhard	*Oui.*
2933.	Gérard Macé	*Le dernier des Égyptiens.*
2934.	Andreï Makine	*Le testament français.*
2935.	N. Scott Momaday	*Le Chemin de la Montagne de Pluie.*
2936.	Maurice Rheims	*Les forêts d'argent.*
2937.	Philip Roth	*Opération Shylock.*
2938.	Philippe Sollers	*Le Cavalier du Louvre. Vivant Denon.*
2939.	Giovanni Verga	*Les Malavoglia.*
2941.	Christophe Bourdin	*Le fil.*
2942.	Guy de Maupassant	*Yvette.*
2943.	Simone de Beauvoir	*L'Amérique au jour le jour, 1947.*
2944.	Victor Hugo	*Choses vues, 1830-1848.*
2945.	Victor Hugo	*Choses vues, 1849-1885.*
2946.	Carlos Fuentes	*L'oranger.*
2947.	Roger Grenier	*Regardez la neige qui tombe.*
2948.	Charles Juliet	*Lambeaux.*
2949.	J.M.G. Le Clézio	*Voyage à Rodrigues.*
2950.	Pierre Magnan	*La Folie Forcalquier.*
2951.	Amos Oz	*Toucher l'eau, toucher le vent.*
2952.	Jean-Marie Rouart	*Morny, un voluptueux au pouvoir.*
2953.	Pierre Salinger	*De mémoire.*
2954.	Shi Nai-an	*Au bord de l'eau I.*
2955.	Shi Nai-an	*Au bord de l'eau II.*
2956.	Marivaux	*La Vie de Marianne.*
2957.	Kent Anderson	*Sympathy for the Devil.*
2958.	André Malraux	*Espoir — Sierra de Teruel.*
2959.	Christian Bobin	*La folle allure.*
2960.	Nicolas Bréhal	*Le parfait amour.*
2961.	Serge Brussolo	*Hurlemort.*
2962.	Hervé Guibert	*La piqûre d'amour* et autres textes.
2963.	Ernest Hemingway	*Le chaud et le froid.*
2964.	James Joyce	*Finnegans Wake.*

2965.	Gilbert Sinoué	*Le Livre de saphir.*
2966.	Junichirô Tanizaki	*Quatre sœurs.*
2967.	Jeroen Brouwers	*Rouge décanté.*
2968.	Forrest Carter	*Pleure, Géronimo.*
2971.	Didier Daeninckx	*Métropolice.*
2972.	Franz-Olivier Giesbert	*Le vieil homme et la mort.*
2973.	Jean-Marie Laclavetine	*Demain la veille.*
2974.	J.M.G. Le Clézio	*La quarantaine.*
2975.	Régine Pernoud	*Jeanne d'Arc.*
2976.	Pascal Quignard	*Petits traités I.*
2977.	Pascal Quignard	*Petits traités II.*
2978.	Geneviève Brisac	*Les filles.*
2979.	Stendhal	*Promenades dans Rome*
2980.	Virgile	*Bucoliques. Géorgiques.*
2981.	Milan Kundera	*La lenteur.*
2982.	Odon Vallet	*L'affaire Oscar Wilde.*
2983.	Marguerite Yourcenar	*Lettres à ses amis et quelques autres.*
2984.	Vassili Axionov	*Une saga moscovite I.*
2985.	Vassili Axionov	*Une saga moscovite II.*
2986.	Jean-Philippe Arrou-Vignod	*Le conseil d'indiscipline.*
2987.	Julian Barnes	*Metroland.*
2988.	Daniel Boulanger	*Caporal supérieur.*
2989.	Pierre Bourgeade	*Éros mécanique.*
2990.	Louis Calaferte	*Satori.*
2991.	Michel Del Castillo	*Mon frère l'Idiot.*
2992.	Jonathan Coe	*Testament à l'anglaise.*
2993.	Marguerite Duras	*Des journées entières dans les arbres.*
2994.	Nathalie Sarraute	*Ici.*
2995.	Isaac Bashevis Singer	*Meshugah.*
2996.	William Faulkner	*Parabole.*
2997.	André Malraux	*Les noyers de l'Altenburg.*
2998.	Collectif	*Théologiens et mystiques au Moyen Âge.*
2999.	Jean-Jacques Rousseau	*Les Confessions (Livres I à IV).*
3000.	Daniel Pennac	*Monsieur Malaussène.*
3001.	Louis Aragon	*Le mentir-vrai.*
3002.	Boileau-Narcejac	*Schuss.*
3003.	LeRoi Jones	*Le peuple du blues.*

3004. Joseph Kessel — *Vent de sable.*
3005. Patrick Modiano — *Du plus loin de l'oubli.*
3006. Daniel Prévost — *Le pont de la Révolte.*
3007. Pascal Quignard — *Rhétorique spéculative.*
3008. Pascal Quignard — *La haine de la musique.*
3009. Laurent de Wilde — *Monk.*
3010. Paul Clément — *Exit.*
3011. Léon Tolstoï — *La Mort d'Ivan Ilitch.*
3012. Pierre Bergounioux — *La mort de Brune.*
3013. Jean-Denis Bredin — *Encore un peu de temps.*
3014. Régis Debray — *Contre Venise.*
3015. Romain Gary — *Charge d'âme.*
3016. Sylvie Germain — *Éclats de sel.*
3017. Jean Lacouture — *Une adolescence du siècle : Jacques Rivière et la N.R.F.*
3018. Richard Millet — *La gloire des Pythre.*
3019. Raymond Queneau — *Les derniers jours.*
3020. Mario Vargas Llosa — *Lituma dans les Andes.*
3021. Pierre Gascar — *Les femmes.*
3022. Penelope Lively — *La sœur de Cléopâtre.*
3023. Alexandre Dumas — *Le Vicomte de Bragelonne I.*
3024. Alexandre Dumas — *Le Vicomte de Bragelonne II.*
3025. Alexandre Dumas — *Le Vicomte de Bragelonne III.*
3026. Claude Lanzmann — *Shoah.*
3027. Julian Barnes — *Lettres de Londres.*
3028. Thomas Bernhard — *Des arbres à abattre.*
3029. Hervé Jaouen — *L'allumeuse d'étoiles.*
3030. Jean d'Ormesson — *Presque rien sur presque tout.*
3031. Pierre Pelot — *Sous le vent du monde.*
3032. Hugo Pratt — *Corto Maltese.*
3033. Jacques Prévert — *Le crime de Monsieur Lange. Les portes de la nuit.*
3034. René Reouven — *Souvenez-vous de Monte-Cristo.*
3035. Mary Shelley — *Le dernier homme.*
3036. Anne Wiazemsky — *Hymnes à l'amour.*
3037. Rabelais — *Quart livre.*
3038. François Bon — *L'enterrement.*
3039. Albert Cohen — *Belle du Seigneur.*
3040. James Crumley — *Le canard siffleur mexicain.*
3041. Philippe Delerm — *Sundborn ou les jours de lumière.*

3042.	Shûzaku Endô	*La fille que j'ai abandonnée.*
3043.	Albert French	*Billy.*
3044.	Virgil Gheorghiu	*Les Immortels d'Agapia.*
3045.	Jean Giono	*Manosque-des-Plateaux* suivi de *Poème de l'olive.*
3046.	Philippe Labro	*La traversée.*
3047.	Bernard Pingaud	*Adieu Kafka ou l'imitation.*
3048.	Walter Scott	*Le Cœur du Mid-Lothian.*
3049.	Boileau-Narcejac	*Champ clos.*
3050.	Serge Brussolo	*La maison de l'aigle.*
3052.	Jean-François Deniau	*L'Atlantique est mon désert.*
3053.	Mavis Gallant	*Ciel vert, ciel d'eau.*
3054.	Mavis Gallant	*Poisson d'avril.*
3056.	Peter Handke	*Bienvenue au conseil d'administration.*
3057.	Anonyme	*Josefine Mutzenbacher. Histoire d'une fille de Vienne racontée par elle-même.*
3059.	Jacques Sternberg	*188 contes à régler.*
3060.	Gérard de Nerval	*Voyage en Orient.*
3061.	René de Ceccatty	*Aimer.*
3062.	Joseph Kessel	*Le tour du malheur I : La fontaine Médicis. L'affaire Bernan.*
3063.	Joseph Kessel	*Le tour du malheur II : Les lauriers-roses. L'homme de plâtre.*
3064.	Pierre Assouline	*Hergé.*
3065.	Marie Darrieussecq	*Truismes.*
3066.	Henri Godard	*Céline scandale.*
3067.	Chester Himes	*Mamie Mason.*
3068.	Jack-Alain Léger	*L'autre Falstaff.*
3070.	Rachid O.	*Plusieurs vies.*
3071.	Ludmila Oulitskaïa	*Sonietchka.*
3072.	Philip Roth	*Le Théâtre de Sabbath.*
3073.	John Steinbeck	*La Coupe d'Or.*
3074.	Michel Tournier	*Éléazar ou La Source et le Buisson.*
3075.	Marguerite Yourcenar	*Un homme obscur — Une belle matinée.*
3076.	Loti	*Mon frère Yves.*

3078.	Jerome Charyn	*La belle ténébreuse de Biélorussie.*
3079.	Harry Crews	*Body.*
3080.	Michel Déon	*Pages grecques.*
3081.	René Depestre	*Le mât de cocagne.*
3082.	Anita Desai	*Où irons-nous cet été ?*
3083.	Jean-Paul Kauffmann	*La chambre noire de Longwood.*
3084.	Arto Paasilinna	*Prisonniers du paradis.*
3086.	Alain Veinstein	*L'accordeur.*
3087.	Jean Maillart	*Le Roman du comte d'Anjou.*
3088.	Jorge Amado	*Navigation de cabotage. Notes pour des mémoires que je n'écrirai jamais.*
3089.	Alphonse Boudard	*Madame... de Saint-Sulpice.*
3091.	William Faulkner	*Idylle au désert* et autres nouvelles.
3092.	Gilles Leroy	*Les maîtres du monde.*
3093.	Yukio Mishima	*Pèlerinage aux Trois Montagnes.*
3095.	Reiser	*La vie au grand air 3.*
3096.	Reiser	*Les oreilles rouges.*
3097.	Boris Schreiber	*Un silence d'environ une demi-heure I.*
3098.	Boris Schreiber	*Un silence d'environ une demi-heure II.*
3099.	Aragon	*La Semaine Sainte.*
3100.	Michel Mohrt	*La guerre civile.*
3101.	Anonyme	*Don Juan (scénario de Jacques Weber).*
3102.	Maupassant	*Clair de lune* et autres nouvelles.
3103.	Ferdinando Camon	*Jamais vu soleil ni lune.*
3104.	Laurence Cossé	*Le coin du voile.*
3105.	Michel del Castillo	*Le sortilège espagnol.*
3106.	Michel Déon	*La cour des grands.*
3107.	Régine Detambel	*La verrière*
3108.	Christian Bobin	*La plus que vive.*
3109.	René Frégni	*Tendresse des loups.*
3110.	N. Scott Momaday	*L'enfant des temps oubliés.*
3111.	Henry de Montherlant	*Les garçons.*
3113.	Jerome Charyn	*Il était une fois un droshky.*
3114.	Patrick Drevet	*La micheline.*

3115.	Philippe Forest	*L'enfant éternel.*
3116.	Michel del Castillo	*La tunique d'infamie.*
3117.	Witold Gombrowicz	*Ferdydurke.*
3118.	Witold Gombrowicz	*Bakakaï.*
3119.	Lao She	*Quatre générations sous un même toit.*
3120.	Théodore Monod	*Le chercheur d'absolu.*
3121.	Daniel Pennac	*Monsieur Malaussène au théâtre.*
3122.	J.-B. Pontalis	*Un homme disparaît.*
3123.	Sempé	*Simple question d'équilibre.*
3124.	Isaac Bashevis Singer	*Le Spinoza de la rue du Marché.*
3125.	Chantal Thomas	*Casanova. Un voyage libertin.*
3126.	Gustave Flaubert	*Correspondance.*
3127.	Sainte-Beuve	*Portraits de femmes.*
3128.	Dostoïevski	*L'Adolescent.*
3129.	Martin Amis	*L'information.*
3130.	Ingmar Bergman	*Fanny et Alexandre.*
3131.	Pietro Citati	*La colombe poignardée.*
3132.	Joseph Conrad	*La flèche d'or.*
3133.	Philippe Sollers	*Vision à New York*
3134.	Daniel Pennac	*Des chrétiens et des Maures.*
3135.	Philippe Djian	*Criminels.*
3136.	Benoît Duteurtre	*Gaieté parisienne.*
3137.	Jean-Christophe Rufin	*L'Abyssin.*
3138.	Peter Handke	*Essai sur la fatigue. Essai sur le juke-box. Essai sur la journée réussie.*
3139.	Naguib Mahfouz	*Vienne la nuit.*
3140.	Milan Kundera	*Jacques et son maître, hommage à Denis Diderot en trois actes.*
3141.	Henry James	*Les ailes de la colombe.*
3142.	Dumas	*Le Comte de Monte-Cristo I.*
3143.	Dumas	*Le Comte de Monte-Cristo II.*
3144		*Les Quatre Évangiles.*
3145	Gogol	*Nouvelles de Pétersbourg.*
3146	Roberto Benigni et Vicenzo Cerami	*La vie est belle.*
3147	Joseph Conrad	*Le Frère-de-la-Côte.*

3148	Louis de Bernières	*La mandoline du capitaine Corelli.*
3149	Guy Debord	*"Cette mauvaise réputation..."*
3150	Isadora Duncan	*Ma vie.*
3151	Hervé Jaouen	*L'adieu aux îles.*
3152	Paul Morand	*Flèche d'Orient.*
3153	Jean Rolin	*L'organisation.*
3154	Annie Ernaux	*La honte.*
3155	Annie Ernaux	*« Je ne suis pas sortie de ma nuit ».*
3156	Jean d'Ormesson	*Casimir mène la grande vie.*
3157	Antoine de Saint-Exupéry	*Carnets.*
3158	Bernhard Schlink	*Le liseur.*
3159	Serge Brussolo	*Les ombres du jardin.*
3161	Philippe Meyer	*Le progrès fait rage. Chroniques 1.*
3162	Philippe Meyer	*Le futur ne manque pas d'avenir. Chroniques 2.*
3163	Philippe Meyer	*Du futur faisons table rase. Chroniques 3.*
3164	Ana Novac	*Les beaux jours de ma jeunesse.*
3165	Philippe Soupault	*Profils perdus.*
3166	Philippe Delerm	*Autumn*
3167	Hugo Pratt	*Cour des mystères*
3168	Philippe Sollers	*Studio*
3169	Simone de Beauvoir	*Lettres à Nelson Algren. Un amour transatlantique. 1947-1964*
3170	Elisabeth Burgos	*Moi, Rigoberta Menchú*
3171	Collectif	*Une enfance algérienne*
3172	Peter Handke	*Mon année dans la baie de Personne*
3173	Marie Nimier	*Celui qui court derrière l'oiseau*
3175	Jacques Tournier	*La maison déserte*
3176	Roland Dubillard	*Les nouveaux diablogues*
3177	Roland Dubillard	*Les diablogues et autres inventions à deux voix*
3178	Luc Lang	*Voyage sur la ligne d'horizon*
3179	Tonino Benacquista	*Saga*

Composition Nord Compo.
Impression Société Nouvelle Firmin-Didot
à Mesnil-sur-l'Estrée, le 10 mai 1999.
Dépôt légal : mai 1999.
Numéro d'imprimeur : 47011.

ISBN 2-07-040449-8/Imprimé en France.

84644